De tempête et d'espoir

Du même auteur

Moi, Constance, Princesse d'Antioche, Stock, 2005 ; Livre de Poche, 2007.

L'Aigle de Constantinople, Flammarion, 2008.

Les Vikings de Novgorod, Flammarion, 2010 ; J'ai Lu, 2013.

De tempête et d'espoir, Saint-Malo, Flammarion, 2013 ; J'ai lu, 2013.

Marina Dédéyan

De tempête et d'espoir

Pondichéry

roman

Flammarion

ISBN : 978-2-0812-8919-2

Mais quand le jour sur les vagues tremblantes
S'en va mourir ; quand, souriant encor,
Le vieux soleil glace de pourpre et d'or
Le vert changeant des mers étincelantes,
Dans des lointains fuyants et veloutés,
En enfonçant ma pensée et ma vue,
J'aime à créer des mondes enchantés
Baignés des eaux d'une mer inconnue.

CHATEAUBRIAND

On est plus préoccupé de nous envoyer des côtes de Coromandel
ou de Malabar des marchandises que des vérités.

VOLTAIRE

Carnet de Jean de Montfort

Quand, pour la première fois, j'ai foulé le sable brûlant de la côte de Coromandel, la certitude étrange que j'appartenais désormais à ce pays s'imposa à moi. Étaient-ce les éprouvants mois de voyage, la mort si souvent frôlée, cette fatalité propre à l'âme indienne qui déjà s'installait en la mienne, ou bien une prescience, un de ces instants fugaces où le destin accepte de se révéler ?

Dans l'aveuglement qui anime tout être humain, vacillant sous un soleil de plomb, j'ai chassé promptement cette idée de mon esprit. J'étais venu accomplir mon devoir, avant de retourner vers mon pays natal, couvert de la gloire à laquelle les miens aspiraient sans doute plus que moi.

Quel chemin parcouru depuis ! Il m'a fallu traverser des épreuves sans nombre, connaître le bonheur absolu comme la désolation la plus extrême, pour accepter enfin mon sort, me donner tout entier à cette terre à l'appétit vorace qui, depuis des siècles, a absorbé tant de peuples, tant de dieux, tant d'histoires.

Je n'ai pas oublié notre Bretagne, le fracas des vagues sur les remparts de Saint-Malo aux tempêtes d'équinoxe, l'herbe fumante des prés aux matins d'été, les voiles blanches et rouges doublant le Grand Bé puis Cézembre, l'acidité des pommes à cidre, le son du biniou.

Je n'ai pas oublié, non. Toutefois, il m'arrive de douter de la réalité de mes souvenirs. S'il s'agissait de la vie d'un autre, si ces scènes lointaines appartenaient au domaine des songes ? Le temps et l'ordre des événements se mélangent. Je me perds. Je répète alors mon nom à mi-voix : Jean de Montfort, Jean de Montfort.

Et je pense à toi, Anne. Nuit après nuit, j'ai vu ton sourire, ton visage se dessiner dans mes rêves, tellement vivants, tellement proches. Où es-tu, ma sœur ? Dans la fraîcheur éternelle des murs du couvent, t'adonnant à la piété ? Ou bien ailleurs ? Quel destin as-tu choisi ? Je le confesse, je t'imagine mal sous le voile, si solide que soit ta foi, réprimant ta fougue dans la répétition inlassable des actions de grâces et des prières.

Cette intuition n'est-elle point une illusion pour me soustraire au chagrin de te savoir au loin quand j'ai tant besoin de toi ? Je t'ai appelée si souvent, Anne ! Par quel miracle me rejoindrais-tu ? Aurai-je la chance d'entendre encore une fois ta voix, de te serrer dans mes bras ? Il reste bien peu de temps, je le crains. Notre Seigneur Dieu jugera de mes actes et décidera de mon salut dans l'autre monde. Mais je dois écrire pour ceux qui sont partis et pour ceux qui demeureront. Pour toi, pour toi surtout, qui as toujours cru en moi, pour toi dont j'espère obstinément, follement, le secours.

Chapitre I

« Terre ! »

Le cri de la vigie me tire de la torpeur moite dans laquelle je baigne depuis des jours. Un frisson me parcourt de la tête aux pieds. La vie se rappelle à moi. Il me faut me lever, me vêtir. Je ne porte qu'une ample chemise pour vêtement. Sur la malle s'étale en désordre ma robe bleue, couleur mariale pour un jour de deuil sous un ciel sans nuage. Je n'ai pas eu le courage de la ranger après les funérailles. Je m'empêtre dans les lacets. Ai-je perdu l'habitude ?

On frappe à ma porte.

— Madame, la côte de Coromandel est en vue ! m'alerte la voix étouffée du capitaine de Pléhen.

Je me débats entre le corps de robe si serré et les jupons qui me submergent. L'officier ne m'entend pas pester, souffler.

— Les Indes ! juge-t-il bon de préciser, comme si par magie nous eussions pu nous retrouver au royaume de Siam ou à Moka.

— Un instant, je vous prie, parviens-je à articuler.

Dix-huit mois très exactement se sont écoulés depuis le jour où j'ai formé le vœu de traverser les mers pour rechercher mon frère, neuf depuis que Saint-Malo s'est effacé dans le sillage blanc de l'*Anne de Bretagne*. Je devrais exulter.

Pourtant, je me sens terrifiée à l'idée de franchir le seuil de la cabine. Une éternité que j'y suis recluse, deux ou trois semaines en réalité. J'ai fui le couvent pour me retrouver vouée au silence et à la solitude entre ces quatre murs de chêne.

Je n'ai pas ouvert la bouche, hormis pour la récitation des grâces avec l'abbé Kelly venu chaque matin et chaque soir prier avec moi, de brefs propos échangés avec M. de Pléhen ou M. Gesril prenant tour à tour de mes nouvelles, honteux sans doute de ce confinement dont ils se sentent coupables. Je n'ai en effet commis aucun crime, je ne suis atteinte de nul mal contagieux. Je suis seulement veuve, la veuve du capitaine. Une femme porte malheur à bord d'un navire, la mort de son commandant n'en constitue-t-elle point la preuve ? Le second et le lieutenant m'ont priée de me montrer discrète, de faire oublier ma présence. J'ai acquiescé sans leur avouer combien j'avais moi-même le sentiment que l'*Ankou*, le sinistre faucheur sur sa charrette grinçante, s'attachait à mes pas. Mon père, ma mère et maintenant Jean-Baptiste Christy de la Pallière, mon époux, capitaine de l'*Anne de Bretagne*.

Comment imaginer qu'il pût mourir, du moins si vite, lui qui était la vie même ? Je songe à sa stature de colosse, à son rire tonitruant, à ses terribles emportements, à son formidable appétit, à ses excès, au rhum qui l'embrasait, à sa folie. Je me souviens combien je l'ai haï, dès notre première rencontre, quand il acquit La Motte-aux-Montfortins, notre vieille demeure familiale*. Je me le rappelle négociant avec mon pauvre père anéanti, et lui, satisfait, s'amusant de ma rage impuissante. Tous deux sont désormais réunis pour l'éternité. Geoffroy de Montfort, gentilhomme de souche ancienne réduit à la misère, Jean-Baptiste Christy de la Pallière, manant, parvenu aux poings énormes remplis d'or.

---

* Voir *De tempête et d'espoir, Saint-Malo.*

Comme je l'ai détesté pour la grossièreté de ses façons, ses railleries à mon encontre, sa dureté parfois ! Au cours de ces dernières semaines passées à son chevet, j'ai réalisé qu'en fait il n'avait jamais abusé du pouvoir conféré par son statut d'époux, d'homme mûr rompu aux aléas de l'existence, reconnu dans son monde, face à une orpheline. Il m'a même aimée, à sa façon. Ne me l'a-t-il pas avoué à demi-mot, plusieurs fois, entre deux moqueries ? Amour sans espoir, même si j'ai appris à apprécier sa franchise brutale, son indépendance d'esprit. Par-delà nos différences, malgré la rudesse de notre relation, il était mon dernier repère et sa disparition me cause un immense désarroi. Je me sens privée de toute force, de toute volonté, comme si ma combativité tenait à la sienne, se nourrissait de la colère qu'il savait susciter en moi, comme si me rebeller contre lui me permettait de me rebeller contre l'adversité. Alors j'ai pleuré et je pleure encore avec sincérité l'écuyer Christy de la Pallière, parti rejoindre les ombres et les souvenirs qui me hantent.

Je revois l'abbé Kelly bénir une dernière fois le corps emmailloté, raide sur la planche en équilibre par-dessus la galerie à l'arrière du vaisseau. Il n'y a qu'une planche pour rendre les morts à la mer, mais seul le capitaine a droit à la poupe. Les officiers sont coulés par tribord arrière et les hommes d'équipage à l'avant. Soudain, feu ! La bordée de canon à la mémoire du capitaine. Les tympans assourdis, la gerbe d'éclaboussures. Je me suis penchée par-dessus bord. Dans l'eau transparente, la forme blanche a sombré lentement et j'ai cru sombrer moi aussi. Comment accomplir mon vœu de retrouver Jean, mon frère, sans son appui ? Qui me soutiendrait, m'accompagnerait dans ma quête ?

Les officiers, puis les maîtres mariniers, les matelots jusqu'au dernier petit mousse m'ont présenté leurs condoléances. Des mois entiers j'ai vécu avec eux sur le même bateau, pourtant je découvrais la plupart de ces visages.

Pétrissant leur bonnet entre leurs doigts gercés, ils marmonnaient en breton ou en français, mélange de compassion, de curiosité et d'inquiétude. La mort du capitaine n'annonce jamais rien de bon et je faisais une étrange veuve dans ma robe bleue. Je n'avais guère songé à emporter une tenue de deuil.

Alors, j'ai voulu à mon tour disparaître, m'effacer aux autres pour me protéger de leurs regards, pour les protéger de moi.

Les bottes du second promu capitaine martèlent les planches de la coursive de l'autre côté de la porte. Il s'impatiente. J'ai perdu le fil du temps à laisser mon esprit vagabonder, s'engourdir dans la chaleur de ma cellule de bois.

Mes cheveux poisseux de sueur et de sel retenus en chignon par quelques épingles, je saisis mon ombrelle, arme dérisoire pour affronter le dehors.

La lumière du jour me cloue sur le seuil. Mes paupières battent comme les ailes d'un papillon de nuit pris dans le faisceau d'une lampe. Une silhouette se détache de la mince bande d'ombre qui se découpe le long des cabines des officiers. Pierre de Pléhen s'empare de ma main, la baise avec cérémonie.

— Madame…

Son regard brun me brûle plus que le soleil. Je détourne la tête afin de m'y soustraire.

— Madame, répète le grand jeune homme.

Je n'ai rien à lui dire. À contrecœur, je lui présente mon bras sans ignorer ce tremblement, puis cette contraction de son corps tout entier qui m'inspire une vague répulsion. Christy de la Pallière se gaussait en surnommant son second mon « marjolet ». Il m'a mise en garde contre l'innocent penchant pour une femme qui se mue en obsession dans la promiscuité de la vie de bord. Je suis seule désormais face au désir à peine contenu de l'officier sanglé dans sa veste d'uniforme. Je sais qu'il me faudra m'y opposer à un moment ou à un autre, que ce coude effleurant ma hanche annonce une offensive imminente.

M. de Pléhen me précède dans l'escalier étroit de la dunette. L'état-major du navire se tient là au grand complet. Tous s'inclinent devant la veuve ahurie, dans sa robe chiffonnée à la teinte d'azur. Le lieutenant Gesril m'adresse un discret signe d'encouragement. Christy de la Pallière l'aurait préféré comme second, mais il a cédé à la pression de Joseph Trublet de Nermont, son principal associé dans l'expédition. Le père de Pierre de Pléhen a accepté de figurer au tableau de mise hors, en échange d'un commandement pour son fils. Ce dernier n'a jamais démérité, pourtant ses manières affectées, ses ordres cinglants, son attitude hautaine ne le font guère apprécier de l'équipage. Gesril me tend sa longue-vue. Je ruisselle déjà, car le ciel voilé de fin de mousson ne fraîchit guère la température. J'essuie mes yeux avant d'ajuster l'instrument. Dans le cercle net se dessinent la ligne blonde d'une plage, la frise irrégulière d'arbres sombres, des bâtiments. Voici enfin la côte de Coromandel ! Que n'ai-je traversé pour parvenir jusque-là ? La côte de Coromandel, dont le nom associe celui d'un ancien royaume disparu et *mandala*, le disque symbole du monde ou de l'être dans son unité, selon la tradition des Indiens. Mon monde s'est effondré et je me sens amputée d'une partie de moi-même, que seule la présence de mon frère restaurerait.

— Porto-Novo, m'indique le lieutenant, six lieues au nord de Gondelour, onze au sud de Pondichéry. Un comptoir hollandais où nous pourrons trouver hébergement, avitaillement et commencer le trafic. Même si Pondichéry nous a été rendue, elle n'est plus que ruines.

Ruines. Je n'en ignore rien, la ville ayant été rasée par les Anglais après sa chute au début de l'année 1761. Le mot me percute néanmoins comme un coup de poing au creux de l'estomac. Il est associé si étroitement à la destruction de ma famille, à la mort de mes parents, à la perte de La Motte-aux-Montfortins, à la disparition de Jean. Ruines. La folie de ma quête m'apparaît soudain dans toute la crudité. Mère Saint-Yves ne m'avait-elle point mise en garde avec vigueur contre les déconvenues qui m'attendraient à l'autre bout de la terre ? Je n'avais pas voulu entendre, obsédée par la vision de mon frère m'appelant au secours.

J'ai risqué ma vie, ma réputation, bravé les miens, renoncé à servir Dieu. Maintenant que je touche à mon but, je dois m'avouer la vérité, reconnaître l'origine de ce poids en moi qui annihile ma volonté et brise mon élan. Il ne s'agit pas du deuil de Christy de la Pallière, mais de la peur, celle d'apprendre la mort de Jean ou, pire encore, de ne rien découvrir de son sort. Je gonfle ma poitrine et aspire une goulée d'air brûlant. Des ruines, est-ce pour cela que je me suis si ardemment battue ? Non, je suis venue afin de me relever. Pour affronter ce pays immense, je dispose seulement de deux noms, celui de mon frère et cet autre, Sinan, murmuré par Christy de la Pallière sur son lit de douleurs. Khodja Johannes Sinan, négociant de son état. « Il vous aidera, il fera tout ce qui est en son pouvoir pour vous », m'a assuré mon époux entre deux crises de délire.

*

L'*Anne de Bretagne*, suivi par le *Saint-Gilles* et l'*Esprit des Lois*, vire sur tribord et se place bout au vent. Les gabiers s'élancent dans les haubans pour affaler voiles et vergues. Les lourdes chaînes se déroulent en crissant et le bateau plonge en avant quand les ancres heurtent le sable, à environ une demi-lieue du rivage. Je m'en étonne auprès du lieutenant Gesril qui m'en donne la raison. La côte de Coromandel, saine et sans récifs, n'a presque plus de fond à partir de cette distance. Les flots venus de pleine mer sont poussés ainsi sans rien pour les retenir et se brisent avec violence sur un banc formé au large. Cette barre est dangereuse et difficile à franchir. Même les chaloupes et les canots ne peuvent approcher à moins d'une portée de fusil. Comment rejoindrons-nous la terre ferme ? Nous attendons.

Une heure à peine après notre arrivée, d'étranges barques à bords très hauts approchent. Neufs matelots à la peau d'ébène manœuvrent chacune d'elles, huit sur les côtés et un debout à l'arrière, muni d'un immense aviron. À leurs tricornes et à leurs redingotes, je reconnais des Européens en leurs passagers.

Ce sont des délégués du conseil de Porto-Novo, de grands Hollandais blonds au visage couleur de brique. Ils viennent inspecter nos navires, escortés par quelques soldats et un officier britannique, le premier Anglais qu'il m'est donné de voir de près. Figura-t-il au nombre de ceux qui ravagèrent les côtes de la Normandie et de la Bretagne en 1758 ? Son bataillon a-t-il livré combat à celui de Jean ? A-t-il du sang français sur les mains ? N'est-il, comme mon frère, qu'un pion impuissant pris dans les remous d'intérêts supérieurs ? Dans son regard impassible, d'un brun-vert aux reflets de marécage, rien ne transparaît de ses pensées. La paix a été signée, mais ne signifie pas pour autant la confiance.

Nos papiers sont en règle et les Hollandais ne notent rien de suspect. Ils se montrent même fort satisfaits quand ils découvrent l'inventaire de notre cargaison, tous ces produits d'Europe et surtout de France qui leur ont fait défaut pendant la guerre. Quelques bouteilles de bon bordeaux les mettent dans les meilleures dispositions à notre égard.

Ils s'engagent à faciliter notre entreprise, pour leur bénéfice comme pour le nôtre. L'Anglais, lui, se contente de coups d'œil soupçonneux, sans prononcer un mot.

Nos visiteurs remontent sur leurs chelingues, promettant de nous en envoyer d'autres, afin de débarquer équipage et marchandises.

— Vous avez entendu, Madame ? me lance Pierre de Pléhen. Ce soir, vous dormirez à terre. Peut-être souhaitez-vous vous apprêter et préparer votre bagage ? Je vous raccompagne à votre cabine.

Je m'empresse de me rapprocher de Gesril.

— Je vous remercie, le lieutenant me l'a déjà proposé.

Ce dernier a compris, glisse son bras sous le mien.

— Ne vous tracassez point, Madame, me chuchote-t-il. Dès que nous serons arrivés, les capitaines Billard et Le Bonnec se chargeront de remettre en place les idées de cet insupportable petit blanc-bec. Ou alors je l'étranglerai de mes propres mains !

Je réprime un sourire, le premier depuis longtemps.

Une fois seule, j'entasse pêle-mêle mes effets dans ma vieille malle, si bien que je ne parviens plus à la refermer. Quelque obstacle bloque la charnière. Enfoui parmi mes hardes, je retrouve l'échiquier miniature en défense de morse dont j'avais si souvent admiré la finesse, lorsqu'il ornait le bureau de Christy de la Pallière. Les officiers de marine aiment à collectionner ces *scrimshaws* selon le terme anglais, objets fabriqués par les terre-neuviers dans des dents de cachalot, des fanions de baleine, des défenses de narval ou de morse, imitant la tradition séculaire des peuples inuits des mers du Grand Nord. Quand mon époux me l'a offert, peu avant son décès, il m'a avoué l'avoir taillé de ses propres mains en ses jeunes années. « Les longues traversées offrent peu de distraction, hormis jouer aux cartes, lire et rêver de femmes, m'avait-il dit.

Ceci n'est que le fruit de l'ennui, d'interminables journées de désœuvrement. Prenez-le s'il vous plaît tant. »

Je vide sur mes genoux l'aumônière de soie dans laquelle sont rangées les pièces et les replace une à une sur le damier. À travers leur ciselé délicat, je devine autre chose que de l'ennui. Comment imaginer les doigts épais accomplissant une tâche si minutieuse, cet être bouillonnant faisant preuve de tant de patience ? Christy de la Pallière n'était pas seulement le rustre qu'il voulait bien donner à voir. Il a emporté au fond de l'eau ses secrets, mais celui-ci, je l'ai percé à jour. Derrière le parvenu satisfait de convoler avec une jeune fille d'ancienne noblesse, se cachait un homme qui avait sans doute trouvé dans mon projet insensé un écho à ses vieux rêves. Si je veux honorer son souvenir, je ne dois pas abandonner.

*

Les Hollandais ont fait diligence. À marée haute, nombre de chelingues encerclent nos trois vaisseaux, telles des mouches assaillant des vaches.

On m'aide à monter sur une de ces chétives barques à fond plat, assemblage de minces planches cousues ensemble avec des fils de cocotier. Dépourvue de goudron et de calfatage, elle fait eau de toutes parts et semble sur le point de se défaire en pièces. Le flot y pénètre à bouillons, trempant le chargement et mes jupons. Dans un geste instinctif, je serre mes cuisses, contracte mes épaules. La peau de mes bras ressemble à celle d'une poule plumée. Mon esprit réinvestit mon corps en alerte. Me noyer, si proche du but, après avoir échappé à tant de périls ? Non ! Afin de dominer ma frayeur, j'observe le patron au gouvernail. Concentré, les genoux fléchis, il positionne la proue du bateau dans l'axe des déferlantes.

Deux vagues passent. À la troisième, il hurle un ordre à son équipage qui rame à toute force. Portés sur la crête d'écume, nous franchissons sans encombre le rempart des rouleaux. La chelingue s'échoue doucement sur la rive où s'agglutine une foule dense.

Des bras me soulèvent et me déposent sur le sable. Je suis aussitôt happée par le tourbillon. On me touche, on me bouscule de toutes parts. Mille voix me parlent à la fois, en français, en anglais, en hollandais, en tamoul. Accablée de chaleur, un peu affolée, je ne comprends rien. Tous ces visages bruns n'expriment pourtant aucune hostilité. Des sourires, des supplications, des dizaines de mains tendant vers moi des papiers. Plus mon embarras redouble, plus les Indiens deviennent pressants. Grâce à ma haute taille, j'aperçois par-dessus cette mer de têtes mes compagnons, assiégés de même. Des rixes éclatent autour d'eux. Pierre de Pléhen, avec des moulinets rageurs de sa badine, glapit des injures.

— Bas les pattes, sales nègres, vermine ! Dégagez de là, je suis officier français ! Pouilleux, coquins, je vous rosserai !

Les capitaines Le Bonnec et Billard, forts de leur expérience des Indes, abordent la situation avec plus de sang-froid. Ils choisissent quelques hommes parmi la foule. Aussitôt, ceux-ci désignent des comparses qui, pour les uns, s'emparent de nos bagages, tandis que les autres nous frayent un passage à grands coups de rotin. La multitude reflue avec des mines désappointées et des murmures mécontents. Le lieutenant Gesril, le front dégoulinant et des auréoles humides maculant son uniforme, louvoie jusqu'à moi.

— Diables d'Indiens ! me lance-t-il avec une grimace comique. Je suis absolument désolé de vous avoir abandonnée à ces fous furieux. Ils étaient si nombreux que j'ai été empêché de vous rejoindre. J'espère que vous n'avez pas eu peur. Il n'y a du reste rien à en redouter. Au contraire de ce que vous pourriez croire, ils ont le caractère doux et accommodant.

— Je ne demande qu'à en être convaincue. Que voulaient-ils au juste ?

— Être choisis comme *dobachi*, à savoir l'intendant en chef pour tout Européen qui débarque ici, précise le lieutenant. Le *dobachi* s'occupe de trouver pour son maître un logement, de recruter ses domestiques et de les gouverner, de pourvoir à tous ses besoins avant même qu'il en ait émis le désir. Il prend également en charge l'argent et les marchandises. Aussi ne lui donne-t-on pas de salaire. Il se paie sur les bénéfices et règle les frais du séjour.

— Ma foi, pourvu que ceux qui ont été recrutés soient honnêtes. Une femme doit-elle disposer de son propre *dobachi* ?

— Je l'ignore. Le mien s'occupera de vous, si vous n'y voyez pas d'inconvénient. Mais voilà notre palanquin avancé.

Un jeune Indien longiligne, en pagne blanc, nous invite à nous asseoir dans une curieuse chaise à porteurs – ou plutôt un lit, d'où peut-être son nom de *douli* – équipée d'une tente. Quatre hommes la hissent sur leurs épaules et s'élancent. Ils se relaient avec deux autres, tandis que le *dobachi* court à petites foulées régulières devant, suivi par une nuée de serviteurs.

— Où allons-nous ?

— Là où il lui semblera bon de nous conduire ! Quel toit juge-t-il digne de notre condition ? Nous le saurons bientôt ! s'esclaffe le lieutenant.

Loin de partager son hilarité, j'éprouve la désagréable sensation d'être une proie emportée vers l'antre d'un monstre avide. Pourtant, le décor qui se dévoile entre les pans de cotonnade se révèle plutôt rassurant.

Après des cases de pisé coiffées de feuilles de palmier, le désordre de venelles encombrées d'étals, de bétail en liberté, de marmots nus s'amusant dans la poussière, grouillantes de plus de monde encore que la place Saint-Sauveur à Dinan les jours de marché, nous pénétrons dans une large avenue plantée d'acacias et bordée de murs élevés. Nous tournons à droite, à gauche, puis encore à droite. Notre équipage s'immobilise enfin devant un porche. Les portes ouvrent sur une bâtisse cossue dont la blancheur du crépi contraste avec le bois sombre des colonnes aux chapiteaux ouvragés portant la galerie du second étage.

Un arbre immense étend son ombre sur la cour aux parterres impeccablement tenus. Une femme aussi grande que moi, une Européenne, les cheveux serrés dans un bonnet immaculé, nous attend devant l'entrée, encadrée par une vingtaine de domestiques indigènes.

Gesril me donne son bras.

— Madame, je ne sais pas plus que vous où nous nous trouvons, mais voilà notre nouvelle maison.

La chambre à laquelle je suis conduite, après ma cabine étriquée à bord de l'*Anne de Bretagne*, me fait l'effet d'un palais, avec le large lit à baldaquin drapé de gaze, la banquette et la paire de fauteuils garnis de coussins de soie, l'élégant secrétaire en marqueterie. Un paravent de toile peint de paons à la queue déployée en éventail dissimule la coiffeuse et les ustensiles de toilette. Pendu au plafond à caissons de bois sculpté se balance mollement un *panka* aux énormes pales. Sur le parquet, formé d'épaisses lattes de teck poli, un tapis soyeux chatoie de mille nuances.

*

Notre logeur est un négociant originaire d'Amsterdam, Wouter Houtmann. La maison, achetée à un de ses compatriotes reparti dans son pays, est beaucoup trop vaste pour sa femme Elsie et pour lui. Ils destinent donc une demi-douzaine de chambres des étages à l'hébergement de voyageurs.

Le couple paraît assez aisé pour se dispenser de ce revenu, mais les Hollandais ne dédaignent jamais un gain. Ils ont ainsi bâti leur puissance commerciale dans toute l'Asie. S'ils détiennent peu de factoreries aux Indes, ils sont établis à Java, en Chine et au Japon. Habiles marins dans la lignée de leurs ancêtres, les habitants des Provinces-Unies préfèrent investir dans les expéditions lointaines plutôt que dans les rares terres de leurs régions, si souvent envahies par les eaux. Leurs *returnships* sillonnent les mers d'Orient pour développer de fructueuses affaires. Ils envoient en Arabie des cotonnades indiennes, du bois de santal et des épices, dont le poivre et la muscade qui furent longtemps leur monopole, contre de l'argent, métal qui fait défaut à l'Empire Céleste. En échange, les Chinois leur cèdent de l'or, d'autres épices, des porcelaines et des soieries fort appréciées au Japon. Leur *Vereenigde Oostindishe Compagnie* l'emporte ainsi par sa prospérité sur l'*East India Company* et sur notre malheureuse Compagnie des Indes, ruinée par la guerre.

Tels sont les propos tenus dans un français approximatif et guttural par M. Houtmann, au cours du plantureux dîner qui nous est servi. Il nous expose combien son commerce l'occupe et que la tenue de leur maison distrait son épouse, d'une nature industrieuse ne s'accommodant guère de l'oisiveté. Tous deux paraissent sortis du même moule, grands et gras, le cheveu d'un blond presque blanc, avenants et aussi propres que leur intérieur. Elsie Houtmann appuie de vigoureux hochements du chef le discours de son mari. Quant à moi, je n'y prête qu'une attention distraite. Seule la pensée de mon frère occupe mon esprit. À l'abattement des derniers temps a succédé l'impatience. *Oh ! dinn ! dinn ! daon ! Je vais au combat.* Comment ? Le repas touchant à sa fin, j'entreprends à brûle-pourpoint le capitaine Billard à ce sujet.

— Monsieur, quand pourrai-je me rendre à Pondichéry ?

L'officier lève un sourcil et rétorque sur un ton un rien agacé.

— Madame, que de hâte ! Nous débarquons à peine et n'avons encore noué aucune relation ici. Aller à Pondichéry n'est pas aussi simple que d'organiser une partie de campagne dans une malouinière.

— Ma demande ne devrait point vous étonner, lui réponds-je avec vivacité. Vous connaissez depuis notre départ de Saint-Malo le motif de mon voyage aux Indes. Pourquoi aurais-je accompagné le capitaine de la Pallière ? Les autres épouses attendent le retour de leur mari.

— La fougue des jeunes mariés…

J'ignore s'il me raille ou s'il est sincère.

— Puis-je compter sur votre aide ? ne puis-je m'empêcher d'insister en contenant mon irritation.

— Il faut prévoir deux bonnes journées, si ce n'est trois, pour gagner Pondichéry, grommelle le capitaine, soit cinq à six jours au total en comptant le retour. Vous aurez besoin d'une escorte armée et de vivres. Puisque feu Monsieur de la Pallière s'y est engagé, je ferai le nécessaire dans les prochains jours. Avec votre permission, je vous conseille de mettre à profit ce délai pour vous reposer et vous acclimater à ce pays.

— J'ai eu plus de huit mois pour me reposer et me sens prête à partir même maintenant, répartis-je.

— Madame, je suis heureux de constater que la flamme se ranime en vous, conclut l'officier mi-fâché, mi-amusé.

*

Les officiers de l'expédition se sont dispersés, les uns pour avitailler les navires et superviser les réparations, les autres pour traiter avec les négociants d'ici. Balayant la recommandation du capitaine Billard, je décide d'entreprendre par moi-même des recherches. Faute d'indices, je dois explorer toutes les pistes, aussi improbables soient-elles. Demeurée seule en sa compagnie, j'engage la conversation avec Elsie Houtmann, ravie de recevoir sous son toit une Européenne. Son français est encore plus incertain que celui de son époux, son anglais à peine meilleur, et le mien hésitant. Nous échangeons donc dans un curieux baragouin qu'aurait certainement renié Shakespeare, complété de mots de nos langues maternelles respectives.

Cherchant à me plaire, la Hollandaise s'enquiert des dernières élégances parisiennes dont je ne connais rien. En échange, elle m'initie à l'art de tenir son ménage. Elle me montre comment se faire respecter des bataillons de domestiques qui briquent le sol, astiquent les meubles, brossent les tapis, vaquent aux cuisines, sans compter ceux, invisibles, qui agitent les *pankas* ou encore ceux chargés d'arroser d'eau de vétiver les panneaux tendus devant les fenêtres et le long de la galerie pour se prémunir de la chaleur. Je constate les effets de ses vociférations et gesticulations permanentes. Les Indiens disent toujours oui, affichent des mines penaudes lorsqu'on les gourmande et continuent d'agir à leur guise.

— Ah, gémit ma brave hôtesse, ils sont très paresseux, ces gens. Impossible de leur donner une autre tâche que celle pour laquelle ils sont nés ! Les balayeurs ne veulent que balayer, les cuisiniers ne veulent que cuisiner, les jardiniers que jardiner. Leur religion l'exige et on les outrage si on leur demande de déroger à la vocation de leur caste !

Je feins de prêter une grande attention aux soucis domestiques d'Elsie Houtmann avant de l'interroger sur mon unique préoccupation. En dépit de sa bonne volonté, elle ne m'aide guère. Elle se rappelle la terrible bataille navale au large de Porto-Novo, en 1758, quand la flotte du comte d'Aché qui convoyait les régiments du général de Lally-Tollendal, au rang desquels mon frère Jean figurait, a été attaquée par les Anglais. Cinq ans après les événements, elle me relate, la voix tremblante, le fracas de la mitraille qui, depuis le large, ébranlait les murs des maisons, la nappe de fumée bouchant l'horizon et les flammes. Plus tard, lors du siège de Pondichéry, des déserteurs français ont cherché asile à Porto-Novo, mais aucun de ceux qu'elle me décrit ne ressemble de près ou de loin à mon frère.

Bien qu'administrée par les Hollandais, la ville accueille d'autres Européens, explique-t-elle, qui y détiennent leurs propres loges de commerce. Elsie Houtmann me conseille de visiter les rares familles françaises établies à Porto-Novo. Serait-ce un début ?

*

Cédant à l'insistance de la Hollandaise, j'emmène avec moi la jeune servante indienne imposée par le *dobachi* du lieutenant Gesril, l'une de ses sœurs, cousines ou quelconques parentes. Frêle créature d'une quinzaine d'années, une natte plus grosse que le poing descendant jusqu'au bas de ses reins, Amrita offre pour toute conversation un perpétuel sourire qui découvre des dents plantées en désordre et très blanches. Sitôt que nous avons pris place sur le *douli*, les porteurs ou *bouées* se mettent en marche.

Sans fortifications, hormis quelques vestiges de murs aux trois quarts enfouis dans le sable, çà et là, et l'infime frontière de la rivière du même nom qui la baigne au sud, Porto-Novo s'ouvre librement à tous ceux qui y ont à faire et l'on y circule aisément. Le trajet me paraît néanmoins fort long. Après avoir tourné en rond plusieurs fois dans la ville blanche, nous arrivons dans une étroite ruelle de la ville noire. Mes *bouées* n'ont, selon toute vraisemblance, pas compris ou pas écouté les consignes de leur maîtresse. Incapable de les questionner, je désespère de retrouver mes compatriotes. Je m'agite en tous sens, quand, tout à coup, un énorme serpent balaie l'espace devant nous. Je pousse un cri de terreur.

Un serpent ? Non, une trompe. Un éléphant, gigantesque masse grisâtre peinte de motifs blancs, nous barre le passage. Son petit œil noir nous lorgne d'un air mauvais. Derrière l'animal se dresse une pagode, la première que je vois, sur la pyramide de laquelle, en cohortes inquiétantes, s'alignent des idoles bariolées de couleurs criardes aux faces grimaçantes. Au centre domine un monstre doté d'un corps d'homme à quatre bras et à tête de pachyderme. Désorientée, je sens la panique me gagner. Mes *bouées* ont-ils résolu de m'égarer ? Je suis seule, au milieu de ces Indiens, dans un pays dont j'ignore tout. Les larmes aux yeux, le cœur battant à tout rompre, je maudis une nouvelle fois cette impétuosité qui me conduit à toutes les imprudences.

À ce moment, une main fraîche se pose sur mon poignet.

— *Sri Ganesha* ! *Sri Ganesha* ! répète Amrita avec un gentil sourire.

Elle saute à bas du palanquin, se dirige vers une échoppe à proximité, y achète trois bananes. Pleine d'assurance, elle s'approche de l'énorme animal et lui tend son offrande. L'éléphant dodeline de sa grosse tête avant de saisir du bout de sa trompe les fruits et de les engloutir. Puis, très doucement, il l'élève vers le ciel et heurte la tête baissée de la jeune Indienne. Je songe aussitôt, non sans remords pour cette comparaison irrévérencieuse, au recteur ventripotent de La Richardais qui bénissait les enfants de la sorte avec une bienveillante componction. *Sri Ganesha*, Ganesh, dieu de l'intelligence, protecteur des foyers, qui leur apporte la chance et la prospérité. Où ai-je entendu cela ? Le calme revient en moi et j'ai honte à présent d'avoir cédé si puérilement à la frayeur. En reprenant place sur le palanquin, Amrita adresse quelques mots à nos porteurs. Ceux-ci rebroussent chemin et nous regagnons la ville blanche. Nous croisons un groupe d'Indiens, vêtus à la façon des Européens, quoique dans des habits miséreux. Rassérénée après notre mésaventure, je m'enquiers auprès d'eux de la direction à prendre. Avec des airs supérieurs, le plus âgé me répond dans une langue incompréhensible aux lointaines intonations portugaises. Elsie Houtmann a évoqué devant moi avec les accents du plus profond mépris ces *Mistiches*, aussi enflés de gloire que pouvaient l'être leurs ancêtres, les compagnons d'Albuquerque, conquérant des Indes, mais tombés en décadence et menant une vie oisive et pauvre, rejetés par les Indiens comme par les Portugais.

Pour finir, grâce aux rudiments d'anglais appris auprès de l'abbé Kelly et secondée par Amrita qui se montre plus dégourdie que toute mon escorte réunie, nous parvenons à l'une des adresses fournies par ma logeuse. J'ai oublié le nom des personnes qui vivent là et je ne suis pas introduite. Je fais tout de même arrêter le *douli* face au porche à colonnades. Après de longs palabres entre mes serviteurs et ceux de la demeure, sous cette chaleur à laquelle je ne suis point accoutumée, on nous accorde le droit de pénétrer dans la propriété.

Un homme, entre deux âges, à la solide charpente, la tenue en désordre, s'avance sur le perron et, sans me demander mon nom ni me donner le sien, m'invite à entrer.

— Élisabeth s'est levée de sa sieste il y a peu, mais elle ne saurait tarder. Quant à moi, je n'ai pas tout à fait fini de m'habiller. Puis-je vous offrir une citronnade ? déclame-t-il d'une seule traite.

Réalisant sans doute que mon visage lui est inconnu, il reprend sans attendre ma réponse.

— Pardonnez-moi, Madame, je jouis, hélas ! d'une piètre mémoire. Je ne me rappelle pas où j'ai eu le plaisir de vous rencontrer.

— C'est à moi de m'excuser, Monsieur, réponds-je embarrassée. Je me présente chez vous sans y être conviée. J'ai débarqué récemment à Porto-Novo. Madame Christy de la Pallière.

— Française ? s'étonne mon interlocuteur.

— Bretonne, de Saint-Malo.

— C'était donc vrai ! Quand on nous a annoncé que trois navires battant pavillon à fleurs de lys avaient accosté, nous n'y avons guère cru. Il y a si longtemps. Mon nom est François Dumas. Que nous vaut l'honneur de votre visite ?

Alors que j'en explique le motif, une dame bien en chair dans une robe en mousseline jaune sans corps de baleine nous rejoint. Mme Dumas écoute avec curiosité mon récit et le commente de son accent chantant, sans doute celui des Français des Indes. Elle-même me narre son enfance au Bengale, dans notre comptoir perdu de Chandernagor, son installation à Porto-Novo avec son mari une vingtaine d'années auparavant. Ce dernier, spécialisé dans le commerce interlope d'Asie en Asie, a trouvé auprès des Hollandais des partenaires de choix. Les Dumas, qui possédaient une résidence de campagne à Vilnaour, lieu de villégiature des riches Pondichériens, où ils avaient l'habitude de passer quelques mois en hiver, n'y ont pas remis les pieds depuis le début du conflit. Ils déplorent la perte d'amis et connaissances, morts ou dispersés à l'issue du siège, et ne se montrent guère optimistes quant à l'avenir des Français aux Indes.

— Chère Madame, gémit Élisabeth Dumas, tout cela est terriblement affreux ! Grâce au Ciel, nous avons été épargnés à Porto-Novo, sans quoi nous serions retournés en France. Je regrette de vous être d'un piètre secours dans votre quête, mais je n'ai connu aucun Jean de Montfort. Ces jeunes officiers étaient tellement nombreux ! Demeurez cependant avec nous. Parmi nos relations, nous comptons Monsieur et Madame de Goupil, originaires de Pondichéry, qui ne tarderont pas. En attendant, parlez-moi de notre beau royaume de France ! François m'a promis que nous irions là-bas un jour. J'en rêve, toutefois je ne vous cacherais pas combien la perspective d'un tel périple m'épouvante.

Je m'applique à satisfaire la curiosité de cette aimable femme qui a si peu à voir avec la nation dont elle se revendique. D'ailleurs, à son teint mat et à l'opulence de ses cheveux de jais savamment coiffés, je devine que coule dans ses veines un peu de sang indien.

Bientôt, les invités s'annoncent, des Français pour la plupart, un ou deux Danois, quelques Hollandais, parmi lesquels le fiancé de Louise Dumas, la fille aînée de mes hôtes. En dernier paraît un couple vêtu de noir, elle d'une maigreur maladive et le visage livide, lui le jabot serré à en étouffer, la démarche raide.

— Quelle joie, s'exclame Élisabeth Dumas en tendant les bras vers les nouveaux venus, de revoir nos chers amis de Goupil ! Nous avons une heureuse surprise. Cette jeune dame, Madame Christy de la Pallière, arrive tout juste de France. Elle va nous donner les dernières nouvelles du royaume et elle a, je crois, mille questions à vous poser.

Mme de Goupil tressaille tandis que son époux fronce les sourcils.

— Trois vaisseaux de France, gronde-t-il, je ne me suis même pas rendu à la rade pour le vérifier. Trois vaisseaux, alors qu'on nous racontait qu'il n'y en avait plus, qu'on nous a abandonnés à la cruauté des Anglais ! Depuis deux ans nous pleurons nos défunts sur les décombres de notre ville sans que le roi se préoccupe de notre sort !

Les conversations se sont tues. Les regards convergent vers moi. Au comble de la confusion, je tente de protester.

— Il s'agit de simples navires de commerce, armés par feu mon époux l'écuyer Christy de la Pallière. Quant à moi, je l'ai accompagné car je recherche mon frère, officier dans l'armée du comte de Lally-Tollendal.

Au lieu de l'apaiser, mes propos attisent l'incompréhensible fureur de M. de Goupil.

— Lally-Tollendal, damné soit cet Irlandais ! Et avec lui tous ces messieurs de France qui nous ont perdus sans l'ombre d'un remords ! Quant à vous, Madame, vous devriez avoir honte de vous présenter devant nous. Si seulement vous saviez combien nous avons prié pour voir un morceau de voile amie à l'horizon, quelle fut l'ardeur de notre attente, tandis que nous étions assiégés !

Mme de Goupil, encore plus pâle, se pend au bras de son mari.

— Henri, calmez-vous, je vous en conjure. Cette jeune personne n'est pour rien dans nos malheurs. Si j'ai bien compris, elle a aussi perdu un être cher.

— Me calmer ! Me calmer, dites-vous, éructe-t-il en la repoussant avec violence. Cette Madame de la Pallière a beau jeu de venir ici quand il n'y a plus rien à faire. Qu'a-t-elle souffert ?

— Monsieur, répartis-je avec fougue, de quel droit m'accusez-vous de la sorte ? Que savez-vous de ce que nous avons enduré en terre de France ? J'ai vu nos bateaux brûler dans nos ports sous le feu des Anglais, j'ai vu nos villages de la côte bretonne dévastés et les cadavres des paysans massacrés par l'ennemi ! Mon frère s'est engagé pour vous défendre et mes parents sont morts, consumés par le chagrin après son départ…

Un instant déconcerté par ma réplique, M. de Goupil m'interrompt.

— Et qui se trouvait auprès de nous quand on nous a rapporté le corps sanglant de notre fils Hubert, transpercé par les mousquets anglais ? Qui nous a consolés lorsque notre pauvre Émilie, innocente et si belle, a expiré dans nos bras faute de soins et de nourriture ? Personne, personne. Les renforts promis par la France ne sont jamais arrivés. Madame, pourquoi ravivez-vous nos plaies par vos péroraisons, par votre seule présence d'ailleurs ?

Des larmes jaillissent des yeux du malheureux et son épouse sanglote à son tour. Il n'y a aucun argument à opposer à l'injustice du propos, dicté par un cœur ravagé. Je me retire précipitamment. Alors que je hèle mes *bouées*, j'entends une voix tremblante dans mon dos. Mme de Goupil m'a suivie.

— Je suis désolée, s'excuse-t-elle. Henri ne s'est jamais remis de la mort de nos deux enfants. Moi non plus d'ailleurs, mais lui ne sait manifester son chagrin que par ces crises brutales.

Ma fureur tombe d'un coup et je lui prends la main, très émue.

— Puissiez-vous, Madame, me pardonner d'avoir réveillé votre douleur ! Mon frère est ma seule famille et s'il existe une unique chance de le revoir, je dois la tenter.

— Quel est son nom ?

— Jean de Montfort.

Mme de Goupil hoche la tête négativement.

— Ce nom m'est certes familier, pourtant il ne m'évoque aucun visage précis. Si je puis vous donner un conseil, celui d'une mère affligée, rentrez en France. À Pondichéry ne subsistent que des ronces peuplées de serpents. Laissons les morts reposer en paix.

— Les vivants ont aussi besoin de paix. Je n'en aurai pour ma part qu'en sachant le sort mon frère.

— Alors, que la Très Sainte Vierge vous apporte la consolation. La paix, je ne la trouverai plus jamais en ce bas monde.

L'infortunée s'éloigne. Élisabeth Dumas me rejoint à son tour.

— Oh, mon Dieu ! J'ai bien cru que j'aurais besoin de mes sels.

— Vous me voyez navrée de vous remercier de la sorte pour votre courtoisie. J'ai gâché votre réception.

— Pas du tout ! me lance-t-elle étourdiment. Enfin un peu d'animation. Vous savez, on s'ennuie parfois tant ici !

Déconfite, exténuée par le pénible incident, je regagne la maison des Houtmann. Je n'ai guère l'habitude de me heurter à un chagrin supérieur au mien. Mes propres épreuves m'ont-elles rendue indifférente à la souffrance d'autrui, sinistrement égoïste ? Je m'en veux de m'être emportée face à cet homme désespéré. Mais je ne me rangerai pas à la triste proposition de Mme de Goupil ! Non, je n'ai point parcouru tout ce chemin pour plier à la première déconvenue. J'ai défié les miens, le monde d'où je viens, j'ai traversé les océans. J'affronterai les ronces et les serpents, je ferai parler les ruines pour retrouver Jean.

*

J'ai voulu prétexter une indisposition pour éviter de souper avec mes compagnons de voyage, afin de ne rien laisser paraître de mon désappointement. J'y ai renoncé, ce serait lui accorder trop d'importance. Je les retrouve donc à la table de l'auberge cossue où certains résident.

Le repas se révèle joyeux, même si le piment dont sont assaisonnés en abondance les plats nous fait monter les larmes aux yeux à plusieurs reprises. Alors que nous dégustons les desserts, assortiments de beignets et d'entremets divers baignant dans d'épais sirops sucrés et parfumés au safran, à la cannelle ou à la cardamome, des musiciens s'avancent. Je ne connais pas encore le nom exact de leurs instruments, apparentés aux tambours et aux cithares. D'emblée, les sons qui en sortent m'agacent par leurs accents lancinants et, à la fois, me poignent le cœur. Haussant le ton pour couvrir cette musique étrangère, j'interpelle le capitaine Billard.

— Monsieur, avez-vous eu le loisir d'organiser ce voyage pour Pondichéry ?

Ma demande réitérée ne l'enchante guère et il ne cherche en aucune façon à me cacher le désagrément qu'elle lui cause.

— Encore une fois, Madame, je comprends votre affliction, mais je ne vois guère l'utilité de ce périple. Vous ne l'ignorez point, les Anglais ont rasé la ville et emmené avec eux les officiers français qui n'avaient pas péri pendant le siège. Vous ne gagnerez rien à vous rendre là-bas.

— Monsieur, nous avons déjà eu cette conversation. Savez-vous que l'on me tient ce discours depuis deux ans ? Si je l'avais écouté, je prierais aujourd'hui au couvent des ursulines de Dinan. Peut-être ai-je tort. Cependant, accordez-moi le droit d'aller au bout de mon erreur.

— Cela vous conviendrait-il de partir après-demain, cède le commandant du *Saint-Gilles* dans un soupir exaspéré.

Des jeux de cartes apparaissent. Il est temps pour moi de me retirer. Comme le lieutenant Gesril manifeste le désir de s'attarder, Pierre de Pléhen s'offre avec empressement de me raccompagner. Je n'ai aucun motif de le lui refuser. Je me sens néanmoins mal à l'aise dès que nous prenons place dans le palanquin. À chaque foulée des *bouées*, il se rapproche un peu plus de moi.

— Madame, ma chère Anne si j'osais, comme je suis heureux de goûter seul votre douce compagnie, susurre-t-il à mon oreille.

— Monsieur, vous n'en êtes guère privé, me semble-t-il.

— Anne, pourquoi ce ton cassant entre nous ? Maintenant que vous voilà délivrée de votre odieux époux, vous n'avez aucune raison d'avoir peur, encore moins de moi.

Je n'apprécie guère le propos et retire précipitamment ma main dont il s'est emparé.

— Monsieur, je vous prie de respecter la mémoire du capitaine de la Pallière. Je porte encore son deuil.

— Cette robe bleu ciel qui vous va si bien au teint et souligne l'éclat de vos yeux ? ironise-t-il.

— Je n'avais guère prévu d'être veuve pendant notre traversée. Ces allusions à ma toilette ne vous paraissent-elles pas quelque peu déplacées ?

Pierre de Pléhen se raidit, mais n'en poursuit pas moins.

— Pardonnez-moi si je vous ai offensée ! Mon but n'était que de vous témoigner mon admiration. Vous avez soigné votre mari avec tant de dévouement. Quel homme ne rêverait d'être caressé par des mains aussi douces ? Anne, il est temps de songer à vous, de laisser s'exprimer vos sentiments, de regarder enfin celui qui saura vous combler.

Nous arrivons devant la pension des Houtmann. Pierre de Pléhen met à profit l'instant pour me frôler plus longtemps que nécessaire quand je descends du palanquin.

La silhouette menue d'Amrita se découpe fort à propos à la flamme de la torche qu'elle apporte.

— Ma jeune servante va me reconduire à ma chambre. Bonne nuit, Monsieur ! prends-je congé sèchement.

J'emboîte aussitôt le pas à la petite Indienne, fragile rempart contre l'insistance inquiétante de Pierre de Pléhen.

*

Dans la chambre, une angoisse diffuse m'envahit. Je me sens soudain vulnérable, terriblement démunie dans ce pays dont je ne détiens pas les clés.

Je mouche la bougie, ferme les yeux. Amrita a pris soin de ne laisser aucun interstice dans la fine gaze qui couvre mon lit et de brûler des herbes pour éloigner les moustiques. En dépit de ces précautions, ma peau constellée de piqûres me rappelle mes cuisantes défaites des nuits précédentes. Et rien ne préserve mes oreilles de l'insupportable bourdonnement. L'un de ces maudits insectes a décidé de me tourmenter ce soir. J'enfouis ma tête sous l'oreiller, en vain. Le sommeil me fuit, le moustique me nargue, toujours cette angoisse. Ma frayeur dans les rues de Porto-Novo, la rencontre avec les Goupil, les insinuations de Pierre de Pléhen. Après-demain, je partirai pour Pondichéry.

Je me lève, ouvre ma malle. Je tourne à l'envers les pages des jours passés, le psautier de ma mère, le volume écorné d'*Orlando Furioso*, les coquillages offerts par le petit Jean-Baptiste, le pistolet que m'a donné son père, mon mari disparu, après l'agression de Louis, son aîné, au Montmarin*. « Je ne serai pas toujours là pour vous défendre », m'avait-il avertie. Quelle prémonition avait alors traversé son esprit tortueux ?

Pour tuer le temps à bord, le capitaine de la Pallière et le lieutenant Gesril m'ont appris à le charger et à le décharger, à tirer. J'ai réussi une fois à abattre une mouette. Quand j'ai vu l'oiseau ensanglanté s'écraser sur le pont à mes pieds, j'ai juré de ne plus jamais utiliser l'arme. Pourtant, j'éprouve à présent le besoin de la soupeser dans ma paume, de fermer mes doigts sur sa crosse au bois poli. Je rabats le canon, place la poudre, l'amorce, introduis une balle. Je me sens ridicule, toutefois la concentration requise par l'opération, dans la pénombre de la pièce, m'apaise. Je retourne me glisser entre les draps.

Beaucoup plus tard dans la nuit, une chanson paillarde beuglée à pleine voix me réveille en sursaut. Suit un boucan

---

* Voir *De tempête et d'espoir, Saint-Malo*.

effroyable dans les escaliers et une bordée de jurons enroués par l'alcool. Le lieutenant Gesril est de retour. Je peux dormir tranquille.

*

Si j'ai connu une nuit courte, Elsie Houtmann a vécu un réveil agité. Je la retrouve en compagnie d'un homme d'une maigreur extrême, coiffé d'un turban sale, les chevilles garnies d'anneaux qui s'entrechoquent à chacun de ses pas. Il porte un énorme panier et un instrument assez similaire à l'un de nos binious.

— J'ai convoqué l'enchanteur de serpents, m'explique la brave femme, encore tremblante. Le pays pullule de ces vilaines bêtes. Grâce à Dieu, elles sont pour la plupart inoffensives. Les couleuvres de maison envahissent le jardin, se faufilent souvent jusqu'aux cuisines, et même dans les lits dont elles apprécient la tiédeur. Mais j'ai cru voir ce matin dans le salon une horrible couleuvre minute ! J'ai eu si peur ! Elle était noire comme la mort qu'elle inflige de sa morsure, en autant de minutes qu'elle montre d'annelures.

Installé au beau milieu de la pièce, l'étrange personnage soulève son panier. Je réprime un mouvement de recul quand je découvre son contenu, un enchevêtrement grouillant de serpents de toutes sortes. Le mage souffle de toutes ses forces dans sa musette. Pour me protéger les tympans de ce qu'on ne peut nommer musique sans insulter nos Lully, Rameau, et autre Charpentier, j'appuie mes paumes sur mes oreilles.

Les serpents, qui pourtant n'en disposent pas, expriment à leur façon leur indignation. Ils se redressent les uns après les autres, ondulent de colère à ce tapage, leurs langues bifides pointées en avant. Alors qu'Elsie Houtmann et moi sommes captivées par la danse des reptiles, l'homme s'interrompt brusquement et pousse un cri de triomphe. Il brandit une couleuvre à cinq anneaux jaunes, apparue comme par magie dans son poing. La Hollandaise affiche aussitôt une expression de soulagement.

— J'ignore comment il s'y prend, mais cela fonctionne à chaque fois, s'extasie-t-elle. Le bruit et la présence des autres serpents attirent toujours celui qui se cache dans la maison. C'est un jeu pour l'enchanteur de s'en saisir.

La couleuvre rejoint ses congénères et l'Indien recommence à jouer de son instrument. Nous devons subir encore un moment cette torture auditive, jusqu'à ce que les reptiles, étourdis, s'enroulent dans le panier et se rendorment. L'enchanteur replace le couvercle avec un large sourire édenté.

— Figurez-vous, ma chère amie, précise mon hôtesse, qu'il ne demande aucun salaire pour nous délivrer d'un tel embarras. Juste le serpent capturé et un repas.

Quand je vois l'homme engloutir sans faiblir une pleine marmite de riz au *cari*, je me fais la réflexion qu'il n'a pas si mal gagné sa journée. Il m'adresse un clin d'œil moqueur. Son pouvoir réside-t-il dans son adresse à capturer les serpents ou à se jouer d'une femme naïve par un habile tour de passe-passe ? Quelle leçon tirer de l'étonnant spectacle auquel j'ai assisté ? Seuls les serpents peuplent désormais Pondichéry, m'a-t-on affirmé. Là-bas, il me faudra sans doute me méfier de mes peurs autant que des illusions.

Carnet de Jean de Montfort

Je fouille ma mémoire pour reconstituer le passé, le cours des événements qui m'ont conduit à devenir celui que je suis aujourd'hui. Les jours ont filé, vite, si vite, Anne, depuis l'instant où j'ai débarqué à Pondichéry !

Avril 1758, il y a une éternité ! À quelques encablures de notre but, il s'en fallut de peu que notre expédition s'achevât là, au fond de l'eau, sous le feu des vaisseaux britanniques. Pour la première fois j'entendis le tonnerre de la canonnade, sentis l'odeur de la poudre, je vis des camarades tomber sous la mitraille. Je me crus prêt.

Accueillis à Pondichéry en sauveurs, nous crûmes tous un peu vite, nous les survivants, en notre invincibilité. Quant à moi, habité par les récits de chevalerie qui bercèrent notre enfance, j'en étais sans doute plus qu'un autre convaincu. Enfin, j'allais servir mon roi, mon pays, pour la fierté de nos parents et la tienne, Anne !

Un autre homme bouillait autant que moi d'en découdre, notre commandant en chef, le comte de Lally-Tollendal, haute figure militaire, héros de Fontenoy, tant de fois décoré, couvert d'honneurs. Mon admiration, mon dévouement lui étaient tout acquis. Je me refusai à prêter attention aux rumeurs qui couraient sur son rude caractère. Si les duels n'avaient été interdits, à moult reprises j'aurais tiré l'épée pour défendre sa réputation.

Le jour même de notre arrivée, il fit fermer les portes de la ville et battre la générale. Dès la nuit suivante, nous marchâmes sur Gondelour, à quatre lieues au sud de Pondichéry. Ne s'attendant guère à cette prompte visite, les officiers anglais se reposaient dans leurs demeures de campagne. Ils n'eurent que le temps de se sauver avec leurs familles. Sur la route jonchée d'effets abandonnés dans leur départ précipité, une tache bleu pâle retint tout à coup mon attention. En y regardant de plus près, je distinguai une pantoufle, une pantoufle de dame en soie brodée. Une immense honte m'envahit. Je songeai à la propriétaire de ce délicat soulier, tellement terrorisée par notre arrivée qu'elle s'était enfuie pieds nus. Bel acte de bravoure, épouvanter une femme !

La ville tombée en nos mains, nous assiégeâmes sa citadelle, Fort Saint-David. À ce moment précis débuta la guerre qui devait nous perdre, non celle contre les Anglais, mais celle au sein de notre propre commandement. Nous rencontrâmes les pires déboires à transporter le parc de siège, n'obtînmes jamais les boulets du bon calibre pour nos canons. La haine farouche entre le général de Lally-Tollendal et le gouverneur de Pondichéry, M. de Leyrit, naquit ainsi, d'incompréhensions en stériles querelles, indignes de gentilshommes.

Quand le major anglais Pollier se résolut à traiter de sa reddition, il ignorait que, s'il avait résisté quelques jours de plus, il nous aurait vus nous retirer piteusement, faute de munitions.

Grisés par ce succès, de retour à Pondichéry, nous chantâmes avec une ardeur partagée par les habitants un Te Deum *solennel, ces incidents oubliés. Pas plus que les autres, je n'y devinais les signes précurseurs de ce qui nous entraînerait à l'irréparable.*

Après Gondelour, nous prîmes encore le Fort de Divicot, notre seconde et donc dernière victoire. Puis nous sombrâmes dans une triste spirale dont je ne vous ai touché mot, ni à nos parents ni à toi, afin de ne point vous causer d'inquiétude. Les circonstances dans lesquelles nous échouâmes devant Tanjaour résonnèrent tel un sinistre présage.

Pour une raison qui dépasse l'entendement, le comte de Lally-Tollendal ordonna d'emmagasiner nos réserves de poudre et de munitions dans la pagode de Chalambrom, éloignée d'une douzaine de lieues de la ville. Accident ou acte de malveillance, un incendie s'y déclara, suivi d'une explosion monstrueuse. Celle-ci aurait dû réduire en poussière l'édifice. Mais il se produisit un incroyable phénomène, qui frappa l'esprit des Indiens comme celui de nos soldats. Les uns y virent un avertissement de leurs dieux, les autres un sortilège.

La voûte du temple s'ouvrit dans toute sa longueur, s'écarta comme les battants d'une porte roulant sur une invisible charnière. Puis, la masse d'air et de feu libérée, elle se referma. La pagode se retrouva semblable à elle-même, avec pour toute trace de l'explosion des traînées noirâtres sur ses murs et quelques filets de fumée.

Dans un accès de fureur qui lui fit frôler l'apoplexie, notre général, faute de coupables identifiés, châtia durement les soldats préposés à la garde des munitions. La peur, la défiance de notre commandement commencèrent alors à gangrener les troupes, bataillons français et corps de cipayes. Cela, le comte de Lally se refusa à le considérer. Quant à moi, je doutai désormais de la valeur de cet homme que j'avais placé si haut dans mon estime.

Te rappelles-tu, ma chère Anne, ce gros taureau à la ferme des Le Tersec ? Même si sa masse musculeuse nous impressionnait, nous nous amusions à l'exciter, abrités derrière une solide barrière. Furieux, il nous chargeait, s'assommait contre le montant de bois et, à peine remis de son étourdissement, fonçait de nouveau sur nous. Notre général agissait ainsi. Frustré de ce revers devant Tanjaour et sans en tirer les enseignements, il décida de marcher sur Madras, avec des troupes mal préparées, mal équipées, sans appui naval. Là encore, les dissensions au sein du commandement causèrent sans doute plus de morts et de blessés que l'artillerie britannique. Après le gouverneur de Pondichéry, les agents de la Compagnie des Indes, Lally-Tollendal se querella avec le comte de Bussy, un grand soldat, un grand seigneur, établi déjà depuis plusieurs années aux Indes, allant jusqu'à l'accuser de trahison pour ne pas s'avouer ses propres erreurs.

Pourquoi tant d'aveuglement ? Pourquoi cet entêtement criminel de la part de celui qui fut, en d'autres temps et sous d'autres cieux, un si grand soldat ? Je l'ignore, Anne. Cet homme n'était ni un sot, ni un fou pourtant.

Chapitre II

Passant outre à ses réticences, le capitaine Billard a tenu parole. Le surlendemain de notre échange, le lieutenant Gesril, chargé avec l'enseigne Kérisel de m'accompagner, me donne rendez-vous aux premières lumières de l'aube. D'innombrables serviteurs, parmi lesquels je reconnais son *dobachi*, se massent autour du *douli*.

— Nous rendons-nous dans cet équipage à Pondichéry ? m'enquiers-je.

— En aucune façon. Vous voyez là seulement les domestiques qui formeront notre suite jusqu'à l'entrée de la ville où nous attend une escorte.

— Mon Dieu, cette pompe est-elle bien utile ?

— Absolument pas, hormis pour satisfaire ma vanité, s'amuse l'officier. Tous ces gens attachés à ma personne ne me confèrent-ils pas fière allure ? Voyez mes *bouées* porteurs de palanquin au pagne blanc et torse nu, coiffés de leur toque de couleur, mes *chefdars* sans autre fonction que de faire cortège, mon *rondelairi* et son parasol pour m'abriter du soleil, mes *massalgis* porteurs de torche, mes *coolies* chargés des paquets et bagages, sans compter mes *pions* qui arborent avec tant de fierté leur plaque d'argent sur la poitrine, gravée à mon chiffre, leur sabre en bandoulière et leur badine de rotin pour dégager le passage devant moi.

Je m'étonne de tant de dépenses, mais Gesril hausse les épaules.

— Cela ne coûte rien et chacun des officiers de notre expédition dispose d'autant de serviteurs. Ce peuple est frugal, une poignée de riz, quelques roupies suffisent. D'ailleurs, ils se sentiraient insultés si nous n'affichions pas notre rang en entretenant une domesticité nombreuse. Le *dobachi* lui-même ne se montrerait guère diligent s'il ne pouvait se faire valoir ainsi de l'importance de son maître. Et encore, je ne vous parle pas des serviteurs affectés à mon seul entretien. Un valet de chambre pour s'occuper de mes effets, doublé d'un écrivain, qui note chaque mouvement dans ma garde-robe. Je ne peux changer de chemise sans que cela soit dûment consigné par ce même écrivain, gardien des clés de mes malles. Il y a encore celui qui soigne ma barbe, celui qui me lave les pieds, différent de celui qui lave le haut de mon corps, celui qui boucle mes souliers et tant d'autres que je peine à les distinguer entre eux.

La bonne humeur de mon compagnon allège mon cœur. Son encombrant cortège, à l'exception des *coolies*, d'un valet, d'un cuisinier et de son marmiton, se disperse quand nous rejoignons la troupe de gens d'armes. Amrita et moi sommes invitées à monter sur un palanquin attelé à une paire de bœufs blancs, deux fois gros comme ceux de Bretagne.

— Où sont nos chevaux ? s'inquiète le lieutenant Gesril auprès du chef de nos soldats.

Celui-ci lui désigne deux autres bovidés sellés.

— Pas de chevaux, des bizots.

Avec leur bosse au-dessus des épaules et le long fanon qui ondule majestueusement comme une draperie légère depuis leur cou jusqu'à terre, les animaux offrent une apparence curieuse.

— Hors de question ! proteste l'officier. Un Breton ne monte pas une vache ! Mes ancêtres se retourneraient dans leur tombe de voir leur descendant accepter de se ridiculiser ainsi !

Je tente de le convaincre.

— On les dit dociles et sûrs, plus endurants que des chevaux.

L'un des bizots frotte alors son museau empli d'une écume gluante contre l'épaule de Gesril.

— Un cheval ou je ne bougerai pas d'ici ! peste ce dernier en essayant de nettoyer son uniforme souillé.

Nous perdons une bonne heure avant que son vœu soit exaucé. Exaspérée, je n'ose cependant reprocher au lieutenant son caprice. Sa sollicitude à mon égard m'incite à un peu de compréhension.

*

Afin de rattraper le temps perdu, nous nous sommes accordé une seule halte depuis notre départ. Le lieutenant Gesril approche son cheval de la tenture relevée de mon palanquin. Le malheureux, écarlate, fond en eau sous un cocasse couvre-chef de paille. Malgré ses atermoiements du matin, j'éprouve quelques remords dans mon abri de coton blanc. Devant moi, les longues cornes des bœufs se balancent au rythme de leur trot alerte. Blottie au fond du palanquin, Amrita dort profondément. Je ne vois d'autre utilité à sa présence que de répondre au principe de bienséance selon lequel une femme ne voyage jamais seule avec des hommes. La méconnaissance de sa langue m'interdit toute conversation avec elle et je n'ai besoin de personne pour m'aider à m'habiller. Toutefois, sa compagnie discrète ne me dérange guère.

— Madame, me lance l'officier en s'épongeant le front de son mouchoir, peut-être aurais-je dû céder ma place à vos côtés au capitaine de Pléhen.

— Trouvez-vous si peu d'agrément à voyager à mes côtés ? repartis-je, faussement indignée.

— Que nenni ! Je regrette seulement de vous offrir un pitoyable spectacle. Je suis marin et sais monter un navire sans vaciller, même par gros temps. Hélas ! je fais un piètre cavalier, même sur un véritable cheval. Ne riez point, je vous prie, si je chois à vos pieds.

— Est-ce pour me divertir que vous vous êtes substitué à Monsieur de Pléhen ?

Mon compagnon redevient sérieux.

— La capitaine Billard l'a ordonné ainsi. Je connais un peu cette contrée pour y être déjà venu une fois. Cette modeste expérience me permettra de mieux veiller sur vous. Monsieur de Pléhen a lourdement insisté pour vous escorter. J'ai même cru qu'il allait me provoquer en duel afin de m'évincer. Le capitaine a joué de toute son autorité pour lui faire admettre que sa place était auprès de ses hommes et de sa cargaison. Êtes-vous déçue ?

Je m'empresse de répliquer sur le ton de la plaisanterie.

— Tout au rebours, je vous remercie puisque vous voulez bien non seulement me protéger, mais aussi m'offrir le spectacle de vos cabrioles équestres.

Ce badinage me distrait de l'émotion qui noue mon estomac. Ce sol sur lequel nous progressons a peut-être été foulé par Jean. Lui aussi a connu ce paysage écrasé de soleil, senti cette odeur de chaleur à peine teintée d'une pointe d'iode. J'ignore ce que je trouverai à Pondichéry, mais quoi qu'il advienne, je me rapproche de mon frère, tout au moins de ce qu'il a vu, vécu, éprouvé ici.

— Vous êtes cruelle ! poursuit Gesril, sans s'apercevoir de mon trouble ou, au contraire, pour le dissiper avec une délicatesse insoupçonnée. Tant pis pour moi si je perds sous peu mon prestige à vos yeux comme à ceux de notre jeune Kérisel. Regardez-le, je me demande de quel bois est taillé ce garçon !

L'enseigne avance, imperturbable, devant nous. Je ne l'ai pas encore vu une fois se désaltérer au goulot de sa gargoulette, cette gourde ronde au bouchon d'argent couverte d'un sac de tissu plissé pour conserver la fraîcheur de la boisson. Il ne semble aucunement souffrir du climat, le teint frais, heureux à l'évidence de découvrir du pays.

Au milieu du jour, quand le soleil brûle au-delà du supportable, nous nous arrêtons à l'ombre d'un bouquet de palmiers. L'un des serviteurs, muni d'une mince courroie, grimpe jusqu'au sommet de l'un d'eux à une vitesse prodigieuse et coupe quelques noix de coco. On nous en sert le jus, douceâtre et désaltérant, ainsi qu'une collation de fruits, ces figues des Indes ou bananes, fondantes en bouche comme le beurre, des mangues sucrées et de l'ananas au goût acidulé, évoquant de loin celui de la groseille. Quant aux Indiens, après cette longue marche, ils se satisfont d'un repas encore plus sommaire. Deux par deux, chacun à son tour verse dans les mains en coupe de son camarade une poignée de riz cuit tenue dans un pan de son pagne, y ajoute un peu de sel et d'eau et se nourrit ainsi, en quelques bouchées prestement avalées, avant de rendre le même service à l'autre.

Tandis qu'ils se reposent, je somnole au bruissement des palmes. La route est désormais déserte. Depuis le matin pourtant, nous n'avons cessé de croiser du monde, des paysans aiguillonnant des bœufs ou conduisant des charrettes, des femmes la tête haute sous des ballots plus gros qu'elles, des enfants, des animaux, chèvres, vaches, chiens errants qui semblent n'appartenir à personne. Les Indiens sont un peuple de marcheurs. Où vont-ils ? Je l'ignore ; peu importe, ils marchent, marchent dans un but lointain connu d'eux seuls sans emporter d'autres effets que le morceau d'étoffe dont ils sont vêtus.

Et Jean ? Où est-il à cette heure ? Sur une route lui aussi, quelque part dans ce pays dont nul ne sait la carte ni les frontières ?

Dès que la température baisse, notre troupe s'ébranle à nouveau.

Nous avançons depuis deux heures, au jugé, quand des cavaliers surgissent en face de nous. Leurs redingotes rouges annoncent leur identité, des soldats britanniques. Le lieutenant Gesril s'essuie furtivement le visage encore une fois et se redresse, le torse bombé, tel un coq prêt au combat. Les Anglais approchent au petit trot. La paix a été signée, mais une forte tension plane. Celui qui les commande nous ordonne de nous présenter.

— Lieutenant de marine Bertrand Gesril de Papeu, s'exécute avec hauteur l'officier de l'*Anne de Bretagne*. Voici l'enseigne Jocelyn Kérisel. Nous accompagnons une dame jusqu'à Pondichéry.

— Une dame ? répète l'autre, soudain méfiant. Et s'il s'agissait de barils de poudre ou de mousquets ?

— Douteriez-vous de la parole d'un gentilhomme ?

Même si nous disposons de laissez-passer fournis par les autorités britanniques et hollandaises de Porto-Novo, il est inutile que l'échange s'envenime. Je soulève le rideau du palanquin.

— Monsieur, aurais-je une quelconque ressemblance avec un baril de poudre ?

L'officier se découvre précipitamment.

— Pardonnez-moi, Madame ! J'obéis aux ordres de mes supérieurs. On rencontre à travers ce pays nombre de déserteurs ou de mercenaires, aux intentions souvent peu honnêtes. Je suis le capitaine Olaf Sigursson. Quant à la poudre, je constate que vous n'en avez nul besoin pour provoquer des étincelles.

Sans se préoccuper de vérifier nos papiers, le capitaine Sigursson propose de nous escorter, au prétexte d'assurer notre sécurité. Des *Callers*, bandits de grand chemin, séviraient aux alentours. Je ne suis pas dupe de son offre. Ma présence l'intrigue et il souhaite en savoir plus. Je vois là l'occasion de l'interroger à mon tour.

Chemin faisant, nous devisons courtoisement, sous le regard désapprobateur de Gesril. Le représentant de Sa Majesté George III ne m'apprend rien sur mon frère dont il n'a jamais ouï le nom. En revanche, tout me parlant de sa propre personne, il en dit beaucoup sur les Indes. Lui-même est né non loin d'ici, à Tranquebar, un comptoir danois de la côte. Ses ancêtres paternels viennent de Copenhague, sa mère est anglaise. Il s'est engagé au service de l'*East India Company*, toujours en manque d'hommes pour ses armées.

— Monsieur, l'Angleterre a défait la France. La défense de vos comptoirs nécessite-t-elle de si grands moyens ? m'enquiers-je.

L'officier tortille sa moustache avec une expression énigmatique.

— Certes, Madame, la puissance française est anéantie. Quant aux Danois, aux Hollandais et aux Portugais, ils ne menacent guère nos intérêts. Nous sommes désormais fort bien établis sur la côte de Malabar, sur celle de Coromandel et dans le Deccan. En revanche, nous ne pouvons encore en dire autant de notre position dans les prospères provinces du Bengale et du nord des Indes. L'empire moghol jadis fort vaste se réduit peu à peu. Harcelé par les Jats, ces paysans guerriers aux raids dévastateurs, subissant la pression des fiers princes confédérés de l'empire marathe, qui s'étend de la côte ouest à la côte est, de Delhi au Deccan et de Goa à Surate, menacé aussi par les nobles Rajputs et plus au nord par les sikhs, le Grand Moghol Shah Alam II voit son autorité faiblir de jour en jour.

Nous lui offrons notre appui militaire et il nous accorde sa bienveillance dans le développement de notre commerce.

— Mettre à votre botte ce malheureux Shah Alam et dominer les Indes en entier, voilà le dessein de votre peuple ! s'enflamme tout à coup le lieutenant Gesril. Cependant, cette partie n'est pas encore gagnée pour vous. Au sud, Haydar Ali, Premier ministre du royaume de Mysore, au centre, le *nizam* d'Hyderabad Asaf Jâh et, au nord, le *nawab* du Bengale Mir Qasim, vous opposent une résistance farouche.

— Une simple question de temps, le toise non sans un brin de mépris le capitaine Sigursson.

Mon fier compagnon, dans un geste de colère, porte la main à la garde de son épée, mais parvient à contenir sa rage. L'officier britannique s'est montré jusque-là fort bien disposé à notre égard et un revirement de situation nous coûterait cher. Je m'empresse d'orienter la conversation sur un autre sujet. Les propos du capitaine Sigursson me laissent pourtant songeuse. Gesril a raison, la conquête de nos comptoirs ne constitue qu'une étape dans les vues des Britanniques, la première manche d'un jeu autrement plus ambitieux dont ils commencent à maîtriser les règles avec brio. J'ai appris que les Indiens avaient inventé les échecs, dont le nom signifie le roi. Je connais encore si peu des Indes, mais je devine la complexité de ce damier à mille facettes où les pions changent de couleur et où les combinaisons se multiplient à l'infini.

Nous causons de choses et d'autres jusqu'au crépuscule. Le capitaine Sigursson nous indique alors une bâtisse basse sur la gauche, à l'écart de la route.

— Vous serez à l'abri là-bas pour la nuit. Il me faut hélas ! vous quitter ici pour regagner notre campement. Je ne vous offre pas l'hospitalité, car vous y trouverez moins de confort que dans cette chauderie.

L'officier prend congé, au soulagement manifeste du lieutenant Gesril qui n'a pas desserré les dents. Je l'interroge sur le sens du terme de chauderie.

— Il s'agit de sortes d'auberges sans aubergistes, maugrée-t-il, toujours renfrogné. En Orient, on les appelle caravansérails. Des princes ou des âmes charitables les font construire pour héberger pèlerins et voyageurs.

Un vieil homme se précipite au-devant de nous pour nous offrir de l'eau. Tel est son rôle, désaltérer ceux qui s'arrêtent là. Un peu plus loin, des femmes accroupies sur des nattes vendent du riz, des poulets vivants, des épices.

Amrita me tire par la manche pour me conduire à l'étang – ou *tank* –, de forme rectangulaire, au pourtour pavé de pierres, creusé non loin de l'édifice. Elle cueille à un arbre semblable à un marronnier une grappe de fruits gros comme des noisettes, à la peau verte et veinée.

— *Areta*, prononce-t-elle.

Je porte la grappe à ma bouche. La jeune Indienne éclate de rire et retient mon bras. S'emparant de cet étrange raisin, elle l'écrase légèrement dans sa paume, le trempe dans l'eau et s'en frotte le visage. Une mousse blanchâtre se forme entre ses doigts. En ces lieux, le savon se cueille-t-il donc ? J'imite ma servante et, nos jupes retroussées, nous procédons ensemble à notre toilette.

Quand nous retournons à la chauderie, les domestiques s'activent autour d'un feu. Le lieutenant Gesril a ôté ses bottes et sa veste.

— Je préfère encore supporter ma crasse, grimace-t-il, que de diluer mes forces dans ce bouillon vaseux. Un marin vit sur l'eau et non dedans. Quelles coutumes insensées ont les gens d'ici de se baigner au moins une fois par jour !

Je hausse les épaules et m'assieds sur un coussin à terre pour prendre la feuille de bananier qui m'est tendue. En dépit de la fatigue et de la chaleur encore vive au crépuscule, une faim aiguë me tenaille. Les premières bouchées du ragoût de lentilles et d'okras, un *sambar,* me déconcertent. En mon enfance bretonne, j'ai été nourrie de plats rustiques, à peine assaisonnés d'un peu de sel et d'oignon. À Porto-Novo, je n'ai goûté qu'à une cuisine métissée, en laquelle mon palais a identifié des saveurs familières. Ce plat indien est-il bon ou mauvais ? La sauce au jus de tamarin relevé de graines de moutarde, de feuilles de curry et de piments verts m'embrase. Je préfère les *rasouls*, les beignets farcis, et apaise ma bouche en feu par un dessert au lait, du *rabadi*. Je me demande par quel prodige le cuisinier a concocté des mets aussi élaborés sans avoir emporté ni provisions ni ustensiles.

Après ce souper, Amrita et moi rentrons dans la chauderie. Sur un seul étage, celle-ci est composée de petits appartements voûtés distribués par des galeries. Les murs épais sont munis d'ouvertures étroites en ogive dans leur partie supérieure, laissant pénétrer l'air et non la chaleur. Une relative fraîcheur règne donc et le sol a été balayé avec soin.

Dans la pénombre d'une des pièces, Amrita extrait de notre bagage une coupelle de terre cuite, y dépose quelques bâtonnets qu'elle enflamme à l'aide de la torche. Aussitôt, un parfum d'encens et de musc se répand. La jeune servante me fait signe de m'allonger sur le palanquin qui a été démonté afin de me servir de couche. Puis, avant que j'aie pu protester, elle s'empare de mes pieds et entreprend de les masser. Une fois ma gêne initiale passée, je m'abandonne, incapable de résister à ce plaisir inédit. Je me sens si délassée que je m'endors dans la plus parfaite béatitude.

*

Il nous reste environ quatre lieues avant Pondichéry, soit presque six *cosses*, selon l'unité de distance en usage dans cette contrée. Avant notre départ, Amrita et moi nous rendons au *tank*. Immergés jusqu'à la ceinture, des Indiens y frottent leur pagne avec vigueur. Après s'être aspergés tout le corps, ils se rhabillent dans l'eau et s'en retournent à la rive. Le soleil naissant aura tôt fait de les sécher. Quant à moi, je suis ma petite servante à l'écart. Elle aussi se lave et fait sa lessive, gestes intimes au vu de tous et pourtant pleins de pudeur et de décence. Je ne résiste pas à l'envie d'effectuer quelques brasses sur le miroir étal, moiré de rose. Jean et moi aimions jadis barboter dans le ruisseau formé dans les anciennes douves de La Motte-aux-Montfortins, glisser au fil de l'eau, insouciants et légers. Amrita me regarde avec stupéfaction avant d'éclater de rire. Sur la côte de Coromandel comme sur celle de Bretagne, rares sont ceux qui, en dépit de la proximité de la mer et des nombreuses rivières, savent nager. Encore moins les femmes !

Nous remontons dans le palanquin, nos cheveux et nos robes humides. Le lieutenant Gesril bougonne, froissé et les joues bleutées, suivi par l'enseigne Kérisel, toujours impeccable.

La route se déroule longtemps dans un paysage immuable de rizières, de champs de millet, d'indigo ou de canne à sucre, quadrillé d'étroits canaux et ponctué de bosquets d'acacias, de manguiers, d'arbres inconnus et de haies irrégulières de cocotiers, de hameaux de cases en terre battue. Ici une femme puise l'eau à une picote à balancier. Là, des paysans repiquent le riz, tressent des palmes ou rassemblent les chèvres aux cornes minuscules et aux longues oreilles pendantes, qui ressemblent à s'y méprendre à des chiens. Pour cette raison probablement, les Européens les appellent des chiens marron, bien que leurs robes soient aussi noires, blanches ou pie. Parfois, des enfants suivent notre équipage, babillant dans leur langue qui roule comme un ruisseau en son lit de cailloux.

Plus tard, nous longeons un vaste lac. Un des soldats de notre escorte, au français assez convenable, m'indique qu'il s'agit du lac de Viranam, creusé il y a des siècles par les anciens rois et alimenté par des canaux reliés à la rivière Kavéry. Dans ce pays, l'eau venant en surabondance à l'époque de la mousson et manquant le reste de l'année, les habitants ont appris à en dompter les caprices pour irriguer leurs champs et se nourrir. Les cours de la Varahanadi, du Malatar ou du Ponéar remplissent ainsi le Grand Étang d'Ouchtéri, l'étang de Bahour et des dizaines d'autres autour de Pondichéry.

Soudain, un nouveau détachement d'Anglais s'approche de nous, beaucoup moins aimable que le précédent. Le nom du capitaine Sigursson suffit néanmoins à nous dispenser de fournir des explications sur notre présence. Je m'enhardis même à demander si nous sommes encore loin de Pondichéry. L'officier britannique ricane et tend le bras devant lui.

— Pondichéry ? Il n'y a plus de Pondichéry. Voyez par vous-même.

À travers les rideaux relevés, je n'aperçois en effet pas le moindre édifice qui pourrait signaler une ville.

Les soldats ont disparu. Nous progressons toujours, sous un soleil impitoyable. À notre droite, la mer étincelle d'un bleu intense. Un des bœufs de l'attelage trébuche. Le sol est jonché de pierres, éparses d'abord, puis de plus en plus nombreuses, amoncelées au hasard ; on voit aussi des morceaux rouillés de ferraille, quelques briques tenant encore ensemble, un pan de mur effondré. Un frisson désagréable me parcourt. Je comprends enfin que nous sommes là où se dressait Pondichéry. Sans écouter les protestations de Gesril, je descends du palanquin. Est-ce la sueur qui brouille ma vue, ou bien les larmes ? J'essaie de me rappeler les lettres de Jean. Les hangars le long du quai, les belles demeures abritées derrière les remparts, les quartiers d'artisans… Rien, il n'y a plus rien que cet éboulis longeant la mer. Et la citadelle, Fort Louis, à l'architecture en étoile semblable à celle de Tournai, la meilleure place fortifiée de la région selon l'avis des Européens comme des Indiens ? Rien non plus. Raser une ville, je sais désormais ce que cela signifie. Les longues avenues rectilignes tracées au cordeau, ordre et paix du regard, ne sont plus que chaos. Même les arbres qui les bordaient ont été abattus ou brûlés. Des couleuvres dérangées dans leur sommeil glissent à toute allure, ombres ondulantes parmi les pierres silencieuses. Des *kakas* noirs perchés dans les rares branches dodelinent de leur tête brune. Leurs yeux, billes insondables, me fixent intensément. Que veulent-ils dire ? Charognards présages de malheur ou messagers des cieux ? Les Indiens les respectent, car jamais ces oiseaux n'abandonnent l'un des leurs.

Et puis l'inattendu, des voix, des gens, là-bas, un peu plus loin. Quelques baraques, des Indiens qui s'affairent, coiffés de pyramides de briques en équilibre dangereux sur une pièce de coton roulée en torsade autour de leur front, ou bien occupés à creuser une tranchée. Un mur, un mur tout entier avec encore une portion d'arche et devant une silhouette mince en coule grise, nette et précise après toute cette confusion. Je m'avance, me hasarde.

— Mon père…

Le religieux ne m'a pas entendue. Entouré d'Indiens, il observe le contenu d'une jarre énorme que l'un d'eux mélange à l'aide d'un bâton.

J'effectue quelque pas de plus.

— Pardonnez-moi, mon père…

Le prêtre sursaute et lève vers moi un regard ébahi.

— Par saint François-Xavier, que faites-vous ici ?

— Je m'appelle Anne Christy de la Pallière, j'arrive de Bretagne. Voici le lieutenant Gesril et l'enseigne Kérisel.

Toujours éberlué, mon interlocuteur nous détaille de la tête aux pieds. Puis, reprenant ses esprits, il montre du doigt un tamarinier aux feuilles vernissées.

— Pardonnez-moi, je ne m'attendais guère... Je manque aux plus élémentaires devoirs de la courtoisie, surtout sous ce soleil. Doux Jésus ! Vous allez me raconter comment... Hélas ! je n'ai à vous proposer que cet arbre comme abri. Venez, je vais demander du thé pour vous désaltérer.

Nous prenons place sur un tronc mal équarri.

— J'ai omis de me présenter, commence l'ecclésiastique en s'éventant avec son chapeau. Je suis le père Gaston-Laurent Cœurdoux, de la Compagnie de Jésus.

Âgé d'au moins une soixantaine d'années, si ce n'est plus, le visage raviné et tanné comme ceux des marins, le jésuite paraît robuste en dépit de sa frêle constitution. Ses prunelles ont la vivacité de celles d'un jeune homme.

— Je dois avouer que je reçois parfois de surprenants voyageurs, poursuit-il, mais je ne m'attendais guère à voir surgir au milieu de ce triste décor une visiteuse de votre condition. Les Européennes ont pour la plupart fui Pondichéry avant le début du siège, d'autres ont succombé aux privations et aux maladies. Je serais heureux de connaître les circonstances sans doute étonnantes qui vous ont conduite ici.

En écoutant mon histoire, le jésuite plisse le front, opine du chef, comme s'il partageait à chacune de mes paroles mes émotions et mes doutes. Quand j'en ai fini, il bascule la tête en arrière, ferme les paupières, ses lèvres s'agitent un moment en silence avant qu'il ne recommence à parler.

— Ma fille, tant de malheurs nous ont accablés, tant de tourments se sont abattus sur les gens d'ici. Lorsque je songe à notre enthousiasme à l'arrivée des armées du comte de Lally-Tollendal, chargé par notre roi Louis XV et le duc de Choiseul de défendre nos positions aux Indes, je mesure notre aveuglement. Nous avons placé en ce général tous nos espoirs et nous l'avons d'autant plus détesté de les avoir déçus. Dieu le garde en Sa grande miséricorde. Je ne le pense pas aussi coupable que certains se plaisent à l'affirmer. Certes, il n'était pas l'homme de la situation. Il ne disposait ni de l'habileté politique d'un Dupleix, ni de l'énergie et de la ruse d'un Mahé de La Bourdonnais, ni de l'audace mesurée d'un Bussy. Un être arrogant, obtus, d'une extrême brutalité, et dont l'intransigeance nous a coûté cher, mais un bon soldat, courageux et dévoué. Il n'a pas compris, il n'a pas voulu écouter. De notre côté, avons-nous été assez unis, assez déterminés, pour l'aider à ouvrir les yeux et lui apporter notre concours ? Non, nous étions plus préoccupés de nos complots intestins, de misérables considérations d'amour-propre et d'intérêts particuliers. Il a été abandonné, s'est retrouvé isolé, acculé dans un piège sans issue qui nous a tous détruits.

Un an de siège ! Une horreur indescriptible. Plus un grain de riz, plus un brin d'herbe à manger. Les rues jonchées de cadavres que nul n'avait la force de brûler ou d'enterrer, l'eau empoisonnée par les corps en décomposition. Tous ces gens réduits à l'état de bêtes, prêts à tuer pour une bouchée de nourriture, ou attendant la délivrance, spectres hagards et effrayants. Dois-je vous avouer que j'ai été soulagé quand le général s'est rendu aux Anglais, alors que nous n'avions nulle clémence à escompter de ces démons ?

— Et mon frère, l'avez-vous connu ?

— Tant de jeunes gentilshommes ont débarqué, prêts à servir la couronne de France. Beaucoup sont morts de maladie avant même d'avoir tiré leur épée du fourreau. Je n'étais pas l'aumônier de l'armée, mais j'en ai visité des dizaines, soignés dans notre dispensaire, entendus d'autres en confession. À combien ai-je donné l'extrême-onction ? Combien en ai-je accompagnés de mes prières vers le sommeil éternel ? Combien en ai-je encouragés à ne pas perdre la foi ? Dieu seul le sait ! Toutes ces vies perdues, ces existences brisées…

J'insiste encore.

— Mon frère, Jean de Montfort ?

Le père Cœurdoux caresse sa barbe avant de murmurer.

— Un jeune homme très blond et très beau. L'archange, ainsi l'avaient surnommé les rêveuses demoiselles de Pondichéry.

L'archange ! Jean, c'est bien toi, mon frère ! Un tremblement irrépressible s'empare de moi. Les larmes me montent aux yeux. Jean, où es-tu ?

— Il est venu souvent dans notre église, continue le jésuite. Nous avons plusieurs fois échangé quelques mots, assez pour que je devine sa piété et la noblesse de son âme. Hélas ! j'ignore tout de son sort. Mais si vous voulez bien me suivre, nous interrogerons mes frères capucins et nos rares habitants. L'un d'entre eux saura peut-être vous renseigner.

Les jambes flageolantes, au bord de la pâmoison, je me redresse. Gesril fait un signe pour qu'on rapproche le palanquin. Je refuse.

— Je marcherai.

— Sous cette chaleur, au milieu des gravats ? s'inquiète le lieutenant.

— Peu m'importe.

Le père Cœurdoux va jeter de nouveau un coup d'œil au contenu de la jarre avant de revenir vers nous.

— Nous préparons de l'*argamasse*, cette chaux que l'on fabrique ici, faite de coquillages et détrempée dans de l'eau et du sucre à laquelle on ajoute de la brique pilée. On obtient par ce moyen un ciment d'une force incroyable pour maçonner les briques. Il résiste à l'usure du temps, aux ardeurs du soleil comme aux pluies de mousson. Voyez ce mur encore debout. Même les boulets et les mines des Anglais n'en sont venus à bout. Pourtant, ils ont détruit avec une fureur et une cruauté dignes des pires barbares. Ils ont fait sauter tous les bâtiments civils ou militaires, sans oublier les maisons des notables. Ils n'ont même pas respecté nos églises. De fait, ils se sont acharnés dessus. Il faut souligner que la ville a été remise au gouverneur de Madras, Monsieur Pigot, un réformé d'origine française qui voue une haine féroce à ses anciens compatriotes et aux catholiques.

Le jésuite marche d'un bon pas en nous montrant chaque ruine, une école, la maison de tel ou tel négociant ou officier, les bureaux de la Compagnie des Indes, le fastueux palais du gouverneur Dupleix, dont deux ou trois colonnes ont résisté. Je m'écorche et me tords les chevilles. C'est si peu au regard des souffrances endurées par les habitants de Pondichéry, tels les Goupil rencontrés à Porto-Novo qui ont perdu leurs deux enfants, les soldats envoyés de France, mon frère. Je crois ainsi en prendre ma part.

Je peine derechef à superposer les images de la radieuse cité décrite par Jean au désolant spectacle offert à mes yeux. Qui imaginerait Saint-Malo ravagée, anéantie de la sorte ? Et ces élégantes, ces belles dames lascivement massées par leurs *mosses*, leurs servantes indo-portugaises, dans la moiteur d'interminables après-midi, que sont-elles devenues ? Est-il possible qu'il ne reste rien de leurs rires, des cohortes d'admirateurs qui les visitaient chaque jour, de l'éclat des fêtes ? Et le port, l'activité fébrile des commis, les quais grouillant de monde, les monceaux de marchandises en provenance de l'Asie entière, le va-et-vient incessant des chelingues pour les débarquer ou les embarquer sur les navires amarrés au large ? Effacés, oubliés, sauf dans le regard confiant du prêtre qui me guide.

— Mon père, pensez-vous vraiment parvenir à rebâtir cette ville ?

Je regrette aussitôt ma question. J'entends résonner dans ma tête les paroles du Christ : « Hommes de peu de foi… » tandis que le jésuite s'arrête pour me répondre, une détermination que nul Breton ne renierait sur son visage.

— Il y a un siècle environ, Sher Khân Lodi, ministre du roi de Bijâpur, offrit aux Français un humble village de pêcheurs, quelques cabanes échouées en bord de mer, en remerciement de leur appui dans la guerre contre le sultan de Golconde. Une poignée d'audacieux y établirent une loge, laquelle devint peu à peu une ville. Le grand Colbert, qui avait compris l'importance du commerce avec les Indes, convainquit Louis XIV d'y construire la forteresse en 1706. Pondichéry connut des heures glorieuses sous le gouvernement de Monsieur Dupleix. Les Anglais nous l'enlevèrent une fois et nous la reprîmes. Ils l'ont détruite il y a moins de deux ans, mais ce qu'il en reste nous revient à nouveau, selon le traité de paix signé avec eux. Une ville anéantie, amputée de ses provinces, un lambeau de territoire morcelé, déchiqueté par les crocs avides des fauves britanniques et subissant toujours leur joug. Mais nous la reconstruirons, plus belle encore.

Devinant mon scepticisme, il insiste.

— Voyez-vous, Madame de la Pallière, j'ai débarqué aux Indes il y a une trentaine d'années déjà. J'ai vécu dans maintes cités indiennes, à Madurai, puis à Krishnapuram, Bukkapuram ou encore Madigubba. J'ai appris le télougou, le tamoul, le sanscrit. Auprès du regretté père Calmette, je me suis initié aux Védas, textes sacrés de l'hindouisme. Quel saisissement quand nous avons pu établir que les vérités fondamentales de la foi des Gentils ne sont guère si éloignées des nôtres !

Je sursaute à ces dernières paroles. Son séjour aux Indes aurait-il fait perdre la raison au père Cœurdoux ? N'est-ce pas une forme de blasphème que de comparer les croyances bizarres de ce peuple à l'enseignement de notre Saint Évangile ? Je songe à la pagode dédiée à Ganesh à Porto-Novo, au recueillement d'Amrita quand elle a reçu la bénédiction de l'éléphant comme s'il était un évêque.

Le jésuite sourit. On croirait qu'il lit dans mes pensées.

— Dieu est Un, ma fille. Confronter sa foi à d'autres religions n'est pas la perdre, mais au contraire la renforcer. Apprenez ici à ne pas vous fier aux apparences, à considérer le sens profond des choses. J'ai eu le cœur brisé quand j'ai dû faire respecter l'instruction du Saint-Père Benoît XIV, qui voulait mettre fin aux rites malabars, cette façon que les hindous nouvellement convertis au catholicisme ont de vivre leur foi en harmonie avec leurs anciennes coutumes. Depuis Rome, le Souverain Pontife y voyait comme une dangereuse forme d'hérésie. Mais j'ai la conviction que Dieu, dans son amour infini, accueille ses enfants tels qu'ils sont. En quoi est-il condamnable de se déchausser dans une église, puisque ici chacun entre ainsi dans une maison, d'offrir à la Vierge des guirlandes de fleurs ou des fruits plutôt que des cierges ? Je me suis attaché à ce peuple, dont je respecte la grande sagesse, les immenses connaissances. Nous avons tant à découvrir sur les Indiens et sur nous-mêmes ! Je désapprouve ces Anglais gouvernés uniquement par l'appât du gain, la soif de domination. Je ne reverrai jamais mon Berry natal et mon corps retournera à la poussière en cette terre où Dieu m'a appelé. Alors tant que je vivrai, je construirai et reconstruirai autant qu'il le faudra. Pondichéry renaîtra.

Dans la passion exprimée par cet homme, je reconnais un peu cette flamme qui me pousse depuis deux ans à accomplir l'impossible. Non, il n'est pas fou, tout au rebours. Il a en lui la force de ceux qui ont accepté de se dépouiller de leurs certitudes pour entrevoir la vérité.

Face à nous apparaît alors un nouveau groupe de maçons, assisté par une confrérie de religieux. L'un d'eux, un homme corpulent au teint coloré, nous aperçoit.

— Père Cœurdoux, quel plaisir de recevoir votre visite, lance-t-il d'un ton joyeux. Nos travaux progressent vite et notre église sera achevée avant la vôtre !

— Père Joseph, veillez à ne pas succomber au péché d'orgueil ! réplique le jésuite avec un sourire. Rappelez-vous la tour de Babel.

— N'ayez crainte, si notre clocher atteint la cinquantaine de pieds de hauteur, nous nous en satisferons amplement.

J'expose une fois encore le but de ma venue. Le capucin s'empresse de questionner ses frères, puis les Indiens qui travaillent sur le chantier. Des conciliabules s'engagent en tamoul et en ce curieux créole où se mélangent français et portugais. Les uns et les autres se soucient-ils réellement de mon affaire, ou saisissent-ils juste une occasion de s'accorder un moment de répit ? À quelques pas derrière moi, Gesril, résigné, s'est assis à l'ombre d'une ébauche de bâtiment et a allumé sa pipe. Quant à moi, je prie pour que ma route s'éclaire.

Au moment où mon estomac me rappelle que nous avons dépassé depuis longtemps l'heure du dîner, on apporte un généreux plat de riz, accompagné de rondelles d'oignons, de piments et d'aubergines frites. Sans plus de façon, les capucins, le lieutenant Gesril, l'enseigne Kérisel et le père Cœurdoux viennent y puiser. Je l'interroge pour savoir s'il a appris quelque chose des Indiens. Le jésuite lève les yeux au ciel.

— Ma fille, ici chaque question en soulève des dizaines d'autres. Dans le but de ne point décevoir, les Indiens préfèrent broder des réponses au gré de leur inspiration plutôt que d'avouer leur ignorance. Je ne me suis pas donné la peine de vous traduire leurs propos, car vous y auriez perdu la tête. Votre frère aurait été vu en tant de circonstances et d'endroits différents, qu'il lui aurait fallu être doué du don d'ubiquité.

— Alors, personne ne sait rien ?

— Aux Indes, celui qui a de la patience la perd et celui qui n'en a pas l'acquiert. Tout ce que je puis vous assurer en cet instant est que nul parmi les religieux présents n'a vu votre frère mort ou blessé. Cela ne constitue guère une preuve du contraire. Patientez encore un moment, certains de nos frères capucins cultivent la terre un peu plus loin et reviendront à la tombée du jour. Je ne puis abandonner trop longtemps notre église. Si vous voulez bien y retourner avec moi, nous attendrons là-bas d'autres nouvelles.

*

Peu avant la nuit, faute de cloches, un jésuite frappe un bâton contre une souche pour la dernière prière. Sous la voûte céleste gagnée par les ténèbres, la messe est célébrée au milieu du chantier. Depuis notre départ de l'île de France, plus de deux mois auparavant, c'est la première fois que j'assiste à un office sur la terre ferme, la terre indienne, mystérieuse et brûlante encore. Au milieu de tous ces gens qui n'ont pas baissé la tête, dont la foi reste intacte parmi les décombres de leur ville dévastée, je me sens moins seule et ma quête reprend un peu de son sens.

Après le souper, Amrita referme avec soin sur nous deux les rideaux du palanquin, déposé à même le sol. Je m'endors dans cet abri de toile, sous le murmure de la mer toute proche, les mains jointes sur la poitrine, chuchotant cette prière tant de fois récitée depuis le départ de Jean :

Notre Père, qui êtes aux cieux, faites que je revoie mon frère. Je vous salue Marie, pleine de grâce, priez pour nous, pauvres pécheurs et priez, vous qui êtes bénie entre toutes les femmes, pour que je revoie mon frère.

Glorieuse sainte Anne, pleine de bonté pour tous ceux qui vous invoquent, pleine de compassion pour tous ceux qui souffrent, me trouvant accablée d'inquiétudes et de peines, je me jette à vos pieds, vous suppliant très humblement de me secourir. Je vous prie d'intercéder pour mon frère Jean et pour moi auprès de Votre Fille et Notre Mère, la très Sainte Vierge, et de notre Seigneur Jésus-Christ, fils de Dieu.

*

On frappe matines sur la simandre de fortune. À peine ai-je le temps de m'apprêter qu'une cohorte de capucins paraît dans l'aurore tout juste éclose. À leur tête clopine un moine chenu, appuyé d'un côté à une canne et soutenu de l'autre par le père Joseph. Il se plante devant moi.

— C'est vous la sœur de Jean de Montfort ? chevrote-t-il.

— Oui, Anne de Montfort, réponds-je, tressaillant au nom de mon frère.

De ses prunelles voilées, il me dévisage avec une curiosité empreinte de bienveillance.

— Anne de Bretagne…

— Autant qu'on puisse l'être, je suis née et ai grandi en face de Saint-Malo.

— Moi aussi, je suis breton, de Saint-Broladre. Connaissez-vous Saint-Broladre ?

— Je me suis rendue trois ou quatre fois au Pardon de sainte Anne, ma patronne, qui se tient le quatrième dimanche de juillet.

Le vieillard branle du chef.

— Ah, ils en ont mis du temps à la reconstruire, notre chapelle Sainte-Anne-des-Grèves ! Un demi-siècle après que la tempête l'a dévastée ! Vous rappelez-vous quand l'évêque de Saint-Malo est venu la consacrer, une bien belle cérémonie !

Je lance un coup d'œil au père Joseph. J'ai vaguement entendu parler de l'ancienne chapelle, emportée au moment des grandes marées, mais l'actuelle est achevée depuis des dizaines d'années. Le prêtre articule à l'oreille du vieil homme :

— Frère Guénolé, dites-nous ce que vous savez au sujet de Jean de Montfort.

— Bon sang breton ne saurait mentir. C'est pour cette raison qu'ils m'ont demandé de les bénir, ces braves cœurs.

— Qui ?

— Ce petit Quimperlois Madec et puis ce beau gentilhomme blond comme un archange et les autres, L'Orientais, Brestois ou Vannetais.

— Mon frère Jean de Montfort ? parviens-je à bredouiller.

— Je vous l'ai dit à l'instant, s'impatiente frère Guénolé. Il est parti avec René Madec.

Ce nom ne m'est pas inconnu. Je fouille plus loin dans mes souvenirs, me revois attablée dans cette taverne du port à Saint-Malo*. Corentin Aubrée, mon cher Corentin, m'avait conduite là pour rencontrer un marin de la flotte du comte d'Aché, embarqué pour les Indes en même temps que Jean. Cet homme, Ronan Braouzec, avait mentionné le nom de Madec. Il m'avait conté l'exploit de son

---

* Voir *De tempête et d'espoir, Saint-Malo.*

camarade qui, ne voulant quitter Pondichéry, avait plongé du bateau pour regagner la côte à la nage. Une curieuse sensation m'envahit ; tant de coïncidences, comme une tapisserie dont les fils de couleurs semblent brodés au hasard et finissent par former un dessin cohérent.

Hélas ! le récit confus du vieux capucin me fait douter de pouvoir en obtenir plus. Grâce à Dieu, le père Joseph dispose lui de toutes ses facultés et vole au secours de la mémoire défaillante de frère Guénolé.

— Il y a plus de trois ans, à l'hiver 1760, le général comte de Lally-Tollendal essuya un terrible revers dans sa tentative de reprendre Vandavachy aux Anglais.

Je me remémore cette conversation à La Chipaudière, la malouinière du grand armateur Nicolas Auguste Magon de la Lande, au cours de laquelle il avait exposé notre situation aux Indes et évoqué l'expédition projetée par Jean-Baptiste Christy de la Pallière*. Je pourrais restituer cette scène désormais si lointaine et répéter mot pour mot les propos échangés alors.

— Offensive lors de laquelle le comte de Bussy fut capturé. Un caisson de poudre explosa à proximité de son cheval qui, dans un brusque écart, le jeta à terre.

— C'est exact, confirme l'ecclésiastique, étonné de ma science. La perte du plus brillant de nos officiers, le seul peut-être encore capable de nous sauver, précipita la défaite de notre armée qui se replia à la hâte sur Pondichéry. Désormais, les Anglais attaquaient toutes nos positions dans les Indes. Notre général envoyait aux nôtres en difficulté les hommes et les munitions dont il manquait déjà cruellement. À la fin du mois de mars, cent cinquante cavaliers européens et quatre cents *cipayes* partirent ainsi au secours de Karikal. Nous perdîmes cette place, comme les autres. Imaginez une digue assaillie par les eaux, où à

---

* Voir *De tempête et d'espoir, Saint-Malo.*

peine a-t-on colmaté une brèche que dix nouvelles s'ouvrent. Nos troupes se réduisaient de jour en jour, alors que nous étions encerclés. N'escomptant plus aucun renfort de France, Lally-Tollendal tenta de jouer une dernière carte. Nombre de nos officiers et soldats, séparés de leurs régiments, erraient à travers le pays. Il décida de les rassembler pour former une troupe et délivrer les centaines de prisonniers français croupissant dans les geôles de Madras.

Frère Guénolé interrompt à ce moment le père Joseph, la voix parfaitement assurée.

— Il confia cette mission périlleuse au jeune Madec, dont il avait remarqué l'audace et l'intelligence et qu'il avait fait entrer dans le corps des grenadiers à cheval. Madec a cherché des volontaires pour l'accompagner. Avant de franchir les murs de la ville, il est venu avec une demi-douzaine de ses compagnons, tous bretons, pour se confesser et recevoir ma bénédiction.

D'une voix étranglée, je demande :

— Qu'est-il advenu d'eux ?

Mais frère Guénolé s'égare à nouveau.

— Cela fait si longtemps que je n'ai mangé de moules, soupire-t-il. Beaucoup d'oignons revenus dans du beurre salé, une louchée de cidre, du persil ciselé.

— Le siège de Pondichéry, me souffle le père Joseph, il ne s'en est jamais remis. Trop de souffrances. Quant à Madec et à ses hommes, à ce que nous savons, ils ont réussi à franchir les lignes britanniques. Ensuite, il leur fut impossible de revenir dans Pondichéry assiégée. J'ai entendu dire qu'ils s'étaient réfugiés à Gingy que nous tenions encore. Hélas ! que pouvaient-ils contre une puissance tellement supérieure, en dépit de leur vaillante résistance ? Au printemps 1761, le fort est tombé. Ceux qui ne sont pas morts ont été envoyés en captivité à Madras. Si votre frère est encore en vie, c'est là-bas qu'il vous faut le chercher.

— Son nom ne figure pas dans la liste des prisonniers français remise par les Anglais, répartis-je.

Le père Cœurdoux, qui a écouté en silence jusqu'à présent, intervient soudain.

— Ma fille, peut-être n'est-il pas prisonnier.

— Que voulez-vous signifier ?

— Rien de plus. Vous êtes parvenue ici, vous trouverez le moyen de rejoindre Madras. Les Indes, vous le découvrirez, révèlent un jour ou l'autre leurs mystères à qui veut bien leur ouvrir son âme. Par des chemins inattendus, dans une dimension du temps qui n'est point la nôtre. Vous trouverez, soyez-en certaine.

— Mon frère ?

— Une réponse.

Ses années de vie indienne ont-elles à tel point changé le jésuite qu'il en a adopté le goût de l'énigme et du double langage ? Je devine combien il serait inutile de chercher à en apprendre plus de sa part.

— Et Loïc Le Cleac'h, souffre-t-il toujours de sa jambe ? m'interroge soudain frère Guénolé.

— Je regrette, je ne le connais point.

— La Bretagne me manque, murmure-t-il. Je n'ai jamais oublié la mer couleur d'émeraude et nos anciens chants.

Le lieutenant Gesril et l'enseigne Kérisel ont compris. Nous entonnons tous les trois.

Un alarc'h, un arlarc'h tra mor
War lein tour moal kastell Arvor
Dinn, dinn, daon, d'an emgann, d'an emgann, o !
Dinn, dinn, daon, d'an emgann ez an

Un cygne, un cygne d'outre-mer,
Au sommet de la vieille tour du château d'Armor !

Dinn, dinn, daon ! Au combat ! Au combat !
Oh ! dinn ! dinn ! daon ! Je vais au combat.

Quand nous avons fini, ému aux larmes, le vieil homme enferme mes mains dans les siennes.

— Soit bénie, Anne de Bretagne. Notre Seigneur et la Sainte Vierge te protègent, et aussi ton frère et ces braves Bretons qui t'accompagnent. Promets-moi, quand tu retourneras en Bretagne, car tu y retourneras, de brûler un cierge pour moi à Sainte-Anne-des-Grèves.

Puis il s'en va de son trottinement hésitant, toujours soutenu par le père Joseph.

*

Le lieutenant Gesril et l'enseigne Kérisel ont fait seller les chevaux et préparer le palanquin. Il est temps de reprendre la route. Le père Cœurdoux nous propose d'unir nos prières avant le départ. Le regard qu'il m'adresse quand je prends congé de lui me pénètre jusqu'à l'âme, plein de force et de bonté. Oui, Pondichéry renaîtra, avec ses églises, ses avenues ombragées d'acacias et de tamariniers, ses élégantes demeures, ses entrepôts regorgeant de marchandises, sa foule joyeuse et ses couleurs, bercée de chaleur et du souffle marin. Mais la reverrai-je ?

Les derniers vestiges de la ville tout juste disparus derrière nous, l'officier de l'*Anne de Bretagne* me tire brusquement de mes songes.

— Non ! assène-t-il de sa grosse voix rocailleuse.

— Pardon ?

— Nous n'irons pas à Madras, en tout cas pas maintenant. J'ai donné ma parole au capitaine Billard que nous rentrerions à Porto-Novo sous cinq jours au plus.

— Vous en ai-je prié ?

— C'est tout comme ! Vous l'avez pensé si fort et je vois bien que vous n'aurez de repos tant que vous n'y serez pas. Alors je préfère vous devancer. Nous rentrons d'abord à Porto-Novo.

Rougissant de m'être dévoilée sans y prendre garde, je me rencogne au fond du palanquin. Amrita fredonne une mélopée entêtante. Jean, tu t'éloignes à nouveau, un pas vers toi, trois en arrière. Je finirai par savoir. Mais comment convaincre le capitaine Billard de me laisser gagner Madras ?

Carnet de Jean de Montfort

La guerre n'a rien de glorieux, Anne. Elle n'est qu'une préfiguration de l'enfer. Ses origines en sont toujours la vanité ou la cupidité de ceux qui la provoquent et elle ne sert qu'à révéler les limites de la souffrance humaine et la véritable nature des êtres. Bien sûr, il me fallut longtemps pour me forger cette conviction. Lors de notre malheureuse retraite de Madras, balayant mes doutes quant à notre général, j'avais encore assez de naïveté en moi pour m'indigner avec la plus grande force contre ces soldats qui désertaient nos rangs.

Je voulais y croire, croire que j'étais fait pour porter les armes, croire que mon pays, mon roi étaient avec nous, que nous retrouverions le chemin de la victoire.

De retour à Pondichéry, je m'étonnais encore que l'on se préoccupât plus de commenter les derniers éclats du commandant de nos armées que de se ranger derrière lui, malgré ses errements, contre notre véritable ennemi, les Anglais.

Pondichéry vivait dans ses langueurs et ses caprices, se refusant à voir le précipice ouvert devant elle. Elle était à l'image exacte des dames de sa ville blanche, la ville européenne, élevées depuis l'enfance dans l'oisiveté et le culte des plaisirs.

De siestes en réceptions, les derniers potins, les rumeurs, les aventures amoureuses, même en cette époque où de lourds nuages assombrissaient leur avenir, restaient leur principal sujet d'intérêt. Les ai-je méprisées, ces belles paresseuses aux cheveux parfumés de rose ou de jasmin ? Leur ai-je tenu rigueur, à ces adorables coquettes, de leur frivolité ? Jamais, même si j'acceptais leurs invitations, non par goût, mais pour ne point les désobliger. En revanche, la fureur m'emplit encore quand je songe à ces hommes, leurs maris, leurs frères, leurs pères qui, pour la plupart, faillirent à leur premier devoir, celui de les protéger, afin de servir leur propre orgueil, jusqu'à l'absurde.

Le 18 mars de cette funeste année 1760, l'amiral Cornish parut dans notre rade tandis que le général Eyre Coute marchait sur Valdaour, à quatre lieues de Pondichéry. L'étau britannique se resserrait inexorablement. Dans l'attente de l'hypothétique retour du comte d'Aché avec sa flotte, Lally-Tollendal voulut exécuter sur la plage de Pondichéry une montre de nos forces afin d'en imposer à l'ennemi. Il ordonna d'habiller d'uniformes six cents de nos estropiés ou invalides, ainsi que trois cents habitants, et encore cent cinquante employés de la Compagnie, auxquels se joignirent à peu près autant de topas, *ces Indiens convertis au catholicisme et vêtus à l'européenne. Il se rendait à la porte de Madras pour faire défiler ce régiment factice, quand il fut arrêté par une délégation de conseillers de la Compagnie des Indes. Ces derniers refusèrent que leurs employés marchassent sans eux. Le comte de Lally leur proposa alors de les rejoindre. Mais il s'ensuivit une altercation, au motif que le général avait outrepassé ses droits en engageant cette action, à l'issue de laquelle les conseillers furent jetés en prison. La parade eut lieu et retint un peu l'ardeur de l'adversaire, abusé par le subterfuge. En revanche, elle creusa un peu plus le fossé d'acrimonies entre le général et les habitants.*

J'observai la triste mascarade depuis la position qui m'était assignée sur les remparts. Loin d'admirer la ruse du commandant de nos armées, je ne retins que le grotesque de la situation. Le dégoût et l'amertume me submergèrent.

Anne, si un jour tu accostes sur cette terre, jamais tu ne verras Pondichéry telle que je l'ai vue, jamais tu ne goûteras sa douceur de vivre. Elle est morte, et avec elle les rires de ses belles alanguies. Voilà où a conduit l'arrogant tempérament de M. de Lally, son intransigeance, et, en face, la bêtise, la mesquinerie, l'incompétence. Voilà où se sont échoués mes rêves, où est mort le jeune homme idéaliste que j'étais. Anne, si Dieu veut qu'un jour nous nous retrouvions, reconnaîtras-tu ton frère ?

Chapitre III

Prétendre que mon entrevue avec le capitaine Billard est houleuse constituerait un euphémisme. Jamais je ne l'aurais imaginé se livrer à une telle ire, lui d'ordinaire si posé.

— Madras, Madame, vous n'y songez pas !

— Tout au contraire, je dois m'y rendre à tout prix.

— Et moi je ne puis me permettre de l'accepter, fulmine-t-il. Je ne dispose ni des moyens ni du temps pour accéder à votre requête ! Rappelez-vous que je conduis cette expédition pour le compte d'armateurs qui en attendent des bénéfices. Me faut-il vous expliciter la fonction de notre subrécargue, Monsieur Le Coëdic ? Il s'assure que nous agissons dans l'intérêt des associés de cette affaire et ses décisions priment sur les miennes en matière de commerce. Je ne possède ni ces bateaux, ni ces cargaisons, je n'en ai que la responsabilité. Le trafic avec les gens de Porto-Novo s'est avéré plus fructueux que nous ne le conjecturions. Pour cette raison, j'ai pu vous accorder les moyens de votre visite à Pondichéry. À présent, il nous faut songer à lever l'ancre. Nous gagnerons Achem et, après la mousson, mettrons le cap sur la côte de Malabar afin de nous y pourvoir en poivre et en bois de santal, avant de retourner en France.

— Et vous, Monsieur, rappelez-vous qu'en tant que veuve du capitaine Christy de la Pallière, je possède moi-même une partie de ces biens. En conséquence, j'ai le droit de contester votre plan.

Le ton de Thierry Billard fait immédiatement fraîchir la température de la pièce.

— Feu votre époux ne vous aurait certainement pas autorisé cette folie. Pour autant qu'il s'en soit ouvert à moi, il n'a jamais cru un instant que vous retrouveriez monsieur votre frère et n'a jamais songé à vous permettre de poursuivre vos recherches au-delà de Pondichéry. Il pensait qu'une fois face à ces vestiges, vous accepteriez enfin la réalité. Il avait sous-estimé votre obstination, à ce que je constate aujourd'hui.

Les sanglots étranglent ma gorge.

— Si telle était sa position, pourquoi ne me l'a-t-il pas avoué ? Pourquoi m'a-t-il laissée embarquer avec lui ?

— Ah ça, Madame, il ne m'appartient pas de m'immiscer dans la relation qui fut la vôtre et de porter un quelconque jugement ! Mais il en est ainsi désormais, votre mari disparu, le commandement de l'expédition m'échoit. D'ici six jours au plus, nous appareillerons pour Achem et vous viendrez avec nous. Que vous le vouliez ou non, il me revient d'assurer votre protection, au nom de mon ancienne amitié pour le capitaine Christy de la Pallière et parce qu'il s'agit de mon honneur et de ma responsabilité d'officier.

*

Ni ma colère ni mes larmes ne fléchiront le commandant de notre expédition. Quand bien même je serais quelque variété rare de muscadier ou de giroflier, ce passionné de botanique ne changerait guère d'avis. Je prends congé en silence, furieuse, ruminant déjà mille plans improbables pour me soustraire à sa décision.

Depuis des jours, la vision de mon frère ne me hante plus, je n'entends plus les accents déchirants de ses appels.

Mais la rencontre à Pondichéry avec le père Cœurdoux et frère Guénolé a renforcé ma détermination. Ce surnom qu'on a donné ici à Jean, l'archange, sa tentative héroïque et vaine auprès de René Madec pour rassembler les troupes françaises dispersées, me le rendent encore plus présent, encore plus vivant que jamais. Le capitaine Billard me doit une part des bénéfices déjà réalisés et, pour le reste, ma vie m'appartient. Je ne me soumettrai pas sans résister à la volonté de ce presque inconnu.

Je me décide à sortir dans Porto-Novo en la seule compagnie d'Amrita, dédaignant escorte et palanquin. Marcher m'a toujours permis de clarifier mes pensées. Ma frayeur devant le temple de Ganesh oubliée, nous quittons le quartier européen pour nous perdre dans la ville noire, parmi une foule curieuse qui s'écarte à mon passage. J'éprouve désormais un sentiment de paix et de confiance au milieu des visages bruns éclairés de sourires, des silhouettes minces drapées de rouge, d'ocre, de vert ou de rose, couleurs éclatantes qui claquent sous le soleil. Je ne m'étonne plus de ces vaches blanches aux yeux bruns et doux devant lesquelles tout s'arrête, de ces statues énigmatiques de dieux ou de déesses à quatre bras ornées de colliers de jasmin et d'œillets. Je songe aux paroles du père Cœurdoux, à l'universalité du divin et de l'être humain. Je ne suis plus si différente dans ce monde où tout est différent, moins étrangère que je ne l'ai été parfois en compagnie des miens. Je me baisse même pour ôter mes souliers, avec l'envie d'aller pieds nus comme tous ces gens, librement, de toucher cette terre qui me bouleverse. Amrita, me voyant faire, jette de hauts cris dans son langage. C'est inutile. Après deux pas, les plantes brûlées, je me résigne à me rechausser. Une vague d'amertume envahit mon cœur. Le capitaine Billard a-t-il dit vrai quand il a assuré que jamais Jean-Baptiste Christy de la Pallière n'a eu l'intention de m'aider à retrouver mon frère ? Quelle route avait-il prévue après notre arrivée sur la côte de Coromandel ? Je ne l'ai jamais entendu évoquer Achem. Je suis à peu près certaine qu'il voulait rester aux Indes. Où ? Pourquoi ne m'a-t-il rien dévoilé de ses desseins avant de mourir ? À défaut de mon amour, il savait qu'il avait gagné mon estime, ma confiance. Or, il a rendu l'âme sans me laisser une seule indication… à moins que je n'aie pas entendu. J'essaie de raccommoder dans mon souvenir ses propos, élucubrations de malade, confidences d'un homme à l'agonie, provocations ultimes pour éprouver ma patience. Il était déjà venu aux Indes une fois, quinze ans plus tôt. Il n'y retournait point par hasard. Il n'avait pas entrepris cette expédition contre l'avis de tous sans raison solide. Qu'escomptait-il y trouver, lui ?

Une pagode se dresse soudain devant nous. De haut en bas de son *gopuram* vertigineux s'alignent les idoles et, parmi elles, le dieu Shiva, dansant dans une roue de flammes, un pied posé sur un démon terrassé. Le mouvement infini de la vie, le monde qui se détruit et se recrée. On parle chez nous de la roue de la destinée. Il me semble percevoir le rire de mon défunt mari, ce rire sarcastique que j'ai tant haï avant de découvrir ce qu'il recelait de chagrin.

Et puis je me rappelle ce nom, prononcé à plusieurs reprises, Khodja Sinan. Qui est-ce ? Je l'ignore, mais il est associé aux Indes. Khodja Sinan…

*

Je rejoins pour le souper les officiers de l'*Anne de Bretagne*, du *Saint-Gilles* et de l'*Esprit des Lois* à la table des Houtmann, autour d'un plantureux *cari*. Sauce épaisse composée de tous les épices et aromates du pays, le *cari* accompagne le riz quotidien ainsi que les plats de poisson ou de viande. Au gré de l'humeur, on y trouve, savamment dosés, cardamome, girofle, graines de coriandre, muscade, cannelle, tamarin, poivre et piment, mijotés dans quantité de *ghee* – le beurre clarifié – et d'huile. Notre logeuse a élaboré ses propres recettes, interprétées librement par la cuisinière. Curieux mélange de cuisine indienne et hollandaise, le résultat, dont elle est très fière, s'avère fort indigeste. Mes compagnons de voyage, habitués à la rudimentaire cuisine en mer, avalent ce ragoût sans broncher. Je me contente pour ma part d'un peu de riz et de quelques légumes. L'atmosphère est tendue. Tous connaissent le différend qui nous oppose le capitaine Billard et moi, même si ce dernier manifeste à mon endroit la plus parfaite civilité. Les amorces de conversations se perdent dans un silence pesant. Les plaisanteries du lieutenant Gesril tombent à plat. Au moment des desserts, je tente ma chance.

— L'un de vous aurait-il entendu parler d'un certain Khodja Sinan ?

Les uns et les autres secouent la tête par la négative. Le capitaine Billard se gratte le menton avant de répondre :

— Un nom arménien, celui d'un négociant de Pondichéry, si ma mémoire ne me fait pas défaut.

— Maintenant que vous le dites, ajoute le capitaine Le Bonnec, je crois me rappeler aussi. L'écuyer Christy de la Pallière n'aurait-il pas été en affaires avec lui lors de son premier séjour aux Indes ?

— Mieux encore, s'enhardit le lieutenant Gesril, le capitaine de la Pallière m'a parlé un soir de cet homme, une histoire compliquée dont j'ai oublié les détails, car nous avions fait honneur à un excellent cognac. Il entretenait de loin en loin une correspondance avec lui.

— Alors, je dois retrouver ce Khodja Sinan !

Le capitaine Billard n'est plus du tout aimable avec moi, les prunelles enflammées de colère.

— Et comment cela, Madame, en retournant chaque pierre de Pondichéry ?

Wouter Houtmann s'est tu jusqu'à présent. Son mauvais français l'empêche de suivre aisément nos échanges. Mais le voilà qui se redresse, tout heureux d'avoir saisi un mot. Il lance avec son fort accent :

— Khodja Sinan, dites-vous ? Un négociant de grande réputation ! Je le connais fort bien. Il est parti avant le siège s'établir dans sa propriété de campagne, à quatre lieues au nord de Pondichéry, non loin de Fort Alambara.

J'emprunte un ton ferme dénué de triomphalisme prématuré pour m'adresser au commandant du *Saint-Gilles*.

— Monsieur, vous m'avez annoncé que nous lèverions l'ancre d'ici six jours. Cela me donne le temps de visiter Khodja Sinan, si je ne tarde pas.

Thierry Billard ne cherche pas à cacher son mécontentement.

— Madame, qu'attendez-vous au juste de cette rencontre ? Jusqu'où vous entraînera votre entêtement ?

— Jusqu'à mon frère ! Et entêtée je le suis autant que bretonne !

— Moi aussi je suis breton, puis-je vous le rappeler, et je me suis engagé à conduire cette expédition à son terme. Je me dois de préparer avec tous les officiers ici présents notre départ. Il m'est difficile d'en libérer certains pour vous escorter à nouveau, m'oppose-t-il.

— Monsieur, intervient soudain avec feu Pierre de Pléhen, ce serait un honneur pour moi d'accompagner Madame de la Pallière.

— Votre devoir, Monsieur, vous impose de vous préoccuper d'abord de votre navire et de votre équipage, le rabroue vertement le capitaine. Ne vous l'ai-je déjà assez répété ?

Pierre de Pléhen rougit jusqu'à la racine des cheveux et se mord les lèvres. Je plonge le nez dans mon assiette. Je n'ai jamais eu l'intention de défier l'autorité du capitaine Billard, ni de semer la discorde parmi les officiers. Le souper s'achève rapidement, comme si chacun avait hâte d'échapper à ce pénible climat. Quand je me retire, Pierre de Pléhen presse avec insistance ma main dans la sienne, me dévorant de son regard éperdu frôlant la folie.

Au comble de la confusion, je regagne ma chambre, où Amrita chantonne en préparant mon coucher. Pendant qu'elle s'en va chercher un broc d'eau fraîche pour ma toilette, assise à la coiffeuse, je me brosse les cheveux. À ce moment, j'entends gratter à ma porte.

— Entrez !

— Anne, je dois vous parler sans attendre…

Je me redresse d'un bond face à Pierre de Pléhen.

— Anne, peu me chaut l'opinion du capitaine Billard. Demain, nous partons pour Fort Alambara. Je ne peux souffrir de vous voir ainsi tourmentée par ce rustre qui refuse de vous écouter.

Depuis des jours, l'attitude du jeune officier à mon égard m'inquiète et son ton enflammé ne m'annonce rien de bon, même si la proposition semble tentante.

— Le capitaine Billard n'est pas un rustre, seulement un homme soucieux de respecter ses engagements. Je comprends ses réticences. Nous reparlerons de tout cela demain.

— Pourquoi attendre encore, Anne ? Je suis là, auprès de vous, dans votre chambre, prêt à vous servir, prêt à vous chérir…

Avant que j'aie pu réagir, il me saisit aux épaules. Effarée par son audace, je m'efforce de l'écarter.

— Monsieur, vous vous égarez. La fatigue et la chaleur sans doute. À présent, je vous prie de quitter cette pièce.

— Anne, que de froideur pour refouler vos véritables sentiments. Ne cherchez pas à vous défendre, ou bien si, défendez-vous. Cela ne vous rend que plus désirable !

Pierre de Pléhen n'est guère plus grand que moi et d'une extrême minceur. Pourtant sa force, décuplée par l'exaltation, s'avère supérieure à la mienne, si bien que je ne parviens pas à me dégager de son étreinte. Il me pousse inexorablement vers le lit, sur lequel nous basculons tous les deux. Il cherche à m'embrasser. Dois-je appeler au secours, au risque de provoquer un scandale ? Je le soufflette de ma main libre. Rien n'y fait. Au contraire, son excitation redouble.

— Résistez-moi, Anne, je n'aurais que plus de plaisir à faire tomber vos défenses ! J'attends depuis si longtemps cet instant…

Je me débats à corps perdu, réussis à le frapper de mon genou dans l'estomac. Le souffle coupé, mon agresseur recule. La terreur et le dégoût nouent ma gorge où s'étranglent mes cris. Pourquoi dois-je revivre encore une fois ce que j'ai subi avec Louis de la Pallière* ?

Le regard étincelant, Pierre de Pléhen se jette à nouveau sur moi. Le pistolet est là, sur ma table de chevet. Je le saisis, espérant effrayer le jeune officier, lequel, dans sa démence, ne remarque même pas que je suis armée. Je ne veux certes pas le tuer. En revanche, je peux cogner. Le plus fort possible, entre les deux yeux ! Comme Pierre de Pléhen grogne, étourdi par ma première riposte, je réitère mon geste. Le minuscule engin, un pistolet de dame, se révèle efficace. Le sang jaillit, dégouline sur l'arête nasale de mon adversaire. Mais celui-ci surmonte sa douleur et m'attaque de nouveau, cette fois-ci plein de fureur. Une gifle retentissante m'assomme à moitié, les insultes pleuvent, tandis que le nouveau capitaine de l'*Anne de Bretagne* cherche à me désarmer.

— Tu te dévoiles enfin, Anne ! Moi qui étais disposé à t'offrir mon nom, ma vie. J'aurais dû prêter l'oreille aux

---

* Voir *De tempête et d'espoir, Saint-Malo*.

ragots qui couraient sur ton compte. Une ribaude, une courtisane, prête à faire perdre la tête aux hommes pour parvenir à ses fins ! Une coureuse de rempart, une gouge, c'est ainsi que je vais user de toi…

Mes tympans éclatent, le recul me projette à l'autre extrémité du lit. Le coup est parti dans la bagarre. J'entends Pierre de Pléhen hurler, recroquevillé au sol. Je n'ose m'approcher.

— Anne, vous allez bien ?

Le lieutenant Gesril a déboulé dans ma chambre, son épée nue à la main. Il découvre son capitaine au sol, se penche au-dessus de lui, le retourne.

— L'épaule, marmonne-t-il. Je ne suis pas médecin, toutefois la blessure me paraît sans gravité.

— Cette scélérate… gémit Pléhen.

— Taisez-vous ! Tout indique que s'il y a un scélérat ici, c'est vous ! gronde Gesril.

— Vous n'avez pas le droit, je suis votre capitaine, glapit Pierre de Pléhen.

— À bord de votre vaisseau, peut-être. Mais nous nous trouvons à terre. Debout, maintenant !

Le lieutenant toise son supérieur d'un air terrible, la pointe de son épée dirigée vers sa gorge.

— Disparaissez sur-le-champ, rugit-il, avant que je ne passe cette lame au travers de votre misérable personne !

Pierre de Pléhen se redresse péniblement, tenant son épaule.

— Vous me rendrez compte !

— J'en serais fort aise. Cependant, cela vous sera impossible avant quelques semaines. Rappelez-vous aussi que notre règlement interdit les duels entre officiers. Quand le capitaine Billard apprendra votre inconduite, vous risquez d'être dégradé et mis aux fers jusqu'au retour à Saint-Malo.

— Ma parole contre celle de cette diablesse…

— Chaque membre d'équipage de l'*Anne de Bretagne* pourra témoigner de la vertu de Madame de la Pallière. Quant à ce qui vient de se produire, il faudra compter avec ma parole, celle d'un gentilhomme ! J'ai dans l'idée que le capitaine Billard accordera plus de crédit à mes propos qu'aux vôtres. Une dernière fois, je vous invite à disparaître.

Le nez enflé, ruisselant de sang, la mine effroyable, Pléhen titube hors de ma chambre. Le lieutenant Gesril rengaine son épée.

— La peste l'emporte ! grommelle-t-il. Je ne puis souffrir ces fils de famille qui ne doivent leur grade qu'à la fortune de leur père. Je m'en vais référer dès maintenant de son acte au capitaine Billard. On ne peut laisser à ce dément le commandement d'un navire.

Je tremble et mes dents claquent comme par grand froid.

— Vous l'avez bien arrangé avec ça, ajoute-t-il en désignant du menton mon pistolet. Je me souviendrai de ne jamais vous parler de travers. Je me demande seulement si vous avez manqué votre cible ou si vous ne cherchiez qu'à le blesser.

Bouleversée, je ne réponds rien.

— Pardon, poursuit mon sauveur, vous n'êtes point d'humeur à goûter mon légendaire sens de l'humour. Enfin, je venais vous apporter une bonne nouvelle et n'imaginais pas un instant que je vous tirerai d'un si mauvais pas. J'espère qu'il…

— Non, vous êtes arrivé à temps.

Le lieutenant Gesril s'assied le plus naturellement du monde sur le fauteuil à côté du lit pour entreprendre son récit.

— Après votre départ, les capitaines Billard, Le Bonnec, ainsi que leurs seconds et moi-même sommes restés un moment ensemble. Je ne vous cacherai pas que le capitaine Billard pestait encore contre votre obstination. Pour ma part, je partageais vos vues. Nous avons navigué à bord du même vaisseau depuis la Bretagne, je vous ai accompagnée à Pondichéry, par conséquent je puis prétendre vous connaître un peu. La mémoire des buveurs est versatile. Je me suis peu à peu rappelé les faits relatés par feu votre époux autour de ce fameux cognac. Lors de son voyage en 1748, il confia à ce Khodja Sinan un important capital ainsi qu'une cargaison de vins fins de Bordeaux et de pièces d'armureries. Nous étions à cette époque en difficulté avec les Anglais et il craignait de voir son vaisseau arraisonné par les leurs et pillé. Depuis, le capitaine de la Pallière n'a guère eu l'occasion de revenir aux Indes, mais le négociant arménien lui a fait, au cours de toutes ces années, de réguliers rapports sur les opérations commerciales qu'il conduisait pour son compte.

En dépit de mon émotion, la profusion de détails fournis par Gesril insinue le doute en moi.

— Êtes-vous certain de ce que vous avancez ?

Dans la pénombre, je perçois un sourire.

— Le capitaine Christy de la Pallière avait sans doute de sérieuses raisons de revenir aux Indes. Hélas, il a disparu avant d'en avoir fait état. Il serait regrettable de ne point exploiter la seule piste à notre disposition. Les capitaines Billard et Le Bonnec se sont engagés à y réfléchir. J'ai bon espoir qu'ils accepteront. Quand ils prendront connaissance de l'incident de ce soir, je suis même certain qu'ils donneront leur accord.

Encore bouleversée, je me vois dans l'incapacité de remercier Gesril ou de lui demander des éclaircissements. Le lieutenant s'inquiète de mon silence.

— Anne, désirez-vous que je reste avec vous, ou bien que j'appelle Madame Houtmann ?

Je secoue la tête en signe de dénégation.

— Vous n'avez plus rien à redouter. Pléhen ne s'avisera pas de revenir. Et quand bien même il en aurait l'intention, ma chambre se situe au-dessus de la vôtre. En ce qui concerne votre projet, vous verrez, cela va s'arranger. Dormez en paix.

Sur cette conclusion, le lieutenant Gesril se retire.

*

La nuit est tombée comme un rideau sur la campagne indienne. On ne distingue plus rien, hormis les torches qui vacillent au bout des bras invisibles des *massalgis*. Excédée de fatigue, je résiste au sommeil, ballottée dans le palanquin.

Gesril ne s'est pas trompé. Afin de calmer les esprits, le capitaine Billard a jugé fort opportun un éloignement provisoire de Porto-Novo, que nous avons quitté dès le lendemain du drame avec M. de Pléhen.

Nos *pions* chantonnent pour se donner du courage. Leurs pieds nus frappent le sol à une cadence régulière. Soudain, nous nous arrêtons. Une vive discussion s'engage. Nous revenons sur nos pas ou bien tournons sur la gauche. Je ne sais pas, je suis perdue.

— Nous arrivons bientôt, Madame. L'*aldée* où réside Khodja Sinan se situe à moins d'une *cosse*, grogne dans le noir la grosse voix du lieutenant.

Comment trouver le chemin dans l'obscurité ? Je n'ose demander à l'officier sur quoi il fonde cette affirmation.

Un chien jappe, puis un autre, mécontents sans doute d'être dérangés dans leurs rêveries canines. J'ignore à quoi servent les chiens ici. Ils n'aboient pas, ne mordent ni ne montrent les dents. Pas plus que leurs maîtres, ils n'ont l'instinct de propriété et ne manifestent par conséquent la moindre agressivité à défendre ce qui n'appartient à personne. Je devine un mouvement sur le bas-côté. Nous traversons probablement un hameau. Les bœufs ralentissent de nouveau le pas, une autre conversation, pleine de sons heurtés et de voyelles. Gesril renâcle d'impatience.

— Monsieur, là, tout droit, nous sommes arrivés, assure le *dobachi* avec son fort accent.

— Tout droit où ? le questionne l'officier.

Cela mérite en effet d'être précisé ici où tout droit peut signifier n'importe quelle direction.

Bientôt, d'autres flammes éclairent la nuit. Je me penche, distingue un mur dans lequel se découpe une porte à double battant gardée par une demi-douzaine de serviteurs. Nouveaux palabres. Est-ce bien là ?

Enfin la porte s'ouvre, on nous cède le passage. Une allée de sable clair se dessine. Une bâtisse se précise, son perron illuminé d'une rangée de lampes. Les pulsations de mon cœur s'accélèrent. Comment allons-nous être reçus par ces inconnus, au milieu de la nuit, au milieu de nulle part, sans avoir été annoncés ? Des silhouettes nous encerclent, bruissent de murmures. Gesril m'offre son bras pour m'aider à descendre du palanquin. La foule des domestiques s'est écartée. Un homme approche. De petite taille, il est revêtu d'une robe richement brodée et coiffé d'une sorte de bonnet cylindrique. Son visage aux traits fins n'est pas celui d'un Indien, ni tout à fait celui d'un Européen, avec l'arc long des sourcils qui se rejoignent au-dessus du nez busqué, les yeux étirés et le menton prolongé par une barbe en pointe. Si cette arrivée inopinée l'étonne ou l'importune, rien ne le laisse deviner quand il s'incline devant moi.

— Madame, je suis Khodja Johannes Sinan. Que puis-je pour vous ?

— Madame Christy de la Pallière.

L'Arménien se décompose dans une expression stupéfaite.

— Christy de la Pallière ! s'écrie-t-il. Seriez-vous la fille du capitaine de même nom, une parente ?

— Sa femme, sa veuve en réalité.

— Sa veuve, pardonnez-moi, y aurait-il une erreur sur la personne ? Le capitaine Jean-Baptiste Christy de la Pallière n'est-il pas veuf lui-même ?

— Nos noces remontent à un peu plus d'un an et demi.

— Encore une fois, ne m'en veuillez pas pour mon indiscrétion. Par saint Grégoire, j'ai aspiré si longtemps à revoir mon ami, mon bienfaiteur ! Dans chacune de nos lettres, il m'assurait qu'il reviendrait aux Indes. La guerre a interrompu notre correspondance. Quel malheur d'apprendre la triste nouvelle de sa disparition ! Notre Seigneur l'ait en Sa Sainte garde. Et je le remercie de vous avoir conduite jusqu'ici.

Son ton chantant manifeste un sincère chagrin. Khodja Sinan se reprend, enchaîne aussitôt :

— Où ai-je la tête ! À vous entretenir là devant ma demeure, je manque aux plus élémentaires règles de la bienséance. J'ignore encore d'où vous venez. L'heure tardive me laisse supposer que vous avez parcouru un long trajet. Considérez ce toit comme vôtre. Puisque mon ami le capitaine Christy n'est plus, je ne puis pas moins faire pour honorer sa mémoire que de vous servir fidèlement.

J'ai entendu parler de l'hospitalité légendaire des peuples de l'Orient, mais je n'avais guère conjecturé un tel accueil. Gesril, tout aussi éberlué, et moi suivons Khodja Sinan dans un splendide vestibule pavé de marbre et orné de toiles de soie peinte, puis dans un salon où se mélangent avec goût meubles d'inspiration anglaise en bois précieux, tapis de Perse et sofas damassés. Notre bagage a été emporté et des mains se pressent autour de nous, présentant un bassin où flottent des pétales de roses, de fines serviettes de coton blanc pour nous rafraîchir du voyage, du thé et de la citronnade. On nous sert ensuite un *thali* de taille à rassasier un régiment entier, avec ses dizaines de compartiments garnis de différentes sortes de légumes, de condiments et de sauces.

Soudain, une petite femme brune apparaît.

— Catherine, le Ciel envoie à notre porte Madame Christy de la Pallière, l'épouse de notre cher capitaine ! s'exclame notre hôte.

Avant même que j'aie pu ouvrir la bouche, la nouvelle venue s'élance vers moi et m'embrasse.

— Ah, Madame, jamais je n'aurais cru avoir le bonheur… bredouille-t-elle, les yeux embués de larmes. Le capitaine viendra-t-il aussi ?

— Hélas, jour faste et jour funeste, se lamente son époux, le capitaine n'est plus !

Catherine Sinan s'empare de mes mains, me bombarde de questions.

— Mon amie, nous ne nous connaissons pas encore, mais accordez-moi la grâce de vous appeler ainsi, tant votre mari fit pour le mien. Quand êtes-vous arrivée ? Comment le noble capitaine nous a-t-il quittés ? Sainte Vierge, je suis absolument confuse de mon indélicatesse, vous devez être bouleversée. Vous nous parlerez plus tard, si cela ne vous est pas trop pénible. Combien de temps pensez-vous séjourner en notre pays ? Madame, vous paraissez si jeune. Êtes-vous bien l'épouse du capitaine Jean-Baptiste Christy de la Pallière ou bien sa belle-fille ?

— Ma chère, s'efforce de la tempérer Khodja Sinan, laissons nos invités se reposer et se restaurer en paix. Nous allons leur présenter notre famille.

À peine avons-nous le temps de respirer que la pièce se remplit. Trois jeunes demoiselles, trois garçons et une fillette suivis par une femme portant un nourrisson nous considèrent avec curiosité.

— Mes enfants, leur annonce solennellement leur père, je vous ai souvent parlé du capitaine Christy de la Pallière.

Venez témoigner votre respect et votre reconnaissance à son épouse. Madame, voici Jeanne, notre aînée, qui va sur ses dix-sept ans, puis Julie, Marie, Jacques, Louis, Innocent, et enfin Marguerite et Brigitte, notre dernière-née !

Ce tourbillon de révérences et le tendre assaut de petites bouches baisant mes mains m'étourdissent. Catherine Sinan couve sa nichée de regards pleins de fierté. Elle me rappelle ma cousine Apolline de Châteaubriand*. À peu près du même âge, de stature courte et replète, le cheveu noir comme aile de corbeau, des traits réguliers quoiqu'un peu lourds. Je me sens en confiance, comme si à des milliers de lieues de ma Bretagne, je retrouvais les miens. Conquise par l'exquise courtoisie de mes hôtes, je me risque à leur avouer la vérité.

— Chère Madame, cher Monsieur, vous me voyez infiniment touchée par la bienveillance avec laquelle vous me recevez alors même que vous n'avez pas été prévenus de ma visite. Et je vous prie de me pardonner ma franchise pour ce que j'ai à vous confesser à présent. Le capitaine Christy de la Pallière et moi-même n'étions unis que depuis peu. Deux mois environ après notre départ de Saint-Malo, il a été frappé d'un mal terrible qui l'a dévoré sans merci. Il a trépassé dans d'abominables transports, mais a su faire preuve jusqu'au bout d'un courage et d'une dignité exemplaires. Les fièvres troublaient parfois son entendement et je ne saisissais pas toujours le sens de son discours. Il a cependant répété à plusieurs reprises votre nom, m'a assuré que je pouvais me fier à vous. Je n'en sais pas plus sur les circonstances dans lesquelles vous avez lié connaissance avec lui.

Loin de s'offusquer, Catherine Sinan joint les mains et déclare avec effusion :

---

* Voir *De tempête et d'espoir*, *Saint-Malo*.

— Ce cher capitaine ! Je reconnais bien là son goût du mystère et son immense modestie. Il n'était point homme à faire étalage de sa générosité ni de son sens de l'honneur. Johannes, mon ami, racontez à Madame de la Pallière.

Les plus jeunes des enfants sont allés se coucher. Les trois filles aînées, Jeanne, Julie et Marie, assises aux pieds de leurs parents, écarquillent leurs yeux ombrés d'une épaisse frange de cils noirs. Khodja Sinan s'éclaircit la voix avant de commencer.

— Je suis arrivé aux Indes en 1743, d'abord à Madras. L'époux de ma tante Anna, Khodja Sultan David, négociant en cette ville, me recommanda à l'un de ses confrères de Pondichéry, Isaac Elias. Celui-ci m'ouvrit grand sa porte et m'associa peu à peu à ses affaires. C'était un homme d'exception, dont le sens du commerce n'égalait que la probité. Proche des Français, il avait apporté son soutien financier en 1729 à Bertrand de La Bourdonnais, quand ce dernier, après avoir pris Mahé, décida d'armer dans les mers des Indes pour son propre compte. Ils se lièrent d'amitié et moururent du reste la même année, à quelques mois d'écart.

» Le bien le plus remarquable d'Isaac Elias était sa fille Catherine, qui me combla en acceptant de devenir mon épouse et me donna ces huit beaux enfants que vous vîtes ce soir. Revenons-en au capitaine Christy de la Pallière. Lorsqu'il débarqua à Pondichéry, mon beau-père avait rejoint Notre Créateur. Je ne disposais pas encore de ses relations, maîtrisais mal votre langue. Un agent de la Compagnie des Indes, un scélérat de la pire espèce, détourna le produit de plusieurs cargaisons et me fit accuser du forfait. Un procès était en cours d'instruction. Je risquais mon honneur et ma fortune. Ne me connaissant aucun allié, croyant l'affaire perdue, j'hésitais à fuir avec ma famille à Madras. Le capitaine Christy de la Pallière, par le plus grand des hasards, entendit une conversation entre mon ennemi et un de ses complices. Révolté par leur bassesse, il vint aussitôt me trouver. Il se proposa de témoigner en ma faveur. La Compagnie des Indes préféra étouffer le scandale. Elle remboursa les victimes et me dédommagea pour prix de mon silence. Hélas ! le mal était fait et plus personne à Pondichéry n'acceptait de traiter avec moi. Votre époux, après m'avoir sauvé une première fois, intervint à nouveau en me confiant le négoce de sa cargaison. Le bénéfice fut excellent et il en répandit la nouvelle. Mes activités redevinrent florissantes. Je voulus remercier le capitaine, mais il refusa toute gratification, affirmant qu'il avait agi le plus naturellement du monde et qu'il ne pouvait souffrir les coquins ni les lâches. Vous mesurez à présent, chère Madame, l'ampleur de ma dette !

— Et le vin de Bordeaux, et les autres biens qu'il vous avait confiés ? ne peut s'empêcher d'intervenir le lieutenant Gesril.

— Vendus et l'intégralité du profit reversé au propriétaire il y a près de vingt ans. Souhaitez-vous consulter mes livres de comptes…

— Je vous en prie, Monsieur, l'interromps-je. Là ne réside aucunement l'objet de ma visite. Je suis à la recherche de mon frère, Jean de Montfort.

Le couple d'Arméniens s'entre-regarde avant que Catherine Sinan ne me réponde.

— J'ai ouï ce nom, mais je ne saurais vous mentionner en quelles circonstances. Peut-être ai-je rencontré ou entendu parler de ce jeune homme. Laissez-moi réfléchir. La nuit est souvent propice à rafraîchir ma mémoire.

Je baisse les yeux pour ne rien montrer de ma déception. Suis-je sotte ! Qu'avais-je escompté ? Que ces inconnus me conduiraient droit à mon frère ? Je surprends alors la jeune

Jeanne qui m'observe. Ses lèvres se sont entrouvertes, mais elle ne prononce pas un mot.

*

La maisonnée s'est endormie à une heure fort avancée. J'ai passé ma première nuit sur un *charpai*, un lit indien fait de sangles de toile tendues sur un cadre de bois supporté par quatre pieds. En dépit des pensées qui me tourmentent, je me suis vite assoupie sur cette couche plus confortable qu'un matelas.

Déjà les serviteurs s'affairent quand je me lève. Afin de ne point déranger, je m'esquive sans bruit pour me promener dans le jardin. L'aube est le moment béni du jour, chaleur douce sous un ciel légèrement voilé par les brumes marines. Cachés dans les branches, des oiseaux innombrables pépient, chant de la nature qui répond à celui des hommes, l'appel à la prière des pagodes, le muezzin des mosquées et, un peu plus tard, au lointain branle de cloches. Songeant toujours à ce que pourraient m'apprendre ou pas les Sinan, au moyen de gagner Madras, je débusque au hasard des geckos à tête rouge fondus aux feuillages, de minuscules écureuils. Je perçois alors un pas léger, derrière moi dans l'allée. Jeanne, l'aînée des filles de Khodja Sinan, abritée sous une ombrelle, s'avance timidement.

— Vous voilà bien matinale, vous aussi.

— Je ne voudrais point vous importuner, Madame de la Pallière, balbutie-t-elle.

— En aucune manière, je suis heureuse de vous voir.

Elle se mordille les lèvres, comme si elle hésitait à me confier un secret. Je l'encourage.

— Ce lieu est splendide, un véritable paradis. J'espère qu'il vous console un peu d'avoir perdu votre maison de Pondichéry.

Elle hoche la tête avec gravité.

— L'existence est si tranquille ici. Trop, au goût de mes sœurs, raffolées de fêtes et de bals. Moi, je m'y plais. Je ne me sens guère à mon aise en société.

— Moi non plus, vous avouerai-je. D'ailleurs, jamais je ne me suis rendue à un bal.

La jeune fille me considère avec ébahissement. Auréolée du prestige de connaître la France, mariée à un gentilhomme ami de son père, je suppose qu'elle me voit mener grand train dans une vie mondaine étourdissante. Mais je confirme mon propos par un sourire. Il serait si long de lui narrer la pauvreté de mes parents, mon enfance paysanne, mon adolescence au couvent, et puis ce mariage contre mon cœur avec l'écuyer Christy de la Pallière. Si ce n'est au travers des récits de mes camarades des Dames de Dinan, je n'ai jamais goûté au plaisir de m'apprêter, de revêtir de beaux atours pour l'occasion, de m'étourdir au bras d'un fringant cavalier. J'ai dansé une seule fois avec un garçon, c'était avec Corentin, lors du Pardon de l'Assomption, là-bas, à La Richardais.

— Jean de Montfort, tel est bien le nom de monsieur votre frère ?

Gagnée par l'émotion, je bredouille à mon tour.

— En effet. L'auriez-vous rencontré ?

— Oui, à un bal, donné par Madame Duval de Leyrit, l'épouse du gouverneur, poursuit-elle, enhardie. À vrai dire, je m'y ennuyais un peu. On ne m'invite pas beaucoup à danser.

Sa voix s'empreint de tristesse dans cet aveu. J'en devine la raison. Sottise de ces jeunes galants qui ne s'attachent qu'aux apparences ! Jeanne Sinan n'est guère jolie. La femme n'a pas encore éclos de l'adolescente gauche. Elle a le teint bistre des métisses, gâché par quelques boutons. Comme sa mère, elle est petite et dotée d'un léger embonpoint. Pourtant, je perçois la finesse de son esprit, la douceur de ses manières. Jean a vu cela lui aussi, j'en suis certaine. Je glisse mon bras sous le sien, pour nous réconforter elle et moi.

— Il s'est présenté, poursuit-elle, mais je savais déjà qui il était. Parmi les officiers de l'armée du comte de Lally-Tollendal, les demoiselles de Pondichéry l'avaient aussitôt remarqué et ne cessaient de louer sa belle figure et sa bonne éducation. Elles l'avaient surnommé l'Archange.

Les larmes aux yeux, j'ajoute :

— Moi aussi, en mon enfance, je lui trouvais le visage d'un ange.

— Il m'a invitée en s'excusant d'être un piètre danseur. J'ai failli refuser tant j'étais impressionnée. Je sentais ces regards envieux posés sur nous. Je ne suis guère adroite et n'ai jamais su accorder mes mouvements au rythme de la musique. Mais il s'est montré bon avec moi. Nous avons esquissé quelques pas et ensuite parlé de poésie. Je prise fort la poésie. Je me risque parfois à coucher quelques mauvais vers sur le papier. Il m'a confié s'étonner de ces fêtes, de cette apparente insouciance, alors que les Anglais cernaient la ville de toutes parts. Je partageais son avis et nous conversâmes ensemble presque toute la soirée. Je lui suis tellement reconnaissante de m'avoir prêté attention.

— Comme il doit l'être vis-à-vis de vous, chère Jeanne. Pas plus que moi, Jean n'apprécie les mondanités. Son extrême sensibilité lui donne à voir la vérité des gens et des situations. Il sait, il sent avant les autres. L'honnêteté de son cœur lui interdit d'être dupe d'attitudes convenues, de se réjouir de futilités. Il a sans doute été heureux de trouver auprès de vous un écho à sa solitude au milieu de ces inconnus, une oreille attentive qui le comprenait. Il aime lui aussi la poésie. Il m'a transmis ce goût et tous les poèmes que j'ai retenus vivent en moi par sa voix, sa voix que je voudrais tant entendre de nouveau. Ensuite, chère Jeanne, l'avez-vous revu ?

— Jamais, hélas ! Mon père a décidé peu après de nous mettre à l'abri ici. Je n'ai eu aucune nouvelle.

L'aînée des filles de Khodja Sinan s'arrête, pose sa main sur la mienne.

— De toute mon âme, je souhaite que vous retrouviez votre frère. Faites confiance à mon père. Il a promis de vous aider. Sa parole n'est point vaine et il compte de nombreux et fidèles amis à travers les Indes. Pour ma part, s'il m'y avait autorisée, je serais venue avec vous. Faute de pouvoir vous accompagner, je prierai chaque jour pour vous.

— Vous êtes généreuse, Jeanne, et je suis heureuse que mon frère vous ait connue. Ayez confiance vous aussi, en vous. Vos vertus obtiendront un jour récompense.

Un sourire illumine son visage disgracieux et la rend soudain belle, si touchante sous son ombrelle. J'ai la certitude que ma prédiction se réalisera.

*

La confidence de Jeanne Sinan ne m'a rien appris de plus, puisque sa rencontre avec mon frère est antérieure à son départ pour Gingy, évoqué par le vieux capucin à Pondichéry. Mais elle rafraîchit en mon cœur l'image de Jean tel que je le connais, efface le fantôme suppliant qui hante mes rêves. Cela me plonge dans une excitation qui me rend la torpeur de la matinée à la limite du supportable. Le repas s'étire à l'infini dans une incroyable diversité de plats et de services. Ensuite, vient l'heure de la sieste.

Après seulement, Johannes et Catherine Sinan nous invitent à les rejoindre à l'ombre d'un kiosque au fond de leur jardin. Le lieutenant Gesril et moi-même nous asseyons sur les coussins de coton rayés de rouge, d'ocre et de vert couvrant le banc de pierre. Sur le rebord de la fontaine qui jaillit au milieu sont disposés des verres à thé et, dans deux plats d'argent ciselé, de fines lamelles de mangue et d'ananas saupoudrées de cannelle. Une brise infime souffle.

— Un lieu de sérénité sous le regard de Dieu, murmure Khodja Sinan en nous désignant une stèle de pierre sculptée de motifs géométriques délicats au milieu desquels se dégage une croix.

— Elle est splendide, un travail remarquable, s'extasie Gesril.

— C'est un *khatchkar*, précise notre hôte, typique de l'art religieux arménien, vieux de plus de deux siècles. Il vient de Julfa, la véritable Julfa, sur les rives de l'Arax, au pays de mes ancêtres, détruite par le shah de Perse Abbas Ier dans sa guerre contre l'Empire ottoman. L'autre Julfa, celle d'où je viens, est le faubourg d'Ispahan où les Arméniens déportés s'établirent et qu'ils rebaptisèrent du nom leur ville disparue. Une longue histoire dont je vous parlerai peut-être à l'occasion.

Je trempe mes lèvres dans le thé brûlant, où le lait adoucit le piquant du girofle et de la muscade, rehausse l'arôme de la cardamome. Catherine Sinan prend à son tour la parole.

— Madame de la Pallière, mon mari et moi avons beaucoup réfléchi à ce que vous nous avez relaté. Après leurs défaites successives, les officiers français en déroute ont rejoint la cour de princes indiens, que ce soit Haydar Ali Khan à Mysore, Mir Qasim à Monghyr, le *nizam* d'Hyderabad et d'autres encore. Retrouver trace de votre frère peut sembler une tâche impossible dans un pays aussi vaste et quand tant de voies s'ouvrent.

— Impossible pour le commun, enchaîne Khodja Sinan, mais non pour nous, les Arméniens. Nous avons des parents, des amis, des associés dans toutes les villes des Indes. Je n'ai qu'à leur écrire et ils mettront en œuvre les moyens nécessaires, de grands moyens, soyez-en certaine. Si votre frère n'a pas péri, comme nous voulons le croire puisque vous le croyez vous-même, ils sauront où le trouver.

L'horizon s'éclaircit soudain, mais je n'ose ajouter foi à ce que j'entends et les interroge encore.

— Combien de temps faudra-t-il attendre ?

— Qu'est-ce que l'attente ? me retourne Khodja Sinan. Attendre est déjà agir. Toutefois, si votre frère n'a pu s'échapper après la chute de Gingy, il est à parier que les Anglais l'ont capturé et envoyé à Madras.

— Tel est l'avis des religieux que j'ai rencontrés à Pondichéry. Ils m'ont assuré que j'aurais là-bas de fortes chances d'en apprendre plus. Mais comment m'y rendre ?

— Ma tante Anna et son fils, Agha Shamir Soultanian, vous accueilleront, réplique aussitôt Khodja Sinan. Mon cousin est un personnage puissant, membre du Conseil de Madras. Sachant la dette que j'ai envers feu le capitaine de la Pallière, il vous aidera.

— Oui, notre cher Shamir vous aidera, renchérit en écho Catherine Sinan. C'est la première direction vers laquelle vous tourner. Notre neveu Aram ira à Madras prochainement. Il vous y conduira, si vous le souhaitez. Quand seriez-vous prête à partir ?

Je voudrais hurler : « Maintenant ! », mais la courtoisie envers nos hôtes ainsi que le regard réprobateur que leur lance le lieutenant Gesril m'en empêchent. Je me contente d'affirmer :

— Au moment où il lui conviendra. Que votre neveu ne change rien à ses projets pour moi.

Gesril, avec assez peu de discrétion, m'enfonce son coude dans les côtes.

— Anne, y pensez-vous ? Et l'expédition ?

Catherine Sinan s'empresse d'intervenir :

— Chère Madame, nous ne voudrions forcer aucune décision et peut-être avez-vous pris d'autres dispositions pour votre séjour aux Indes. Aram ne partira pas avant deux ou trois jours. En aucune façon vous n'êtes contrainte de nous donner une réponse immédiate. D'ailleurs, quelle qu'elle soit, mon mari commencera dès aujourd'hui à écrire à ses correspondants.

Khodja Sinan, un petit sourire au coin des lèvres, presse le bras de son épouse. L'unité de leur ménage me trouble. J'ai connu la résignation silencieuse de ma mère avec mon père, la soumission empreinte de crainte de ma cousine Apolline à René Auguste de Chateaubriand, ma rage presque constante envers Christy de la Pallière. Jamais je n'avais envisagé qu'un homme et une femme puissent vivre en bonne intelligence, dans une harmonie si parfaite qu'on croirait qu'un seul cœur bat pour eux deux. Je suis touchée par cette grâce qu'ils partagent. Voilà bien la première fois que je rencontre un couple heureux.

Carnet de Jean de Montfort

Amertume et dégoût, tels étaient mes sentiments, Anne. Je ne croyais plus en notre commandement, j'avais compris que notre destin importait peu à notre pays et à notre roi. Pourtant, mon devoir de gentilhomme m'interdisait d'abandonner à leur funeste sort ces femmes et ces enfants, innocentes victimes d'une guerre qu'elles n'avaient pas voulue. N'aurais-je point dû demeurer à Pondichéry, les défendre jusqu'à mon dernier souffle ? Pourquoi m'étais-je laissé convaincre par Madec ?

Au premier abord, le petit Quimperlois ne paye guère de mine. À peine plus âgé que moi, vingt-cinq ans m'a-t-il dit un jour, il mesure une bonne tête de moins. Son visage triangulaire, avec son fort nez busqué, pourrait passer pour vilain, si ses grands yeux noirs n'interpellaient, leur regard pénétrant accentué encore par l'arcade sourcilière proéminente. Dès les premiers propos échangés, son assurance et la vivacité de sa réflexion captivent. D'où ce rejeton d'un modeste maître d'école et d'une aubergiste tire-t-il son immense audace, sa détermination ? Embarqué à neuf ans comme mousse, il a toujours couru les mers pour chercher l'aventure. Rien ne le surprend, rien ne l'effraie et nul ne résiste à son énergie débordante.

Était-ce lui qui avait suggéré l'idée de cette expédition à notre général, ou bien s'agissait-il là de la dernière folie d'un homme abandonné de tous, déjà vaincu et de surcroît malade ? Dans cette armée où les soldats de valeur se comptaient sur les doigts d'une main, où l'incurie et les tergiversations nous avaient conduits à l'irréparable, sa voix s'était fait entendre. Quelques camarades, tous des Bretons, et moi-même, décidâmes de le suivre. Désertion ou acte héroïque ? Mourir derrière ces remparts ou dans une ultime charge ? Choisir notre fin, tenter l'impossible.

À la faveur de la nuit, nous quittâmes Pondichéry, les sabots de nos chevaux enveloppés de chiffon, déjouant la vigilance des sentinelles britanniques. Nous ne pûmes nous empêcher de répandre des larmes sur cette ville si belle à la ruine imminente que nous avions la certitude de voir pour la dernière fois.

Savions-nous seulement par où commencer notre mission ? Une à une, la France avait perdu toutes ses positions de la côte de Coromandel, au Deccan, à la côte de l'Orissa et jusqu'au Bengale. À chaque carrefour, dans chaque village, des soldats français erraient comme des âmes en peine, sans chef, sans ressource, cherchant à se louer au plus offrant, même à l'ennemi. Parmi ceux que nous croisions, une dizaine à peine accepta de grossir nos maigres forces. Pourquoi, pour qui se battre ? Un roi qui nous avait oubliés, une guerre perdue ? Madec ne se décourageait jamais, ni pour les convaincre de nous suivre, ni pour nous ravitailler ou nous offrir un abri à peu près sûr pour la nuit. Sa force nous galvanisait, en dépit de la peur, de l'épuisement, de notre isolement. Pour lui, nous oubliions nos doutes, nous voulions croire en cette armée d'ombres que nous allions rassembler.

Quelques escarmouches victorieuses contre des retardataires des régiments adverses éveillèrent l'illusion que nous avions des chances de réussir. Mais les Anglais nous prirent en chasse, nous traquèrent sans relâche. Grâce à Dieu, les Indiens ne les appréciaient guère et leur façon si exaspérante d'affirmer tout et son contraire aux questions qu'on leur posait nous fut d'un grand secours. Ils ne nous trahirent pas.

Nous ne pouvions cependant poursuivre cette course hasardeuse plus longtemps. Madec décida de notre repli à Gingy, qui nous appartenait encore.

À quinze cosses de Pondichéry, la cité se dresse à l'entrée des Ghâts, cette chaîne de montagnes qui sépare la côte de Malabar de celle de Coromandel. Chaos de pierres, éminences comme des amas de rochers broyés entre les mains d'un géant, vallons adoucis par un lac, le carré tendre d'une rizière, tel est le paysage dans lequel je la découvris. Ses remparts gris aux merlons en ogive relient trois collines, dont deux sont surmontées d'un bastion, et la dernière, la plus haute, porte la citadelle.

Je ne saurais affirmer si les gardes furent soulagés ou déçus de nous voir arriver. Ils n'escomptaient guère de renforts, mais qu'attendre d'une poignée de malheureux aux abois ? Madec, lui, restait confiant. Tandis que nous gravissions le sentier escarpé qui conduit à la citadelle sur son piton rocheux, il nous conta comment les Anglais s'en étaient emparés, puis les Français.

— Courage, mes amis ! Rappelez-vous le magnifique Charles de Bussy, il y a onze ans, quand il enleva à ces cochons de Britanniques cette place, avec deux cents soldats français et quatre cents cipayes seulement. Une témérité incroyable, un assaut en pleine nuit, l'impossible tenté et réussi par ce génie militaire doublé d'un grand amoureux. Il conquit en effet Gingy pour les beaux yeux d'une des filles de Joseph Dupleix et de la Bégum Jeanne.

Aucun d'entre nous n'osa lui rappeler la triste fin de notre champion. Le mois dernier, cet accident stupide, son cheval effrayé, la chute, et son destin, ses rêves de grandeur brisés en même temps que sa jambe. Des singes grèges nous guettaient depuis les fourrés. Véritables seigneurs des lieux, ils les ont habités de tout temps et y vivront encore bien après notre mort. D'ailleurs, nous passâmes devant un oratoire dédié à Hanuman, fils du vent, le dieu à tête de singe, incarnant le courage, la force et le dévouement. En aurions-nous assez ? Et surtout, la chance serait-elle de notre côté ? Du nôtre ou bien de celui des Anglais, dont nous apercevions les troupes dans un nuage de poussière à l'horizon ?

Nous n'étions pas assez nombreux pour défendre toute la longueur du rempart extérieur. Au bout de trois jours, nous partageâmes les troupes entre les trois montagnes et abandonnâmes la ville à l'ennemi pour nous retrancher dans la citadelle.

Comment nous déloger de cette position à l'entrée commandée par un pont étroit jeté au-dessus du précipice ? Des citernes recueillaient l'eau de pluie, des hangars abritaient les réserves de riz. Des chèvres se repaissaient des touffes d'herbe grise. Nous ne mourrions ni de faim, ni de soif.

Nous résistions, tant que nous le pouvions. Aux journées d'une chaleur excessive succédait chaque nuit un brouillard épais et glacial qui trempait tout d'une abondante rosée. Nous étions seuls, avec nos chèvres et nos poules, un chien, un brave bâtard à la robe jaunâtre. Parfois, à l'aube, nous entendions le feulement assourdi d'un tigre en chasse.

*Les Anglais patientaient. Un allié inattendu se joignit à eux. La fièvre, la fièvre de Gingy. Certains prétendent qu'elle est occasionnée par les exhalaisons des minéraux et des métaux renfermés par les montagnes, d'autres en imputent l'origine à l'eau. Je ne fus pas le premier à tomber, peut-être le troisième ou le quatrième. Une migraine à se frapper la tête contre les murs, des vomissements, des suées, des pertes de connaissance, le teint livide d'un revenant. D'ailleurs, quand un accès s'annonce, on croit entendre les grincements de la charrette de l'*Ankou*, qui lui ne nous a pas oubliés, prêt à emporter de nouvelles âmes vers l'au-delà. Je luttais, je refusais de céder à la maladie comme aux Anglais. Ma mémoire se brouillait, je divaguais. Je ne savais plus où j'étais, j'avais perdu la notion du temps.*

Non, la chance n'était pas de notre côté.

CHAPITRE IV

Alors que je m'apprête pour le souper, deux coups légers sont frappés à ma porte. Dans l'embrasure s'encadre la silhouette massive du lieutenant Gesril.

— Anne, puis-je m'entretenir avec vous ? articule-t-il d'une voix légèrement rauque.

— Entrez, le prié-je, quelque peu alarmée de son ton et de son air d'une gravité inhabituelle.

Je l'invite à s'asseoir sur l'un des sofas et prends place face à lui.

— Lieutenant, de quoi s'agit-il ?

— Bertrand. Après tout ce que nous avons vécu ensemble, cela vous paraît-il trop familier que nous nous appelions par nos prénoms ? Ne sommes-nous pas bons amis ?

— Sans le moindre doute, repartis-je en proie à un soudain malaise. Soyez assuré de ma profonde gratitude pour votre soutien indéfectible.

— Anne, vous irez à Madras, n'est-ce pas ?

— En doutiez-vous ?

Il grimace un sourire.

— Non, bien sûr, mais je tiens à vous exprimer ma préoccupation. Vous connaissez à peine les Sinan, même s'ils donnent le sentiment d'être d'honnêtes gens. De surcroît, une fois que vous serez là-bas, ils ne pourront plus rien pour vous. Et après, quand et comment rejoindrez-vous notre flotte ? Je n'ai nulle certitude que des vaisseaux français puissent mouiller dans la rade de Madras sans être l'objet de tracasseries des Anglais. Enfin, j'ignore si le capitaine Billard aura le loisir d'attendre votre retour. Tout bien réfléchi, il est hors de question que j'abandonne à son sort une femme, la veuve d'un vieil ami, et surtout vous, Anne !

Il me serre la main à m'en faire craquer les phalanges. Je me dégage en badinant.

— Lieutenant, oubliez-vous qu'avant d'être femme je suis une Bretonne, par définition coriace. J'ai résisté à l'effondrement de ma famille, aux médisances, aux aléas des éléments, je ne vois guère ce que je peux redouter désormais.

L'officier a les yeux brillants comme s'il était frappé d'une brusque fièvre. Dans un mouvement instinctif, je recule au fond de mon siège alors qu'il poursuit.

— Anne, vous n'imaginez pas à quel point vous êtes dangereuse pour votre propre personne. Vous êtes terriblement séduisante. Est-ce la volupté de votre corps, l'impétuosité de votre caractère, ce désir contenu comme le bourgeon d'une rose prête à éclore ? Tout cela et plus. Vous êtes une flamme à laquelle se brûlent les hommes qui vous approchent, malheureux moucherons privés de volonté et d'intelligence devant vous. Ce jeune marin de La Richardais, Corentin, Jean-Baptiste Christy de la Pallière, Pierre de Pléhen, combien d'autres encore ?

La fureur me gagne d'un coup. Comment Gesril a-t-il entendu parler de Corentin ? Comment ose-t-il associer le nom de mon ami d'enfance à celui de cet immonde Pléhen ?

— Brisez là ! Dois-je mettre vos propos sur le compte de la maladresse ou bien s'agit-il d'une manœuvre dont je ne devine pas le but ? Jamais je n'ai été coquette, jamais je n'ai agi ainsi que vous le prétendez. Vous me peinez et vous m'offensez.

— Pardonnez-moi, Anne, je n'affirme que la vérité. Le fait est là, les hommes deviennent des jouets entre vos jolies mains et vous en usez à votre guise pour atteindre vos buts. Mais eux aussi cherchent à abuser de vous et vous pourriez avoir à payer fort cher votre indépendance de vue. C'est pour cette raison que je souhaite veiller sur vous. Un mot de votre bouche et je vous suis, à Madras, jusqu'à Delhi ou même Katmandou si cela vous chante.

— Votre place est auprès des capitaines Billard et Le Bonnec, à bord de l'*Anne de Bretagne*.

— Ce n'est pas ce navire que j'ai envie de monter.

— Il suffit ! Monsieur Gesril, dois-je vous rappeler que vous êtes marié et père de famille ?

— Peut-on encore parler de liens du mariage quand on fréquente si peu son épouse ? D'ailleurs, à cette heure, je ne doute pas que Madame Gesril soit entourée de galants pour la consoler de sa solitude. Ma chère Anne, nous ne ferions de mal à personne. Deux amis qui poussent un peu plus loin l'amitié, la frontière est si ténue et si délicieuse à franchir. Ne me dites pas que vous ne vous doutiez de rien, je serais bien en peine de le croire. Pourquoi les femmes ont-elles toujours besoin de tant de mots ? Enfin, cela fait partie de leurs attraits, cette incertitude où elles nous plongent sans cesse. Vous êtes libre, Anne ! Le capitaine de la Pallière n'a jamais escompté que vous lui demeureriez fidèle par-delà le tombeau. Il aimait trop la vie pour imposer la chasteté éternelle à sa veuve. Et d'ailleurs, je n'y crois pas. Anne, vous vibrez avec tant de force, vous êtes un torrent prêt à jaillir, un volcan en sommeil.

À l'emportement succède en moi la déception. Me suis-je trompée à ce point sur le lieutenant, lui ai-je accordé à tort ma confiance ? Je retiens mes larmes.

— Bertrand, je vous en supplie, vous me faites peur. Vous avez disposé jusqu'à ce jour de mon estime, de ma gratitude, de cette affection que l'on voue à un proche, au père que j'ai perdu, au frère que je recherche. Vous êtes l'un de mes rares, si ce n'est mon seul ami. Par pitié, ne ternissez point cette amitié que vous évoquiez à l'instant.

Mes paroles font au lieutenant l'effet d'une gifle, d'un seau d'eau jeté à la tête d'un homme ivre. Il recouvre le bon visage que je lui ai toujours vu, me tend maladroitement son mouchoir.

— Quelle folie s'est emparée de moi ! Puissiez-vous me pardonner, car moi je ne me le pardonnerai pas. Ce climat…

J'essaie de retrouver mon calme, de raffermir ma voix.

— Oublions cela. Vous avez raison, le climat sans doute. Vous vous inquiétez trop pour moi.

— Permettez-moi de me retirer.

L'officier tourne les talons. Mais juste avant de franchir le seuil de ma chambre, il me lance avec un léger clin d'œil :

— J'ai de la chance que votre pistolet n'ait point été chargé !

Mais je n'ai pas le cœur à rire et me sens à nouveau terriblement vulnérable.

*

Le lendemain matin, les chevaux sont sellés. Je retrouve un Gesril affichant son air débonnaire habituel. À ses traits tirés, à ses yeux rougis et gonflés, je devine toutefois qu'il a fini la soirée en compagnie d'une bouteille ou deux. Quel remède à leurs maux les hommes puisent-ils dans l'alcool ?

— Inutile, je suppose, d'insister pour que vous rentriez à Porto-Novo ? tente le lieutenant.

— Non, je n'ai pas changé d'avis

— Encore une fois, comment vous retrouver après ?

— À la grâce de Dieu ! Personne ne m'attend, hormis mon frère, et rien ne me presse, si ce n'est le désir de le revoir. Il y aura toujours des navires en partance pour l'Europe sur lesquels j'obtiendrai une place.

— Le capitaine Billard sera furieux.

— Plutôt soulagé, ne nous voilons pas la vérité. La mort de mon mari, la crise de démence de Pierre de Pléhen, ces événements ne rendent guère ma présence souhaitable au milieu d'un équipage. Ni lui ni vous n'êtes responsables des décisions que j'ai prises. Dieu seul tient entre ses mains nos destinées.

Le lieutenant Gesril baisse la tête, indécis, en proie à une sincère tristesse.

— Bertrand, je vous promets de revenir saine et sauve.

Un sourire renaît sur les lèvres de l'officier de marine.

— Le capitaine Billard se satisfera peut-être de votre absence, mais il me faudra tout de même affronter son courroux lorsqu'il apprendra qu'il n'y avait nul trésor à récupérer auprès de Khodja Sinan.

— Celui-ci envoie un de ses commis avec vous et ses lettres de recommandation vous seront de la plus grande utilité. Par ailleurs, concernant ce prétendu trésor, vous avez affirmé qu'il s'agissait d'un souvenir embrumé par les vapeurs du cognac. Un homme d'expérience comme Thierry Billard connaît les effets de ce genre de breuvage sur la mémoire et sait assurément à quoi s'en tenir ! J'ai un dernier service à vous demander. Prenez avec vous la petite Amrita, veillez à ce qu'elle soit confiée à de bonnes personnes. Bien que nous n'ayons guère eu la possibilité de beaucoup converser, elle me paraît dévouée et point sotte.

Une voix hésitante s'élève alors derrière nous.

— Maîtresse, pourquoi ne voulez-vous plus de moi ?

Je ne peux réprimer ma stupéfaction.

— Amrita, tu parles notre langue ?

— Oui, Maîtresse, confirme-t-elle en s'inclinant, les mains croisées sur son pagne, d'un air faussement contrit. Je devais d'abord m'assurer que nous pourrions nous convenir. Maintenant, je veux rester avec vous.

— Enfin, Amrita, si tu as tout entendu de mes conversations, tu as compris que j'ignore où me conduira ma route. Peut-être ne retournerai-je jamais à Porto-Novo. Puis-je t'éloigner des tiens, t'exposer au danger ?

La jeune servante joue avec l'extrémité de sa longue natte brune.

— Maîtresse, il n'y a pas de famille qui m'attende là-bas. Les dieux ont décidé de faire de moi votre servante. Alors, je le resterai. *Dharma !* Tel est l'ordre du monde, la voie qui m'est indiquée.

Nous échangeons un bref sourire de connivence.

Gesril lève les bras au ciel.

— J'ai tort de m'en faire pour vous. Anne, vous avez décidément le don d'attirer les sympathies.

Au moment où il s'apprête à me baiser la main, je devance son geste. Comme aucun domestique ne regarde, je dépose un baiser furtif sur sa joue. Ici le moindre effleurement entre un homme et une femme est considéré comme indécent. Même si les Indiens se sont accoutumés à nos mœurs, je préfère éviter de les heurter.

— Bertrand, rappelez-vous, vous êtes mon premier et mon seul ami. Vous occupez cette place en mon cœur et ma reconnaissance envers vous est immense. Encore une fois, nous nous reverrons.

— Dieu vous garde, Anne de Montfort ! Surtout restez fidèle à votre devise, *Non mudera*, je ne changerai pas.

N'écarquillez pas les yeux ainsi. J'ai beau être un rustre, je connais l'histoire de notre Bretagne.

— Dieu vous garde, lieutenant Gesril !

Il monte en selle, s'éloigne au petit trot. Une nouvelle page s'achève. Un au revoir, un adieu, la roue de la destinée tourne. *Dharma*, a dit Amrita. Enfreins-je les lois du cosmos en agissant envers et contre tout ou tous, ou alors mes actes sont-ils écrits par avance quelque part ? *Non mudera*, la devise de mon aïeule Anne de Bretagne se pare ici d'une autre signification. Est-ce mon libre arbitre qui s'exprime ou la volonté divine ?

*

À Porto-Novo, sous le toit des Houtmann et en compagnie des officiers de notre expédition, j'ai vécu encore à l'heure européenne. Ici, chez les Sinan, le temps se déroule autrement, se déploie telle une pièce de soie, glisse et se mordore d'une lumière changeante, revêt différentes couleurs, s'empèse de chaleur.

Je découvre peu à peu combien le climat influe sur les gestes. Aux Indes, on se lève avant l'aurore et l'on veille tard dans la nuit. La vie se suspend au cours des heures chaudes, durant lesquelles hommes et bêtes somnolent à l'abri du soleil. Je me coule à ce rythme, en attendant ce fameux Aram qui doit m'escorter jusqu'à Madras.

Jeanne et ses sœurs me proposent un déjeuner au grand air à Fort Alambara, non loin de leur maison. Elles s'appliquent à parler français en ma présence. Mais parfois, quand la conversation s'enflamme, le créole renaît sur leurs lèvres. Dans leurs veines coule du sang arménien et portugais, elles sont nées aux Indes et vouent une dévotion quasi mystique à notre royaume. Douces jeunes filles brunes et graves, dont la gaieté éclate pourtant à chaque instant. Une émotion m'étreint, un regret. J'aurais voulu avoir des sœurs, une grande fratrie, un toit sous lequel je serais aimée, un endroit où je serais toujours la bienvenue, une maison. J'ai mon frère pour seule famille et une route inconnue pour domicile.

Le palanquin oscille à la foulée nonchalante des *bouées*, dans un paysage liquide de rizières et de lagunes, dont la géométrie en vert et bleu se décline jusqu'à la mer. Près du rivage, le fort, ou du moins ce qu'il reste, quelques pans de remparts, deux ou trois guérites, des stalles à éléphants, une tour éboulée, au milieu des gravats de brique rouge.

— Quinze ans à peine après la fin de sa construction par Dost Ali Khan, gouverneur ou *nawab* – selon son titre moghol – du Cartanic, voilà tout ce qui subsiste de Fort Alambara, m'indique Julie. Il avait été offert à Monsieur Dupleix, en échange de ses bons services. Les Anglais l'ont détruit, comme toute place susceptible de menacer leurs intérêts.

— Un lieu magnifique, ajoute Jeanne. Voyez, Madame de la Pallière, ces bassins dont les digues s'avancent jusque dans la mer. L'un des plus grands chantiers navals de la côte, avant la guerre. Mon père avait choisi d'établir notre résidence de campagne à proximité à cause du trafic maritime en plein essor, ce qui lui permettait de poursuivre ici ses affaires. D'Alambara partaient des cargaisons de *ghee*, de sel, de soieries. Quel gâchis !

Des chelingues défient la barre. Les pêcheurs vident leurs filets sur le sable où des femmes les attendent, tourbillon de couleurs, pour trier poissons, crabes et crevettes. Tableau serein et doux, flouté par une brume légère, dans lequel nous nous fondons, assises à l'ombre d'une toile tendue entre deux troncs de cocotiers. Des chiens marron aux longues oreilles broutent jusque sous nos pieds. Je ferme les yeux, espérant discerner dans la brise la voix de mon frère.

Lorsque nous rentrons, règne devant la maison une pagaille indescriptible d'hommes, de femmes, d'enfants, de ballots, caisses et sacs, auxquels s'ajoutent encore bœufs, chèvres et autres bestiaux. Un peu à l'écart, un éléphant considère la scène avec dédain tout en avalant les bananes offertes par son cornac.

— Aram est de retour ! s'écrie Marie, la troisième des filles Sinan, le doigt pointé sur un jeune homme dégingandé au teint mat et au nez interminable.

Sa joie, ses joues soudain rosies me laissent présager un tendre sentiment entre les deux cousins. D'ailleurs, le visage du nouvel arrivant s'éclaire aussitôt qu'il entend son prénom. Khodja Sinan et lui interrompent leur conversation à l'approche de notre quatuor féminin. Les présentations sont faites.

— Chère Madame, m'annonce notre hôte, Aram se réjouit bien entendu de vous conduire chez Agha Shamir à Madras. Si cela ne vous ennuie pas, il souhaiterait partir demain dès l'aube, car des vaisseaux appareilleront sous peu pour la Chine et il doit livrer des marchandises.

— Je suis prête !

*

Je n'ai évidemment pas fermé l'œil de la nuit. Après ce répit accordé sous le toit chaleureux des Sinan, mon esprit et mon cœur s'emballent tels des chevaux sauvages trop longtemps entravés.

On compte environ vingt-cinq lieues d'ici à Madras, soit cinq jours de voyage. Dans une semaine, je me heurterai peut-être à un nouveau mur si personne là-bas ne peut me renseigner à propos de Jean. Dans une semaine peut-être, j'apprendrai qu'il est mort ou bien je le reverrai, s'il est retenu prisonnier. Que ferai-je alors ? Supplierai-je les Anglais de le libérer, au prétexte de mon chagrin et de mon périple ? Devrai-je rassembler une rançon exorbitante ? J'imagine des dizaines de plans d'évasion plus audacieux et invraisemblables les uns que les autres. Je n'arrive même plus à prier. Dans mon agitation, j'ai réveillé Amrita, que je sens tapie dans la pénombre, retenant sa respiration. Du dehors, un brouhaha confus monte peu à peu à mes oreilles. Je ne suis pas la seule à voir l'aurore blanchir le ciel à travers les persiennes.

Ma malle est déjà bouclée et ma toilette s'achève en un instant. Dans la cour, une foule encore plus nombreuse que la veille s'affaire. Des gardes harnachent leurs montures. Des hommes, torse nu, chargent les bâts de bœufs. Des femmes, comme une volée d'oiseaux, babillent dans leur langue mystérieuse, qui un enfant calé sur la hanche, qui une marmite, une louche ou un baluchon à la main. Des chiens se poursuivent au milieu des bagages. Je demande par quel prodige tout ce désordre va s'organiser en une expédition. L'un des bœufs s'est détaché pour fourrer son mufle carré dans un sac de riz. Une chèvre pie bêle dans un coin. Une poignée de petits drôles jouent à une variante locale de cache-tampon, bousculant sans vergogne les uns et les autres et semant la panique parmi les poules.

Catherine Sinan, déjà apprêtée, s'amuse de ma stupéfaction.

— Aux Indes, on se déplace toujours en grand équipage. Vous ne pouvez vous rendre à Madras sans escorte et cette escorte doit être nourrie. Il vous faut donc des vivres et des serviteurs. Eux vont à pied. Même s'ils marchent d'un bon pas, leur vitesse ne saurait égaler celle d'un éléphant ou d'un cheval. Cela prend du temps et il faut pourvoir aux besoins de tous ces gens. À propos d'éléphant, celui-ci vous est destiné. Mon époux et moi estimons que la veuve de son bienfaiteur a droit à tous les égards.

Je balbutie un remerciement sous le regard soupçonneux du pachyderme qui, un palanquin arrimé sur son dos grisâtre, balance sa trompe dans un mouvement un rien menaçant. Pas plus que son congénère de Porto-Novo, il ne m'inspire confiance.

— L'heure de la séparation est arrivée, murmure Catherine Sinan.

Elle m'ouvre grand ses bras, imitée bientôt par le reste de la famille qui a surgi dans la cour.

— La Vierge vous bénisse, ma chère Anne ! Je prierai chaque jour pour votre défunt époux, pour votre frère et pour vous-même.

— La Vierge vous bénisse, Madame, reprend Jeanne, les larmes aux yeux, et retrouvez notre archange !

Khodja Sinan se tient légèrement en retrait. Au risque de paraître indiscrète, voire ingrate, encouragée par son regard plein de bienveillance, je lui pose la question qui me taraude depuis si longtemps :

— Monsieur, je n'ai jamais su pourquoi le capitaine Christy de la Pallière souhaitait si ardemment retourner aux Indes. Le simple trafic ne constituait pas un motif suffisant pour engager tant de moyens et prendre tant de risques. Le capitaine Billard, le lieutenant Gesril et moi-même avons conjecturé un moment qu'il avait conclu avec vous un accord commercial prometteur de grands bénéfices. Nous savons maintenant qu'il n'en est rien. Pardonnez-moi enfin, mais, même si votre amitié était si profonde, justifiait-elle cette expédition ?

Les yeux de l'Arménien se plissent dans un sourire.

— Vous plaire le justifiait peut-être ?

— Il avait décidé de partir aux Indes avant même de me demander en mariage.

— Alors, vous connaissez mieux que quiconque la réponse. En dépit de vos différences, je reconnais beaucoup de lui en vous, la témérité, la persévérance, un goût certain pour tenter sa chance. Le capitaine de la Pallière n'aimait rien tant que défier la mer. Il refusait sans doute de voir la vieillesse étrécir inexorablement son horizon. Il ne se serait jamais satisfait de la jouissance d'une vie paisible et dépourvue de surprises. Notre amitié a constitué un simple prétexte pour courir encore une fois l'aventure, au moment où cela semblait à tous impossible.

*

Déjà, on me tire par la manche. À peine ai-je le temps de remercier, d'essuyer mes paupières gonflées, que le cornac m'invite à monter sur l'éléphant. Je me hisse dans le palanquin, ignorant l'air toujours aussi peu amène de l'énorme animal agenouillé. Est-ce son mouvement, le geste d'adieux de la maîtresse de maison, un ordre du jeune Aram ? Soudain, tous semblent saisis d'une sorte de fièvre. Rompant avec le tapageur chaos, le convoi se place en un ordonnancement irréprochable. Jusqu'au bout de l'allée plantée de flamboyants en fleurs, dont les pétales semés forment un tapis pourpre, je me tourne et agite la main en direction des Sinan.

Les dernières paroles de Khodja Sinan font écho à celles prononcées souvent par Christy de la Pallière. « Anne, nous nous ressemblons plus que vous ne le croyez. » Comme cela m'excédait ! Je ne saisissais guère ce que ce barbon sans manières et moi pouvions avoir en commun. Je discerne désormais une autre vérité. Je revois Christy de la Pallière lors de nos premières rencontres, cet homme amer et ironique ne se séparant jamais de sa flasque de rhum. Je me rappelle son rire dément dont j'avais si peur, ses provocations et ses emportements. Je songe à son opiniâtreté sans faille pour monter notre expédition aux Indes. Il m'apparaît ensuite à bord de l'*Anne de Bretagne*, fier et le regard clair, confiant même au milieu de la tempête. L'Arménien a dit vrai. Mon mari et moi avions en partage le refus farouche de nous résigner, de subir notre sort tête baissée, la volonté d'exister, d'exercer notre liberté. Même si ses dernières semaines furent terribles, s'il a souffert au-delà du possible, terrassé par la maladie, je crois qu'il a eu une belle fin, en mer, sur son navire. Il m'a comprise, alors que je le jugeais. Je ne pleure pas l'époux, mais un allié, un ami. Je pleure aussi de n'avoir pu lui offrir l'amour qu'il espérait, qu'il attendait sans vouloir y renoncer.

Je m'abandonne au roulis irrégulier du palanquin, contemple le paysage plat comme une paume de main pour oublier mon mal de cœur. De temps à autre, par-delà champs et rizières, à travers les palmiers, on aperçoit une bande de sable doré et plus loin, après la crête blanche de la barre, la mer étale, piquée de barques aux couleurs vives.

Parfois, seule la statue ornée de guirlandes de fleurs jaunes d'une Lakshmi, déesse de la beauté et de la fortune, d'un Vishnou endormi sur un serpent en attendant la création du monde, d'un Shiva énigmatique armé de son trident, rompt la monotonie du chemin. Puis, à l'approche des villages, la piste s'encombre de bœufs aux cornes peintes en rouge ou en bleu, de femmes au port de reine, droites sous la charge qui pèse sur leur tête, leurs hanches en doux balancier, de hordes d'enfants dévêtus, de carrioles, de bêtes en liberté. Notre convoi se fraye à grand-peine un passage parmi ce peuple en marche vers on ne sait où, ce bestiaire appartenant à on ne sait qui. Les cous s'étirent pour m'apercevoir, des mains brunes réclament l'aumône de quelques *anas.* Le long des bas-côtés, des camelots de fortune proposent leurs marchandises disposées sur des palmes. Une vieillarde édentée me hèle, sa main décharnée posée sur un tas de mangues, un adolescent m'offre une noix de coco verte, un autre me tend une brochette de poissons pêchés du matin, ou de la veille, peut-être.

Lorsque le jour décline, j'ai le sentiment que nous n'avons guère avancé. Nous empruntons un étroit sentier entre des roches escarpées et nues au pied desquelles pousse un épais taillis. Nous passons devant un temple minuscule, plutôt un oratoire, consacré à Ganesh à la tête d'éléphant. Nous contournons ensuite une de ces pierres sculptées à la forme évoquant une partie de l'anatomie masculine que je ne saurais nommer. Celle-ci a, comme souvent, le sommet humide de lait et la base enguirlandée de fleurs. Elsie Houtmann m'a expliqué avec des mines horrifiées, dans ce mélange de français et d'anglais dont nous usions pour nos conversations, que les *lingams*, de leur nom indien, représentent bel et bien un attribut viril, qu'il s'agit là d'un symbole du dieu Shiva. Elle m'a livré force détails sur les caresses prodiguées aux *lingams*, la façon indécente dont les femmes s'y frottent le bas-ventre quand elles souhaitent un enfant, cette coutume des plus fervents adeptes qui en portent un en permanence pendu à leur cou et le lavent tous les jours avant le bain. Partagée entre le rire et la gêne sur le moment, je m'interroge depuis sur ces rituels étranges. Et maintenant, je ne peux m'empêcher de fixer la sculpture, les traînées blanchâtres laissées par le lait. Comment ce que l'on dissimule avec honte à un bout de la terre devient-il objet de culte à l'autre ? Le souvenir du menhir de Dol-de-Bretagne, à propos duquel j'ai ouï tant de légendes, me revient en mémoire.

Nous traversons ensuite un bois, dont les cimes entrelacées des arbres centenaires forment une voûte de verdure, avant de déboucher devant une chauderie. Un peu plus loin, se dresse un bouquet de palmiers sauvages. Aram, muet depuis notre départ, consent enfin à parler.

— Voici l'une des plus belles chauderies des environs. Les Anglais l'ont épargnée, estimant sans doute qu'ils en auraient l'usage. Avant la destruction de leur ville, les gens de Pondichéry aimaient à s'y retrouver en société. Selon leur envie, ils y séjournaient quelques jours, quelques mois, restant dans celle-là ou se déplaçant dans une autre. Beaucoup n'avaient point de résidence de campagne, car il était plus commode et plus agréable de changer ainsi d'endroit.

Le lieu est en effet enchanteur. Pendant que les serviteurs déchargent les bêtes, pour délasser mes jambes engourdies, je marche au bord de l'étang couvert de nénuphars. Certains forment des grappes d'un mauve tendre, les autres sont d'un rose vif. Je m'amuse à frapper l'eau d'un bâton tout près d'eux pour voir les timides fleurs se refermer d'un coup et plonger sous la surface.

Tout à coup, un homme nu, à l'exception d'une étroite bande d'étoffe à l'entrejambe, surgit devant moi. D'une maigreur famélique, à en compter chacun de ses os sous sa peau tannée comme du vieux cuir, il offre un aspect aussi grotesque que terrifiant. Son front et sa poitrine s'ornent d'un lacis de dessins blancs. Une barbe broussailleuse, emmêlée à des dizaines de colliers d'amulettes, dissimule le bas de son visage. Ses cheveux, masse hirsute, retombent en torsades pareilles à des cordes de chanvre jusqu'à ses reins. Au sommet de son crâne, un petit singe joue sur son chignon. Je ne peux réprimer un cri de terreur. Amrita, à une dizaine de pas derrière moi, accourt. Nullement effrayée, elle s'incline dans un geste plein de respect devant l'inconnu. Ce dernier pointe alors son index vers moi, en appuie l'extrémité juste entre mes deux yeux en marmonnant. Stupéfaite, je n'ose bouger.

— Maîtresse, murmure dans mon dos Amrita, le *sâdhu* vous parle.

— Que dit-il ?

— Il te dit : « Ce que tu cherches, tu ne le trouveras pas. Mais ce que tu trouveras te comblera. »

Je croise le regard de l'ascète, empli de bonté. Il me rappelle celui du père Cœurdoux. Le vieux sage ôte son doigt, disparaît dans le bosquet aussi mystérieusement qu'il s'est présenté. Amrita frappe dans ses mains.

— Maîtresse, le *sâdhu* t'a honorée. Tu as beaucoup de chance !

Si c'est mon frère que je cherche, est-ce lui que je ne trouverai pas ? Si je ne le trouve pas, comment pourrais-je être comblée ? Cela n'a aucun sens. Troublée pourtant, la gorge nouée, je retourne sur mes pas, traverse le modeste bazar où l'on vend du riz, du sucre, des fruits, des épices, avant de rejoindre le neveu de Khodja Sinan.

Des dizaines de silhouettes noires s'affairent à la lueur des feux. Comment notre cortège a-t-il ainsi enflé ? Je ne reconnais personne. Aram me prévient que le dîner est prêt. Une table, incongrue avec sa nappe blanche et son argenterie, se dresse sur l'herbe rase. Le jeune Arménien m'invite à m'asseoir. Un savoureux ragoût de crevettes mijotées au lait de coco, accompagné de riz et d'*achars*, des petits légumes marinés au vinaigre, nous est servi dans les assiettes de porcelaine de Chine. Le piment enflamme mon estomac et me donne à nouveau terriblement chaud. Des serviteurs battent l'air à coups de palmes dans l'espoir vain de chasser les moustiques. Le jeune Arménien entreprend une conversation laborieuse. Ses propos hésitants révèlent sa gêne de se trouver seul en compagnie d'une femme. Loin de l'aider, gagnée par son embarras, je peine à entretenir l'échange. Nous optons alors pour le silence, les paupières baissées, perdus l'un et l'autre au milieu de la nuit indienne. La sourde vibration d'une sorte de chant monte peu à peu, puis éclate. La première voix, très haute, se double bientôt d'une seconde, basse, puis d'une troisième.

Chacune répète le même air, sur quatre à cinq notes, sans harmonies ni accord, inlassablement.

Les sons inconnus, cette tonalité à laquelle mon oreille n'est point accoutumée, m'agressent tout d'abord. Comment se soustraire aux musiciens invisibles, abrités dans l'ombre ? Le chant déploie son balancement, rythmé bientôt par un tambour et accompagné par les notes aiguës d'une flûte. Épuisée par le voyage, cette passivité forcée et inconfortable au pas dolent de l'éléphant, je cède. Les battements de mon cœur s'apaisent, s'accordent à cette mélodie insistante qui fouille mon ventre. Il ne faut pas chercher à se dérober, je dois me rendre à l'évidence. Ici, je n'obtiendrai rien par la force. *Non mudera*, chevrote la petite voix en moi. Je prends conscience de l'absurdité de cette maxime, à l'autre bout de la terre, où rien de ce que je connais, de ce que j'ai appris, ne m'est de la moindre utilité. Quand la musique s'installe en moi, dans son assaut obstiné, l'obscurité ne me paraît plus si hostile. On dit que les hindous ont un *râga* pour chaque moment de la journée. Celui-là, au-delà de ma résistance, m'invite à me soustraire à mon corps, à ma peur, à plonger en moi-même.

Je me glisse sous la moustiquaire. Verrai-je Jean cette nuit ? Jean, où es-tu ? Sais-tu que je suis là, toute proche ou à des centaines de lieues, mais sur la même terre ? Un oiseau nocturne lance des trilles. Je ne sens plus que ce point entre mes deux yeux, à l'endroit où le *sâdhu* a posé son doigt, comme si toute ma vie, mon énergie s'y concentraient, comme si je pouvais y trouver la réponse à toutes mes interrogations.

*

La fraîcheur relative de l'aube invite au sommeil après une nuit poissée de sueur, boursouflée du bourdonnement des moustiques. Mais il est déjà temps de repartir. Dehors, le ciel est mauve. Je n'hésite plus cette fois-ci à suivre Amrita et les autres femmes au *tank*, à me tremper tout entière et à saluer ainsi la naissance du jour, les mains jointes devant mon front. Je pique même dans mes cheveux les fleurs qu'elles m'offrent. On me sert des *appams* brûlantes, moelleuses crêpes de farine et de lait de coco, et des *dosas* croustillantes faites de riz et de farine de lentilles. L'éléphant gratte le sol de son pied énorme. Bientôt, le cortège s'ébranle, plus long que la veille. D'où viennent tous ces gens ? À croire qu'ils se sont multipliés pendant la nuit. Des visages inconnus me sourient, frises de dents blanches sur fond noir.

Madras se trouve encore à une dizaine de lieues, nous n'y serons que demain soir. À la moitié du jour, nous faisons halte sous un banian prolifique, un bosquet à lui seul, avec ses troncs tressés et son enchevêtrement de branches, qui pointent vers le sol leurs futures racines. Ce monde est à l'inverse du mien.

Des singes disputent aux écureuils à dos jaune les fruits du banian, pareils à des figues et remplis de fourmis rousses. Les serviteurs en cueillent les feuilles épaisses par dizaines, puis les cousent ensemble à l'aide de brins d'herbe pour confectionner une vaisselle d'appoint.

— Ne vous éloignez pas, me met en garde le cornac. Ici, il y a beaucoup de serpents.

Je m'installe à l'abri de la chevelure végétale. Aram vérifie avec minutie chaque sabot de son cheval, comme pour retarder l'heure d'un nouveau tête-à-tête avec moi. Un petit groupe de pêcheurs, torses émaciés et noueux, nous proposent leurs prises du matin. Après un moment d'intenses négociations, une poignée de roupies change de mains. J'observe depuis ma place les poissons longs et bleutés, voisins de nos maquereaux bretons, des roses et dorés, à la forme de daurades. Soudain, un cri est lancé. Les conversations se figent, les regards se braquent vers moi, empreints de crainte. La voix d'un serviteur, du nom de Raja me semble-t-il, s'étrangle.

— Ne bougez pas, surtout ne bougez pas.

L'injonction me donne une furieuse envie de fuir. Je me fais violence pour obéir.

Aram s'immobilise devant moi, livide.

— Un cobra de capelo, sa morsure est presque toujours mortelle, murmure-t-il. Recommandez votre âme à Dieu, Madame, et pas un geste. Je prie avec vous.

Une sueur glacée dégouline entre mes omoplates et sur mon front. Je me mords les lèvres pour ne pas crier, pour réprimer le tremblement irrépressible qui m'envahit. Je perçois ce léger déplacement d'air derrière moi, j'entends le reptile siffler. Et si tout s'arrêtait, là maintenant ? Deux enfants jouent sur la grève à La Richardais, Soizic balaie le perron de La Motte-aux-Montfortins, mon père et ma mère sourient, Corentin se penche vers moi pour m'embrasser. Une ondulation, un froissement de feuilles. Les Indiens se précipitent à mes pieds, m'effleurent avec respect les genoux et les mains. Leurs paroles se mélangent en tamoul et en français.

— Shiva, vous êtes sous la protection de Shiva. Shiva, le cobra…

Le jeune Arménien pousse un soupir de soulagement.

— Pardonnez-moi, Madame. Ne me jugez point lâche. Si j'avais abattu le serpent d'un coup de pistolet, nous aurions été mis à mal par les Indiens. C'est un animal sacré, la représentation de Shiva, comme ils vous l'expliquent. J'ai eu tellement peur pour vous ! Et en même temps, croyez-moi, c'était un spectacle incroyable de voir ce cobra dressé au-dessus de votre tête, sa capuche déployée, sa langue pointée en avant. Si j'étais hindou, Madame, j'aurais pu penser aussi qu'il ne vous menaçait pas mais qu'il vous protégeait.

La prédiction du *sâdhu*, maintenant ce serpent qui m'a épargnée, sous ce banian symbole de vie. De mon enfance en Bretagne, j'ai tiré le goût des contes et du merveilleux. Mon esprit, grâce à l'enseignement rigoureux reçu chez les ursulines, s'est accoutumé à se méfier des superstitions.

Bouleversée malgré tout et malgré moi, par l'épisode du cobra, le point entre mes deux yeux comme une brûlure, je récite mon chapelet et prie le Dieu en lequel j'ai appris à croire.

Credo in unum Deum,
Patrem omnipotentem, factorem caeli et terrae,
Visibilium omnium et invisibilium…

Je crois en un seul Dieu,
Le Père tout-puissant,
Créateur du ciel et de la terre,
De l'univers visible et invisible…

Carnet de Jean de Montfort

— C'est fini, Jean !

Madec me secoue par l'épaule. Je fournis un effort surhumain pour ouvrir mes paupières, revenir à la réalité.

— C'est fini, répète-t-il l'air sombre, comme s'il devait s'en convaincre lui-même. Nous nous sommes rendus. Trop de blessés, trop de malades. Plus de vivres. Aucun secours à attendre. À quoi bon poursuivre ? Pondichéry est tombée. Les Anglais assurent qu'ils l'ont rasée, que plus un mur ne tient debout, qu'ils n'en ont pas salé les ruines, tels les Romains avec l'ancienne Carthage, parce qu'ils ont mieux à faire. À quoi bon mourir ici jusqu'au dernier ? Viens, nous partons.

Des vestes rouges dansent comme des flammes devant mes yeux. Une voix aboie.

— Stand up !

Des chaînes, ce sont des chaînes que l'on passe à mes poignets. Je n'ai pas la force de me redresser. Madec me soulève.

— Tiens bon, Jean, sinon ils vont te laisser crever là comme un chien ou t'abattre d'une balle dans la tête.

— Tiens bon, insiste un autre camarade.

Pourquoi continuer ? Pourquoi vivre avec la honte d'avoir été vaincu ? Mais je ne veux pas décevoir mes compagnons d'infortune. Une autre voix murmure en moi mon prénom. Anne, ma sœur, je ne veux pas te décevoir toi non plus, ni notre père ni notre mère. Je marcherai. J'entends des quolibets, des rires triomphants.

— Cochons d'Anglais, grince Madec entre ses dents. Ils peuvent bien nous moquer. Nous leur avons résisté trois mois entiers. Trois mois, une poignée d'hommes contre toute une armée !

Je marche, tel un somnambule, un pied devant l'autre, un pied devant l'autre. Parfois des bras secourables me portent, parfois je me traîne quand les autres sont à bout. À chaque halte, je m'affale, m'endors aussitôt, rêvant que je marche toujours. Sur la grande plage de Dinard, à marée basse, la mer repliée loin à l'horizon, le long de la Rance, à l'ombre légère des saules. Des murmures d'enfants, des cris de joie. Anne, tu sautilles et danses devant moi, tes boucles couleur châtaigne flottant au vent. Même debout, je délire. Et si la fièvre allégeait ma souffrance ? Où allons-nous ? Combien de temps s'est écoulé depuis notre reddition ?

Madras ? Quelqu'un a prononcé ce nom. Les corbeaux volent au-dessus de nos têtes. Froissement d'ailes. Anne a déniché un nid de mésanges avec trois œufs mouchetés de roux dedans. N'y touche pas, petite sœur, ou bien leur mère ne reviendra pas. La mer, je l'entends parfois. Nous ne devons pas être loin de la côte.

— Jean, il faut que tu manges, sinon tu vas trépasser, me dit Madec.

Brave cœur de Breton ! Au pied du calvaire, il y en aura toujours un pour me tendre la main. Non, la Bretagne n'est jamais loin de mon cœur.

La mer, je le savais, et puis des remparts. Je n'aperçois pourtant ni le Grand Bé, ni le Fort Royal, ni Fort Harbour. Ce n'est pas Saint-Malo. Des jurons dans une langue étrangère écorchent mes oreilles. On nous pousse à travers des boyaux humides. J'ouvre grand la bouche, l'air me manque. Crissement de fers, de gonds mal graissés. Il fait si chaud, si noir, cette odeur de pourriture et de vieille urine.

Ces vers qui me reviennent de tellement loin :

Heureux qui, comme Ulysse, a fait un beau voyage,
Ou comme cestuy-là qui conquit la toison,
Et puis est retourné, plein d'usage et raison,
Vivre entre ses parents le reste de son âge !

Te souviens-tu, Anne, comme nous aimions à réciter des poèmes, et celui-là en particulier ? Les frontières du monde que nous connaissions n'allaient pas plus loin que le cap Fréhel à l'est, Cancale à l'ouest et Dinan au sud. Rennes semblait déjà à nos yeux une lointaine capitale. Nous avions l'intime conviction que nul endroit sur notre terre n'était plus beau, plus extraordinaire que celui où nous vivions. Nous rêvions pourtant d'horizons lointains, de paysages exotiques, dont nous inventions à loisir les couleurs et les climats. Combien de temps avons-nous passé à réécrire la dernière strophe, à chercher la rime à « bretonne » pour évincer la douceur angevine ? Je conserve juste assez de raison pour savoir que jamais je ne conquerrai de toison. Ici peut-être s'achève mon voyage. Anne, m'entends-tu ?

Chapitre V

Madras toute proche, j'oublie mon impatience, mesure cette poignée d'heures supplémentaires à l'aune des mois de voyage, des dangers encourus et auparavant encore, de l'impossible déjà accompli. Je me revois supplier Christy de la Pallière de m'accepter à bord de son navire, je me souviens de mon dessein insensé de me faire passagère clandestine, de notre mariage et de l'*Anne de Bretagne* qui, sans l'appui de Nicolas Auguste Magon de la Lande* – le grand armateur, cette illustre figure parmi ces messieurs de Saint-Malo – serait sans doute resté à quai. Par-delà mes malheurs, l'infortune de mon sort, il me faut reconnaître ma chance ou peut-être l'intervention de la Divine Providence qui m'a permis de franchir un à un chaque obstacle. Mon Dieu, êtes-vous à mes côtés, bien que j'aie délaissé le couvent, renoncé à une vie de moniale ? Et maintenant, à quoi dois-je me préparer ?

Tandis que l'image du *sâdhu* et du cobra me poursuit, que je m'interroge sur ma foi, une éminence se dessine à notre droite au milieu du paysage au plat relief.

— Le mont Saint-Thomas, m'annonce Aram.

— Saint Thomas, l'apôtre ?

---

* Voir *De tempête et d'espoir, Saint-Malo.*

— Il priait là-haut Notre Seigneur, quand les païens l'arrêtèrent et l'occirent de leurs lances impies, confirme le jeune homme avec gravité.

La tête me tourne. Faut-il interpréter ceci comme un signe, un rappel de mon baptême chrétien ? Un disciple du Christ, un des douze apôtres, a foulé cette terre ! Je me suis recueillie en nombre de lieux saints à travers la Bretagne, mais jamais je n'ai eu la grâce de fouler les traces d'un apôtre. La route de Madras serait-elle mon chemin de Damas ? Je dois effectuer le pèlerinage, m'accorder un temps de recueillement avant d'affronter peut-être la vérité. Issu du peuple qui a reçu la mission de veiller sur le tombeau de Jésus à Jérusalem, l'Arménien accède avec enthousiasme à ma demande.

La colline s'élève à environ trois cents pieds de hauteur. Une volée de marches abruptes conduit à son sommet où je distingue un édifice. Aram sur mes talons, je débute l'ascension. Le jeune homme me narre la tradition selon laquelle l'apôtre, après avoir évangélisé la Syrie et la Perse, accosta sur la côte de Malabar. La parole du Christ trouva peu d'écho auprès des anciennes communautés juives qui y vivaient. En revanche, saint Thomas obtint de nombreuses conversions parmi les idolâtres, jusqu'aux membres de la famille du prince de Cranganore, et fonda là-bas les premières églises chrétiennes des Indes. Il gagna ensuite l'ouest, la côte de Coromandel, où sa prédication le conduisit au martyre.

L'escalier taillé dans la pierre est un chemin de croix, ponctué de crucifix parés de colliers de fleurs encore fraîches, témoignant du nombre de pèlerins qui se rendent ici chaque jour. Je reprends mon souffle en récitant un *Pater Noster* et un *Ave*. Enfin, nous parvenons à une chapelle blanche aux lignes épurées. Construite par les Portugais deux siècles auparavant, à l'emplacement même où tomba le disciple, elle est consacrée à Notre-Dame de l'Espérance.

Notre-Dame de l'Espérance, du nom de l'église de Saint-Malo en laquelle ont été célébrées les obsèques de ma mère. Jour de peine infinie où je me retrouvai orpheline et appris la disparition de Jean.

Des hommes, des femmes de tous âges s'y prosternent, psalmodiant dans leur langue la foi universelle en Jésus-Christ. Derrière l'autel, un retable à fond bleu vif orné de colonnades, de moulures à rosaces et à feuillages blancs rehaussés d'or, abrite dans sa huche le visage de la Vierge Marie, illuminé par les bougies et les lampes. Il a été peint d'après l'image sculptée sur bois que l'apôtre portait en scapulaire partout où il se rendait, me précise encore Aram, l'une des sept icônes de la Mère de Dieu réalisées par saint Luc l'Évangéliste. La pureté des traits soulignés par le voile brun bordé d'or, leur sérénité où se conjuguent compassion et confiance me captivent, comme un message surgi du fin fond des âges, un témoignage vivant de l'amour divin.

Évocation de la douleur sur la croix tréflée aux arêtes de pierre émoussées, à la surface polie par les attouchements fervents et les lèvres des croyants, que me montre le jeune Arménien. La Croix de Sang, à la crosse portant des inscriptions en persan tracées par saint Thomas à l'agonie. Ici et là, on distingue des traces rougeâtres qui réapparaîtraient à chaque fois que l'on tente de les effacer. Espérance et douleur, chemin de vie, chemin de croix, toujours marcher plus loin, s'en remettre au Seigneur Notre Dieu. Ces femmes en adoration à la peau sombre, dont les pagnes aux plis fluides fleurissent le pavement, ont la même expression extatique que les paysannes bretonnes en robe noire et aux coiffes de dentelle blanche. Les oppositions se résolvent et forment l'unité en elle-même, telle est la signification de la croix tréflée au travers des trois lobes de ses extrémités et de sa parfaite symétrie. Dieu est Un, par-delà les océans.

Sur le parvis, Aram s'agenouille, les mains jointes, devant une tombe dont la dalle gris sombre se détache sur le sol blond. Je déchiffre l'épitaphe en latin, surmontée d'une autre dans une écriture inconnue.

Hic jacet domina Perinas, filia J. Sultan…

— Notre cousine Périnas, la sœur d'Agha Shamir, murmure le jeune homme.

J'embrasse du regard la plaine qui verdoie jusqu'à la mer. Un endroit splendide où reposer dans son dernier sommeil. L'émotion me submerge. Je bredouille une prière. Est-ce pour cette inconnue gisant sous terre que je pleure, ou pour les miens disparus, ou encore en perspective de ma propre mort, de celle de mon frère ?

Au bas de la colline, nous reprenons notre chemin, non sur la route principale mais sur une voie caillouteuse qui nous en éloigne.

— J'ai songé que vous voudriez voir San Thomé, là où se situe la sépulture de l'apôtre, m'informe Aram.

Il a interprété mon instant de faiblesse comme un élan mystique et a décidé de poursuivre le pèlerinage.

Lieu solitaire perdu au milieu de nulle part, le petit village semble oublié du monde. De portugais, il ne conserve que l'architecture de ses maisons décrépites, l'idiome de ses habitants aux faces brunes, identique à celui parlé à Porto-Novo, l'église. Nous ne nous attardons guère dans la crypte où seraient enfouis les restes du saint, gardée par un mendiant vindicatif dévoré par la lèpre.

Alors que nous touchons à notre destination finale, le jeune Arménien m'indique de temps à autre des sentiers esquissés dans les bois touffus.

— Là-bas, Madame, se cache la demeure de Sir Finchley, et plus loin, celle de Mr. et Mrs. Dunn. Les Anglais fortunés possèdent aux alentours de Madras de nombreuses terres, de superbes propriétés de campagne, en comparaison desquelles celle de mon oncle Khodja Sinan paraîtrait une vile masure. Ils détiennent des villages entiers peuplés par des peintres sur toile et des manufacturiers, activités dont ils retirent d'importants bénéfices.

Je prête à peine l'oreille aux explications de mon guide. Au loin, la ligne blanche des remparts de Fort Saint-George se détache sur le ciel revêtu de ce mauve soutenu qui annonce la nuit.

Nous suivons le chemin de San Thomé sous les batteries de canons et franchissons au nord un simple mur de terre à hauteur d'appui. Les deux gardes s'écartent, sans se préoccuper un instant de savoir qui nous sommes ni où nous allons.

— Madras renferme plus de quatre cent mille âmes et Fort Saint-George ne peut accueillir tant de monde, me dit Aram. Les Anglais résident à l'intérieur. Le reste de la population vit dans la ville noire, en dehors de son enceinte. Les négociants arméniens y ont leurs maisons, leurs magasins, tout comme les *Guzarates*, ces banquiers fortunés qui font commerce de perles, de pierreries et de corail. Ce muret dérisoire protège l'un des entrepôts les plus riches des Indes, peut-être même du monde, Madras.

— Et les voleurs ?

Le ton du jeune homme se fait ironique.

— Les *Callers*, les voleurs de grand chemin, ne se risquent pas dans les villes. Leur profession les porte à ne détrousser que les voyageurs. Jusqu'à ce jour, seuls les Français nous ont dépouillés de nos biens. Quand ils sont venus par deux fois avec leurs armées et leur artillerie, mur de terre ou rempart, cela n'aurait rien changé au résultat.

Engagé dans un dédale de ruelles sinueuses, le palanquin râpe les façades à chaque bifurcation et des silhouettes s'aplatissent précipitamment à notre passage.

En dépit des torches et des lampes qui trouent parfois l'obscurité, je ne distingue goutte. Mais la nuit dans Madras est pleine d'odeurs, entre puanteur d'excréments et d'urine, effluves entêtants d'épices, de *caris* doucement mijotés, de fleurs, de fruits trop mûrs, et aussi de chuchotements, de rires, de chants. L'éléphant s'immobilise soudain. Nous pensant arrivés, je m'apprête à descendre. Le cornac me retient.

— Non, *memsahib*, pas maintenant. C'est une vache, couchée en travers. Nous ne pouvons plus avancer.

— Qu'allons-nous faire alors ? Attendre qu'elle veuille bien s'en aller ?

— Oui, *memsahib*, attendre. Ou bien rebrousser chemin.

Rebrousser chemin, il n'en est pas question, en raison de l'étroitesse et de l'encombrement de la rue. Nous attendons, donc, longtemps. Puis de nouveau notre cortège s'ébranle. La vache a-t-elle daigné nous céder la place ou bien opérons-nous un détour ? Je l'ignore. Il est tard quand nous nous arrêtons enfin, cette fois-ci devant une de ces longues galeries qui longent les maisons. Ces varangues témoignent du sens de l'hospitalité des Indiens. Les propriétaires les tiennent à disposition des voyageurs, des passants, de ceux qui n'ont pas de toit. Ils peuvent s'y établir, faire leur cuisine et vaquer à leurs affaires, y demeurer aussi longtemps qu'il leur plaît.

En cette heure tardive, d'après le noir d'encre du ciel constellé, des guirlandes de lampions éclairent des hommes, des femmes, s'activant à mille occupations. Les Indiens dorment n'importe où, parmi la foule, devant les temples, entre les étals des marchands, sur le bord des chemins, tout le temps, surtout le jour, sauf la nuit, ou bien si peu.

Les lourdes portes de bois massif, renforcées de clous et de barres de fer ouvragé, pivotent. Nous pénétrons dans une cour envahie encore de gens, de bêtes, de bruits.

— Maintenant, nous sommes arrivés, dit le cornac.

L'éléphant s'agenouille et je m'agrippe à deux mains aux bords du palanquin. J'ai le sentiment de revivre ma première rencontre avec les Sinan, mais le personnage qui m'accueille ne ressemble en rien à Khodja Sinan. Corpulent, doté d'une épaisse barbe grise, il se présente d'une voix de basse à faire trembler les murs.

— Je suis Agha Shamir. Soyez la bienvenue dans ma maison.

— Madame Christy de la Pallière.

Au sourcil interrogateur de notre hôte, Aram s'empresse de compléter cette introduction.

— Madame de la Pallière est la veuve du capitaine Christy de la Pallière. Te rappelles-tu ? Celui qui aida jadis notre cousin Johannes à rétablir son honneur. Elle est venue aux Indes pour retrouver son frère. Johannes m'a remis cette lettre à ton intention.

Une vieille dame très menue que je n'avais pas vue dans l'ombre se précipite alors et m'étreint.

— Votre mari a sauvé mon neveu de la ruine et de l'opprobre. Comment l'oublier ! Nous n'avons guère entretenu de bonnes relations avec les Français depuis notre arrivée à Madras. Et je n'ai jamais compris l'obstination d'Isaac Elias ou de Johannes à rester à Pondichéry, loin de nous. Mais la générosité du capitaine de la Pallière rachète tous nos griefs. Considérez-vous dans votre maison, au sein de votre famille !

— Dieu bénisse ma sainte mère, Anna Soultanian, ajoute Agha Shamir, pour la justesse et la noblesse de chacune de ses paroles. Madame de la Pallière, vous êtes en effet ici chez vous.

*

Dès le lendemain, le négociant arménien m'invite dans le bureau où il dirige son négoce. Après m'avoir longuement entendue, il rédige une missive à l'intention du *Lord Resident* de Madras.

— Hélas ! je crains de ne plus avoir autant d'influence que jadis auprès des Anglais, mais on ne saurait me refuser une entrevue pour vous.

Peut-être ai-je manifesté un signe d'étonnement, car le cousin de Khodja Sinan développe sa pensée.

— Le *nawab* du Bengale, Mir Qasim, porté au pouvoir par les Anglais, s'est retourné contre eux et entrave désormais l'expansion de l'*East India Company*. Il a nommé à la tête de ses armées un brillant général, Gorgin Khan ou Grigor Aratounian, de son véritable nom, un de nos compatriotes. Depuis, un climat de suspicion s'est installé entre les Britanniques et nous. Il y a quelques mois, la Chambre des communes de Grande-Bretagne a discuté de la question des Arméniens résidant sur les territoires de l'*East India Company*. Elle a conclu à leur ingratitude et les a privés des droits et privilèges commerciaux dont ils jouissaient depuis des décennies.

— Monsieur, votre cousin Khodja Sinan m'a narré comment vos ancêtres furent déportés d'Arménie à ce faubourg d'Ispahan qu'ils nommèrent la Nouvelle Julfa. En revanche, j'ignore tout des circonstances dans lesquelles certains s'établirent aux Indes.

Agha Shamir croise ses mains sur sa confortable bedaine avant de m'éclairer.

— Du joug de l'Empire ottoman à la domination persane, nos pères pouvaient-ils se satisfaire d'une nouvelle servitude ? Les Arméniens ne baissent jamais les bras et l'on pourrait même estimer que l'adversité renforce leur détermination. Ceux de Julfa étaient négociants, joailliers, tisserands. Les Indes s'ouvraient alors au commerce avec le monde. Nombre d'entre nous choisirent d'y tenter leur chance. Ils parlaient le persan, la langue du Grand Moghol, celle des érudits, de la diplomatie et des affaires.

Madras, Pondichéry, Calcutta n'étaient au siècle dernier que de modestes comptoirs, tout juste quelques entrepôts au milieu de masures de pêcheurs. Aux côtés des Européens, les Arméniens ont contribué à en faire des villes florissantes. Nous entretenions des liens privilégiés avec les Moghols. L'illustre empereur Akbar ne compta-t-il pas au nombre de ses épouses, parmi ses favorites, Mariam, une Arménienne ? Il eut même un ministre de la Justice issu de notre peuple. Nous sommes des enfants de l'Orient, en connaissons les usages et les mœurs. Mais les Européens sont nos frères en Christ et nous demeurons leurs fidèles alliés. Vous comprenez ainsi que ce Gorgin Khan nuit gravement à notre cause en prenant le parti d'un ennemi des Britanniques. Toutefois, ne vous alarmez point trop, vous rencontrerez le *Lord Resident*. Un peu de patience.

*

Un peu de patience encore, alors que Jean vit ou se meurt peut-être à quelques pas de moi ! Quelle force me retient de ne point me ruer à Fort Saint-George, de supplier, tempêter, insister jusqu'à obtenir des réponses ? Cette force, c'est la main sèche, parsemée de taches brunes, d'Anna Soultanian. Un souffle l'emporterait, tellement elle est fragile, petite, de la taille d'un enfant. Et pourtant oui, elle me retient, de sa voix singulièrement grave et puissante pour une personne si menue, de son regard sombre, accentué encore par l'arc épais de ses sourcils et par son nez en bec d'aigle qui, loin de l'enlaidir, lui confère du caractère. Elle régit toute la maison et nul ne discute ses ordres, qui d'ailleurs ne ressemblent en rien à des ordres tant elle y met de formes. Même sa belle-fille, Lucinée, une jeune femme effacée, prévient ses moindres désirs sans jamais s'y opposer. Quant aux deux derniers-nés de ses petits-fils, Johannes et Éléazar, âgés de six et cinq ans, turbulents au possible, ils s'assagissent instantanément en sa présence. Pourtant, on dit la vieille dame malade et elle ne quitte guère le sofa de sa chambre. C'est là que je m'installe après la sieste, à ses pieds. Nous sommes rejointes souvent par l'une de ses proches amies, Mamakhatoun Voskan. D'une cinquantaine d'années, veuve elle aussi, cette dernière est, à l'inverse de la mère d'Agha Shamir, tout en rondeurs et en débordements de chair à peine contenus par ses robes amples. L'essence de patchouli dont elle s'asperge d'abondance laisse longtemps après son départ son empreinte olfactive. Outre les nouvelles, rumeurs et potins, le principal sujet de conversation des deux Arméniennes est de vanter les mérites, l'une de feu son mari, l'autre de son fils.

— Anna, commence la volumineuse Mamakhatoun, te souviens-tu quand mon cher Petros Voskan, lors de la visite du *nawab* d'Arcot, fit draper de riches étoffes de soie les rues dans lesquelles devait passer son cortège ? Et comment le *nawab* l'en remercia en lui accordant le monopole des importations vers Madras et l'intérieur des terres ?

— Bien entendu, soupire la mère d'Agha Shamir. Quant à mon fils, n'a-t-il pas pour ami le *nawab* du Carnatic, qui contribua à sa fortune en lui achetant des perles et aussi l'essence de rose et des fruits secs d'Ispahan dont il raffole, comme tous les princes indiens ? Shamir lui a consenti des prêts considérables. Quand les Anglais s'emparèrent des terres du *nawab* et que ce dernier se retrouva à court d'argent, harcelé par ses créanciers, mon fils alla lui présenter ses respects. Le prince l'accueillit par ces paroles : « Ainsi donc, toi aussi tu crains pour tes richesses et tu es venu me réclamer le juste paiement de mes dettes. » Shamir lui répartit : « En aucune façon, noble seigneur ! Je souhaite seulement vous assurer en toute humilité de mon dévouement et de mon plus profond respect. Ce que vous me devez n'est rien, rien qu'un souffle d'air, une poignée de sable, un peu de poussière à la semelle de vos chaussures. » Tout en prononçant ces paroles, il tira de sa poche la reconnaissance de dette et la déchira en morceaux.

— Je connais la suite, enchaîne Mamakhatoun Voskan. Plein de gratitude et admiratif de ce noble geste, le *nawab* ordonna aussitôt de rédiger un *firman* selon lequel il accordait de sa pleine liberté le village de Noumblee et toutes les terres rattachées à son ami estimé Agha Shamir et l'exemptait d'y payer la moindre taxe. Oui, cela est admirable. Mais mon mari, qui a rejoint Notre Créateur depuis bientôt douze ans, a inscrit son nom dans l'histoire de Madras. Il fut un membre éminent du conseil de l'*East India Company*. Il fit aussi édifier l'impressionnant pont de Marmalong qui conduit au mont Saint-Thomas...

— Comment l'oublier ? J'en ai gravi assez souvent les cent trente-cinq marches jusqu'à l'église, murmure Anna Soultanian.

Je me rappelle alors la pierre tombale sur le parvis, celle sous laquelle gît sa fille. Mamakhatoun Voskan, dans son envolée, ne réalise pas son impair et poursuit.

— Hormis le pont, il y eut aussi notre première église. Nous pourrions encore nous y recueillir si les Anglais ne nous l'avaient confisquée et si ces horribles Français ne l'avaient détruite de fond en comble.

L'Arménienne conclut sa tirade avec un coup d'œil un brin réprobateur à mon endroit, comme si j'avais moi-même commis ce sacrilège. Anna Soultanian s'empresse de reprendre la parole.

— Oui, nous regrettons tous Khodja Petros Voskan et gardons la mémoire de sa générosité sans limites. Combien d'écoles, combien d'églises à travers les Indes et à Julfa en ont bénéficié ? Assurément, il est impossible de l'évaluer.

Mamakhatoun Voskan tire un mouchoir de sa manche et s'essuie les paupières, son opulente poitrine secouée de sanglots à l'évocation de son époux. Je ne saurais discerner si elle exprime un réel chagrin où s'il s'agit plutôt d'une sorte de rituel entre les deux femmes. Je redoute qu'elles me posent des questions sur mon père. Comprendraient-elles que pour lui l'argent ne signifiait rien et que la misère l'a conduit au tombeau ? Le considéreraient-elles comme un insensé, si elles savaient que selon ses convictions seuls le lignage et le pointilleux code de l'honneur de notre noblesse comptaient ? J'ai appris que Khodja ou Agha, selon la forme persane ou arabe, signifie seigneur. Ces familles arméniennes revendiquent une autre forme de noblesse, non celle des armes, mais celle de la réussite dans le commerce, du respect de la parole donnée et de la charité envers les démunis.

Mais le triste sort de Geoffroy de Montfort ne préoccupe guère les deux amies. L'invitée prend congé tandis que la vieille dame, épuisée, s'allonge. Elle appelle une servante pour se faire masser les pieds. Elle ferme les yeux, son souffle devient plus léger. La pensant assoupie, je m'apprête à me retirer à mon tour, quand elle me saisit le poignet.

— Aie confiance en mon fils, me rassure-t-elle. Il a plus de pouvoir en cette ville qu'il ne l'avoue. S'il y a trace de ton frère à Madras, nous le saurons. Oui, Agha Shamir est un homme remarquable en tous points. Le drame de mon amie Mamakhatoun est qu'elle n'a pas eu d'enfants. J'ai reçu cette grâce, même si le ciel m'a repris ma fille adorée Perinas, morte en couches il y a plus de vingt-cinq ans. Je vis avec cette plaie béante en moi. Toi, tu n'as plus de mère, mais moi j'ai perdu ma fille. Tu me fais songer à elle, Anne.

À nouveau ses paupières se sont closes. Je lui baise la main avant de m'éloigner à pas furtifs.

*

Je trompe le temps en observant l'activité de cette maison, très différente de celle de Khodja Sinan à côté de Fort Alambara. Ici, au sein de la ville noire, de la ville indienne, plus de construction à l'européenne. La demeure d'Agha Shamir est organisée en deux cours successives, formant chacune un carré délimité sur le côté par un corps de logis. Depuis la rue, le mur chaulé forme une enceinte qui ne laisse rien paraître du riche intérieur. Ni fenêtres ni ouvertures n'y sont percées, hormis l'entrée principale et une petite porte secondaire donnant sur une venelle perpendiculaire.

Les bâtiments de la première cour sont destinés au commerce et au service. Quelles marchandises y sont conservées, sous l'œil plus ou moins vigilant, selon l'heure de la journée, d'une demi-douzaine de gardes armés de lances et de sabres courts ? J'ai cru apercevoir des jarres, pour l'essence de rose ou les fruits confits ? J'en ai vu ressortir des tapis, des rouleaux d'étoffe, des caisses de thé. Agha Shamir s'y rend souvent, avec son fils aîné, Jacob, un jeune homme mélancolique d'une vingtaine d'années. Juste en face se trouvent les communs et les cuisines. De part et d'autre de l'entrée, des stalles, l'une pour les trois éléphants, l'autre pour les chevaux et les bœufs. Il y a là du monde et de l'agitation à toute heure, au contraire de la deuxième cour, ou plutôt du jardin, sur lequel règne en silence un manguier centenaire, avec son bassin, ses massifs de rosiers et ses parterres d'œillets.

Trois marches de marbre, le porche qui traverse le corps central séparent ces univers, celui du bruit et du négoce et celui du calme et de la vie privée. À droite et à gauche du porche, on accède aux salles de compagnie, puis aux appartements, par des portes symétriques. Un belvédère couronne la terrasse du logis principal, entourée d'une balustrade à claire-voie et pavée de carreaux de céramique.

Un péristyle supporté par des colonnades de palissandre sculptées de feuillages et d'oiseaux longe les appartements, afin de les tenir éloignés des rayons du soleil. On se croirait dans le cloître d'un couvent. Mais au lieu d'austères cellules, on y découvre des chambres somptueusement aménagées. Mobilier de bois d'ébène ou d'acajou rehaussé de nacre, de dorures, pièces d'orfèvrerie, tentures et tapis s'y conjuguent dans toutes les subtilités du luxe à l'orientale.

L'ensemble s'élève sur un seul étage. Les toits de tuiles creuses pour permettre le ruissellement des pluies descendent bas sur les murs couverts de ce même enduit brillant à base de coquillage pilé et de sucre dont j'ai vu la fabrication à Pondichéry.

Dans la chambre d'Anna Soultanian comme dans le bureau de son fils, se trouvent de belles horloges anglaises. Mais ici on compte aussi le temps à l'indienne. Une journée dure soixante heures de vingt-quatre de nos minutes, les trente premières du lever au coucher du soleil et les trente suivantes de son coucher à son lever. Le jour comme la nuit se divisent en quatre veilles. Mais à l'indienne comme à l'européenne, j'ai le sentiment que le temps s'écoule avec une infinie lenteur, qu'il s'agisse du mouvement imperceptible des aiguilles au cadran ou du sablier. Toutes les vingt-quatre minutes, un serviteur frappe un petit gong et mon cœur bondit dans ma poitrine. Le *Lord Resident* va-t-il enfin me recevoir ?

Quand, des centaines de coups de gong plus tard, Agha Shamir m'annonce que je suis attendue à Fort Saint-George, je n'y crois plus.

*

Fort Saint-George, étoile immaculée, scintille en blanc sur fond d'azur. L'*Union Jack* flotte mollement en haut des tours, la chaleur terrasse même la brise marine. Les canons pointent leurs gueules rondes vers le large. Les gardes de faction ruissellent sans ciller, recuits dans leurs uniformes écarlates. L'un d'eux examine d'un œil suspicieux, le sourcil levé, mon laissez-passer. Une femme blanche ne présentant qu'un faible danger, il m'autorise à entrer et indique à mes *bouées* la direction à emprunter.

L'enceinte, dont j'estime la hauteur à environ vingt pieds, renferme de nombreux édifices. Tout le long sont alignés entrepôts, écuries, logis pour la garnison. Sur la gauche s'élève une église au clocher étroit devant laquelle somnole un petit cimetière planté d'acacias. Au milieu, face à la mer, le palais du gouverneur, vaste bâtisse de trois étages, dont le dernier présente une galerie soutenue par des colonnes de marbre noir ou blanc sommées d'orgueilleux frontons. Mon palanquin s'arrête au bas du perron, au milieu de serviteurs indigènes en livrée formant une haie de part et d'autre des marches. Une sorte de chambellan en redingote sombre m'accueille devant le majestueux escalier qui conduit aux étages. Sur un ton d'ennui profond, il s'enquiert du motif de ma visite. À ma réponse, ses lèvres se contractent en une moue vaguement dédaigneuse, mais il me prie de le suivre. Nous nous retrouvons dans une antichambre, meublée de banquettes tendues de velours pourpre et aux murs nus, hormis deux grands portraits, ceux des rois George II et George III.

Je reste seule. Le *panka* brasse un air si brûlant qu'il ne donne même pas l'illusion de le rafraîchir. J'essuie mon front dans mon mouchoir trempé. Je ne peux rien contre le ruisseau qui s'est formé entre mes omoplates et dégouline dans mon dos. J'ose à peine bouger, scrutée par les deux monarques. Le grand-père et son petit-fils se ressemblent assez, de belle prestance, le visage long, des yeux bruns proéminents. Le premier fixe avec assurance le peintre, fermement campé dans sa cape d'hermine. Au contraire, le second, l'actuel souverain de Grande-Bretagne, paraît en équilibre instable, le regard vide d'expression. Leurs postures respectives révèlent-elles leurs véritables natures ?

Le temps s'écoule. Combien ? Nulle pendule dans la pièce. Des bruits de pas, des voix, des cliquetis d'armes parviennent parfois à mes oreilles, sans me fournir la moindre indication. Au-dehors, le soleil persiste à conserver la même position au zénith. Je meurs de soif, la langue collée au palais, la gorge en feu.

Je trépigne, m'agace, désespère, reprends courage. Je me rappelle alors les armateurs malouins, leur fâcheuse habitude d'user les nerfs de leurs visiteurs par une attente sans fin pour mieux les manœuvrer, comme Christy de la Pallière s'était comporté envers moi la première fois que j'ai franchi le seuil de sa demeure*.

Je m'enhardis hors de l'antichambre. Le chambellan se matérialise aussitôt devant moi.

— Madame, il n'est pas autorisé de se promener dans la résidence du gouverneur, me réprimande-t-il sèchement.

— Quand le *Lord Resident* me donnera-t-il audience ?

— Le *Lord Resident* s'est absenté, me réplique-t-il, feignant d'avoir oublié le but de ma venue.

— Il m'a pourtant été spécifié de me présenter aujourd'hui même. Si ce n'est lui, quelqu'un d'autre devrait être en mesure de me recevoir.

Surmontant ma déconvenue, je conserve un ton ferme et empreint de la même arrogance que celle de mon interlocuteur. Mon attitude s'avère payante, puisque le chambellan consent à me répondre d'un air chagrin.

— Dans ce cas, Madame, je vais me renseigner.

Il revient au bout d'un moment encore interminable.

— Le colonel Kirkpatrick vous attend. Puis-je vous précéder ?

Enfilades de corridors, d'antichambres et de salons, des tapis, des armes mogholes, des guéridons de nacre, des coffres de santal, des vases splendides, et partout l'écusson de l'*East India Company*.

---

* Voir *De tempête et d'espoir, Saint-Malo.*

Le colonel Kirkpatrick est assis derrière son bureau à cylindre. Dès que je franchis la porte de la pièce, il se précipite et me baise la main avec une galanterie appuyée.

— Madame de la Pallière, quel honneur de faire votre connaissance !

Il m'indique un fauteuil.

— Mettez-vous à votre aise, je vous en prie, et expliquez-moi ce qui me vaut le plaisir de votre visite. Voulez-vous un peu de thé ou une limonade ? Il règne une chaleur à assommer un bœuf aujourd'hui.

L'officier est grand, les épaules larges, les traits réguliers. Un ruban noir retient son abondante chevelure blonde, élégamment frisée. À la façon dont il m'observe, je devine qu'il n'ignore rien du traitement qui m'a été infligé. J'aurais sans doute attendu plus longtemps encore et peut-être même en vain si j'avais été trop vieille ou trop laide. Aussi répartis-je avec hauteur :

— Je vous remercie, je n'ai pas soif.

Il prend place en face de moi, roule entre ses doigts l'extrémité de sa moustache.

— Je serais heureux de pouvoir vous être agréable.

— La Pallière était le nom de mon défunt mari. Je m'appelle Anne de Montfort et je suis venue de France pour retrouver mon frère, comme l'a mentionné Agha Shamir dans sa lettre adressée au *Lord Resident.*

— Montfort ! s'exclame le colonel Kirkpatrick, un très beau nom qui évoque cette époque où nous escomptions unir la petite à la grande Bretagne.

— Une époque fort lointaine, Monsieur. Si mon aïeul Jean de Montfort s'allia avec les Anglais, sa petite-fille la duchesse Anne offrit la Bretagne à la couronne de France. Et nous sommes depuis lors fiers de lui appartenir.

— Sa Majesté George III porte cependant toujours le titre de roi de Grande-Bretagne et de France. Mais laissons là ces histoires et dites-m'en plus sur vous.

— Mon frère Jean, Monsieur, a servi dans l'armée du général de Lally-Tollendal.

— Satanée race ! m'interrompt le colonel. Oliver Cromwell aurait dû exterminer ces Irlandais jusqu'au dernier. Cela nous aurait évité bien des désagréments, à vous comme à nous.

L'Anglais se moque et je résiste de toutes mes forces à la colère qui me gagne.

— Je ne suis pas ici pour juger d'actions militaires, seulement pour revoir mon frère, ma seule famille. Selon différentes sources, il serait parti avec un petit détachement défendre Gingy. La forteresse est tombée entre vos mains et ses défenseurs ont été capturés.

Un serviteur dépose sur la table devant moi une carafe de limonade et deux verres armoriés en filigrane. Je repousse celui qu'il me propose, même si je suis sur le point de défaillir. Le colonel Kirkpatrick saisit le sien, se lève et le vide à petites gorgées en regardant par la fenêtre.

— Des hommes d'un grand courage. Quel dommage que ce courage ait été consacré à une entreprise aussi vaine !

— Vous détenez peut-être encore à ce jour mon frère dans vos prisons.

— En prison ? Mais la guerre est finie ! Par le Traité de Paris, Louis XV a reconnu sa défaite à l'issue de ce conflit qui aura duré tout de même sept ans. Nous n'avons plus aucune raison de retenir des prisonniers.

Je ne peux maîtriser le tremblement de ma voix, l'intonation soudain suppliante.

— Êtes-vous certain qu'il ne subsiste aucun captif français à Fort Saint-George ?

— Mon Dieu, Madame, nous avons hébergé tant de monde ici ! réplique l'officier dans un trait d'humour douteux. Je puis toutefois vous assurer qu'aucun Français n'a souhaité poursuivre son séjour dans des cachots au confort plutôt sommaire.

— Monsieur, il y a de fortes chances que mon frère se soit trouvé en ce lieu. Vous devez au moins avoir conservé trace de son passage. Si vous acceptiez de vous renseigner. Mon frère, ma seule famille.

Le colonel Kirkpatrick me détaille de haut en bas, la tête inclinée sur le côté. Je me sens terriblement vulnérable et, dans un geste instinctif, serre autour de mes épaules mon châle de soie.

— Tant de périls affrontés, tant de chemin parcouru pour ce frère que vous chérissez si fort à l'évidence ! Votre récit me touche et aucun *gentleman* ne saurait refuser son aide à une jeune et gracieuse *lady*. Pour ma part, je n'y manquerai pas et vais d'ailleurs m'y employer dès à présent. Je ne serai sans doute pas en mesure de vous apporter une réponse avant plusieurs jours. Je vous l'ai dit, un grand nombre d'officiers ont été logés ici ! Il faudra du temps pour étudier les registres.

— Demain ?

— Demain ? tique un instant le Britannique avant de céder. Soit, je ferai mon possible. Mais je voudrais vous épargner de revenir en ces lieux peu hospitaliers. Puis-je vous envoyer mon attelage ? Il vous conduira à ma résidence de campagne où nous serons plus à l'aise pour converser.

Mes dernières mésaventures m'ont enseigné à me méfier des hommes et à déceler dans une trop grande sollicitude la poursuite d'un but moins noble. Celui-là conjecture-t-il que ma détresse fera de moi une proie facile ? Dois-je lui donner un espoir pour obtenir ce que je souhaite ? Non, je ne jouerai pas ce jeu-là. Je me dérobe avec une ruse qui m'étonne moi-même.

— Monsieur, je vous suis infiniment reconnaissante pour cette invitation. Cependant, en raison de mon veuvage récent, je refuse toute distraction et me recueille dans le souvenir de mon défunt époux. Par ailleurs, je ne saurais froisser mes hôtes en me soustrayant à leur compagnie.

James Kirkpatrick hoche la tête. Est-il dépité ou excité par ma rebuffade ? Il me présente son bras pour me raccompagner.

— À demain donc, belle *lady*.

Notre entrevue aura duré à peine quelques minutes.

Carnet de Jean de Montfort

Les geôles de Fort Saint-George avalent dans leur ventre noir des Français par centaines et racontent la triste histoire de nos défaites. Ils ont été pris, qui à Chandernagor, à Yanaon, à Masulipatam, à Gingy, à Pondichéry et à Madras, après notre désastreuse tentative de siège. Simples soldats, sous-officiers ou officiers s'y entassent, sans que les Anglais manifestent le moindre égard pour leur rang ou leur condition.

Qui aurait cru que des chrétiens traiteraient ainsi d'autres chrétiens ? L'apôtre Thomas est mort ici pour avoir prêché la bonne nouvelle, ouvert le cœur des païens au Dieu d'amour et de miséricorde.

Père, pardonnez-leur, car ils ne savent pas ce qu'ils font.

Notre Seigneur Jésus, pardonnerai-je un jour aux Anglais ? Pour toute nourriture, un brouet infâme distribué une fois par jour, parfois répandu à même le sol afin que nous le lapions comme des chiens, quand il en prend la fantaisie à nos geôliers. Le seau d'aisance déborde, nous n'avons rien pour notre toilette et la vermine grouille dans nos barbes et nos cheveux.

Du mince soupirail, nous n'apercevons même pas le ciel, au mieux le sable de la cour, parfois des bottes ou les sabots d'un cheval. La cruauté et l'inhumanité dont les Anglais usent envers nous sont indescriptibles.

Étonnamment, même si des accès de fièvre quarte me terrassent, je me sens plus fort, comme si cette marche depuis Gingy m'avait permis de puiser en moi des ressources insoupçonnées. Seraient-ce la colère, la haine qui me maintiennent en vie, la volonté farouche de défendre mon honneur dans cette abjection, de ne pas leur donner la satisfaction de me voir crever en bête ? Des morts, nous en comptons chaque jour, emportés par la maladie et les privations. Nos bourreaux attendent plusieurs heures avant d'enlever les cadavres. De quel droit, dans quel but, nous ôtent-ils tout ce qu'il nous reste, notre dignité d'êtres humains, et nous font-ils jour après jour expirer de misère ?

*Aucune explication, nulle pitié à escompter des brutes suant la mauvaise bière et l'*arack *– l'eau-de-vie de palme – chargées de notre surveillance, ou plutôt de nos tortures quotidiennes. Jamais ne se présente un officier supérieur auprès duquel exposer notre situation, avoir une chance d'être entendus.*

Le Dogue Noir de Brocéliande, tel était le surnom donné par les Anglais à notre lointain parent Bertrand Du Guesclin, quand il les pourchassait à travers la Bretagne de toute sa hargne, de toute sa fureur. Des sentiments identiques animent mes compagnons. Nous nous battons, à notre manière, avec nos faibles moyens. Nous économisons l'eau afin de nous donner un semblant de tenue et laver nos haillons. Nous récitons nos grâces matin et soir, même quand le doute envahit nos cœurs.

René Madec nous dirige à l'exercice dans l'espace mesquin où nous étouffons. Et moi, je donne le peu dont je dispose, mon amour si grand de la poésie. Du Bellay, Ronsard, Baïf et Agrippa d'Aubigné, mais aussi François Villon, qui connut la captivité.

Parfois pourtant, ni les prières, ni les cantiques, ni les sonnets, ni les jeux de devinettes ne réussissent à nous distraire de notre chagrin. Alors, Madec nous répète encore et encore :

— N'abandonnez pas, mes amis. Tenez encore un jour, une semaine, un mois. La guerre est finie. Ces damnés Anglais finiront bien par nous relâcher et nous prendrons notre revanche. À l'infamie de la défaite, n'ajoutons point celle du renoncement.

Nul besoin de naître gentilhomme pour en disposer des vertus.

Aussi, ce matin-là, quand on tire Madec de notre cellule, une sourde angoisse nous étreint. Il ne revient ni le soir, ni lendemain.

Chapitre VI

La vieille dame m'a conviée à prendre le thé avec elle. Nous dégustons sans mot dire le breuvage épicé. Elle a trop de tact pour m'interroger brutalement sur le résultat de ma visite. Je la devine attentive, me laissant le choix de juger du moment opportun.

— Voulez-vous une mangue, elles sont mûres à point ? lance-t-elle en montrant de son doigt déformé l'arbre séculaire.

Sans attendre ma réponse, une servante se précipite et rapporte bientôt une assiette sur laquelle est disposé le fruit découpé.

— Jean ne se trouve pas à Fort Saint-George, parviens-je enfin à articuler.

Un pas en avant, trois pas en arrière. Ai-je vraiment cru que je pourrais si aisément serrer mon frère dans mes bras ?

— Qu'avez-vous appris de plus ?

— Rien. Le colonel Kirkpatrick a promis de procéder à des recherches. Je dois retourner le voir demain.

— Le colonel Kirkpatrick ? Vous auriez dû être reçue par le *Lord Resident* en personne ! Voilà qui ne plaira guère à mon fils ! Il va encore en tenir rigueur à cet impétueux Gorgin Khan. À tort, selon moi. Peut-être que cet engagement auprès du *nawab* du Bengale nous cause préjudice.

Je conjecture plutôt que les Anglais utilisent ce prétexte pour nous affaiblir. Les gens de l'*East India Company*, dans leur cupidité sans borne, jalousent notre réussite et redoutent nos amitiés avec les princes indiens, car ils voient en nous de redoutables concurrents. Mais revenons-en à votre affaire. J'ose espérer que cet impénitent joli-cœur de James Kirkpatrick ne vous aura pas fait d'avances déplacées ! Hum, n'en dites pas plus. Si je n'avais été souffrante, je vous aurais accompagnée dès aujourd'hui. Ce brigand sait déjà ce qu'il en est de votre frère. Il a inventé cette histoire de registres à consulter. Je viendrai avec vous demain.

— Je vous en prie, épargnez-vous cette fatigue inutile. Je n'ai rien à craindre de lui et puisque vous m'avez avertie, j'obtiendrai de ce monsieur ce que je souhaite.

— Je ne le crois guère capable de violenter une femme. Cependant, si je suis avec vous, il se montrera moins enclin à tergiverser en vue d'extorquer vos faveurs. Je le connais bien et l'idée même qu'il ruse pour vous séduire me met hors de moi.

Le lendemain en fin de matinée, un attelage tiré par une paire de chevaux joliment harnachés se présente devant la demeure d'Agha Shamir.

— Il semblerait que j'aie vu juste, grommelle Anna Soultanian, avertie de cette arrivée. Cet équipage vous est envoyé par votre admirateur. Donnez-moi votre bras, Anne !

La vieille dame s'est levée de son éternel sofa et a empoigné une mince canne d'ébène au pommeau d'argent.

Davantage que la veille, ma gorge se serre au fur et à mesure que nous approchons du fort. Je pose mon regard sur les aigrettes de plumes colorées fixées entre les oreilles des chevaux, ajuste ma respiration au tintement des grelots de leur harnais. Qu'espérer de cette nouvelle rencontre ?

Le chambellan nous introduit sur-le-champ auprès du colonel Kirkpatrick. S'il est déçu de me voir escortée, il n'en montre rien et salue avec amabilité ma compagne.

— Madame Soultanian, quel plaisir ! Vous vous faites si rare !

— Mon cher James, je suis heureuse de vous revoir. Voilà aussi fort longtemps que vous ne vous manifestez plus à nos réceptions. Je conçois sans peine que les responsabilités de votre charge vous laissent peu de loisirs. Si vous le voulez bien, je vais me recueillir sur la tombe de ma défunte amie Lady Huntington, enterrée devant l'église Saint-Mary. Je ne serai pas longue, même si je sais ma chère Anne sous votre bienveillante protection.

La subtilité est-elle une qualité partagée par toutes les Arméniennes ? Catherine et Jeanne Sinan, Anna Soultanian. Cette dernière a manœuvré avec habileté pour à la fois me ménager un tête-à-tête avec le colonel Kirkpatrick et lui adresser une discrète mise en garde sans le froisser. La vieille dame disparue, l'officier britannique recouvre son sens de l'ironie.

— Madame, aviez-vous si peur de moi pour revenir avec ce dragon ?

— En aucune façon, les Malouins ont toujours su repousser les Anglais !

— Êtes-vous cruelle pour raviver ainsi de cuisants souvenirs ? Nous avons de tout temps admiré la hardiesse de nos cousins de petite Bretagne. Si les armées du roi de France comptaient plus de Bretons, nous aurions autrement plus à les redouter ! Mais revenons à nos préoccupations. Je tiens toujours mes promesses, surtout envers une dame, surtout quand elle a un regard aussi ensorcelant que le vôtre. On m'a remis ce matin un rapport.

James Kirkpatrick saisit négligemment un pli posé sur son sous-main. Je sais qu'il en connaît par cœur le contenu, même s'il feint de le découvrir.

Mes genoux se dérobent et je m'appuie à l'accoudoir d'un fauteuil pour ne point choir.

— Jean de Montfort… commence-t-il. Vos renseignements provenaient d'une source valable. Votre frère s'est en effet rendu au général Eyre Coute en mai 1761, à Gingy. Il a ensuite vécu quelques mois parmi nous, ici à Madras. En mars de l'année dernière, il s'est engagé dans nos rangs…

Je crois que j'ai soupiré, ou même peut-être crié. L'infâme rumeur entendue à Saint-Malo serait donc fondée ? Jean, passé aux Anglais ! Mon Dieu, comment l'admettre ! Le colonel, comme s'il avait deviné le tumulte en moi, lève les yeux du document.

— Il n'y a pas là matière à s'étonner. Que pouvait faire un jeune officier trahi par l'incompétence criminelle de son général, abandonné par son roi ? Aux Indes, il suffit d'un peu d'audace pour cueillir honneur et fortune. Et rassurez-vous, jamais nous n'avons demandé à un Français de combattre les siens. Nos troupes sont engagées sur de nombreux fronts au Bengale et tous les renforts sont les bienvenus. Selon ce rapport, votre frère est parti pour Calcutta, où, sauf erreur, il se trouverait encore à ce jour.

Bouleversée tout autant de cette preuve de vie récente de Jean que de le savoir sous le drapeau britannique, je ne contiens plus mes larmes. James Kirkpatrick, dans un geste plein de délicatesse, m'offre son mouchoir de fine batiste bordé de dentelles.

— Aujourd'hui, accepterez-vous une tasse de thé et peut-être un doigt de whisky ?

Je secoue la tête avec violence.

— Impossible ! Jean n'aurait jamais accepté, pas après ce que vous avez infligé aux nôtres ! J'ai vu Pondichéry, du moins ce qu'il en reste. Attila et ses hordes de Huns n'auraient point agi de façon plus barbare !

— Attila ! s'exclame le colonel. Dois-je prendre comme un compliment la comparaison avec cet homme illustre dont l'histoire a conservé la mémoire ? Dans ce cas, il me faut vous le retourner, car votre Dupleix ne s'est pas comporté autrement.

— Comment ?

— Vous êtes si jeune ! Étiez-vous même née quand cela se produisit ? Laissez-moi vous relater ces événements, tout à l'honneur des Malouins, moins à celui de votre roi. Lorsque la guerre de succession d'Autriche éclata, votre Bertrand de La Bourdonnais prit la tête d'une escadre pour nous disputer la suprématie aux Indes. En septembre 1746, quelques mois après avoir vaincu au large de Négapatam Lord Peyton, qui pourtant disposait d'une flotte plus importante, il positionna ses vaisseaux devant Fort Saint-George et nous maintint sous le feu nourri de son artillerie. Notre gouverneur, se sachant perdu, lui envoya un émissaire en vue de négocier une rançon en échange de laquelle il se retirerait. Monsieur de La Bourdonnais répliqua avec une fierté qu'un Britannique n'eût pas reniée : « Allez dire à celui qui vous envoie que l'honneur n'est pas une chose qui se vende. Je suis venu devant Madras pour y hisser le drapeau de la France, et ce drapeau y sera arboré ou je mourrai sous ces murs. » Il demanda aussitôt des volontaires parmi ses équipages pour monter à l'assaut. Matelots et soldats par dizaines se proposèrent. Alors que l'attaque était imminente, notre gouverneur, afin d'éviter des morts inutiles, apporta en personne les clés de la ville à La Bourdonnais. Ce dernier fit une entrée triomphale dans Madras avec ses troupes. Triste jour pour nous, où votre drapeau fleurdelisé, salué par vingt et un coups de canon, remplaça l'*Union Jack* au sommet de la plus haute tour du fort. Les nôtres renouvelèrent notre proposition de racheter Madras contre une rançon. Nous savions en effet que La Bourdonnais avait reçu l'instruction de raser la ville. Nous préférions payer, même cher, plutôt que de la voir détruite. En opposition à Joseph Dupleix et à ses ordres, votre Malouin accepta pour neuf millions de livres. Sage décision ! Il avait vaincu dans l'honneur, remporté pour son roi une somme considérable et épargné bien des vies et des souffrances. Mais ce geste lui coûta fort cher, car Dupleix ne le lui pardonna point. Profitant de la grâce dont il jouissait alors à Versailles, il rédigea un rapport accablant où il accusait d'entente avec l'ennemi Monsieur de La Bourdonnais. Celui-ci fut destitué du commandement de sa flotte et de ses fonctions de gouverneur de l'île de France. Vous connaissez sans doute, Madame, la suite de l'histoire.

— À son retour en France, il fut jeté à la Bastille sur ordre du roi, y subit mille tourments durant plus de trois ans et mourut malade et ruiné quelques mois après sa libération.

— Et pendant que ce valeureux marin était désavoué et renvoyé loin des Indes, avant d'être mis aux fers sans que quiconque considère ses hauts faits et ses services au royaume de France, l'intégrité dont il avait toujours témoigné, la façon remarquable dont il avait administré vos îles, votre Dupleix détruisait impitoyablement Madras. Le sort subi par Pondichéry n'a constitué qu'un juste retour des choses.

Nous nous taisons tous deux un instant. Je reprends faiblement.

— Et mon frère, comment saurai-je s'il se trouve encore à Calcutta ?

— Le colonel Kirkpatrick va se faire un plaisir d'écrire une lettre pour Lord Hastings ! lance la voix ferme d'Anna Soultanian.

Nous ne l'avons pas entendue revenir. Elle se tient sur le seuil du bureau, très droite, appuyée sur sa canne. Un léger sourire naît sur les lèvres de l'officier britannique.

— Certainement. Madame de la Pallière en disposera d'ici un jour ou deux.

— Mon cher James, manqueriez-vous d'encre ou de papier ? Vous aurez la gentillesse d'écrire cette lettre sur-le-champ. Anne a déjà trop attendu.

Le sourire de Kirkpatrick s'élargit encore.

— Pardonnez-moi, où ai-je la tête ! Je crains de ne plus être tout à fait moi-même. L'émotivité des jeunes dames françaises a pour moi un charme fou. Hélas ! je suis tant habitué à l'humeur constante de mes compatriotes que vous me voyez fort démuni devant les larmes de votre ravissante amie. Du papier et de l'encre, j'en ai en quantité, ainsi que des plumes bien taillées et de la cire à cacheter.

— James, je savais que nous pouvions compter sur vous. Madame de la Pallière et moi patientons.

La vieille Arménienne s'installe à côté de moi, pendant que le colonel Kirkpatrick s'exécute.

La missive achevée, alors que nous prenons congé, il s'incline avec galanterie devant Anna Soultanian.

— Chère Madame, chaque rencontre avec vous est exceptionnelle. Je ne manquerai pas de venir bientôt vous présenter mes respects si vous m'y autorisez.

— Cher colonel, j'ai toujours éprouvé la plus sincère amitié pour vous et vous serez le bienvenu, réplique la vieille dame non sans une pointe de coquetterie étudiée.

L'officier me baise ensuite la main et me retient pour me murmurer tout bas.

— Et vous, belle *lady*, ne manquez pas de m'informer quand vous serez de retour de Calcutta. Un Attila ? Je me sens tellement désarmé face à vous ! Je ne saurais faire assaut que de douceur pour consoler vos peines et sécher vos pleurs.

Tandis que l'attelage de l'officier nous reconduit dans la ville noire, la vieille dame peste, mi-fâchée, mi-rieuse.

— Ce Kirkpatrick est définitivement incorrigible ! Mais voyez-vous, ma chère Anne, un peu d'autorité et n'importe quel homme redevient un petit garçon obéissant.

Elle est toute pâle, épuisée sans doute par cette sortie. Je lui prends le bras.

— Ma mère n'aurait pas mieux fait pour moi.

À notre arrivée, ignorant sa fatigue, Anna Soultanian m'entraîne auprès de son fils.

— N'as-tu pas prévu d'envoyer bientôt des marchandises à Calcutta ? l'interroge-t-elle à brûle-pourpoint.

— C'est juste, avec le *Victorious* qui appareillera après-demain.

— Y a-t-il un obstacle à ce que notre invitée embarque à bord ?

— Je n'en vois aucun, répond Agha Shamir, quelque peu surpris. Le capitaine Stevenson ne me refusera pas ce service. Puis-je en savoir davantage ?

— Selon le colonel Kirkpatrick, Jean de Montfort pourrait y être, explique sa mère.

Désemparée, hésitant à me réjouir trop vite, je résume au marchand arménien le rapport remis par l'officier britannique.

— Comme je le supposais, Jean a été capturé après la chute de Gingy. Il est resté prisonnier un peu plus d'une année à Fort Saint-George. Il aurait été convaincu ou contraint de s'engager dans le Parti français formé d'anciens prisonniers et destiné à combattre aux côtés des Anglais au Bengale. D'après le document, un certain Claude Martin aurait quitté Madras pour Calcutta avec les soldats français en janvier de l'année dernière.

— Il y a environ un an et demi, marmonne Agha Shamir en caressant sa barbe. Depuis, aucune nouvelle ?

— Voilà pourquoi Anne doit se rendre là-bas, insiste la vieille dame. Kirkpatrick lui a écrit une lettre pour Warren

Hastings. Je suis certaine que notre cher Khodja Petros Aratounian la prendra sous sa protection.

L'Arménien me jette un regard ennuyé avant de répondre à sa mère.

— Hélas ! je ne sais comment notre ami la recevra, non que le sens de l'hospitalité lui fasse défaut, mais il traverse une période si difficile. Toutes ces souffrances endurées pour récompense de sa loyauté aux Britanniques !

— Penses-tu que je l'ignore ? l'interrompt Anna Soultanian. Qu'a-t-il ressenti quand le major Adams, le commandant des troupes britanniques à Calcutta, le garda en otage plusieurs semaines dans son camp, redoutant à tort que son frère Gorgin Khan et les autres officiers arméniens passent par les armes les prisonniers anglais aux mains du *nawab* ? Et au mois de mars dernier, lorsque le conseil de Calcutta, Mr. Batson en tête, l'a accusé de trahison et d'espionnage pour le compte des *nawabs* du Bengale, de Sûraj-ud-Dowlâ à Mir Qasim, et a voté une résolution pour l'expulser de Calcutta avec toute sa famille ? Grâce à Dieu, Lord Warren Hastings, le président du conseil de Calcutta, est intervenu et a souligné combien une telle décision envers un marchand établi depuis toujours dans la ville était arbitraire et détruirait à jamais la confiance avec les Arméniens. Khodja Petros a pu s'expliquer et a été acquitté honorablement par le gouvernement. Warren Hastings l'a soutenu sans faillir. Notre ami, après toutes ces épreuves, comprendra mieux que quiconque Anne.

— Eh bien soit, concède Agha Shamir. Je vais dans l'instant préparer le voyage de notre invitée. Cela dit, ma chère mère, je serais curieux de savoir comment vous vous trouvez tellement au fait de tout sans jamais quitter votre sofa, aujourd'hui faisant exception !

La vieille dame n'ajoute rien et me prie de la raccompagner à sa chambre. Mamakhatoun y est attablée devant un plat d'appétissants fruits confits.

— Tu étais sortie, Anna ? lance-t-elle à son amie. Je t'ai attendue, car j'ai encore mille choses à te conter.

*

Ma dernière nuit à Madras. Je me tourne et me retourne, trempée de sueur, les draps de soie froissés à mes pieds. Depuis longtemps le *panka* s'est arrêté. Au sifflement discret de ses pales a succédé le léger ronflement de quelque servante assoupie. Des rayons de lune strient d'argent le tapis persan. Je vois assez pour me lever seule, battre le briquet et allumer la lampe. J'ai réveillé Amrita qui se frotte les paupières. Je lui signifie de se recoucher.

Je ne fermerai guère l'œil, alors autant m'occuper. J'écris à ma cousine Apolline, à mère Saint-Yves, à Soizic et aussi à Nicolas Auguste Magon de la Lande qui m'a accordé son amitié. Je leur ai adressé mes dernières lettres lors de notre escale à Port-Louis. Si le bateau qui les emporte vers la France ne coule pas, si l'humidité ne dilue pas leur encre, si les rats n'en font pas festin, si la malle-poste ne les égare point, peut-être recevront-ils celles-ci dans une huitaine de mois. Peut-être d'ici là aurai-je retrouvé Jean ou me serai-je à mon tour perdue ? La distance étire aussi le temps. Je relate la mort de Jean-Baptiste Christy de la Pallière, Pondichéry dévastée, la foi chrétienne de ces Arméniens et leur loyauté qui les conduit à me considérer comme un membre de leur propre famille, ce que j'ai appris sur Jean et mon prochain départ pour Calcutta. Je leur dis combien ce pays est déconcertant, mais point si hostile que l'on voudrait croire. Je les rassure, me rassure moi-même. Je prends mille précautions pour secouer la gouttelette d'encre au-dessus du petit pot de faïence, pour tracer les pleins et les déliés sans une seule bavure, sans une seule rature. Il me faut écrire encore cette missive qui me coûte tant, que j'aurais dû rédiger dès mon arrivée à

Porto-Novo. Je dois annoncer à un enfant la mort de son père, un enfant qui ne le sait pas encore et qui compte les jours en attendant son retour. Il n'est plus question de lui conter les jeux des dauphins dans le sillage des navires, les oiseaux de Paradis, les constellations inconnues. Je n'ai rien à offrir d'autre au petit Jean-Baptiste que la triste et définitive réalité. J'essaie d'atténuer la douleur en lui peignant le courage et la dignité de Christy de la Pallière, l'hommage rendu par l'équipage entier, son talent de capitaine, les mots d'adieux qu'il a eus pour lui. Maigre consolation et pourtant, je l'ai appris, la vérité est toujours moins terrible que les affres de l'ignorance. Mes yeux ruissellent et ma main tremble. En dépit de mon soin, le papier, maculé de mes larmes mêlées à l'encre, ressemble à une carte de la compassion et du remords envers ce jeune garçon. Il est désormais orphelin comme moi et peut-être un peu à cause de moi. Je signe de ce nom que Jean-Baptiste m'a donné : *Votre aimante petite maman.*

La flamme de la lampe vacille, l'huile grésille et la mèche s'éteint. Le noir se dissipe peu à peu dans ma chambre. Le chant de la pagode déchire soudain de ses accents aigus les soupirs de la nuit. Déjà l'aube !

Alors que je finis à peine une toilette hâtive, on frappe à ma porte. Une servante m'annonce que Mme Soultanian me demande. Je la suis.

La vieille dame est coiffée et habillée, très élégante dans une robe de chambre de soie brodée de roses aux manches amples.

— Je voulais te dire adieu, ma fille, te bénir et te souhaiter bonne chance. Si ton frère n'est pas à Calcutta, n'abandonne pas. À Delhi, Jaïpur, Gujerat, Amber, Hyderabad, Goa, où que ta quête te conduise, tu trouveras un des nôtres, parent, ami. Dans toutes les Indes, tu disposeras toujours et en tout lieu d'un recours. Voilà, Anne. Reste fidèle à toi-même, aie foi en Notre Seigneur.

Sur mon front et sur ma poitrine, elle trace un signe de croix de son pouce. Soudain, à son visage émacié se superpose celui du *sâdhu*. Deux sages qui ont parcouru un long chemin de vie et qui n'ont désormais d'autre but que de transmettre la force de leur esprit, le fruit de leur expérience. Un simple geste suffit. Je suis triste, car j'ai l'intuition que jamais je ne reverrai la vieille dame.

*

Dans la cour, près de l'entrée, s'amoncellent coffres et ballots, au côté desquels ma malle semble ridiculement petite et misérable. Je m'enquiers de leur contenu.

— Des marchandises d'Europe pour mes confrères de Calcutta, me précise Agha Shamir, et puis quelques victuailles pour le voyage. Le capitaine Stevenson s'est engagé à vous accompagner, dès votre arrivée, chez Khodja Petros. N'ayez aucune crainte, vous serez en de bonnes mains.

Cette fois-ci, pas d'éléphant ni de palanquin, mais un chariot tiré par une paire de bœufs sur lequel je me hisse au milieu des paquets. Agha Shamir me bénit à son tour et m'adresse ses vœux de réussite. Comment les remercier, lui et sa mère ? Le destin m'a tant pris et les gens placés sur mon chemin me donnent tant !

Une demi-lieue sépare la ville noire du port. Nous y parvenons en une bonne heure, en raison de l'encombrement constant des rues. Je distingue le nom du brick amarré après la barre, *Victorious*. Au bord de la plage, des matelots attendent pour charger leurs chelingues. Sans me demander mon avis, l'un d'eux, qui doit mesurer la moitié de ma taille, me soulève dans ses bras et me jette dans la sienne comme si j'étais un vulgaire paquet.

Deux des marins poussent la chelingue, tandis que leurs camarades pèsent sur les rames afin de l'éloigner du rivage.

La houle est grosse aujourd'hui et nous sommes trempés des pieds à la tête avant même d'avoir rejoint le large.

Des embarcations d'un type curieux nous font escorte, au cas où une chelingue viendrait à verser et où il faudrait secourir en hâte ses passagers. Elles sont composées de trois grosses poutres de bois plein d'une quinzaine de pieds de long, façonnées en creux au-dessus, en forme de bec à l'extrémité et liées ensemble par des cordes. Légères et d'une célérité surprenante, elles ressemblent à de grands oiseaux marins, à voltiger au-dessus des lames avec leur énorme voile blanche. Deux Indiens les gouvernent, assis sur la poutre centrale, les jambes repliées sous eux.

Amrita surmonte son appréhension de tomber par-dessus bord pour m'indiquer leur nom, *catimarons*. Peu attentive à son propos, je m'efforce de demeurer raide et impassible, tandis que notre équipage négocie les vagues. Après un moment de lutte furieuse, nous passons enfin la barre et retrouvons des flots plus paisibles.

Je suis désormais familière avec les figures acrobatiques imposées par la navigation et me hisse sans mal à l'échelle du *Victorious*. Un officier britannique au poil roux m'accueille dans un français passable.

— Capitaine Robert Stevenson, pour vous servir. Soyez la bienvenue à bord. Je crains que le confort de ce brick ne soit rudimentaire pour une *lady*, mais nous ferons de notre mieux pour rendre votre séjour plaisant.

La cabine à laquelle il m'accompagne est à peine plus grande qu'un placard et exhale une forte odeur de goudron. Je m'emploie à y ranger mes effets, pendant que le deux-mâts met les voiles.

*

Le golfe du Bengale est connu pour ses eaux traîtresses et les cyclones qui le balaient en période de mousson. Les premiers jours, le *Victorious* file toutefois sans heurt par joli frais sur une mer calme.

Pourtant, je souffre de nausée, le cœur au bord des lèvres à la seule pensée de demeurer enfermée dans un espace étriqué. J'ai vécu huit mois à bord d'un voilier, traversé deux océans, franchi le cap de Bonne-Espérance, essuyé une terrible tempête et d'innombrables coups de chien sans m'en trouver incommodée. Pourquoi ai-je tant de mal à supporter ce voyage ? Amrita qui navigue pour la première fois ne se porte guère mieux. Exsangues, nous ne dormons ni ne mangeons. Affalées des heures entières devant la cabine, assommées par le soleil et le vent, nous aspirons de grandes goulées d'air pour tenter de nous rétablir. Il me faut décliner les invitations du capitaine Stevenson à souper à sa table. Je demande à Amrita si elle ne regrette pas de m'avoir suivie dans cette équipée. Un large sourire éclaire son visage d'ordinaire brun et qui a viré au gris.

— Maîtresse, les dieux en ont décidé ainsi ! *Dharma*, c'est le destin ! Tu ne me bats pas, tu ne m'insultes pas, tu ne m'accables pas de travail. Mon ventre est toujours rempli et je dors à l'abri. Je ne désire rien de plus.

Cette jeune fille a plus de sagesse que moi ! Elle s'accommode sans peine de l'écoulement pénible de ces journées et de ces nuits, prend son mal en patience sans se plaindre.

Carnet de Jean de Montfort

Quand Madec reparut enfin, nous le reconnûmes à peine. Vêtu de neuf, rasé de près, il arborait un large sourire.

— Messieurs, notre calvaire s'achève !

Nous le pressâmes de questions. Le roi avait-il négocié notre libération ? Rentrions-nous à Pondichéry, ou même en France ? Il détourna les yeux, pas assez vite pour que ce nuage dans son regard m'échappât.

— Nous partons pour Calcutta.

— Calcutta ! s'exclama Pierre Ruault, l'un des nôtres. Mais c'est une place anglaise !

Madec baissa la voix, comme pour mieux capter notre attention.

— Lorsqu'ils m'ont extirpé de ce trou à rats, l'autre jour, je ne savais pas plus que vous ce que les Anglais me voulaient. Ils m'ont d'abord offert un bon repas et des habits décents. Courtois avec toute l'hypocrisie dont cette engeance est capable. Puis j'ai été conduit dans un salon, où, à ma grande surprise, j'ai retrouvé un camarade de voyage de Canara à Pondichéry, Claude Martin, dit Martin Lion en référence à Lyon, la ville d'où il est originaire. Il a pris du service avec les Anglais et commande pour eux un parti.

*Il m'a exposé que le Bengale traversait une période des plus confuse et que les Anglais voyaient leurs positions menacées par certains princes indiens. L'*East India Company *enrôle qui veut bien pour grossir ses régiments. Martin Lion est venu à Madras pour y faire des recrues. Voilà, en échange de notre libération immédiate, on nous offre de rejoindre là-bas un corps de volontaires français.*

— Et de combattre sous le drapeau britannique ! Jamais !

Mon sang ne fit qu'un tour. Madec poursuivit avec patience.

*— Nous combattrons pour le compte de l'*East India Company, *comme des milliers de mercenaires à travers les Indes, non pour le roi d'Angleterre. Nous toucherons une solde, aurons droit à une part sur les butins.*

— Sinon ? interrogea encore Ruault.

— Sinon, nous périrons ici, l'un après l'autre, jusqu'au dernier.

Rien ne saurait décrire ma déception, mon chagrin de découvrir un traître en cet homme que j'estimais tant, mon dégoût face à sa proposition. Je lui jetai à la figure, frémissant, prêt à lui sauter à la gorge :

— Tu oublies notre roi, tu oublies la France !

— N'est-ce pas plutôt la France qui nous a oubliés ? Quant à notre roi, les Indes lui importent peu, n'en as-tu point eu des preuves suffisantes ? répartit-il sans se fâcher.

— Ce Martin Lion est un méprisable déserteur. N'a-t-il pas rejoint le général Eyre Coute dès que Pondichéry a été encerclée.

— Et moi ? Tu me connais, Jean.

— Je croyais te connaître. Rappelle-toi Gingy et, avant, toutes ces fois où nous avons lutté ensemble !

— J'estime avoir accompli mon devoir. En quoi ma mort, la vôtre, servirait-elle à présent notre pays ? Je t'offre la vie, insista Madec.

— Je ne troquerai pas ma vie contre mon honneur. Je ne tomberai pas dans ce piège. Les Anglais nous ont délibérément infligé ces sévices qui n'eurent jamais d'exemple chez aucun peuple civilisé pour nous contraindre à accepter de figurer dans leurs rangs. Pars, partez tous ! Je ne te suivrai pas cette fois-ci.

Les camarades, rangés derrière Madec, me considéraient avec consternation.

— Jean, réfléchis encore. Voici près d'un an que nous sommes enfermés. Je reviendrai demain ou après-demain pour savoir si tu n'as pas changé d'opinion. Et songe à ton ancêtre Jean. N'est-ce pas auprès des Anglais qu'il a trouvé le salut ? An Arlac'h…

Les gardes britanniques s'impatientaient. Madec sortit avec les autres. La grille se referma sur moi dans des grincements sinistres et je demeurai seul.

An Arlac'h…

Notre hymne, Anne ! Le chantes-tu encore ?

Degoue'et an Aotrou Yann en-dro,
Digoue'et eo da ziwall e vro.
Le seigneur Jean est de retour,
il vient défendre son pays.

Le seigneur Jean, Jean V de Montfort, notre ancêtre, passé en Angleterre quand le roi de France cherchait à s'emparer par la force de la Bretagne. Considéré comme un traître, puis accueilli en héros à son retour.

Que m'aurais-tu conseillé, Anne ? Je sais, tu aurais voulu que je vécusse. Tu as une si haute opinion de moi, bien plus haute que la mienne, qu'il te serait impossible de condamner un seul de mes actes, une seule de mes pensées. Anne, il est parfois difficile d'être tant, trop aimé par les siens ! Notre mère a vendu ses bijoux pour obtenir ma place à l'École royale militaire du Champ-de-Mars. Et notre père, condamné à aller à pied depuis qu'il m'a donné notre unique cheval, cette vieille Rossinante aux genoux cagneux, pour que je me rende à L'Orient ! Et toi, Anne, privée de mariage faute de dot, même si tu prétends préférer le couvent.*

* Voir *De tempête et d'espoir, Saint-Malo.*

As-tu seulement eu le choix ? Tout cela pour que je finisse dans ce sordide cachot.

La fièvre s'est abattue sur moi, cette nuit. Au matin, je ne me rappelle rien des cauchemars qui m'ont hanté pendant mes délires. Je reste prostré, vidé de toute force, tel un marin rescapé d'un naufrage. Je roule sur le côté pour tenter de m'asseoir. La tête me tourne. À cet instant, Madec revient et s'agenouille devant moi, sans rien dire. S'il ne s'était agi que de moi, je lui aurais ordonné de déguerpir. Mais pour vous, pour nos parents et pour toi, Anne, pour que vos sacrifices n'aient pas été vains, je dois accepter. À moins que ce ne soit un prétexte pour me dissimuler ma propre lâcheté. Un faible « oui » franchit mes lèvres craquelées.

Le visage de Madec s'éclaire. Il me serre la main avec effusion.

— À la bonne heure, Jean, la raison t'est revenue. Accorde-moi encore ta confiance. Crois-moi, je n'ai aucune intention de porter les armes pour leur compte trop longtemps ! C'est le seul moyen dont nous disposons aujourd'hui pour sortir d'esclavage, mais nous attendrons l'occasion favorable de nous venger de tous ces maux. Et puis, il y a tant à gagner aux Indes et je nourris d'autres ambitions. Viens, maintenant. Appuie-toi à moi et aie l'air vaillant. J'ai eu du mal à les convaincre, là-haut. Ils disaient qu'un malade ne leur serait d'aucune utilité.

Je ne finirai pas dans les cachots de Fort Saint-George, le sort en est jeté.

Chapitre VII

Plus d'une semaine s'est écoulée quand nous franchissons la barre limoneuse qui sépare l'océan du delta du Gange. Uni au Brahmapoutre et grossi par vingt et une rivières, elles-mêmes gonflées par les pluies de mousson, le fleuve sacré entre tous des hindous se jette là par huit bouches, aussi tumultueuses les unes que les autres, qui en font en cette saison un immense, un monstrueux torrent.

En dépit de la dangerosité de la navigation, en raison des bancs et des grèves invisibles, formés et déplacés au gré des marées, des crues et de la force des courants, des bateaux par centaines fréquentent ces eaux par lesquelles transitent les richesses des provinces de Golconde, de l'Orissa et du fertile pays d'Arakan.

Alors que le capitaine Stevenson vient s'enquérir de ses passagères, le ciel s'assombrit. Une pluie drue déferle, empêchant toute visibilité à plus d'un quart de mille. Des trombes d'une violence inouïe balaient le pont et les flots se déchaînent. Le capitaine du *Victorious* retourne à la hâte à son poste pour affronter la tempête. Amrita et moi nous enfermons dans la cabine, glissons d'une cloison à l'autre, ballottées par la gîte erratique du brick.

— Ne crains rien, Maîtresse, me crie la jeune Indienne. Les dieux nous protègent. Shiva nous protège !

Et c'est elle, petite fille, qui me réconforte ! Le cœur serré, je fredonne les chants des marins entendus tant de fois à bord de l'*Anne de Bretagne* pour me redonner courage.

Soudain, une flamme immense troue la pénombre, une autre, une autre encore. Les feux allumés de loin en loin dessinent peut-être la voie de notre salut. Quel est ce prodige ? Entre les crêtes écumeuses des vagues, un rai de lumière illumine la voile d'une chaloupe qui vogue en notre direction. Un moment plus tard, un Indien que je ne connais point passe en courant devant notre fenêtre. Le capitaine Stevenson surgit à son tour, ruisselant de pluie, le visage blême.

— *My God*, même des Bretons ne s'accoutument point à tant d'eau ! s'exclame-t-il. *Milady*, nous sommes sortis d'affaire, du moins pour le moment ! Un pilote et une dizaine de *lascars* sont montés à bord pour nous conduire en toute sécurité à Balassor. Entre les récifs de la côte et cette mer courte et clapoteuse, même l'expérience, le plomb de la sonde et les feux de Bengale allumés toutes les demi-heures le long de la rive ne suffisent pas. Heureusement, des *boths* croisent jour et nuit dans les parages afin de secourir les navires.

Poussé vent arrière par la brise du sud-ouest, guidé par un pilote sûr de son fait, le *Victorious* franchit les brasses et cesse sa danse frénétique pour s'amarrer dans la nuit à un ponton inondé de la rade de Balassor. Oubliant les rafales qui battent le pont, Amrita et moi nous endormons, vaincues par la fatigue, non sans avoir chacune récité à mi-voix des actions de grâces à nos dieux respectifs. Nos dieux… un mystère troublant que cette infinité de dieux hindous dotés chacun de leurs multiples *avatars*, leurs représentations, dont je ne démêle pas encore les noms, les attributs et les histoires. La question jaillit de ma bouche dès le lever d'un jour grisâtre :

— Amrita, combien as-tu de dieux ?

Elle rit franchement, découvrant ses dents irrégulières.

— Quatre millions, Maîtresse, quatre millions de dieux mais un seul, puisque l'univers est un.

La tempête s'est transformée en un crachin tiède quand nous levons l'ancre. Le pilote, ou *arkati sahib*, qui nous a sauvés la veille, accepte de nous conduire jusqu'à Calcutta. Tel est d'ailleurs son devoir et sa fonction. Il est payé pour cela par l'*East India Company*. Notre brick s'engage dans le sillage de son *both*, embarcation disgracieuse s'il en existe avec son fond plat et sa poupe carrée.

Le Gange, en son delta comme en ses bras, constitue un monde mystérieux et inquiétant, où l'on court le risque de s'échouer sur un banc, de s'égarer dans ses méandres enserrant des îles mouvantes aux forêts inhospitalières, les Sundarbans. Le capitaine Stevenson m'affirme qu'il ne faut point se fier à l'envol joyeux des perroquets au plumage coloré, ni aux facéties des singes qui se faufilent entre les branches inextricables. Nul homme ne saurait vivre ici, car rien ne pousse sur ces terres instables et salées. Reptiles venimeux et bêtes féroces y règnent sans partage.

Sous un ciel bas, chargé d'un vent alourdi de pluie, ces mornes Sundarbans suscitent un sentiment de perdition, comme au beau milieu de l'océan. On ne sait pas où est l'échappatoire au milieu de leurs solitudes, on s'abandonne à une résignation teintée d'une angoisse diffuse. Dans la nuit épaisse habitée de cris étranges et du glapissement des chacals, je peine de nouveau à trouver le sommeil, cloîtrée entre les cloisons de teck. Et voilà que Jean reparaît, gisant toujours dans une pièce obscure, maigre et blême, les yeux cernés de noir. Sa voix me broie le cœur : « Anne ! Anne ! » Des ombres indistinctes se meuvent autour de lui. Mon frère, où es-tu ? Où es-tu ? Un feulement puissant, terrible, couvre les paroles qu'il murmure.

Je me réveille en sursaut, un frisson de terreur parcourant mon échine. Amrita a aussi ouvert les yeux.

— *Sher Khan*, le seigneur tigre a faim, me chuchote-t-elle.

Peur animale du fauve qui rôde, peur pour mon frère. Que signifie ce rêve ? Voilà des semaines qu'il n'est pas revenu me hanter. Je tremble en buvant le thé trop fort. Sainte Vierge, veillez sur nous !

Je vais avoir encore plus peur, le lendemain à l'aube, quand une agitation subite s'empare de l'équipage du *Victorious*. Le second me pousse à l'intérieur de la cabine et m'ordonne d'en verrouiller la porte. Des cris retentissent, en anglais, en bengali, avec ce mot qui revient sans cesse : « *Dacoits* ». Les hommes se précipitent, j'entrevois des mousquets, le scintillement de sabres, je reconnais le roulement si particulier des canons que l'on place aux sabords. Une succession de coups sont tirés, des corbeaux croassent au-dessus de nos têtes. Amrita se blottit contre moi. Le calme revenu, je me risque au-dehors, interroge l'un des officiers.

— Que s'est-il passé ?

— Les *Dacoits, milady* ! Ces sinistres pirates infestent ces eaux. Trois de leurs embarcations nous attendaient en embuscade, au fond de la crique là-bas. *God be blessed*, nous les avons vus à temps. Notre feu les a dissuadés de nous attaquer. Ils sont partis en quête d'une autre proie. Ces hommes sont pires que des démons. Ils ne détroussent ni n'égorgent par seul appât du gain ou même par cruauté. Il s'agit là pour eux d'un devoir sacré, d'une obligation vis-à-vis de leur caste. Ils sont pirates comme on est tisserand, commerçant ou tailleur de pierre. Épargner un navire ou faire preuve de mansuétude envers leurs victimes est pour eux faillir à leur honneur et à leur bonne conscience.

Je me rappelle des *Callers*, les brigands de grand chemin de la côte de Coromandel, dont Jeanne Sinan m'a rebattu les oreilles et qui justifient une escorte armée où que l'on se rende. J'avais cru à une exagération de son esprit imaginatif, mais voilà que nous venons d'échapper à des hommes mus par les mêmes motivations. Le crime ferait donc partie de l'ordre des choses et certains s'y adonneraient pour servir les dieux ? Je songe au père Cœurdoux et aux jésuites qui ont étudié les *Vedas*, les textes sacrés des hindous, et trouvé dans leurs racines des enseignements semblables à ceux du christianisme. Mais plus j'en apprends au sujet de cette religion, plus elle m'apparaît déconcertante ! Et Amrita, à l'érudition en la matière surprenante pour une petite servante analphabète, m'embrouille autant qu'elle m'éclaire par ses explications.

Alors que nous avons pénétré dans le fleuve, je la surprends dangereusement penchée par-dessus le bastingage, à s'asperger la tête de l'eau puisée à la crête des vaguelettes qui s'écrasent contre la coque du *Victorious*.

— Ne t'inquiète pas, Maîtresse ! me crie-t-elle, tandis que je la retiens à deux mains par son pagne. Le fleuve me lave de tous mes péchés. Si je tombe et si je me noie ici, je serai bénie.

Enfin, elle consent à reposer ses pieds nus à plat sur le pont. Pour se justifier ou pour se faire pardonner la frayeur qu'elle m'a occasionnée, elle me raconte, les cheveux ruisselants :

— Dans les temps immémoriaux, un roi nommé Sagara lança, selon la coutume, un étalon blanc sur des contrées arides nouvellement conquises pour en connaître les limites. Ses innombrables fils partirent à la poursuite du cheval et périrent dans ces étendues desséchées. Un descendant de Sagara, Bhaghirata, eut pitié de ses ancêtres abandonnés au vent des siècles sans sépulture, sans avoir été purifiés de leurs péchés. Il se rendit au mont Kaïlash et implora le dieu Mahadéva d'envoyer sur terre assez d'eau pour remplir ces plaines désertiques. Le dieu, ému par la piété de cet homme demeuré une année entière en équilibre sur un orteil par acte de contrition, songea à sa fille Ganga qui coulait aux cieux.

» Mais Ganga était si grande, si lourde, que sa chute brutale eût détruit la terre. Alors le dieu Shiva pencha un peu sa tête et Ganga ruissela à travers les tresses de son chignon, vive et joyeuse, submergea les plaines, s'offrit en ce fleuve sur lequel nous voguons pour laver les péchés des hommes. Tu vois, Maîtresse, pourquoi je n'ai rien à redouter, moi l'humble servante des dieux, qui porte le nom du nectar d'immortalité, Amrita. Quand je serai parvenue au terme de cette existence, j'aimerais que mon corps soit brûlé ici, sur les berges du fleuve sacré, et que l'on y répande mes cendres. Je pourrai ainsi espérer une prochaine vie meilleure.

Je ne vois, moi, que des flots limoneux. Jean, c'est en ce monde, sur cette terre que je veux te retrouver, même si Notre Sauveur nous promet la résurrection et la vie éternelle.

Passés les Sundarbans, la rivière se couvre d'embarcations qui remontent à la voile vers Calcutta ou descendent à la rame, au fil des courants, des bricks semblables au nôtre, battant pavillon britannique ou danois ou d'autres nations commerçantes, des *dinguis*, des barques de pêcheurs, de grands bateaux plats où s'entassent des familles nombreuses, abritées sous une vaste toile ou un toit de feuilles de palmier tressées. Outre la traîtrise des fonds incertains, il faut toute l'adresse de notre pilote pour louvoyer entre les navires, afin d'éviter l'accident. Souvent les *lascars* bengalis montent à notre bord relayer notre équipage harassé de fatigue. Les matelots en uniforme de l'*East India Company* cèdent leur place à ces hommes en pagne blanc, dans une camaraderie partagée par tous les marins du monde.

Immenses et insouciants, se donnant pour jouer des coups du bout de leur long rostre, des dauphins bleutés avec petite bosse au milieu du dos en guise d'aileron nous suivent jusqu'à ce que le brick s'engage dans l'Hooghly, le nom du Gange dans sa partie qui arrose Calcutta.

Entre les rizières inondées derrière leurs digues, à l'ombre des palmiers, se cachent des villages aux cabanes de terre couvertes de bambous. Sur les rives se tiennent de véritables marchés où l'on peut acquérir mangues, ananas, citrons ou bananes, riz, poisson, épices ou lait. Des buffles massifs s'abreuvent, des hérons arpentent la berge à pas comptés, des femmes battent leur linge ou, à l'abri des regards dans une crique en retrait, dénouent leurs épaisses nattes et se lavent les cheveux.

Plus loin, des petits voiliers désarmés s'alignent parallèlement dans un pré, couchés sur le flanc. Le capitaine Stevenson me raconte que leurs propriétaires, moitié marins, moitié agriculteurs, mettent ainsi leurs bateaux à sec pendant la mousson. À la belle saison, ils partent sillonner le golfe du Bengale, de Balassor à Madras et à Chittagong. Nos Bretons de La Richardais vivent de la même manière. Une bouffée de nostalgie m'envahit. Je me revois fêter avec eux le retour des terre-neuviers après la campagne de pêche à la morue dans le golfe du Labrador. De l'autre côté des océans, des hommes troquent de même le filet de pêche pour la charrue, moissonnent les blés mûrs ou commercent de port en port.

Mais aux Indes, chaque émotion, chaque éblouissement, chaque parfum suave se paye d'un moment de désespoir, d'une vision d'horreur, d'une puanteur infecte. Au coucher du soleil, les bûchers érigés sur les gradins de la rivière répandent l'odeur de la chair brûlée dans des nuages de fumée nauséabonde.

Outre les morts, il y a des malades et des agonisants, déjà drapés dans leur suaire, portés au bord du fleuve par leur famille. On leur lave la bouche de cette eau censée purifier les souillures de l'âme et on les veille jusqu'à leur dernier soupir avant de les incinérer.

Je vois aussi ces corps précipités dans l'onde dans un simple drap de coton blanc auquel on attache un bouchon de paille enflammé.

— Des pauvres, Maîtresse, me glisse ma petite servante. Le bois est cher, ils n'ont pas de quoi en acheter.

Des corbeaux tournoient en cercles noirs. Et puis bientôt, quand les habitants ont regagné leurs huttes, le pelage doré sur tout le corps à l'exception d'une épaisse bande grisâtre sur le dos, moitié chiens, moitié renards, les chacals se précipitent. Ils déchiquettent les linceuls, fouillent les cadavres, le museau sanglant. Malgré mon épouvante, je ne peux détacher mon regard de l'effroyable spectacle.

— Mon Dieu, pourquoi ne les chasse-t-on pas ? N'y a-t-il aucun respect pour ces dépouilles ?

— Le chacal fait ce pour quoi il a été créé, me réplique Amrita avec un air lourd de reproche. Le chacal est sacré lui aussi. Il sert Kali la Noire, épouse de Shiva, mère créatrice, puissance destructrice. Elle a donné son nom à Calcutta, elle la déesse du temps, de la mort et de la délivrance.

Le temps qui anéantit toute chose, le temps qui s'est écoulé depuis le départ de Jean, six ans et demi déjà. Et mon frère m'a encore appelée au secours. Il est vivant, il est nécessairement vivant.

Est-ce que je m'approche de lui ou est-il ailleurs ? Au fond des grands yeux d'Amrita, je lis ce mot *dharma*, destin. Mon cœur doit-il adopter cette fatalité indienne ?

*

Nous avons parcouru une soixantaine de lieues depuis Balassor quand enfin notre pilote ralentit l'allure de son *both*. Dans la lunette prêtée par le capitaine Stevenson, je distingue un alignement improbable de talus et d'escaliers de briques inégales. Des maisons plantées au hasard çà et là sur le rivage, aux murs parfois baignés par les flots, alternent avec des entrepôts. Rien n'évoque un quai, du moins tel qu'on se le figurerait pour une ville tirant sa richesse du commerce.

Nous voilà bientôt encerclés par une multitude de barques. L'officier anglais secoue la tête, déjà excédé.

— Le diable les emporte ! Le sémaphore a tout juste annoncé notre arrivée que tous ces Indiens, pareils à des moustiques, viennent nous proposer, devrais-je dire nous imposer, leurs services !

À peine a-t-il prononcé ces paroles qu'un homme coiffé d'un turban blanc et plutôt bien mis, apparu comme par magie sur le pont, s'incline jusqu'à terre devant lui, les mains jointes à hauteur du front.

— *Nâmaste, sahib* capitaine ! *Nâmaste*, soit le bienvenu à Calcutta. Tu veux du girofle ou du poivre, tu veux de la soie ou des perles, je te les obtiendrai au meilleur prix. Nul autre *banyan* ne te servira aussi fidèlement que moi.

— Pour commencer, descends de mon bateau !

— *Sahib* capitaine, tout ce que tu exigeras, je l'exécuterai. Tu feras de bonnes affaires avec moi, *Inch'Allah*, les meilleures je te l'assure. Veux-tu voir mes recommandations ?

— Peu m'importent tes recommandations, s'agace le Britannique. Agha Petros Aratounian m'attend. Tu peux t'en aller.

L'inconnu affiche une mine désappointée et recule. Un autre homme, son exact jumeau par l'allure, le remplace sur-le-champ.

— *Nâmaste, sahib* capitaine ! Tu as raison de ne pas écouter ce voleur ! Moi, je suis honnête, tout le monde le sait à Calcutta.

Les officiers viennent en aide à leur supérieur pour éconduire ces importuns et repoussent ceux qui tentent de grimper aux échelles. Mais dès que nous avons débarqué, barbiers, tailleurs, vendeurs de diverses babioles se pressent autour de nous, vantant à tue-tête leurs marchandises ou leur art. Ils me paraissent encore plus insistants qu'à Porto-Novo. Eux aussi sont écartés sans ménagement. Quant à notre pilote, son devoir accompli, il nous salue de loin avant de monter dans une calèche. Nous lui devons la vie et notre chemin commun s'achève ainsi.

Un homme de type européen, quoique de teint mat et la barbe noire, se présente alors au capitaine Stevenson.

— Vahé Khatchikian, premier commis d'Agha Petros Aratounian. Nous vous attendions, capitaine Stevenson.

— Grâce au ciel, vous allez nous débarrasser de cette vermine. La peste soit de leurs *Nâmaste* à n'en plus finir ! Mes matelots déchargent. Agha Shamir m'a demandé de conduire cette *lady* chez Agha Petros.

Le commis me scrute, déconcerté, et marmonne des mots incompréhensibles.

Nous prenons place à bord d'un palanquin orné de pompons et de franges dorés, porté par six *bouées* arborant une tunique rouge sur leur pagne blanc. Non sans peine, ils nous frayent un passage parmi la foule nombreuse des petits marchands, portefaix, commis, au milieu de laquelle circulent des *pions* de la douane, peu préoccupés de rétablir un semblant d'ordre. Une poignée de pièces et ils laissent passer les caisses du *Victorious* sans même y jeter un coup d'œil.

Mon étonnement du premier abord ne fait que croître au fur et à mesure que nous progressons à travers les rues. En comparaison de l'ordonnancement de Madras, de ses quartiers et de ses faubourgs bien délimités, Calcutta n'est que confusion et désordre. Aucun plan, aucune organisation de la ville ne ressort du labyrinthe dans lequel nous sommes engagés. De belles maisons côtoient des baraques de terre battue, des bazars composés de cabanes de bambous, parfois de murs de briques mal entretenus, des places non pavées. On dirait qu'on y a fait concours de bizarrerie et d'extravagance pour y construire. À l'extrémité des rues, pleines de fange et d'immondices, je remarque des barrières de madriers. Le capitaine Stevenson me spécifie qu'il s'agit là des seules protections de la ville, dépourvue d'enceinte ou de clôture. On y rentre et on y sort à sa guise par n'importe quel point.

Au terme d'un chemin que je serais bien incapable de retracer, nous parvenons devant une maison semblable à celle d'Agha Shamir. Mais le linteau et la varangue sont tendus de mousseline blanche, couleur funèbre ici. Le commis murmure tout bas.

— Le frère cadet d'Agha Petros, le fameux Gorgin Khan, général en chef des armées du *nawab* du Bengale, a été assassiné. Nous avons appris la triste nouvelle avant-hier. En dépit de leurs différends, mon maître vouait une grande affection à son cadet.

Je me rappelle les propos d'Anna Soultanian et de son fils, les humiliations subies par Agha Petros à cause de ce frère dressé contre les Anglais. Cette tragédie que l'on m'annonce me plonge dans l'embarras.

— Voudriez-vous bien m'indiquer une auberge ? Je ne saurais imposer ma présence dans cette maison endeuillée.

— Le devoir d'hospitalité passe avant toute autre considération chez les Arméniens, me rassure le capitaine Stevenson. D'ailleurs, si Agha Petros avait renoncé à s'occuper de ses affaires, il n'aurait pas envoyé son commis au port.

Il n'est plus temps de reculer, les deux battants aux riches ferrures se sont ouverts devant le palanquin. Un homme se tient dans la cour, grand et maigre, voûté par le chagrin, les yeux cernés, la barbe et les cheveux en désordre. Il n'a pas besoin de se présenter pour que je devine de qui il s'agit. Agha Petros me salue avec une courtoisie tout orientale, alors qu'il ignore tout de moi. Le capitaine Stevenson lui donne l'accolade avant de décliner mon identité. Je lui tends la lettre d'Agha Shamir.

— Monsieur, permettez-moi de vous présenter mes plus sincères condoléances. Puisse le Seigneur tout-puissant accueillir votre frère en Sa Sainte Garde. Vous me voyez confuse d'arriver chez vous en de si douloureux moments.

L'Arménien parcourt la missive avec attention en secouant la tête.

— Dieu ait pitié de nous ! Combien de fois ai-je répété à Grigor qu'il ne devait pas se fier aux Indiens, qu'il n'en retirerait que du malheur, que ce Mir Qasim était un être abject attendant l'instant propice pour le trahir. Et cet instant approchait. Le *nawab* venait de subir de nombreux revers contre les Anglais, dont cette terrible bataille à Gheriah, qui dura plus de quatre heures, au tout début du mois d'août. Nul doute qu'il imputerait cet échec à Grigor. Mais mon frère était jeune et impétueux, il n'a pas voulu m'écouter. Seigneur, que ne l'ai-je convaincu ! Madame, pardonnez-nous de vous accueillir dans les pleurs et les gémissements. Mais considérez cette maison comme la vôtre. Nul mieux que moi ne saurait comprendre la souffrance d'être privé de son frère.

Les larmes roulent sur ses joues embroussaillées. Je n'ai pas l'habitude de voir un homme se livrer ainsi publiquement au chagrin. À bord de l'*Anne de Bretagne*, j'en ai entendu jurer, gémir, prier, hurler, mais jamais pleurer. Jamais mon père n'a pleuré devant moi. Ma gêne s'accroît encore, en même temps que je suis prise de compassion. Le capitaine Stevenson demeure stoïque. Quant au commis, il essuie furtivement ses paupières. Combien de temps serions-nous restés là si une femme à l'allure vive n'était survenue ? Elle me saisit par le bras.

— Je suis Vartouhi Aratounian, l'épouse d'Agha Petros. Entrez si vous le voulez bien. Regardez ce gros nuage au-dessus de nos têtes, il ne sert à rien de prendre la pluie.

Nous ne sommes pas plus tôt à l'abri que l'averse éclate. Le crépitement intense sur le toit m'empêche d'entendre la conversation d'Agha Petros et du capitaine Stevenson. Sans doute discutent-ils de leur négoce.

Deux serviteurs apportent des plateaux incrustés de nacre et d'émail et les déposent devant nous. Des gobelets d'argent ciselé, une théière, de la papaye et de l'ananas en tranches fines roulées dans le sucre, du *kheer* parsemé de pistaches et de pétales de rose, des *gulab jamun* noyés de sirop, du *halwa* et des *jalebis*. En dépit des sourires encourageants de la maîtresse de maison, je ne parviens pas à avaler une bouchée. Elle ne semble guère s'en formaliser et se contente de remplir mon verre de thé.

Au bout d'un moment, le capitaine Stevenson se redresse.

— Il me faut prendre congé. Je suis attendu à Fort William où je dois présenter mes respects à Lord Hastings. Madame de la Pallière, je lui toucherai un mot de votre prochaine visite. Je lèverai l'ancre d'ici une semaine. Si vous souhaitez retourner à Madras, une place à bord du *Victorious* reste à votre disposition.

— Mon commis s'assurera de la livraison des marchandises pour Agha Shamir, ajoute Agha Petros. Capitaine Stevenson, votre loyauté envers les nôtres me réconforte, en ces moments où nombre de vos compatriotes doutent des Arméniens.

— C'est infiniment regrettable, mais je suis certain que les meilleures relations entre nos peuples se rétabliront bientôt. Lord Hastings vous tient en grande estime.

Je n'ai pas pris le temps, en dépit de la durée de notre traversée, de nouer connaissance avec cet homme discret, timide peut-être. Mais le tact et la sollicitude du capitaine

Stevenson me donnent une opinion plus favorable des Anglais.

*

Amrita et moi nous installons dans la chambre qui m'a été attribuée, ouvrant sur le jardin derrière la maison. Un couple de perruches s'ébat devant la fenêtre, coups de bec et coups d'ailes dont on ne sait s'il agit d'une parade amoureuse ou d'une dispute entre les deux volatiles. Je les observe un moment avant de procéder à un brin de toilette et de rejoindre mes hôtes dans le salon de réception.

Je suis tout juste assise qu'un serviteur vient murmurer quelque chose à l'oreille d'Agha Petros. Ce dernier pâlit d'un coup et laisse échapper.

— Haydar Sahib…

J'esquisse un mouvement pour me retirer, mais Vartouhi Aratounian me retient.

— Nous n'avons rien à cacher. Cet Haydar Sahib a vu mon beau-frère, peu avant son meurtre.

Je me cale à nouveau parmi les coussins chamarrés, cherchant à me faire aussi petite et discrète que possible dans la semi-pénombre de la pièce. La pluie a cessé. Les pales du *panka* brassent l'air moite et le parfum boisé, un rien fumé, du vétiver. Pour une raison indéterminée, une sorte d'impatience ou d'inquiétude me noue toujours l'estomac. Peut-être Agha Petros m'a-t-il communiqué sa tension ?

La porte s'ouvre enfin, sur le serviteur d'abord, qui s'efface aussitôt devant le visiteur.

En *khurta* et *lungi* couleur crème, coiffé d'un turban, une écharpe pourpre brodée d'or au cou, le dénommé Haydar Sahib s'avance vers nous. Je ne saurais lui donner un âge exact, une trentaine d'années. Quand il s'incline, les mains jointes devant sa poitrine, je remarque leur finesse. Sa sveltesse le fait paraître plus grand. Assise, je n'ai guère de repère pour évaluer sa taille. Un pouce de moins que moi, peut-être. Il a le teint à peine cuivré d'un Indien du nord et une barbe rase noire comme l'encre. Agha Petros lui désigne le sofa en face du nôtre. Il s'assied dans un mouvement fluide, croise les jambes. Nul n'a encore prononcé un mot. J'ai appris qu'aux Indes le silence a son importance, autant que la parole. Ici, il est discourtois d'aborder sans ambages une affaire. Il faut d'abord tourner autour, jauger l'autre, préparer ses propos.

Le nouveau venu a refusé les douceurs. Il a seulement accepté du thé *massala* au lait, y trempe de temps à autre ses lèvres pleines, le boit à toutes petites gorgées, alors qu'assoiffée, j'ai encore vidé d'un trait mon verre. Les serviteurs sont revenus préparer le *hookah.* Après avoir tassé le tabac comme il convient – ni trop, ni trop peu – dans le *tchelem*, ils posent dessus le vase contenant l'eau. Celui-là est d'un grand raffinement, en verre d'un indigo profond, rehaussé d'incrustations d'or et d'argent aux motifs végétaux. Je refuse tout d'abord de fumer. Anna Soultanian a voulu m'y initier à Madras et je conserve le souvenir de ma piteuse première expérience, cette quinte de toux.

Le *hookah,* sous ces cieux, supplée à la conversation. Toujours muets, mes compagnons tirent chacun leurs premières bouffées. À les observer, je conjecture que l'on peut deviner bien des traits de caractère, selon la façon dont chacun procède. Hélas ! ma faible expérience sur le sujet limite mon champ d'investigation. Le visage fermé, Agha Petros se concentre et fait jaillir la fumée en volutes épaisses, comme pour révéler la violence des émotions qui le traversent. Les gestes précis de Vartouhi Aratounian dénotent une grande détermination et une force de caractère certaine. Quant à notre visiteur, il se dissimule derrière le léger nuage ondulant devant son visage. Ses mains soignées, comme jamais je n'en ai vu chez un homme, le dos hachuré de poils noirs, les doigts effilés aux jointures minces, jouent avec le *netcha*, le serpent, l'enroulant et le déroulant à loisir. On nomme ainsi le long tube dans son fourreau de mousseline brodée du *hookah*. Un *fakir*... Haydar Sahib me fait songer à ces mages charmeurs de cobras vus à Porto-Novo ou à Madras. Il y a une grâce à la fois virile et féminine dans cette étrange danse, cadencée par le glouglou que produit l'eau quand on aspire la fumée. Le parfum du tabac et de la rose me monte peu à peu à la tête. Soudain, je ne sais plus où je suis. Est-ce l'ambiance qui règne dans la pièce, ce lieu inconnu ? Dans un geste machinal, je saisis un embout d'agate dur et lisse et le glisse entre mes lèvres. J'ai envie de connaître l'ivresse, de me dissoudre dans la brume odorante.

Le tabac inhalé me donne aussitôt le vertige, jusqu'au bord de la pâmoison. Le *hookah*, ai-je entendu un jour, est une drogue si puissante que certains hauts personnages le fument en permanence, même à cheval. Le *hoca-berdar*, serviteur voué exclusivement à cet office, suit alors à la course en portant la bouteille et le réchaud, sans rien renverser.

J'examine à présent les pieds nus du visiteur. Selon les règles indiennes de la bienséance, il s'est déchaussé en entrant. L'un est posé au sol, l'autre croisé sur son genou. Musclés, fortement cambrés, ils expriment une sorte de fausse nonchalance, comme s'ils étaient prêts à bondir, à courir. Jamais je n'aurais cru m'intéresser aux pieds d'un homme. Et celui-ci, à exposer ainsi les siens, me semble d'une impudeur qui me trouble plus qu'elle ne me heurte.

Carnet de Jean de Montfort

Je vomis le premier repas que nous servirent les Anglais après nous avoir libérés de notre cachot, comme je les aurais vomis eux, avec leur ironie mal déguisée, leur commisération feinte, ces officiers qui s'excusaient de nos honteuses conditions de détention et affirmaient les avoir ignorées.

*Mais, puisque j'avais décidé de vivre, je vivrais, ainsi que la centaine de mes compagnons sortis à ce prix de l'esclavage. L'*East India Company *nous fournit des uniformes, différents de ceux des troupes régulières britanniques, mais sans similitude non plus avec ceux que nous portions sous le drapeau fleurdelisé. Quelques jours d'exercices dans la cour de Fort Saint-George, de longs et beaux discours de nos nouveaux maîtres, puis nous embarquâmes sur un bateau pour Calcutta, où nous parvînmes sans encombre. Claude Martin, dit Martin Lion, l'ami de Madec, nous rapporta comment il avait failli périr six mois auparavant au cours du même voyage. Son bateau, le* Fateh-i-Islam, *sombra lors d'une tempête et ses passagers, des soldats français et des officiers anglais, y laissèrent presque tous la vie.*

Décidément, je n'aimais pas ce personnage au nez recourbé à son extrémité vers ses lèvres minces, révélant par ce trait qu'il conservait toujours ses véritables pensées par-devers lui-même. Pourtant, son intelligence était vive et, à l'image de René Madec, une ambition immense le motivait. Toutefois, au contraire du Quimperlois, qui restait fidèle, du moins dans ses propos, à son pays d'origine, Martin Lion lui avait tourné le dos. Il ne cachait pas son admiration pour les Anglais et arborait fièrement les galons d'officier dont ils l'avaient gratifié. Ayant compris que je méprisais son attitude, il évita en ma présence de se répandre en louanges sur ceux-ci et leur habileté diabolique à développer leurs intérêts aux Indes.

*À Calcutta, nous retrouvâmes d'autres compatriotes, conduits comme nous, de gré ou de force, à s'enrôler dans le Parti français, sous la bannière de l'*East India Company. *Pour tout avouer, nos opérations militaires restèrent limitées. Un détachement était parfois chargé d'escorter un convoi ou de donner la chasse à une bande de malandrins. Les Anglais se méfiaient-ils de nous ?*

Ils nous parlaient toujours de campagnes contre les nawabs *du Bengale ou d'Aoudh, nous promettaient une solde généreuse et d'autres avantages. Je n'en croyais pas un mot.*

Notre principal ennemi était désormais l'ennui, dans la cour poussiéreuse de la caserne brûlée par le soleil. Et moi, je luttais à nouveau contre mon mal, cette insidieuse fièvre de Gingy qui m'épargne un temps pour s'abattre de nouveau sur moi sans prévenir. Madec crut même qu'il s'agissait d'une ruse de ma part afin d'éviter de participer à nos rares actions.

— Jean, tu dois faire un effort. Tant que nous n'aurons pas gagné la confiance des Anglais, ils ne relâcheront pas leur vigilance et nous ne pourrons rien projeter.

Mais il comprit vite que je ne feignais pas mon teint livide et mes tremblements. À moins que mon corps protestât de cette manière contre ce que mon esprit avait accepté, cette position humiliante au service de nos vainqueurs.

— René, il me faut partir, ou bien je mourrai, de cette fièvre, de l'emprisonnement, de folie.

— Je me rends bien compte que la folie te gagne ! Où veux-tu aller, seul, sans appui ? Sois patient, encore un peu, et je te promets que nous nous en sortirons.

— J'ai déjà trop attendu. Il n'est pas si difficile de déjouer la surveillance des gardes.

— N'en dis pas plus. J'ai donné ma parole à Martin Lion que nous ne causerions pas d'ennuis et je ne veux vous trahir, ni lui, ni toi.

Alors je me tus. Je ne voyais pas comment regagner la Bretagne, mais je pourrais au moins reprendre la lutte contre les Britanniques.

Chapitre VIII

Agha Petros aspire profondément et exhale un dernier nuage de fumée. Puis il se rencogne au fond du sofa, les bras croisés.

— À présent, exposez-moi en détail ce qui s'est passé depuis que je vous ai remis cette maudite lettre dans le bureau de Lord Hastings, intime-t-il à Haydar Sahib.

— Je l'ai cousue dans une poche secrète de mon vêtement et j'ai quitté Calcutta pour Monghyr, commence ce dernier dans un anglais sans la moindre trace d'accent, dépourvu de cette façon d'avaler les mots des Indiens.

— Avez-vous été arrêté, interrogé ?

— Jamais. Je n'ai pas même eu à pénétrer dans Monghyr. Gorgin Khan se trouvait en manœuvre à l'extérieur de la ville. Bien sûr, ses officiers et ordonnances ont voulu connaître le motif de ma venue. Je ne leur ai pas touché mot de la lettre. J'ai seulement évoqué un message oral à transmettre au général Sahib, concernant sa famille.

— Cela a-t-il suffi ?

— Oui. Votre frère, en dépit du rang élevé auquel il avait accédé auprès du *nawab*, était demeuré un homme simple. Je lui ai remis le pli en mains propres, conformément aux instructions de Lord Hastings.

Haydar Sahib a la voix basse, un peu rauque. Il reste calme, courtois, sans hausser le ton, alors que les questions de l'Arménien ressemblent à un interrogatoire, voire à une accusation.

— Avez-vous vu mon frère lire la lettre ? demande encore Agha Petros.

— La parcourir, en tout cas.

— Et après, vous a-t-il dit quelque chose ?

— De vous transmettre ses vœux de santé et de prospérité, à vous, ainsi qu'à la *diguine* Aratounian. J'ai ensuite quitté le campement, sans adresser la parole à qui que ce soit. Je suis revenu aussitôt à Calcutta pour présenter mon rapport à Lord Hastings. Je n'ai rien à ajouter de plus, si ce n'est renouveler auprès de vous mes condoléances.

Les deux hommes se taisent à nouveau, chacun tirant sur le *hookah*. Soudain, je sens qu'Haydar Sahib me scrute, ses yeux plissés sous la frange de ses cils, prolongés de fines ridules en soleil. Les Indiens ont une façon bien particulière de considérer les Européens, différente selon les circonstances ou leur rang, mais jamais si directe. Qu'ils rusent, qu'ils s'amusent de nous, qu'ils soient curieux, serviles ou méprisants, ils préfèrent l'esquive à la confrontation. Or celui-ci me fixe sans détour. Je devrais me sentir offensée de cette insistance. Il n'en est rien. Je m'offre à ce regard brun, puis baisse les paupières.

Haydar Sahib décroise ses jambes et se lève avec cette souplesse presque animale.

— Pardonnez-moi, Agha Petros. Si vous n'y voyez pas d'objection, je suis attendu ailleurs.

Le négociant arménien acquiesce d'un hochement de tête. L'Indien se tourne alors vers son épouse et moi.

— Madame Aratounian, Madame…

— Madame de la Pallière, me présente la maîtresse de maison. Madame de la Pallière vient de France. Elle recherche son frère, officier, qui se serait enrôlé dans le Parti français de Claude Martin.

Haydar Sahib fronce les sourcils, comme s'il fouillait dans ses souvenirs, avant de s'incliner.

— Nous nous reverrons sans doute pendant votre séjour à Calcutta, Madame.

*

L'Indien n'a pas plus tôt franchi la porte que Vartouhi se penche vers son mari.

— Crois-tu en son récit ?

— Je n'ai ni le moyen de le vérifier, ni de raison de le mettre en doute. Lord Hastings accorde sa plus totale confiance à cet homme.

— Qui est-il au juste ? ne puis-je m'empêcher de demander.

— Un négociant en diamants, murmure, évasif, l'Arménien. Son commerce le conduit à sillonner les Indes et à être reçu auprès des princes et des puissants. Moghols, Marathes, Jats, Rajpoutes, tous lui ouvrent leurs portes. Warren Hastings l'emploie comme messager lorsqu'une mission diplomatique officielle s'avère inopportune.

— Peut-on pour autant compter sur sa loyauté ? insiste sa femme.

Agha Petros se serre les tempes entre les mains.

— Que répondre à cela ? Il était le seul émissaire capable d'approcher mon frère sans éveiller de soupçons. A-t-il trahi Lord Hastings ? Je l'ignore. Et je ne peux me résoudre à penser que Lord Hastings m'aurait trahi moi, après toutes les preuves que j'ai données de ma fidélité aux Britanniques, après ce qu'il vient de faire pour nous. Ma seule certitude est que j'ai signé l'arrêt de mort de mon frère en rédigeant cette épître par laquelle je lui enjoignais de se rallier aux Anglais.

Le couple semble se rappeler alors qu'ils s'expriment devant une étrangère.

— Madame de la Pallière, nous manquons à nos devoirs envers vous, s'excuse Agha Petros. Je m'en vais écrire sur-le-champ à Lord Hastings afin qu'il vous rencontre au plus vite. Avec la recommandation du colonel Kirkpatrick, l'introduction du capitaine Stevenson et ma propre demande, il ne devrait pas tarder à vous donner de ses nouvelles.

*

Comme à Madras, je suis tirée de mon lit à l'aube par le chant des pagodes. Amrita s'est déjà levée. J'aperçois sa silhouette gracile par la croisée ouverte. La jeune fille gagne une petite porte découpée dans le mur de briques au fond du jardin. Au milieu des hibiscus diaprés et des œillets roses, un serviteur salue un à un les quatre points cardinaux. J'imagine que c'est le *mali*, le jardinier. Lui aussi emboîte le pas à Amrita. Sans doute m'a-t-il vue, mais en ce moment sacré, il m'ignore. Les deux Indiens disparaissent de l'autre côté de la porte. Sur la pointe des pieds, je me faufile derrière eux. Devant nous, s'étire l'Hooghly en un large ruban doré sous les premiers rayons du soleil. La veille, dans les circonvolutions du palanquin à travers les rues de Calcutta, je ne m'étais pas rendu compte que la maison d'Agha Petros se dressait au bord de la rivière.

Le long de la berge, une foule nombreuse se livre à ses ablutions dans les mêmes gestes rituels. L'eau puisée dans la main droite pour asperger le sommet du crâne, puis la poitrine. Ensuite le visage et le corps frottés à deux mains en des mouvements pudiques. Des enfants nus barbotent sous la surveillance de leurs mères. Les vieillards frictionnent leur barbe blanche avec le même soin que les femmes nettoient leurs cheveux avec du *shampoo*, le savon réservé à cet usage. Plaquée contre le mur, je n'ose bouger de peur de les déranger. Le *mali,* sa toilette achevée, se dirige vers un petit hangar en contrebas. Il en revient le front barré de trois traits verticaux, le trident de Vishnou. Certains arborent les trois lignes horizontales, symbole de Shiva, les femmes mariées ce point rouge fait de poudre de curcuma mélangée à du jus de citron vert. Il y a encore nombre d'autres *tikas*, signes de dévotion ou d'appartenance, dont je ne connais pas la signification, positionnés entre les deux sourcils, là où, selon les hindous, résident les facultés spirituelles de tout être, là où le *sâdhu* m'a touchée.

Laver son corps de ses péchés, l'unir par l'eau au divin. Je songe au Christ baptisé dans le Jourdain, à ce baptême que chaque jour de leur vie renouvellent les Indiens, comme chaque jour ils accomplissent leurs *poojas*, ces actes de dévotion, une prière, une offrande de fleurs ou de fruits, le front marqué. Sur le seuil de leurs maisons, les femmes tracent ce motif à la forme circulaire transmis de génération en génération appelant la bénédiction des dieux, dans le sud le *kolam* à la poudre de riz blanche, et ici le *rangoli* aux teintes vives.

J'ôte mes souliers, descends avec précaution les degrés de pierre glissants. Les vaguelettes couvrent mes pieds nus. Amrita, ses formes diaphanes d'adolescente redessinées par son pagne humide, me salue les mains jointes.

— Sois bénie par le fleuve, Maîtresse, que la déesse te protège !

Une cigogne au plumage noir et à la tête blanche s'est perchée sur le toit de la maison. Elle tord son long cou en tous sens avant de prendre son envol et plane, presque immobile, portée par l'air qui se réchauffe.

Dans la chambre, un bouquet de fleurs fraîches remplit le vase chinois posé sur la commode. Une odeur de cardamome et de girofle monte à mes narines. J'ai faim.

*

Vartouhi, dans une élégante robe d'intérieur en *batik* peint d'une procession d'éléphants et de guirlandes de lotus, m'accueille avec cette chaleur propre à l'Orient qui fait de l'inconnue de la veille un membre à part entière de la maisonnée.

— Avez-vous des projets pour aujourd'hui ?

— Si vous n'y voyez pas d'objection, j'aimerais visiter Calcutta.

Faibles sont les chances que je sois conviée à rencontrer Warren Hastings dans l'immédiat. Et je ne souhaite guère recommencer à attendre le bon vouloir d'un Anglais, tout Lord qu'il soit. Je sais au moins que Jean a débarqué à Calcutta dix-huit mois avant moi. La ville n'est pas si étendue, je l'explorerai moi-même jusque dans les moindres recoins de ses bazars. Et si je ne trouve pas Jean, peut-être croiserai-je un soldat français, ce René Madec par exemple, qui ne refusera pas de m'aider.

— Je vais ordonner qu'on vous prépare le palanquin, s'empresse mon hôtesse avec obligeance.

Pendant que j'évolue à travers les rues où grouille une foule bigarrée, ma première impression de confusion et de désordre se confirme. Les bazars succèdent aux bazars, les uns consacrés aux vivres, les autres aux épices, d'autres encore aux étoffes, à la vannerie ou à l'orfèvrerie. Écartés sans grande fermeté par mes *bouées*, des marchands assaillent le palanquin. Avec une insistance à la limite du supportable, ils me proposent foulards de soie ou *pashminas*, boîtes chinoises incrustées de cuivre, bracelets d'émail et colifichets de toutes espèces. Aux premiers je réponds poliment puis, lassée, j'ignore leurs interpellations en anglais, en portugais, en français ou dans ce qui doit être du danois. Des mendiants, culs-de-jatte, aveugles, manchots, exhibent leur infirmité avec des lamentations déchirantes pour obtenir une aumône. Des paysannes, une main soulevant le bas de leur pagne, maintiennent de l'autre un panier en équilibre sur leur tête sur lequel s'amoncellent ananas, courges, bananes ou mangues.

Nous nous ménageons à grand-peine un passage parmi les fiacres, les charrettes à bœufs, les autres palanquins, les étals qui se déversent jusqu'au milieu de la voie. On crie, on discute, on se querelle sous l'œil intéressé, voire avec la participation active des badauds qui traînent par dizaines, par centaines. Une des plus sérieuses occupations des Indiens est en effet d'examiner les passants. Il va sans dire qu'une Européenne, une *firengui*, pique au vif leur curiosité. On m'épie, on commente mes moindres gestes, sans qu'il réside aucune animosité ou malignité en cela. Pourtant, je peine à refréner mon exaspération.

Cigognes et corneilles se disputent avec les milans un poisson, un fruit, chapardent hardiment tout ce qui est comestible, dans de grands bruissements d'ailes. Plus nombreux encore qu'à Madras, semblables à des porcs-épics avec leur crête de crins durs sur l'échine, s'ébattent des cochons. Hindous ou musulmans, même mourants de faim, nul ne songerait à manger ces animaux impurs qui se nourrissent des ordures.

Le palanquin traverse des quartiers consacrés chacun à une seule industrie, celui dans lequel on fabrique exclusivement des nattes, celui des potiers, celui des tailleurs ou des vendeurs de turbans. Je m'étonne de la diversité des races et des peuples qui se mélangent ici, des Chinois en jaquette longue, des Juifs de Syrie coiffés de leur chapeau aplati, des Arabes en *abaya* à capuchon, des Arméniens, des Grecs et de ces Asiatiques dont je ne saurais déterminer l'exacte origine, Malais, Népalais, Tibétains. En cette cité dédiée au commerce se rencontrent des représentants de toutes les nations commerçantes du monde. Je me figure la stupéfaction que procurerait aux bigotes épouses des armateurs malouins la vision de ces gens et de toutes ces religions coexistant en un même endroit sans que personne s'en soucie. Outre les pagodes, j'ai remarqué des mosquées, une synagogue, une église catholique romaine, une de rite grec. L'un des domestiques de mon escorte me désigne un temple parsi où l'on adore le feu.

De cette diversité provient sans doute l'architecture hétéroclite des bâtiments qui choque l'œil. Si quelques rues rappellent la ville blanche de Porto-Novo avec de somptueux hôtels parfaitement alignés, ailleurs, chacun a construit à la mode de sa nation et selon sa fantaisie.

Mais en quadrillant la ville, en parcourant les marchés, j'ai beau prêter l'oreille, scruter les visages, je n'aperçois pas un seul Français, n'entends pas un mot dans ma langue.

Je rentre chez les Aratounian, hébétée par cette cohue, ce mouvement perpétuel. Là patiente le capitaine Stevenson.

— *Milady*, m'annonce-t-il avec une satisfaction évidente, Lord Hastings vous attend demain à Fort William, à cinq heures.

Je n'ose y croire.

— Demain ? Comment puis-je vous remercier pour votre diligence ?

— Vous n'avez pas à me remercier. C'est un plaisir et un honneur de rendre un menu service à la fois à mon cher ami Agha Shamir et à la méritante veuve d'un marin ! D'ailleurs, si je dois me montrer tout à fait honnête, je n'ai guère eu à insister auprès de Lord Hastings. Il a écouté avec beaucoup d'attention le portrait que je lui ai brossé de vous, a étudié les lettres du colonel Kirkpatrick et d'Agha Shamir, puis a fixé aussitôt ce rendez-vous. J'avoue m'en étonner moi-même. Un homme si occupé n'accorde généralement pas audience avant une dizaine de jours.

— Capitaine, je serais grandement votre obligé si vous consentiez à accompagner Madame de la Pallière, intervient Agha Petros. En cette période de deuil et dans les circonstances du décès de mon frère, il serait déplacé que je me présentasse en personne à Fort William. D'ailleurs pourquoi à Fort William et non au *Government House* ou chez Lord Hastings ?

Le capitaine Stevenson fixe le bout de ses bottes, embarrassé.

— Avec la disparition du général en chef de ses armées, nous espérons mettre à genoux ce vil Mir Qasim. De grandes offensives se préparent. Lord Hastings y porte une attention particulière.

Agha Petros essuie une larme.

— Puisse la mort de mon frère au moins servir la paix !

— Moi, je viendrai avec vous, avance Vartouhi Aratounian.

Au froncement de sourcil de son mari, l'Arménienne s'explique.

— Je pleure aussi Grigor, tombé sous le coup de félons dans la fleur de l'âge. Puisqu'il ne s'agit pas de se rendre à un bal ou à une *garden-party*, je ne vois aucune indécence à me montrer en public. De plus, la terrible humiliation de cet exil dont nous avons été victimes, de ces soupçons qui ont pesé sur nous, doit être définitivement lavée. Il nous faut paraître, la tête haute. Prouvons à tous que nous conservons la confiance et l'amitié de Lord Hastings. Enfin, et cette raison n'est pas la moindre, je ne voudrais laisser Anne affronter seule un pareil moment.

Agha Petros n'émet aucune objection. J'ai l'intuition que, sous ce toit, son autorité masculine ne pèse rien face à celle de sa femme.

*

Nous n'allons pas à Fort William en palanquin, mais dans un phaéton haut perché sur ses quatre roues, attelé à deux petits chevaux trapus à la crinière drue, d'une espèce bengali appelée *pooni*, afin sans doute de nous donner une allure plus anglaise. En cette fin de journée, entre l'heure de la fermeture des maisons de négoce et celle du souper, l'esplanade devient le lieu de rendez-vous de toute la bonne société de Calcutta. Nous n'avançons guère, tant calèches, whiskies et autres équipages s'y bousculent. Des cavaliers en élégantes redingotes, les rênes courtes, maîtrisent à grand-peine leurs persans aux jambes nerveuses, rêvant à des galops éperdus.

L'atmosphère n'est en rien comparable aux scènes de rue ordinaires. Cochers et laquais arborent des livrées et pas un cri, pas une insulte ne fuse. Protestations hypocrites et manœuvres subreptices sont le seul langage toléré pour se frayer un chemin.

Bordée par les hôtels huppés de Chowringhee et les eaux de l'Hooghly, plus vaste que celle de Madras, l'esplanade s'étend depuis le *Government House* jusqu'à Fort William. Là encore, en dépit de leur opulence, les bâtiments n'offrent aucun plaisir à l'œil. Prétentieuses colonnes ioniques ou doriques revêtues de stuc, portiques disproportionnés, péristyles et belvédères affichent une pompe un rien ridicule.

— Madame Aratounian, quel plaisir de vous revoir ! s'exclame soudain une voix féminine depuis la calèche qui s'immobilise à côté de la nôtre.

Elle appartient à une fort jolie brune au visage à l'ovale délicat et au teint de porcelaine abrité sous une large ombrelle blanche. Une fillette aux immenses yeux bleus de deux ans environ se blottit sur ses genoux.

— Mrs. Hancock ! répond sur le même ton l'Arménienne. Votre petite Eliza est absolument adorable.

— Ne vous fiez pas à sa mine angélique ! Ce minuscule tyran régit notre maison à sa guise ! Chère Madame Aratounian, le lieu et l'endroit sont mal choisis, mais je souhaite vous assurer de mon amitié et de ma fidélité dans les épreuves que votre famille traverse. Viendriez-vous prendre le thé chez nous après-demain ?

— Avec grand plaisir, accepte l'Arménienne.

La voie s'ouvre à nouveau et la voiture de Mrs. Hancock s'éloigne de la nôtre.

— Philadelphia est une femme exquise, que j'estime pouvoir compter au nombre de mes amies, me chuchote Vartouhi Aratounian. Issue d'une famille modeste de la *gentry* anglaise, les Austen, elle est arrivée aux Indes, pauvre et sans dot, il y a une dizaine d'années. Elle a épousé peu après un chirurgien de l'*East India Company*. Ce Mr. Hancock, quoique d'honorable réputation, est un homme sinistre et hautain. Philadelphia était très liée à Mrs. Hastings, décédée brutalement voilà maintenant quatre ans. De méchantes langues racontent qu'elle s'est dévouée au-delà des limites de la décence pour consoler le veuf. La petite Eliza porte le prénom de la fille défunte en bas âge de Lord Hastings. Il est d'ailleurs son parrain. L'attention qu'il accorde à cette enfant, ajoutée à une vague ressemblance entre eux, alimente les ragots les plus infâmes. Enfin, s'il y avait là-dedans un fond de vérité, serait-ce vraiment pécher qu'un homme seul et une femme mal aimée se réconfortent par une tendre amitié ?

Cette dernière phrase me laisse perplexe, venant d'une pieuse Arménienne. Les liens du mariage ne seraient-ils pas si indéfectibles qu'on le prétend ? Je songe à feu mon mari, Jean-Baptiste Christy de la Pallière. Notre union aura duré un peu plus d'un an. Aurais-je été capable de passer une vie entière auprès d'un homme que je n'aimais pas ?

Devant nous s'élève Fort William, forteresse autrement plus imposante que Fort Saint-George par ses dimensions. La nation qui contrôle Calcutta, cette place stratégique sur le fleuve, contrôle en effet le Bengale et tout le nord des Indes. La façade donnant sur l'esplanade ne présente rien de très menaçant, car aucune attaque n'est à redouter par la terre. En revanche, les trois côtés face à l'Hooghly forment des angles saillants et sont équipés de bastions avec leurs grosses batteries.

Notre attelage franchit les postes de garde. À l'intérieur, la vaste cour avec ses allées d'arbres et ses parterres arrangés en boulingrins ressemble à un parc plus qu'à une caserne. Le capitaine Stevenson m'informe que le fort contient quelques logements pour les officiers, deux régiments d'infanterie, un d'artillerie, une compagnie d'ouvriers pour l'arsenal ainsi que douze cents *cipayes*.

Nous passons ensuite devant une sorte de vilain obélisque de pierre sombre sur lequel sont gravées des dizaines de noms anglais. Je m'enquiers de son origine auprès du Britannique. Celui-ci se rembrunit.

— La preuve évidente de la barbarie de ce peuple perfide qui, sous son aspect débonnaire, recèle les penchants les plus cruels. En cette année 1756, il y a désormais plus de sept ans, le *nawab* du Bengale Sûraj-ud-Dowlâ attaqua Calcutta par surprise. Fort William n'était pas encore la forteresse que vous voyez maintenant, seulement un modeste fort entouré d'un mur, renfermant la maison du gouverneur et les biens des marchands. Guère plus de quatre cents soldats le protégeaient. Leur résistance fut aussi courageuse que vaine. Sa victoire acquise, Sûraj-ud-Dowlâ fit jeter dans un cachot du donjon cent quarante-six malheureux, officiers et civils, pour ces derniers des notables, qui avaient cru trouver un refuge sûr au sein du fort. Dans ce cachot, d'à peine vingt-quatre pieds sur dix-huit, les prisonniers entassés ne tardèrent pas à étouffer par la chaleur de cette fin juin. On ne leur donna ni eau, ni nourriture. Pire encore, leurs tortionnaires allumèrent des bottes de paille humide pour vicier l'air. Les nôtres, à bout de souffrance, implorèrent de l'aide, puis suppliérent qu'on les achevât, plutôt que de subir cette atroce et interminable agonie. Rien ne fléchit nos ennemis. Pas l'once d'un remords, aucune vergogne d'infliger cet abominable supplice à des êtres humains, à des hommes qui n'avaient d'autre tort que d'être vaincus. Le matin suivant, n'entendant plus aucun gémissement, les soldats du *nawab* ouvrirent les portes. Parmi les cadavres aux visages révulsés, on retrouva seulement vingt-trois survivants, vingt-trois sur les cent quarante-six ! Les victimes reposent désormais sous cet obélisque, à l'endroit même où ils périrent. Quant à nous, nous conservons à jamais la mémoire de ce drame et nous saurons nous rappeler que les Indiens sont semblables aux serpents qu'ils vénèrent.

La colère à l'évocation de ce souvenir défigure la face d'ordinaire placide de Stevenson. Vartouhi se tait, mais je devine au plissement de son front qu'elle réprime son envie de parler. Peut-être se confiera-t-elle à moi plus tard.

Dans le vestibule où des sentinelles impassibles montent la garde, le buste en marbre d'un homme capte mon attention. Au menton pointé en avant, aux fortes mâchoires, on peut supposer un caractère bien trempé. Le capitaine du *Victorious* a suivi mon regard.

— *Milady*, voici le général Robert Clive, l'une de nos plus grandes figures militaires, celui qui a vengé notre honneur et la mort atroce de nos compatriotes après le tragique épisode du *Black Hole* dont je vous faisais le récit à l'instant. En 1751, il s'était déjà illustré en soutenant pendant cinquante jours le siège d'Arcot, mettant en échec, pardonnez-moi, votre général Dupleix sur lequel il remporta ensuite plusieurs batailles.

» Mais revenons-en à Calcutta, en ce mois de juin 1756, ses factoreries et ses maisons livrées au pillage, sa garnison anéantie, ses habitants chassés. Apprenant l'effroyable nouvelle, les nôtres rassemblèrent à Madras une armée de deux mille soldats britanniques et de cinq mille *cipayes*, placée sous le commandement de Robert Clive et de l'amiral Watson. En janvier 1757, ils reprirent la ville. Quelques mois plus tard, Clive livra une formidable bataille à Plassey, sur les rives du Gange, contre les quarante mille hommes du *nawab*, qui se trouva déposé par son oncle Mir Jaffar, rallié à notre cause. L'*East India Company* dominait désormais le Bengale. Hélas ! le général Clive, en raison d'une santé chancelante, dut retourner en Grande-Bretagne. Le roi George reconnut ses immenses services en lui accordant le titre de pair d'Irlande. Voilà trois ans qu'il est parti et nous aspirons tous au retour de cet homme d'exception !

L'éloge dithyrambique du capitaine Stevenson à l'égard de son compatriote m'empêche de formuler un commentaire. Je conserve en mon for les conversations entendues à ce sujet entre les officiers à bord de l'*Anne de Bretagne*. Les Français de Chandernagor, lors de la chute de Calcutta, oubliant leurs rivalités avec les Anglais, secoururent les réfugiés. Mais en mars de l'année suivante, sans la moindre considération pour la générosité des nôtres, mettant à profit les troupes considérables dont il disposait, Clive s'empara de notre comptoir, en rasa les fortifications et déporta les habitants. Lors de la fameuse bataille de Plassey se comptèrent d'ailleurs auprès du *nawab* de nombreux soldats français. Aussi aimables que se montrent les Britanniques à mon égard, nonobstant la paix signée entre nos deux royaumes, je ne dois pas oublier qu'ils ont en vue leurs seuls intérêts.

*

Au contraire du colonel Kirkpatrick, Warren Hastings ne se laisse pas longtemps désirer. Un quart d'heure environ après l'annonce de notre visite, l'huissier nous convie à le suivre.

La jeunesse de Lord Hastings me surprend, trente ans tout au plus. Sa blondeur, ses traits fins, sa complexion menue d'adolescent contrastent avec son front déjà dégarni. Je note la similitude de ses yeux avec ceux de la petite Eliza Hancock. Hasard ?

— Mesdames, soyez les bienvenues à Fort William.

La voix est posée, assurée, et le personnage prend toute sa place dans l'immense pièce au riche mobilier. Il nous invite à nous asseoir et nous fait apporter du thé.

— Madame de la Pallière, pour en venir directement au fait, débute-t-il, votre frère, Jean de Montfort, s'est présenté ici avec d'autres de vos compatriotes engagés à la fin de janvier 1762 par l'*East India Company.* Je crains malheureusement d'avoir à vous apprendre de mauvaises nouvelles.

Je ne peux m'empêcher de poser mes deux mains sous mon sein gauche, tant les pulsations de mon cœur s'accélérèrent. J'aspire une grande goulée d'air pour ne point défaillir.

— Monsieur votre frère manque à l'appel depuis septembre de cette même année, poursuit le puissant personnage. Ses camarades ont prétendu qu'il avait été tué au cours d'une escarmouche avec des bandits. Avec le temps, les langues se délient et nous avons su qu'il avait en réalité préféré offrir ses services ailleurs. J'avoue que ce genre de mésaventures avec les Français, même si elles ne sont pas rares, nous attriste toujours. Les soldats servant sous le drapeau de l'*East India Company*, quelle que soit leur nation d'origine, sont traités avec équité et bienveillance.

Je recommence à respirer mieux. Au moins, Jean n'a pas trahi notre pays.

— Serait-il possible d'interroger ses compagnons ? Peut-être l'un d'eux a-t-il eu vent de ses projets.

— Je vous aurais volontiers autorisée à vous entretenir avec le commandant de notre Parti français, un brillant officier breton du nom de René Madec. Mais il s'en est allé combattre le *nawab* d'Aoudh qui nous occasionne bien des tracas.

— Quand reviendra-t-il ?

— Je l'ignore. L'Aoudh se situe à plusieurs dizaines de lieues au nord-est de Calcutta. La route est périlleuse et la force de cette troupe réside dans sa mobilité et sa capacité à se déplacer sans donner l'alerte.

J'ai retrouvé mon frère pour perdre sa trace aussitôt ! Où est-il allé ? Où dois-je désormais diriger mes pas ? Faut-il suivre le Quimperlois, aller encore plus loin au nord des Indes ? Lord Hastings scrute mes réactions avant de reprendre, comme un comédien ménageant ses effets.

— Madame, quelles qu'aient été nos relations avec votre frère, je n'épargnerai pas mes efforts pour vous aider. Votre hardiesse et votre persévérance forcent l'admiration et méritent récompense. Je vais sur-le-champ donner les ordres nécessaires pour localiser la troupe de René Madec. Ces prochains jours à Calcutta, avec la grâce de Dieu, vous offriront peut-être l'occasion d'en apprendre plus.

Je remercie comme il convient le Britannique, ne sachant si je dois me réjouir ou m'effondrer. En dépit de sa civilité, un vague malaise m'étreint. Vartouhi, tout sourire, n'en finit pas de prendre congé.

Carnet de Jean de Montfort

De nombreux officiers français avaient rejoint le nawab *du Bengale, Mir Qasim Ali Khan, entré en rébellion contre les Anglais. Monghyr, sa nouvelle capitale, s'élevait sur le Gange, à une cinquantaine de lieues en amont de Calcutta.*

Étonnamment, je ne rencontrai aucune difficulté à quitter notre cantonnement. La poignée de roupies que Madec tint à me prêter, en même temps qu'il me souhaitait bonne chance, suffit pour payer mon passage sur les bateaux et à me pourvoir en nourriture. Il m'arriva de croiser des détachements britanniques. Mais j'avais pris le soin de cacher sous un turban mes cheveux blonds, de frotter de terre mon visage et mes mains. Surtout, je baissais les yeux.

Parmi les Indiens, jamais je n'ai éveillé de soupçon, suscité de questions particulières. Je me demandais même si j'étais devenu un des leurs, à me fondre avec une telle aisance au milieu d'eux. Devins-je d'ailleurs, à ce moment, un peu des leurs ? Pour la première fois de ma vie, Anne, je goûtais à une forme de liberté. Une liberté précaire, certes, mais bien réelle. Nul ne me dictait mes actes ni où porter mes pas. Je n'étais plus enfermé, plus soumis à des ordres auxquels il me fallait obéir contre mon cœur et ma raison. Je m'étais fixé seul le but de me rendre à Monghyr. J'ignorais ce que j'y trouverais. Cela ne m'inquiétait pas outre mesure. Les pieds nus dans la poussière, je devenais poussière dans la lumière dorée du jour. Je n'éprouvais aucun désir particulier. Comme un Indien, je m'en remettais au destin, à l'ordre du monde, Dharma. *Les dieux, Dieu en déciderait. Comme un Indien, je me contentais d'une poignée de riz, d'une mangue ou d'une banane cueillies sur leur arbre. Je dormais en chien de fusil, à même le sol, mon turban en guise d'oreiller. Je me lavais chaque matin dans les eaux grises du Gange. Une dizaine de jours s'écoula ainsi, dans cette sorte de rêve conscient, où j'allais au fil du fleuve sacré, avec en moi un sentiment oublié depuis des mois, et plus longtemps encore, avant mon débarquement aux Indes près de quatre ans plus tôt. Ce sentiment était la confiance, la confiance recouvrée.*

Malgré mes haillons et ma piètre allure, je me présentai sans l'ombre d'une hésitation aux gardes de faction sur le pont nord de Monghyr, cité insulaire émergeant d'une anse du Gange et baignée par ses eaux sur le pourtour de son enceinte. Seuls trois ponts, au nord, à l'est et au sud, commandés chacun par une solide fortification, la relient à la terre.

J'expliquai avec la plus grande simplicité que j'étais officier français, que j'avais fui les prisons anglaises et souhaitais mettre mon épée au service du nawab *Mir Qasim Ali Khan. La situation devait être fréquente, car les gardes ne s'étonnèrent nullement de ma requête. Ils me prièrent d'attendre. Comme pour tout et partout aux Indes, il me fallut cependant patienter longtemps avant de voir apparaître un de leurs supérieurs. Ce dernier m'enjoignit de répéter mon propos et m'interrogea sur les circonstances de ma venue à Monghyr. De nouveau j'attendis, une heure ou deux peut-être, avant qu'on me demandât de suivre deux soldats armés de lances. Nous traversâmes la ville, inondée de soleil. Celle-ci me parut fort belle et fort propre, ordonnancée autour d'avenues rectilignes, tout au contraire de Calcutta. Quand nous parvînmes au sommet de la colline sur laquelle est bâtie la citadelle, on me confia à d'autres gardes qui me conduisirent de cours en corps de logis jusqu'à une pièce sobrement meublée où je découvris un Européen d'une quarantaine d'années à la solide carrure. Il se leva aussitôt et, sans faire cas de mon apparence, m'offrit une poignée de main chaleureuse.*

— Monsieur de Montfort, soyez le bienvenu parmi nous ! Permettez-moi de me présenter, colonel Jean-Baptiste Gentil.

Après m'avoir entendu, il me rapporta les circonstances de sa propre venue à Monghyr. Cet officier de grand mérite, chevalier de l'Ordre de Saint-Louis, avait débarqué aux Indes dix ans auparavant. Il avait servi sous le comte de Bussy, quand celui-ci combattait auprès du nizam *d'Hyderabad, avait ensuite été capturé par les Anglais lors de la perte de Chandernagor et s'était retrouvé pour finir dans les armées du* nawab.

— Monsieur, m'exposa-t-il sans détour en me versant un verre de cordial quand je me fus rendu figure humaine, ne vous bercez point d'illusion. Mir Qasim ne répond en rien à nos idéaux chevaleresques, je dirais même que c'est un coquin de la pire espèce. Il s'est allié aux Britanniques pour renverser son beau-père, Mir Jaffar, du trône de Murshidabad, et a été intronisé nawab *du Bengale par le Grand Moghol Shah Alam II lui-même, jouet impuissant entre les mains de nos ennemis. Sitôt sa position assurée, il s'est retourné contre ses anciens amis. Avide, calculateur et cruel, il n'en demeure pas moins aujourd'hui le champion de la liberté des Indiens face à la domination grandissante de l'*East India Company *sur cette région. Aussi je le sers sans état d'âme, contre notre adversaire commun. Si l'habileté politique de ce prince est indéniable, sa force militaire repose sur un homme remarquable auquel je vous présenterai bientôt, le commandant en chef de ses armées, Gorgin Khan.*

— J'ai entendu ce nom à Calcutta, avançai-je. Les Anglais le redoutent en effet plus que tout. On raconte qu'il est chrétien.

— En effet, arménien. Grigor ou Grégoire Aratounian de son véritable nom. Imaginez-vous qu'il était auparavant un simple marchand de drap ! Ces Arméniens manifestent, entre nous soit dit, une capacité incroyable à passer d'un statut à l'autre. Un jour princes, un jour négociants, un jour diplomates ou généraux. Bref, celui-ci fut vite remarqué par Mir Qasim, et le voilà en moins de trois ans à la tête de ses troupes. Je reste admiratif de la façon dont il a, en quelques mois, organisé une armée disciplinée de quinze mille cavaliers et de vingt-cinq mille fantassins, sans compter un corps d'artilleurs. Mieux encore, il a compris tout de suite que cette armée pourrait défier les régiments britanniques seulement si elle disposait de ses propres armes à feu. Avec l'aide d'armuriers arméniens, il a créé une fonderie pour les canons et une manufacture qui produit des mousquets de qualité supérieure à ceux des Anglais. Gorgin Khan, notre général Sahib, est tout bonnement un génie. Le Grand Moghol en personne lui voue un immense respect pour son engagement auprès du son peuple et Mir Qasim lui accorde sa totale confiance. D'ailleurs, d'autres Arméniens figurent parmi ses officiers de haut rang, comme le général Margar ou encore Hovannès Nazar, commandant du corps d'élite en charge de la sécurité du nawab. *Le plus étrange est que le frère aîné de Gorgin Khan, Agha Petros, est un fidèle serviteur des Anglais. Mon Dieu, vous êtes livide, mon ami !*

La tête me tournait. Je n'avais pris un véritable repas ni touché à une goutte d'alcool depuis une éternité. Je pressentais aussi les signes avant-coureurs d'une nouvelle crise de mon mal. Si je l'ignorais, peut-être voudrait-il bien m'oublier aussi ?

*

Je ne connaissais rien à l'amour et peu en amitié. Il y avait Corentin Aubrée, mon cher Corentin, si lié à notre enfance que je l'ai toujours considéré comme un frère. Je pense souvent à lui aussi, Anne. Le reverrai-je ? J'ai eu de bons camarades dans l'armée. Je songe par exemple à Pierre-Emmanuel de La Flotte, quelque part aux Indes aujourd'hui, mais où ? À René Madec, le petit Quimperlois plein de charisme et d'ambition. Et puis il y eut Gorgin Khan. Tout nous opposait pourtant. Lui, un brillant chef de guerre, un Arménien, moi, pauvre gentilhomme breton. Notre première rencontre faillit tourner court. Alors que le colonel le Gentil m'introduisait auprès de lui, devant ses officiers rassemblés, je m'effondrai de tout mon long à ses pieds. Quand je repris connaissance, il était penché au-dessus de moi.

— Eh bien, mon ami, est-ce avec ces jambes flageolantes que tu comptes lutter à nos côtés ?

— Mes jambes sont peut-être flageolantes, mais mon cœur est ferme et déterminé, répliquai-je en me redressant.

— Belle réponse ! Mais encore, dis-moi ce qui fait battre ce cœur ?

— La poésie qui transcende les émotions, glorifie la noblesse des sentiments, fait vivre par-delà notre mémoire la beauté d'un paysage ou la geste des héros du passé, la poésie, qui efface nos misères de l'instant et donne un sens à nos actes, la poésie dont chacun, prince ou mendiant, peut ressentir la vibration au plus profond de son âme.

Je me mordis la langue. Était-ce là le discours qu'un général escomptait d'un officier ? Pourquoi m'étais-je ainsi laissé emporter ? Mais Gorgin Khan sourit, ses yeux en amande légèrement plissés.

— Un poète ? Voilà qui me plaît. J'aime la poésie, moi aussi, même si je n'ai guère le loisir d'y goûter souvent. Tu as raison, la poésie nous aide à devenir plus grands. Tu seras mon secrétaire et m'enseigneras la poésie de ton pays.

De ce jour, je ne quittai plus le général arménien. Une si soudaine et si vive amitié pourrait passer pour le caprice d'un puissant. Mais crois-moi, Anne, bien que de tragiques événements y mirent un terme rapide, elle fut profonde et réciproque. Dans les préoccupations qui étaient siennes, guetté par mille dangers, chargé de lourdes responsabilités, Gorgin Khan avait besoin d'un homme devant lequel il pouvait s'exprimer sans détour, livrer le fond de sa pensée, d'un homme qui n'attendait de lui ni honneurs ni bénéfices. Et ce fut pour moi un privilège de fréquenter cet être d'exception, infatigable, tenace, doué d'une intelligence sagace et d'une curiosité immense. Hélas ! je ne sus pas discerner combien il était aussi vulnérable. Le regret me rongera jusqu'à ma dernière heure de n'avoir pu le protéger, lui non plus.

Chapitre IX

La nuit est tombée, les bazars s'illuminent de lampions. Jongleurs et cracheurs de feu exécutent leurs numéros au milieu d'une foule toujours aussi dense. Dans la calèche, l'Arménienne cherche à me réconforter.

— Certes, vous ne savez pas dans quelle direction votre frère a fui, mais ces nouvelles sont plutôt encourageantes. Gardons foi et espoir !

— Je ne vous cèlerai point mon étonnement. Pourquoi Lord Hastings s'est-il montré si coopératif ? Après tout, mon frère est un ennemi. Il a combattu les Britanniques, puis a rompu son engagement envers l'*East India Company*.

Vartouhi sourit.

— Anne, il s'agit de vous et non de votre frère. Lord Hastings l'a affirmé. Quel homme resterait insensible à une belle et jeune femme qui a donné la preuve d'un courage digne des meilleurs d'entre eux ?

— Je ne pense guère Lord Hastings sensible aux vertus que vous avez la bonté de me prêter. J'éprouve plutôt la curieuse intuition que d'autres considérations motivent son attitude.

— Vraiment ? Alors mon époux en est sans doute la cause. Lord Hastings s'efforce de lui prouver son amitié, quand les Britanniques nous ont montré tant d'ingratitude.

Mais pour que vous compreniez, il me faut vous en dire plus sur ce que Calcutta et les Anglais doivent aux Arméniens. À la fin du siècle dernier, quand les nôtres s'établirent près du bazar chinois, Calcutta n'était qu'un vague comptoir au milieu des marécages. L'un d'eux, Khodja Israel Sarhad, devint le favori de Farrukh Sivar, fils du Grand Moghol Azim-ush-Shan. Intronisé empereur, le jeune homme accorda aux Européens, par l'intermédiaire de son ami, les lettres patentes leur conférant droit de commerce sur les villages de Calcutta, Sutanati et Govindpur. En 1715, les Anglais prièrent une nouvelle fois Khodja Israel Sarhad d'accompagner leur ambassade auprès du souverain. Par son intercession, ils obtinrent la signature d'un traité, le *Grand Farman*, les exemptant de payer droits ou taxes pour tout le commerce dans les terres sous domination du Grand Moghol, en échange d'une redevance de mille roupies par an. Mille roupies, une misère au regard des avantages incalculables qu'ils en ont retirés ! Et cela grâce à l'amitié du Grand Moghol à l'égard de Khodja Israel Sarhad, ainsi qu'à la confiance de ce dernier en la capacité des Anglais à rendre ce pays florissant par leur industrie. J'en viens maintenant à mon mari. Ne voyez nulle forfanterie de ma part, seulement la fierté d'une épouse pour un homme admirable.

» Quand les armées de Sûraj-ud-Dowlâ fondirent sur Calcutta, les Arméniens furent épargnés. En effet, le *nawab* ne les considérait pas comme des ennemis et se trouvait fort satisfait des richesses qu'il leur avait dérobées. Petros eut connaissance des terribles souffrances endurées par les Anglais survivants réfugiés à Fulta. Pendant près de six mois, jusqu'à l'arrivée des troupes de renfort du général Clive, il leur procura secrètement des vivres, sans lesquels ils seraient morts de faim.

» En raison de sa loyauté, Robert Clive s'appuya sur lui pour négocier avec Mir Jaffar le renversement de ce monstre sanguinaire de Sûraj-ud-Dowlâ. Trois ans plus tard, en 1760, les Anglais décidèrent de remplacer Mir Jaffar, dont la stupidité et l'arrogance faisaient un allié peu fiable, par son gendre Mir Qasim. L'aide de mon époux fut à nouveau requise.

— Le général Clive devait tenir Agha Petros en haute estime pour lui confier des missions diplomatiques aussi délicates, renchéris-je à ce moment.

— Je me demande parfois si cette estime n'est pas la source de tous nos maux, réplique l'Arménienne, non sans amertume. Afin de répondre à la sollicitation des Anglais, mon époux se lia avec Mir Qasim, et c'est ainsi que son frère Grigor, ou bientôt Gorgin Khan, entra au service du nouveau *nawab* du Bengale, du Bihar et de l'Orissa.

— Anna Soultanian m'a relaté comment vous aviez été ignominieusement chassés de Calcutta sur une résolution inique du Conseil, interviens-je, et comment Lord Hastings a joué de toute son autorité pour vous faire revenir.

— Ma chère Anne, je ne saurais vous décrire dans quel état de désespoir nous avons traversé ces sombres semaines ! Quelle offense pour Agha Petros ! Lui dont la piété, la charité et l'intégrité n'ont jamais été mises en défaut. Savez-vous que nos compatriotes le surnomment « le dieu sur terre des Arméniens de Calcutta » ? Il en voulait à son frère autant qu'aux Anglais. Quand nous avons pu enfin rentrer chez nous, Petros eut une longue entrevue avec Lord Hastings. Ils conclurent que mon beau-frère mettait en danger non seulement notre communauté et la bonne entente avec les Anglais, mais sa propre vie. Lord Hastings avait en effet appris par ses espions que Mir Qasim, jaloux de l'autorité grandissante de son général en chef, projetait de s'en débarrasser. Seul mon époux était encore en mesure de raisonner Grigor. D'où l'idée de cette lettre portée par Haydar Sahib à Monghyr. Que de malheurs pour en arriver là !

Je hoche la tête afin d'exprimer ma compassion. Cependant, malgré ma gratitude envers les Aratounian, mon esprit vole loin de ce Gorgin Khan au destin tragique. Aurai-je une chance de savoir où Jean a été emporté dans cette tourmente ?

Quand nous regagnons la demeure des Aratounian, Agha Petros nous attend, pressé d'apprendre ce qu'il est ressorti de l'entretien avec Warren Hastings. Il paraît soulagé lorsque je lui expose la bienveillance du *Lord Resident* et son empressement à me répondre. Mais moi, j'ai perdu la trace de Jean.

*

Me morfondre à nouveau, combien de temps et pour quel résultat ? Si Jean s'est ouvert de ses projets à l'un de ses camarades d'infortune, quelle certitude aurais-je qu'il s'y est tenu, que la nécessité ne l'a pas poussé ailleurs ? Je poursuis sans conviction mon exploration de la ville, qui d'ailleurs ne m'enseigne rien de plus. Nulle trace d'un Français ici.

Vartouhi tente de me distraire de son mieux en m'instruisant des coutumes des Indes et de l'histoire de son peuple. Malgré l'intérêt de ses propos, je peine à y prêter attention. Fine mouche, elle se rend compte de ma distraction.

— Anne, je vous invite à vous faire masser. Vous verrez, ce n'est point là lubie de coquette ou habitude de femme oisive. Les massages dont je vous parle, non seulement préviennent les maux, mais procurent la paix du corps, indissociable de celle de l'âme. Leurs principes sont issus de l'*âyurvéda*, le *veda* de longue vie, la médecine traditionnelle des Indiens. Selon leurs croyances, elle a été enseignée par le dieu Dhanvantari, le médecin des dieux, jailli du barattage de l'Océan de Lait des Origines, et portant dans ses mains la coupe de l'*amrita*, l'élixir d'éternité. Quel que soit le crédit accordé à cette légende, il n'en demeure pas moins que les massages prodigués selon l'*âyurvéda* produisent les meilleurs effets. Je suis convaincue que vous pourrez, grâce à eux, alléger les affres de l'attente, ou du moins puiser des forces nouvelles pour affronter l'avenir.

Ce n'est pas sans une certaine honte que j'accepte la première fois d'ôter tous mes vêtements et de me retrouver nue. Les deux Indiennes mandées par Vartouhi Aratounian commencent par une courte prière devant un petit autel, une coupelle d'eau semée de fleurs au milieu de laquelle flotte une bougie au pied d'un Brahma de bronze. Après m'avoir versé une huile chaude dont je saurais dire si elle embaume ou empeste, elles me frottent le cuir chevelu et les épaules. Puis elles me font allonger sur une table de teck et, à quatre mains, me malaxent et me pétrissent tout le corps. Au début, j'estime leur façon de procéder peu plaisante. Comment les prier de cesser ? Faute de pouvoir me soustraire à leurs vigoureuses manipulations, je m'y abandonne. De nouvelles sensations surgissent, comme si je prenais peu à peu conscience de chaque partie de ma personne, comme si des tensions et des douleurs trop longtemps renfermées se libéraient. Je me rappelle le *sâdhu*, ce point sur lequel il a appuyé entre mes deux yeux, ce désarroi et cette force que j'ai ensuite ressentis. Vartouhi avait raison, le massage, au travers du corps, atteint l'âme. Apaisée, je me laisse même aller à somnoler. Je ne sais combien de temps j'ai dormi quand les deux femmes me réveillent. L'une d'elles est une toute jeune fille, de l'âge d'Amrita, l'autre est mariée, arborant le signe distinctif de son état, le *sindhoor*, ce trait rouge le long de la raie qui sépare son épaisse chevelure. Elles m'aident encore à me laver à l'aide d'une pâte de plantes séchées. Je les quitte dans une absolue sérénité, presque joyeuse.

Vartouhi m'attend.

— Anne, vous rappelez-vous ? Nous sommes conviées chez Mrs. Hancock pour le thé. Elle sera ravie de nouer plus ample connaissance avec vous. Elle aimerait beaucoup vous entendre parler de la France.

*

Le salon dans lequel nous reçoit Philadelphia Hancock correspond très exactement à l'idée que je me fais d'un boudoir de dame anglaise. *Cosy*, voici le terme qui s'impose à mon esprit. Les fauteuils revêtus d'un tissu fleuri dans des teintes roses, l'épais tapis du Cashmere, les élégants guéridons, le service à thé de la plus fine porcelaine, si j'oubliais la chaleur et le sifflement des pales du *panka*, je me croirais dans quelque maison d'un quartier londonien cossu, du moins comme je me l'imagine. Notre hôtesse se montre à la hauteur de la description établie par Vartouhi Aratounian, curieuse et pleine d'esprit.

Nous jacassons depuis un moment quand Philadelphia se tasse dans son siège, soudain rabougrie telle une plante que l'on aurait oublié d'arroser. Un homme massif en redingote grise s'est encadré dans l'embrasure de la porte. Les yeux petits et rapprochés, des bajoues semées de taches de rousseur, des lèvres minces et pâles, son visage est aussi déplaisant que son ton.

— Ma chère, j'ignorais que vous receviez.

— Mon ami, souhaitez-vous vous joindre à nous ? chevrote notre hôtesse. Vous connaissez Mrs. Aratounian et j'ai le plaisir de vous présenter Madame de la Pallière, une dame de France.

Mr. Hancock jette un regard vaguement méprisant à Vartouhi et esquisse une moue de dégoût à l'annonce de mes origines.

— Je n'ai guère de temps à perdre. Souvenez-vous, j'ai un devoir, ma chère, lâche-t-il en desserrant à peine les mâchoires.

— Pardonnez-moi, je vous prie. Je ne vous retiens pas plus.

L'odieux personnage disparaît avec un haussement d'épaules.

— Mon époux est chirurgien pour l'*East India Company* et sa charge l'occupe terriblement, murmure Philadelphia Hancock à mon intention en guise d'excuse.

Chacune de nous fait assaut de civilités pour effacer le souvenir de l'intrusion de Mr. Hancock. La conversation a repris son entrain initial lorsqu'un nouveau visiteur est annoncé.

Toujours vêtu d'une *kurta* blanche, une écharpe de soie bleu ciel jetée négligemment sur ses épaules, Haydar Sahib apparaît. Au contraire de son prédécesseur, il nous salue avec une exquise courtoisie.

— Je suis confus, Mrs. Hancock, de vous importuner en ce moment. Je peux revenir plus tard.

— Au contraire, soyez le bienvenu ! Je présumais que vous m'enverriez l'un de vos commis. Ce ne sont là que deux modestes brillants pour les boucles d'oreilles que je porterai au bal de la Couronne.

La physionomie de notre hôtesse dispose d'une capacité surprenante à se métamorphoser selon ses interlocuteurs. Je l'ai vue avenante avec Vartouhi Aratounian et moi, craintive envers son mari et la voilà frémissante, la joue rosie, face à Haydar Sahib. Ma sympathie initiale se mue en une forme d'irritation. Je juge ridicule sa coiffure aux bouclettes apprêtées. Je me sens confinée dans cet intérieur trop coquet, surchargé de tentures, de tapis, de colonies de bibelots.

— Un diamant, si petit soit-il, reprend l'Indien, reste toujours un diamant. Et je n'ai pas si souvent le plaisir de vous rencontrer.

— Alors, regardons cela !

Haydar Sahib ouvre un écrin de velours pourpre sur une paire de diamants taillés en pendeloque.

— Ils sont parfaits ! s'exclame Philadelphia Hancock, enchantée.

— Vous voyez, ils valaient bien que je vinsse en personne vous les remettre, souligne l'Indien.

— Haydar Sahib voue une véritable passion à ces pierres dont il fait négoce, renchérit Vartouhi Aratounian.

— Parce qu'il ne s'agit pas de simples pierres, insiste ce dernier. Les diamants, à l'origine apanage exclusif des dieux et des rois, sont symbole d'éternité. Nul ne ressemble à un autre, chacun a son propre caractère, une eau, une couleur, une taille particulière. Un beau diamant, celui que l'on a cherché des mois, des années parfois, unique, irremplaçable, procure un émoi indescriptible. Depuis des millénaires, l'antique Golconde, sur les hauteurs voisines d'Hyderabad, est le royaume des diamants, tirés des entrailles de ses mines, du lit de la Krishna ou du Godavary. Les pharaons d'Égypte, les empereurs de Rome, les plus illustres souverains ont orné les attributs de leur pouvoir des diamants de Golconde. Vous rappellerai-je Shah Jahan qui fit bâtir ce mausolée à la splendeur inégalée pour sa bien-aimée, le Taj Mahal ? À Delhi, il recevait en audience dans le *diwan* assis sur un trône en or soutenu par deux paons gigantesques à la queue déployée. Les moindres nuances de leur plumage étaient rendues par des pierreries, saphirs, rubis, émeraudes. Et les plus beaux diamants du monde s'y trouvaient incrustés, le Grand Moghol, d'un incroyable bleu ciel sublimé par une forme en rose, et le Koh-i-Noor, dont le nom signifie en persan montagne de lumière. Hélas ! quand les armées persanes pillèrent Delhi en 1739, Nader Shah s'empara du Trône du Paon et l'emporta à Ispahan. Madame de la Pallière, savez-vous que le roi de France détient aujourd'hui quelques-unes de nos plus belles pierres ? Avez-vous entendu parler du Régent, diamant blanc acquis par le duc d'Orléans et que Louis XV arborait sur sa couronne lors de son sacre, du Bleu de France ou encore du Côte-de-Bretagne ? Celui-ci était si gros que votre souverain le fit tailler en forme de dragon pour en orner l'ordre de la Toison d'Or, qu'il porte à sa boutonnière. Une parure magnifique, si j'en crois les descriptions.

— J'ai en effet entendu parler du Côte-de-Bretagne, réponds-je. À l'origine propriété de François Ier, il passa en de nombreuses mains avant de revenir à la couronne de France par Anne de Bretagne.

— Anne de Bretagne était une parente de Madame de la Pallière, complète Vartouhi Aratounian. Son nom de jeune fille est d'ailleurs Anne de Montfort.

— Montfort ? s'étonne l'Indien. Comme c'est curieux ! J'ai rencontré il y a quelques semaines un jeune gentilhomme du nom de Montfort.

D'un coup, mon cœur bat à tout rompre.

— Montfort, êtes-vous certain ?

— En allant à Monghyr, j'ai fait étape dans une chauderie où un jeune homme a attiré mon attention. Il portait des vêtements indiens, cependant ses traits étaient indubitablement ceux d'un Européen. Quand il a défait son turban pour se rafraîchir la tête, j'ai aperçu ses cheveux blonds. Un personnage d'une beauté saisissante, autant que je puisse en juger, moi qui révère tant les femmes.

À bout de nerfs, je m'étrangle.

— Lui avez-vous parlé ?

— Très brièvement. Il fuyait Monghyr, indigné de la cruauté et des mœurs barbares du *nawab* Mir Qasim. Il souhaitait gagner Hyderabad et se mettre au service du *nizam*, allié des Français. Pardonnez-moi, Madame. L'autre jour, chez Agha Petros, je n'ai pas établi le rapprochement entre le nom sous lequel vous m'avez été présentée et celui de Jean de Montfort.

— Quand l'avez-vous vu ?

— Il y a deux mois environ. S'il n'a pas changé d'avis, votre frère est à Hyderabad à ce jour. Par une heureuse coïncidence, il se trouve que je suis appelé à m'y rendre dans les prochains jours. Je connais beaucoup de monde là-bas et n'aurai aucun mal à me renseigner.

Porto-Novo, Pondichéry, Madras, Calcutta et maintenant Hyderabad. Faudra-t-il que je parcoure les Indes jusqu'en leurs confins ?

— Non, non, parviens-je à articuler. Je dois y aller moi-même.

Haydar Sahib dodeline de la tête de droite à gauche, dans ce oui énigmatique des Indiens.

— Lady Ann, si je puis vous être utile d'une quelconque manière, je suis votre serviteur, conclut-il avec ce regard direct, si attentif.

Lady Ann, c'est la première fois qu'on me donne ce nom. J'ai le sentiment de devenir une autre. Anne de Montfort, Mme de la Pallière, Lady Ann.

*

Au souper, l'esprit ailleurs, je peine à faire honneur aux mets, mélange d'inspirations arménienne et indienne. Les *keuftés*, les boulettes de viande au cumin, refroidissent sur mon assiette entre le confit d'aubergines et le pilaf de riz aux pignons dans lequel abricots secs et grains de grenade sèment des touches rouges et orangées.

— Ma chère Anne, vous devriez considérer les propos d'Haydar Sahib avec circonspection, avance Vartouhi, qui a saisi le motif de mon attitude. Il a pu se tromper. Depuis la défaite des Français, tant de vos compatriotes se déplacent à travers les Indes à la recherche d'un prince généreux à servir !

— La grande beauté et la blondeur de mon frère frappent tous ceux qui le rencontrent, hommes ou femmes. Qu'il ait quitté Monghyr à cause de la cruauté du *nawab* serait dans son caractère. Jean n'a jamais supporté l'injustice. En Bretagne comme à Pondichéry, on le surnomme l'Archange.

— Admettons qu'Haydar Sahib l'ait entrevu, reprend l'Arménienne. Votre frère aurait pu changer d'avis, se rendre ailleurs.

— À moins que les soldats français engagés par l'*East India Company* reviennent sous peu d'Aoudh, que Jean se soit confié à l'un d'eux sur ses intentions, je ne dispose de nulle autre piste.

Agha Petros ne s'est pas exprimé jusque-là. Il mastique chaque bouchée avec une application presque religieuse, les sourcils légèrement froncés. Il pose soudain ses couverts.

— À la grâce de Notre Seigneur ! Notre invitée a déjà franchi tant de distance, surmonté tant d'obstacles, qu'elle doit poursuivre. Hyderabad, plus loin encore si cela s'avère nécessaire. Je viens de perdre mon frère. Dieu me pardonne, sans doute aurais-je dû trouver un subterfuge pour me rendre en personne à Monghyr, supplier Grigor de quitter le *nawab*. Peut-être cela n'aurait-il en rien modifié son sort, mais il me resterait au moins la consolation d'être allé jusqu'au bout pour lui, de l'avoir étreint une dernière fois. Le capitaine Stevenson retournera à Madras dans quelques jours. Si Lord Hastings ne nous a pas donné de nouvelles d'ici là, Madame de la Pallière, vous pourrez embarquer à bord du *Victorious*. Agha Shamir commerce avec Hyderabad et envoie régulièrement là-bas des marchandises. Vous vous joindrez à l'une de ses caravanes.

— Ma chère Anne, conclut Vartouhi, réjouissons-nous ! Votre frère était vivant et en bonne santé il y a deux mois. Tout laisse à croire que vous pourrez, avec la volonté de Dieu, l'embrasser d'ici quelques semaines.

*

Je me couche en me représentant la carte des Indes. En réalité, le pays est si vaste que nul n'a su en établir le tracé exact, les contours fluctuants de ses frontières, la position de ses villes. D'après mes souvenirs, Hyderabad se situe au centre, à la limite du premier tiers depuis le sud, dans le Deccan. J'évalue le temps qu'il me faudra pour l'atteindre. Une quinzaine de jours pour rallier Madras en bateau, plusieurs semaines probablement afin d'organiser mon voyage et parcourir la route de Madras à Hyderabad. Trois ou quatre mois au total ? Je me demande où se trouvent en ce moment l'*Anne de Bretagne*, l'*Esprit des Lois* et le *Saint-Gilles*. Trafiquent-ils toujours sur la côte de Coromandel ? Ont-ils poussé comme prévu jusqu'à Achem ou d'autres ports asiatiques ? Sont-ils repartis vers Saint-Malo ? Comment le savoir ? Après tout, que cela changerait-il ? Je ne quitterai pas les Indes avant d'avoir retrouvé mon frère. Dans trois mois ? Trois mois, encore une éternité. Trois mois dans le meilleur des cas.

*

Quelle n'est pas ma surprise, le lendemain, quand Vartouhi, piquée par la curiosité, m'annonce la venue d'Haydar Sahib.

Nous nous retrouvons dans le même salon que lors de sa précédente visite. Agha Petros et l'Indien ont déjà pris place sur les sofas et tirent du *hookah* de longues volutes blanches. Haydar Sahib se lève à notre apparition, puis poursuit avec l'Arménien une conversation décousue, où il est question du cours du poivre, de la mousson, de connaissances communes.

Toujours cette façon orientale de ne jamais aborder un sujet de front ! J'accepte sans hésitation l'embout d'ambre que me présente le serviteur, en veillant cependant à aspirer la fumée avec mesure.

Au bout d'un moment, omettant de s'adresser directement à moi, Haydar Sahib lance à l'Arménien :

— Lady Ann a exprimé son souhait de se rendre à Hyderabad. Ce serait un plaisir et un honneur pour moi de l'y escorter depuis Calcutta. Je dispose de mes propres hommes. Une escorte discrète et fort efficace, capable de nous protéger des brigands, sans attirer l'attention.

— Combien de temps serait nécessaire ?

Agha Petros se contracte légèrement à mon intervention. J'ai commis un impair. Je devrais savoir maintenant qu'on ne doit jamais manifester son intérêt, sans compter que je suis une femme. D'ailleurs, l'Indien répond au négociant et non à moi.

— Si nous ne rencontrons aucun obstacle, il me faut d'ordinaire six semaines. Avec une jeune *lady*, peut-être un peu plus, selon sa résistance à la fatigue d'un tel périple.

— Je ne suis jamais fatiguée ! Quelles sont vos conditions ?

Je n'ai pu m'en empêcher. Est-ce le tabac qui me fait ainsi sortir de ma réserve ?

— Loin de moi l'idée de vous offenser, Haydar Sahib, s'interpose Agha Petros, mais je serais plus rassuré de savoir Madame de la Pallière à bord du *Victorious* avec le capitaine Stevenson. Serait-il convenable qu'une dame seule voyage en compagnie exclusivement masculine ?

— J'ignorais que l'équipage du *Victorious* comportait des femmes, réplique l'Indien avec le plus grand sérieux.

Je ne voudrais en aucun cas vous déplaire. Si ma proposition ne vous agrée point, oublions-la.

Il aspire une nouvelle bouffée de tabac parfumé en me fixant droit dans les yeux. Je pèse le pour et le contre, la protection d'Agha Shamir et au moins trois mois pour atteindre Hyderabad, ou cet inconnu et six semaines, à ce qu'il affirme. Le temps contre la sécurité. Quelle sécurité ? Sous le regard d'encre de l'Indien, j'ai la sensation d'être à nu. J'observe à nouveau ses mains pour lui échapper, ces mains entre lesquelles je m'apprête à remettre mon existence, tous mes espoirs.

— Que craignez-vous, Lady Ann ? m'apostrophe-t-il soudain.

— Le Jugement de Dieu.

J'ai prononcé ces mots sans même y réfléchir.

— Une réponse bien sérieuse dans la bouche d'une jeune femme, commente-t-il, sans que je songe à m'offusquer de son insolence. Le navire que j'ai affrété appareillera dans deux jours.

— Un navire ? Prendrons-nous la mer ?

Haydar Sahib éclate de rire.

— La mer ? Non, il est d'autres façons de naviguer. Le Bengale est tellement coupé de canaux et de rivières, qu'on peut circuler partout en bateau, surtout à la fin de la mousson, quand les flots sont au plus haut, comme maintenant. On voyage ainsi plus aisément que par terre ferme.

Feignant de m'ignorer à nouveau, les deux hommes reprennent leur échange. De quoi discutent-ils ? Débattent-ils d'un prix pour mon voyage ? La part de bénéfices des marchandises vendues à Porto-Novo remise par le capitaine Billard m'assure un capital confortable. Il s'est montré généreux. Je soupçonne aussi Khodja Sinan de m'avoir procuré des lettres de change au-delà de mes avoirs réels.

— Lady Ann, puis-je connaître votre décision ? m'interpelle encore Haydar Sahib.

Prise au dépourvu, je quête le regard de mes hôtes. L'Indien insiste.

— Je connais ces contrées mieux que personne et vous ne trouverez nul meilleur guide. Quand serez-vous prête ?

— Ma vie tient dans une seule malle. Je veux partir dès que possible.

— Je viendrai vous chercher après-demain, avant le lever du soleil.

Il bondit sur ses pieds, je suis presque tentée de dire sur ses pattes, tant son mouvement évoque celui d'un félin prêt à la chasse après une longue sieste. Il prend congé et disparaît, laissant derrière lui son embout de *hookah* encore fumant et un sillage ambré. Agha Petros se tiraille la barbe, contrarié.

— Cela ne m'enthousiasme guère ! Que cet Indien dont on ignore à peu près tout soit apprécié par Lord Hastings est une chose. De là à vous placer sous sa garde en constitue une autre.

— Les tempêtes, les coupe-jarrets, la simple morsure d'un serpent, en quoi cet homme représenterait-il un danger plus grand que ceux que j'ai déjà affrontés et que j'affronterai encore ? me défends-je.

— Je m'inquiète pour vous, comme je le ferais pour ma fille. Or je ne confierais pas ma fille à cet individu, insiste le négociant. Même s'il n'en porte pas la responsabilité, il est désormais associé à la fin tragique de Grigor.

— Khodja Sinan, Agha Petros et vous-même avez fait pour moi bien plus que des membres de ma famille. Comme vous l'avez dit, remettons-nous à la grâce de Notre Seigneur.

— Notre Seigneur a choisi de m'enlever mon frère. Puisse-t-il vous rendre le vôtre.

— Je saurai me défendre, y compris contre cet homme si cela s'avérait nécessaire.

L'Arménien se lève, la mine soucieuse, et me laisse en la seule compagnie de sa femme.

*

Vartouhi fait tourner la bague à son annulaire, secoue lentement la tête de droite à gauche.

— Ma chère Anne, vous êtes libre de vos choix. Cependant, permettez-moi de vous livrer mon sentiment.

— Présagez-vous que cet homme cherche à me tromper ?

— Non, mes craintes sont de nature différente. Certes, il a parcouru les Indes d'est en ouest et du nord au sud. Il est rusé, audacieux et maîtrise à la perfection une quinzaine de langues. Son négoce de diamants lui a donné ses entrées auprès de tous les princes, *rajahs* et autres *nawabs* de ce pays, sans compter bien sûr les Anglais de la meilleure société. Il ne ment pas quand il avance que vous ne trouverez nul guide plus fiable.

— Mais ?

— Comme l'a mentionné Petros, son histoire est obscure. Hormis ses liens avec Lord Hastings, que sait-on de ses amis, de ses appuis, de ses ennemis ? Qui sert-il vraiment ? Personne ne connaît au juste ses origines. Selon la rumeur la plus tenace, il serait le fruit d'amours adultères entre un lord et une Indienne. Il a d'ailleurs tout d'un Indien, même si un peu de sang britannique coule dans ses veines. Il aime la richesse et au moins autant les femmes.

— Mon mari partageait les mêmes penchants.

Je risque un léger sourire. Vartouhi me réplique par un haussement de sourcils.

— Votre mari était… votre mari, ce qui lui donnait des devoirs envers son épouse. Quels sont les devoirs d'un Indien, musulman de surcroît, envers une *firengui*, une étrangère ?

Je n'ai pas de réponse à cette question. Bientôt, je devrai quitter la chaleur de cette demeure, me retrouver sur les routes, seule. Il serait si aisé de s'abandonner ici ou chez Agha Shamir, choyée et protégée, autant que par les miens. L'adversité et le désespoir seraient-ils donc les seuls moyens de nous pousser à avancer ?

— S'il ne s'agit que de ma vertu, je saurai la protéger. Quant à ma réputation, elle a déjà été tant mise à mal quand j'ai épousé l'écuyer Christy de la Pallière, que je me sens capable de faire taire encore une fois les mauvaises langues. Du reste, qui perdrait son temps à clabauder sur une femme qui n'appartient pas à ce pays ?

— Haydar Sahib est un redoutable séducteur, ma chère Anne. Nombre de femmes lui ont succombé.

— Comme Philadelphia Hancock ?

— Quelle étrange idée ! Philadelphia, entre son odieux époux et Lord Hastings, est déjà fort occupée. Je ne songeais guère à elle.

— Soyez rassurée, ma chère Vartouhi. Loin de moi telles frivolités. Je n'ai nulle intention d'être séduite par qui que ce soit. Je me destinais à l'origine au couvent et j'aurais préféré ne point convoler. Seul mon frère m'importe. Puisque Haydar Sahib s'avère, selon vos affirmations, le mieux placé pour me conduire à Hyderabad, alors j'ai eu raison d'accepter sa proposition.

— Soit, murmure l'Arménienne. Je vous aurai communiqué mes réticences. Pardonnez-moi de vous parler en toute franchise, mais je crois qu'il ne vous laisse pas insensible. Anne, nous nous connaissons depuis quelques jours, mais c'est comme si vous aviez toujours fait partie de notre vie.

— J'éprouve le même sentiment, dis-je en lui pressant la main.

Catherine et Jeanne Sinan, Anna Soultanian et maintenant Vartouhi Aratounian, qu'ai-je en commun avec ces femmes pour me sentir si proche d'elles ? Elles sont des amies, des sœurs, des parentes de cœur, alors que nous appartenons à des peuples différents. Je me rappelle mes compagnes du couvent des ursulines, ces écervelées de bonne famille qui feignaient d'étudier dans l'attente d'un beau mariage. Et après ? Les mondanités, les potins de leur monde clos, la tenue de leur ménage, les enfants à mettre au monde, la soumission à l'écoulement des jours, à la loi de leur société, à l'autorité de leur époux. Si grande que soit mon affection pour ma cousine Apolline de Chateaubriand, ma gratitude pour sa générosité envers moi, je dois avouer que je me découvre plus de points communs avec ces Arméniennes, qui auront pourtant croisé si brièvement mon chemin. Comme moi, elles ont dû mettre leurs croyances, leurs certitudes, leurs choix à l'épreuve d'autres croyances, d'autres mœurs. Il leur a fallu chercher plus loin qui elles étaient.

Faut-il ajouter foi aux coïncidences ? Je songe à l'hermine des armes de la Bretagne, symbole de pureté par la fourrure blanche qu'elle revêt en hiver, *an erminig*. Certes, les Romains n'ont guère flatté cette gracieuse bête en la nommant *mus armenia*, rat d'Arménie. Mais je retiens cette troublante proximité. *Ermin* signifie aussi bien l'animal emblématique des Bretons que l'Arménien.

Carnet de Jean de Montfort

— *Des temps difficiles s'annoncent, un peu de distraction nous permettra de mieux les affronter, nous déclare Gorgin Khan dans son sourire éclatant. Ce soir, je donnerai un banquet pour vous, mes fidèles officiers.*

Au défaut du jour, par la magie de mille mains invisibles, voilà son palais transformé en un lieu féerique. Dans la cour, une table interminable est dressée sous un dais rouge dont les pans frangés ondoient lentement, telles les voiles d'un vaisseau merveilleux. La nappe damassée disparaît sous la vaisselle précieuse, les verres colorés, les coupes de fruits et les fleurs. Flambeaux et lampes tracent un dessin de lumière à travers les jardins et les salons ; les karkèmes *au parfum délicieux, dont les feuilles abritent des vers luisants par milliers, s'illuminent comme des buissons-ardents.*

Les pétales de roses répandus en pluie mêlent leur odeur suave à la myrrhe et à l'encens qui se consument en volutes capiteuses dans les brûle-parfum. Je me sens déjà un peu gris alors que je n'ai pas encore bu une goutte.

— *Régalez-vous, Monsieur de Montfort, glisse à mon oreille le colonel Gentil. Gorgin Khan est un grand seigneur, dont la munificence ne connaît nulle limite.*

Du grand seigneur, Gorgin Khan en a plus que jamais l'allure, avec sa veste brodée de perles et de pierreries, son turban surmonté d'un serpiche *de diamants et de rubis. Il m'adresse un clin d'œil amical auquel je tarde à répondre tant cette scène me semble irréelle. Ni Charles Perrault, ni Mme d'Aulnoy n'ont su imaginer pareils fastes dans leurs contes que nous avons si souvent lus ensemble, Anne !*

Je ne touche pas à la moitié des plats, à la profusion inépuisable. Je me contente de les humer, de goûter avec les yeux leurs couleurs, l'onctuosité des sauces, de deviner de quelles associations subtiles ils se composent. Encore affaibli par ma dernière rechute, je ne participe guère à la conversation. J'écoute le chant de la flûte, applaudis les numéros des avaleurs de sabres, cracheurs de feu, acrobates, charmeurs de serpents et autres baladins.

Une fois la lune parée de toutes ses étoiles, alors que les visages s'empourprent et les ceintures sont discrètement desserrées, Gorgin Khan claque trois fois dans ses mains. Un murmure approbateur parcourt l'assemblée.

— Les bayadères, me souffle Gentil.

La nuit s'arrête. Ô spectacle enchanteur ! Elles ne sont que musique et grâce. Des molles inflexions de leurs têtes, aux ondulations de leurs bustes et de leurs hanches, aux mouvements précis et gracieux de leurs mains et de leurs bras, elles sont la danse même. Aux mangassarans, *cousins asiatiques de notre hautbois, aux cymbales appelées* tals, *aux tambours,* matalans *et* gomgoms, *s'ajoute le tintement des dizaines de bracelets à leurs poignets et des rangées de grelots à leurs chevilles. Pirouettant sur un pied et s'élevant haut dans les airs, elles ont la force de jeunes pouliches et la légèreté de colombes. À la fois modestes et d'une incroyable sensualité, les yeux à demi fermés, leurs courbes sveltes et voluptueuses subtilement dévoilées par les mousselines transparentes, soulignées de quantité de joyaux, elles ressemblent à des déesses, à l'essence de la féminité.*

On pourrait les croire toutes jumelles. Pourtant, une en particulier captive aussitôt mon regard, mon cœur, mon âme. En quoi sa beauté est-elle plus remarquable que celle de ses compagnes ? A-t-elle la bouche plus vermeille, les cils plus longs, les traits plus fins ? Sont-ce les fossettes creusées dans ses joues par un sourire mystérieux ou celle à son menton, le diamant qui scintille avec impertinence sur sa narine délicate ? Une vague brûlante m'envahit, plus violente que la fièvre. Ma gorge se dessèche, mon cœur éclate dans ma poitrine.

À ce moment, chacune des bayadères se saisit d'un plat circulaire en argent ciselé empli d'eau rougie de safran au milieu duquel vacille une flamme, puis l'élève au-dessus d'elle. Elles s'approchent des convives en farandole. Comme si elle avait deviné mon élan, mon élue vient tout près de moi, décrit avec le plat des cercles autour de ma tête. Le parfum de son collier de jasmin, les effluves enivrants de sa peau bouleversent un peu plus mes sens. J'entends à peine les explications du colonel français.

— Les Indiens, hindous ou musulmans, sont terriblement superstitieux et ne craignent rien tant que d'être envoûtés. On appelle ce rituel arati. *Il est destiné à lever le mauvais œil et à éloigner les intentions malfaisantes. Cette jolie personne vous gratifie d'une grande marque d'attention.*

Déjà, elle s'écarte, rejoint les autres pour accomplir une dernière danse. Je me meurs quand elle se fond dans l'obscurité. Gorgin Khan me fait signe d'approcher.

— Mon ami, j'ai voulu que cette nuit soit inoubliable pour nous tous. Elle le sera encore plus pour toi. L'aube est loin. Un cadeau t'attend.

Je remercie sans comprendre et répète les paroles du général arménien à Gentil, dont le sourire s'épanouit jusqu'aux oreilles.

— Vous êtes en veine, mon cher Jean. Je crois que vous allez sous peu faire plus ample connaissance avec cette charmante créature de tout à l'heure.

Mon visage doit exprimer la plus totale incompréhension, car le colonel poursuit sans se départir de sa mine réjouie :

— *Les bayadères, ou* devadasis, *comme les nomment les hindous, sont des courtisanes, des courtisanes sacrées. On les choisit dès leur plus jeune âge pour leur beauté et on les élève pour le plaisir, celui des dieux et aussi des hommes. Toutefois, elles sont soumises aux mêmes règles de piété que les brahmanes, accomplissent scrupuleusement prières et ablutions quotidiennes et ne mangent nulle chair d'animal. Aucune cérémonie religieuse ne se tient sans elles, fêtes, processions, mariages. Aussi sont-elles fort respectées et jouissent-elles de grands privilèges, comme celui de s'asseoir en présence d'un prince. Mais les temples auxquels elles sont rattachées et la cupidité de certains prêtres les conduisent à prodiguer leur art à quiconque d'assez riche pour mettre un prix à leurs faveurs, hindou, musulman ou chrétien. Gorgin Khan se montre généreux avec vous, aujourd'hui ! Étrange religion tout de même que l'hindouisme ! Imaginez un peu nos clarisses, carmélites et autres dominicaines s'adonnant à la prostitution avec la bénédiction de leur évêque !*

Le colonel Gentil est un brave homme, dont j'ai jusqu'à présent prisé le commerce. Pourtant, j'éprouve la brusque envie de le souffleter, de lui faire rentrer ses paroles dans la gorge. Je quitte précipitamment la table, craignant de ne pouvoir retenir plus longtemps mon courroux, sous les regards interloqués des autres invités.

Dans ma chambre, je marche de long en large à grands pas, incapable de recouvrer mon calme. Quelqu'un frappe à ma porte et l'ouvre sans attendre de réponse.

Elle est là. Les mains jointes devant sa poitrine, elle s'incline modestement.

— *Mon nom est Padma, cela signifie « lotus » dans ta langue.*

Anne, il est des choses qu'un homme conserve dans l'intimité de son âme. Il est des choses que la pudeur m'interdit de te confier, même à toi, ma sœur, pour laquelle mon affection est si grande. Je ne dirai que ceci : jusqu'à cette nuit, jamais je n'avais connu de femme et, après cette nuit, j'ai su que jamais je ne désirerai en connaître une autre.

CHAPITRE X

La chaleur monte peu à peu. Le *panka* s'ébranle, mû par une main invisible. Au dehors, j'entends la rue s'animer, les cris des porteurs d'eau et autres camelots, le grincement de roues de charrettes, les sabots des ânes, le mugissement d'un bœuf. La matinée s'achève. Je ne sais plus à quel saint me vouer. Haydar Sahib n'est toujours pas là. A-t-il changé d'avis, eu un contretemps ? Rompra-t-il son engagement ? D'ailleurs, s'est-il engagé ? Je ne saisis pas encore les mœurs de ces contrées, la signification du oui, du non, du peut-être, l'échelle du temps, demain, un autre jour ou jamais.

Amrita, accroupie à côté de la malle, suit du regard mes allées et venues, mes trépignements.

— Il va venir, Maîtresse.

Elle n'a guère mis d'entrain à m'aider dans nos préparatifs.

— Tu n'as pas très envie de partir, n'est-ce pas ? Si tu as peur, tu peux rester ici, je ne t'en voudrai pas.

Elle ajuste le *pallu*, le pan de son pagne, en lisse les plis du plat de la main.

— Ma place est avec toi, jusqu'au bout de ton voyage. Si j'abandonne, les dieux me châtieront. Mais cet homme, il me fait peur. Il porte l'ombre et la lumière, beaucoup d'ombre et un tout petit peu de lumière. Tu vas pleurer, Maîtresse, et moi je pleurerai avec toi.

Je lui administre une chiquenaude sur la tête.

— J'ai déjà beaucoup pleuré et c'est avec de telles paroles que tu appelles l'ombre.

— Les dieux décident de l'ombre et de la lumière. Toi, tu es plus forte qu'Haydar Sahib. Et si nous pleurons ensemble, alors tu seras moins triste.

Chaque jour depuis le début de notre périple, ma petite servante s'affirme. Elle n'hésite plus à me tenir tête. Au lieu de me fâcher, cette attitude m'attendrit, tant elle témoigne de son dévouement. Pour l'heure, si je dois pleurer, c'est de rage. Que gagne cet Indien à se moquer ainsi de moi ?

Au moment où j'ai renoncé, où je me résous à la perspective de retourner à Madras à bord du *Victorious*, un serviteur m'avertit qu'il attend dans le jardin, en compagnie d'Agha Petros et de Vartouhi. Haydar Sahib s'excuse à peine de son retard, évoquant auprès de l'Arménien le vague prétexte de matelots absents à l'appel. Il pointe le doigt vers le mur du fond.

— J'ai estimé plus commode de faire venir les bateaux jusqu'ici.

Derrière la porte, au milieu de la rivière, deux navires aux voiles affalées tanguent doucement, une sorte de brigantin sans élégance et un autre, de dimension inférieure et à la ligne grossière.

Au bas des degrés est amarrée une chaloupe misérable. Je fais mes adieux à mes hôtes. Agha Petros me répète encore :

— Vous serez toujours la bienvenue sous ce toit. Si quoi que ce soit se produisait, si vous aviez besoin d'aide, où que vous soyez, cherchez les Arméniens. Outre nos lettres, mon nom ou celui d'Agha Shamir vous ouvriront largement leurs maisons.

Tandis que les *denris*, les hommes d'équipage, nous aident, Amrita et moi, à embarquer, il retient encore Haydar Sahib. Je ne saisis guère leurs propos. À leurs expressions, je devine qu'il s'agit de recommandations, peut-être même d'une forme de mise en garde.

Soudain, je songe à mon père, Geoffroy de Montfort. Jamais je n'oublie dans mes prières quotidiennes mes parents défunts, mais il ne m'arrive guère de ressentir si fort leur absence qu'en cet instant. Qu'aurait pensé mon père à me voir courir le monde à la recherche de mon frère, son fils ? Aurait-il été fier ? Aurait-il préféré que je m'en fusse tenue à la vie monastique ? Ou bien se serait-il inquiété pour moi, comme Agha Petros ?

Je me revois avec lui, sur le perron de La Motte-aux-Montfortins, le jour où je compris qu'il avait vendu la demeure ancestrale. Je ressens son impuissance, son chagrin. Je me souviens, avec une netteté qui me fend le cœur, de sa silhouette amaigrie, de ses épaules voûtées, de ses cheveux blonds mêlés de gris, de ce dernier sourire, pauvre sourire, de la façon dont il m'a rappelé ma devise, *Non mudera* – je ne changerai pas.

Mes séjours chez Johannes Sinan, Shamir Soultanian, Petros Aratounian, ces Arméniens gratifiés du titre de Khodja ou d'Agha, « seigneur », figures patriarcales et protectrices, m'ont donné un moment l'illusion d'avoir encore un père. Orpheline, ma condition m'apparaît dans toute sa douleur, sa vulnérabilité, en cet instant où je me prépare à plonger en territoire inconnu, seule avec cet Indien énigmatique auquel je ne suis pas certaine de pouvoir accorder ma confiance. *Dharma*. Tourne la roue du destin. Je reste sur le pont à agiter la main jusqu'à ce que les silhouettes des Aratounian se perdent loin derrière nous.

Les matelots jettent à l'eau de grosses poignées de pois, des noix de coco, des guirlandes d'œillets et de jasmin. Amrita devance ma question.

— Il faut donner une offrande au fleuve sacré, afin qu'il nous protège tout au long de notre voyage. Et les pois, c'est pour les tigres, pour les conjurer de ne pas dévorer l'équipage quand il descendra à terre.

Brusquement reviennent à mon esprit les images du Pardon de la Quinze Août, à La Richardais, ces bateaux fleuris rassemblés dans l'estuaire de la Rance sous les bannières brodées à l'effigie de la Vierge. D'un bout à l'autre de l'océan, sur tous les cours d'eau du monde, les rituels des marins ne diffèrent pas tant. Je me représente les visages recueillis des villageois, les signes de croix pleins de ferveur, les enfants chargés de bouquets et de gerbes de blé qui seront, après la bénédiction de Monsieur le recteur, emportés par le courant jusqu'à la mer. Je revois soudain Corentin, à côté de moi, tenant son chapeau contre sa poitrine, ses coups d'œil à la dérobée. Un frisson me parcourt et la nostalgie m'envahit. Je m'accroche au regard ensoleillé d'Amrita, elle qui a tout quitté sans regret, sans se retourner.

— Vous semblez triste, Lady Ann, ou bien inquiète ?

Haydar Sahib s'est accoté au bastingage tout près de moi. La remarque est formulée avec un tel naturel que je ne songe guère à me fâcher de cette intrusion dans mes pensées. L'Indien porte à sa bouche l'extrémité la plus fine d'une *chiroute* et l'allume. De la curieuse saucisse de feuilles de tabac roulées, longue d'une demi-douzaine de pouces, s'élèvent un mince nuage.

— Le trajet jusqu'à Hyderabad n'est pas dénué de périls, je ne vous le cacherai pas, poursuit-il. Vous vous trouvez sous bonne garde. Toutefois, je préférerais vous savoir armée. Dans ces contrées, les pirates pullulent autant que les moustiques et leur ruse est sans borne. Nulle mansuétude à attendre d'eux s'ils venaient à vous attaquer, pas même envers une noble et belle dame telle que vous.

— Je possède un pistolet.

— Voudriez-vous me le montrer ?

Je fouille aussitôt ma malle et en extirpe le présent de Jean-Baptiste Christy de la Pallière. Haydar Sahib éclate de rire.

— À qui comptez-vous faire du mal avec ce jouet ?

Je proteste, vexée.

— Je sais m'en servir. J'ai déjà tué une mouette et blessé grièvement un homme.

— Tuer une mouette et blesser grièvement un homme ? s'esclaffe de plus belle mon compagnon. *Inch'Allah*, je ne vous imaginais pas si dangereuse ! Donnez-le-moi que je l'examine de plus près.

Quand nos mains se frôlent, une chaleur fugace traverse la mienne. Je la retire vivement, comme si je m'étais brûlée. Haydar Sahib ouvre et ferme le barillet, observe le canon, pointe l'arme devant lui.

— Bel objet, commente-t-il. D'où le tenez-vous ?

— De feu mon mari.

— Est-ce la douleur de l'avoir perdu qui assombrit par moments votre visage ?

— Aucunement.

Je me mords aussitôt la lèvre, aussi furieuse contre lui que contre moi. De quel droit s'autorise-t-il tant d'indiscrétion ? Et comment puis-je lui répondre de la sorte ? Je cherche une riposte cinglante pour le remettre à sa place. Mais il m'a tourné le dos.

Calcutta a disparu derrière un coude de la rivière. La *chiroute* se consume et le silence s'installe entre nous.

Soudain, l'Indien montre la berge du doigt.

— Regardez, les cerfs, là-bas !

Une harde d'une douzaine d'animaux au pelage fauve moucheté de taches blanches s'abreuve à la rivière. Le mâle dominant, superbe avec ses bois à trois andouillers, hume l'air, prêt à défendre les siens. Dans les branches au-dessus de sa tête batifole une famille de langurs gris à face noire.

— Grâce à la finesse de leur odorat, les cerfs alertent les singes si un tigre rôde, m'explique mon compagnon. Pour récompense, ils reçoivent les fruits et les graines que font choir les langurs. Belle alliance, n'est-il pas, entre des espèces qu'a priori tout oppose ? Vous avez la grâce d'une de ces biches sur leurs longues pattes claires, déterminée et pourtant si prompte à s'effaroucher.

Cette fois-ci, ma réplique fuse.

— Si je devine l'allégorie, vous vous considérez comme un singe ?

— Pourquoi pas ? Hanuman, le dieu à face de langur, fils du vent plus rapide que Garuda, l'oiseau de Vishnou, assez fort pour soulever des montagnes et anéantir des légions de démons.

— Quelle science de l'hindouisme remarquable pour un mahométan !

— Cela vous contrarie-t-il que je le sois ?

Je hausse les épaules, de façon assez grossière, j'en conviens. Sans se départir d'un léger sourire, l'Indien m'invite à visiter le brigantin. Derrière sa vilaine allure, celui-ci dissimule un luxe inattendu. Chambre, salon, salle à manger, chaque cabine est revêtue de panneaux sculptés d'acajou rouge et de tentures de soie. Il ne manque pas un coussin, pas un tapis. Des fleurs de *pendame* fraîches flottent au milieu de coupes d'argent et embaument l'intérieur.

— On appelle ces navires *bazaras*, précise mon compagnon. La deuxième embarcation abrite la cuisine et les réserves. Ils sont construits en teck, ce qui les préserve de la pourriture due à l'humidité permanente. Comme vous le constatez, avec leur faible tirant d'eau et leur largeur, ils n'ont rien en commun avec ces fiers trois-mâts qui défient les océans. Ils présentent en outre le désavantage d'être mal joints, ce qui contraint à écoper souvent. Mais on y séjourne aussi plaisamment que dans une maison. J'espère que vous goûterez les agréments de ce *bazara*.

— Je ne voyage point pour l'agrément, répartis-je sèchement.

— Soyez rassurée, lorsque nous rejoindrons le sud, vous jouirez à votre guise de l'inconfort d'une selle de cheval ou de chameau et d'un lit à la belle étoile.

— Cela me conviendra fort bien.

Plus je manifeste d'agressivité, plus Haydar Sahib semble s'amuser. Il s'accommode de mon irritation, quand moi-même je n'en déchiffre guère la raison. Je suffoque déjà dans cette atmosphère étouffante et la sueur trempe ma robe.

— Voulez-vous que je vous présente mes amis ? me propose-t-il.

J'estime à propos de faire la paix et saisis l'occasion qu'il m'offre.

— Je serais heureuse de les connaître.

Sur le pont, je découvre un grand homme au teint bistre et aux sourcils broussailleux sous un turban bleu rehaussé au-dessus du front. Il est vêtu d'un long pantalon, bleu aussi, couleur jugée de mauvais augure par les hindous, et d'une espèce de manteau bigarré attaché par un pan à la ceinture dont l'autre extrémité est rejetée derrière les épaules. À côté de lui se tient un adolescent au visage enjoué, presque noir, les cheveux longs, portant d'étranges culottes courtes et bouffantes.

— Voilà votre escorte, *milady*, annonce Haydar Sahib, la meilleure qui soit, mes fidèles amis. Dharam Singh, le lion, sikh du Pendjab, le plus courageux des camarades, et Sunesh, un bohémien, un vaurien que j'aurais sans doute mieux fait de laisser crever de faim devant ma porte, mais qui sait parfois se montrer utile.

Loin d'être mortifié par ce propos, le garçon étire sa bouche dans un large sourire. Le sikh incline légèrement le buste, avec un brin de hauteur.

— Selon la coutume de notre pays, hommes et femmes prennent leurs repas séparément, poursuit Haydar Sahib. À bord de ce navire, vous êtes seule maîtresse. Préférez-vous dîner de votre côté ou en notre compagnie ?

— Puisque nous sommes appelés à passer plusieurs semaines ensemble, si cela ne heurte pas vos usages, j'aimerais converser avec vous.

Ma décision paraît susciter l'approbation des trois hommes.

Abrités par l'auvent de palmes tressées à la proue du brigantin, nous nous asseyons autour de la table basse. Amrita surgit alors et fronce son petit nez, contrariée.

— Viens, toi aussi.

Elle hésite, gênée par ma proposition. Une servante dîne-t-elle avec sa maîtresse, une Indienne avec une Européenne ? Mais elle comprend que les convenances ordinaires n'ont plus cours et s'agenouille, menue et modeste, à l'extrémité de la table. Des serviteurs nous présentent des linges humectés d'eau de rose. Dans un remarquable numéro d'équilibristes, alors que nous n'avons pas fait halte, ils franchissent le pont du bateau de la cuisine pour gagner celui du *bazara*, amarrés entre eux par une grosse corde de fibre de coco.

Quand chacun de nous s'est essuyé le visage et les mains, on nous sert sur des feuilles de bananiers du riz au safran, des *chapatis* aux cloques brunes et luisants de *ghee*, un *cari* de poisson. Il n'y a pas de couverts. J'observe la façon dont les convives roulent le riz en boulettes, le mélangent aux sauces et le portent à leur bouche sans en perdre un grain, chacun à sa manière. Sunesh, le jeune bohémien, dévore avec un bel appétit, tandis qu'Amrita picore à la façon d'un oiseau, dissimulant son visage derrière le *pallu*. Le sikh mange avec lenteur, les yeux fixés au loin, comme si ce repas lui inspirait des pensées secrètes. Avant le début du repas, il a extrait une dent de sanglier de son turban et s'en sert pour broyer les morceaux les plus gros. Quant à Haydar Sahib, tout en élégance, on croirait qu'il se livre à quelque jeu subtil et délectable.

Je m'essaye aux mêmes gestes. La main droite, toujours la main droite. Ma première boulette se défait à mi-parcours et se répand à côté de ma feuille de bananier. Je rattrape du bout de la langue le jus épais qui dégouline entre mes doigts. Haydar Sahib me coule un regard à la dérobée. Est-ce ma maladresse ou bien le piment qui me donnent si chaud ? Il y a comme une indécence à toucher ainsi la nourriture, mais aussi une forme de sensualité inédite. Je recommence à l'aide d'un morceau de *chapati* que je déchire à grand-peine entre le pouce et l'index. Mon nouveau guide ralentit et décompose ses mouvements, m'invitant à l'imiter. Le palais en feu, les larmes aux yeux, je vois arriver avec soulagement un verre de *lassi* parfumé à la cardamome.

Amrita me suggère une sieste à l'intérieur. Je n'ai nulle envie de me retrouver enfermée et m'allonge sur les coussins, à l'ombre de l'auvent. Une brise légère souffle, je ferme les paupières, engourdie par une torpeur irrésistible.

Quand je m'éveille, Haydar Sahib et Dharam Singh jouent sans bruit aux échecs. Le sikh bondit aussitôt sur ses pieds et s'éclipse à l'arrière du navire.

— Je ne voulais pas vous interrompre !

— Ne vous tracassez point, Lady Ann, proteste l'Indien. Nous avions fini. Souhaitez-vous faire une partie avec moi ?

— Je crains d'être fort malhabile à ce jeu. Je n'ai aucun talent pour le calcul ou la stratégie.

— Vous vous mésestimez. Peut-être n'avez-vous guère le sens du calcul, mais vous savez tirer avantage d'une situation avec un brio que vous envierait n'importe quel général.

— Je ne vois pas ce qui vous autorise à émettre une telle affirmation !

Haydar Sahib se mordille légèrement la lèvre et aligne les pièces sur l'échiquier. S'il avait souri, je l'aurais giflé !

— Les Blancs ou les Noirs ? me demande-t-il.

— Les Noirs.

Cette couleur correspond mieux à mon humeur de l'instant. Pour ne l'améliorer en rien, en quelques coups, mon sort est réglé.

— Et voilà, vous avez pris ma reine !

— Victoire aisée. À vrai dire, vous n'avez guère fourni d'efforts pour la défendre contre mon cavalier.

Je n'ai pas envie d'une nouvelle escarmouche. Afin de refréner le bouillonnement qui monte en moi, je reviens au motif qui m'a poussée à suivre cet homme.

— Narrez-moi encore votre rencontre avec mon frère, ce qu'il vous a dit exactement.

— Hélas ! comme je vous l'ai rapporté, notre échange resta des plus succinct. Si ce n'était sa blondeur, peu ordinaire sous ces cieux, et la régularité de ses traits, je l'aurais sans doute oublié. En y repensant, il paraissait fatigué, abattu ou plutôt déçu. Les mœurs dissolues du *nawab*, ses pratiques cruelles à l'encontre de ses ennemis, avaient heurté sa morale de gentilhomme. Je ne saurais restituer ses mots exacts. Il s'était surtout offusqué du projet de ce prince d'exécuter froidement les prisonniers britanniques. Il m'a expliqué qu'il comprenait que l'on tue lors d'une offensive, mais pas que l'on abatte des soldats vaincus et sans défense. Il m'a exposé son désir de se rendre à

Hyderabad et je l'ai conforté dans son opinion que le *nizam* était un homme au caractère modéré et de bonne réputation, qu'auprès de lui il retrouverait des compatriotes. Il m'a remercié pour ces renseignements. Lorsque j'ai repris ma route, il était déjà parti. Je conviens que ces informations sont fort minces et je regrette de n'avoir plus à vous apprendre. Encore une fois, si vous préférez vous épargner les fatigues de cette expédition, je peux vous reconduire à Calcutta et me charger des recherches à Hyderabad.

— *Inch'Allah*, comme on dit dans votre religion, à la grâce de Dieu. Je ne dois écarter aucune voie et vérifier chacune par moi-même, répartis-je avec plus d'assurance que je n'en ai en réalité.

— Douteriez-vous de moi ?

Je n'offre aucune réponse. L'enchaînement des événements a été terriblement rapide. La peur de perdre toute trace de Jean a empêché mon esprit d'étudier les faits avec sa lucidité ordinaire, de considérer que cela était peut-être trop facile. Quel intérêt aurait eu Haydar Sahib à mentir, à inventer cette rencontre avec Jean ? Pourquoi suis-je soudain circonspecte ? Aurais-je dû attendre le retour de René Madec, l'interroger pour au moins connaître de sa bouche l'histoire de mon frère depuis son arrivée à Pondichéry, ses combats, cette résistance désespérée dans le fort de Gingy, sa détention à Madras, sa vie à Calcutta. René Madec l'a côtoyé des mois entiers, a partagé les mêmes épreuves. Il est aussi breton. L'urgence de retrouver Jean m'a conduite à choisir celui qui l'a vu le dernier, à entreprendre ce nouveau voyage sur la seule foi des affirmations d'un inconnu. À la grâce de Dieu ! Je reprends notre conversation sur un ton plus léger, devant ma reine noire en déroute et le cavalier blanc qui s'est emparé d'elle. Je change de sujet.

— L'autre jour chez Mrs. Hancock, vous avez évoqué les diamants avec beaucoup de feu !

— Ne le méritent-ils pas ? La beauté, la pureté absolue, l'éclat et puis le mystère que chacun d'eux recèle en ses innombrables facettes. Voilà ce qui me fait parcourir les Indes, trouver des pierres d'exception, pour des princes, des *nawabs*, des Anglais fortunés ou bien pour moi.

— On croirait qu'ils suscitent chez vous plus de passion que les êtres humains.

— Il ne m'a jamais été donné de rencontrer une personne capable de rivaliser avec eux par ces mérites. Peut-être cela va-t-il m'arriver ?

Je me sens rougir et détourne les yeux.

*

Une nuit soudaine s'est abattue sur la rivière. Les navires ont été amarrés, maintenus à quelque distance du bord par de longues perches, afin d'éviter l'irruption inopportune d'un tigre.

Loin derrière nous, si loin derrière nous déjà, les lumières de Calcutta se sont éteintes, et aussi celles de ses faubourgs et des plus minuscules hameaux ponctuant le cours d'eau. Nous sommes des intrus dans cette nature bruissante d'une vie invisible.

Le temps du souper, nous nous donnons encore l'illusion de dominer l'ombre, par le murmure de notre conversation, les allées et venues des serviteurs, les lampes alignées où s'immolent les moustiques dans un bref grésillement.

Dharam Singh se retire le premier. Bientôt, depuis l'arrière du *bazara*, une voix basse s'élève dans un *râga* à peine modulé qui nous enveloppe de ses sourdes vibrations.

— *Kirtan Sohila*, commente Haydar Sahib, la prière que récite chaque sikh avant le coucher.

— Je prierai moi aussi tout à l'heure. Et vous ? Les Mahométans ne doivent-ils pas prier cinq fois par jour ?

— Je crains hélas ! de ne pas être aussi pieux que Dharam Singh et vous-même, Lady Ann. Je compte sur vous pour intercéder en ma faveur auprès de Dieu.

— En quel Dieu croyez-vous ?

— N'avons-nous pas le même, Dharam Singh, vous, moi et même votre petite servante hindoue ? C'est la grande sagesse des sikhs, de leur père, Guru Nanak, qui énonça voilà deux siècles : « Il n'y a pas d'hindous, il n'y a pas de musulmans. » Selon son enseignement, il y a un seul Dieu, au-dessus des religions, un Dieu éternel et infini, un tout indivisible composé de l'universalité des choses. Les astres parcourent ainsi les cieux, les arbres croissent, les animaux sont proies ou chasseurs, les hommes vivent, et tous nous appartenons à cette universalité, par conséquent participons de la divinité. Chacun peut être sauvé s'il mène son existence dans la vérité et l'obéissance à la parole de Dieu, prie pour l'ensemble de l'humanité, car tous les êtres humains sont égaux devant Dieu.

Le chant s'éteint dans la nuit. Haydar Sahib allume sa *chiroute*.

— Il est interdit à un sikh de couper sa barbe ou ses cheveux, de manger la viande des animaux, de commettre le viol ou l'adultère et d'user du tabac. Quand Dharam Singh prie, il prie pour moi aussi. Alors, je ne fume jamais avant qu'il ait achevé.

Le visage de l'Indien se trouble derrière les volutes. Ses yeux sont à demi fermés et je ne sais s'il s'absorbe dans ses pensées ou m'observe. La migraine me gagne et mon cœur cogne trop vite, comme si j'avais un accès de fièvre.

— Permettez-moi de prendre congé.

— Je vous en prie.

Haydar Sahib s'est levé et s'incline.

— Et vous, où dormirez-vous ?

— Ici, même. Je n'aime pas les murs et les rêves sont plus doux sous un ciel étoilé.

Il souffle les lampes tandis que je regagne ma chambre. Quand je me retourne, je ne discerne plus de lui que le halo blanc de son turban et le point brillant de sa *chiroute*. Sur la rive, les hommes d'équipage ont allumé deux grands feux, pour éloigner les fauves, se réconforter peut-être.

Amrita défait le lit pendant que j'enfile une longue chemise et dénoue mes cheveux. Nous rabattons ensemble les volets de bois ajouré, protection si fragile, contre quoi d'ailleurs ? Je ferme la moustiquaire, m'enroule dans la mince courtepointe de soie, le cœur toujours battant, aux aguets, entourée par ces bruits étranges. Ils ressemblent tantôt à des rires inquiétants, à des plaintes, à des soupirs, parfois lointains, parfois tout proches, de part et d'autre de la rive. Après les glapissements, les aboiements, un long hurlement déchire la nuit. D'autres lui répondent. La clameur sauvage monte vers le ciel et je tressaille de la tête aux pieds. Les sikhs ont-ils des *râgas* nocturnes pour faire taire les chacals, les tigres, ces redoutables prédateurs tapis dans la pénombre ? En dépit de son allure sévère, de son visage fermé, j'aimerais entendre de nouveau la voix de Dharam Singh couvrir leurs cris, rétablir la paix au-dehors et en moi-même. Comme les enfants, j'enfouis ma tête sous l'oreiller et tire par-dessus la courtepointe. Jean, combien de nuits d'angoisse a-t-il connues, cerné par les Anglais à Gingy, enfermé à Madras, fuyant seul vers Monghyr ? Maintenant, où est-il ? Dort-il en paix sous le toit rassurant d'une maison ou bien est-il livré à une errance cruelle ? Mes craintes irraisonnées dans cette nuit habitée réveillent ma peur pour mon frère. Je n'ose remonter sur le pont, respirer l'air chargé d'humidité. Sur le pont où se tient Haydar Sahib, avec sa nonchalance feinte ou bien naturelle, sa *chiroute* à l'extrémité incandescente. On ne peut lutter contre le sommeil et je sombre malgré moi.

*

L'aube est pure comme la création du monde. Une brume pailletée des premiers rayons du soleil efface les ombres. Des perruches vertes et bleues caquettent depuis les cimes. Je jette un châle sur mes épaules moulues comme si j'avais porté pendant des heures un fardeau trop lourd. Sagement assis sur une branche basse, des singes aux grands yeux noirs scrutent les mouvements sur le pont, à l'affût d'une friandise à voler. Une femelle allaite son petit, niché étroitement contre elle, ressemblance si troublante entre l'animal et l'être humain.

Des rires et des éclaboussures, je me penche par-dessus le bastingage. Sunesh et Haydar Sahib se poursuivent autour du *bazara* en faisant jaillir de grandes gerbes d'eau. Haydar Sahib m'aperçoit, ébroue ses cheveux bruns. Je pensais que les Indiens avaient le crâne tondu sous leur turban. Lui, non. Il remonte le long de l'échelle de corde ; la peau de son torse et de ses bras a la blancheur du lait. Quelque chose se noue et frémit dans mon ventre. Je baisse les paupières. Dharam Singh, adossé à la cloison de la cabine, psalmodie, le nez plongé dans un petit livre à la couverture de cuir rehaussée de lettres d'or.

— Avez-vous bien dormi ? me lance joyeusement Haydar Sahib.

— Fort bien, mens-je. Votre ami sikh prie ?

— En effet, le *Jaap Ji Sahib*, le *Savayé*, le *Chapai* et d'autres encore dont j'ai oublié le nom.

— N'ôte-t-il jamais son turban ?

— Jamais, il n'existe pas plus grand déshonneur pour un sikh que de paraître tête nue ou plus grande offense qu'on lui arrache son turban. Les sikhs ne se décoiffent que lorsqu'ils livrent bataille. Et c'est là un spectacle terrible que de les voir charger, sabre nu, leur interminable chevelure volant au vent comme un étendard, annonçant ainsi qu'il n'y aura pas de quartier, aucune miséricorde à attendre de leur féroce cavalerie.

Je sens l'Indien tout proche de moi. Au déplacement de l'air, je devine qu'il se sèche. Nullement gêné, du moins en apparence, par cette brusque intimité, il poursuit ses explications.

— Un sikh se doit de porter en permanence cinq éléments dont le nom commence par la lettre « K ». Le *Kesh*, signe d'acceptation de la loi divine, la barbe et les cheveux non taillés. Il les peigne deux fois par jour et les lave deux fois par semaine, à l'abri de tout regard. Croyez-moi, cela n'est pas tâche aisée puisqu'il ne les coupe jamais. J'imagine que ceux de Dharam Singh descendent jusqu'à ses genoux quand il ne les porte pas en chignon sous son turban, fixé par le *Kangha*, le peigne qui représente la maîtrise de la spiritualité. Les sikhs revêtent toujours sous leur habit un *Kacchera* de coton blanc, une culotte, garantie de la décence, de la chasteté et de la force morale. Voyez aussi au poignet droit de mon ami cet anneau de fer, le *Kara*, qui leur rappelle la retenue dans tous leurs actes et démontre l'union avec Dieu. Une alliance divine, en somme. Enfin, il y a le *Kirpan*, ce poignard à la lame coudée, symbole de la volonté de Dieu, pour montrer la détermination à se battre pour sa foi. Une arme d'une efficacité redoutable.

Quand je me retourne, Haydar Sahib est de nouveau habillé de sa *khurta* blanche, une écharpe de soie à motifs ocre et brun autour du cou. Confuse, je réalise que je ne me suis pas apprêtée et me réfugie en toute hâte à l'intérieur.

Carnet de Jean de Montfort

Je devenais fou. Mon amour pour Padma me transportait aux nues pour me précipiter aussitôt après dans les noirs abîmes de la jalousie. Je ne doutais pas de ses sentiments à mon égard, la savais incapable de me mentir. Cela ne m'empêchait point de perdre la tête dès qu'elle me quittait pour accomplir les offices de sa charge, ces rituels auxquels elle était vouée depuis l'enfance. Elle se rendait à la pagode pour prier et honorer ses dieux, elle dansait dans les processions ou les cérémonies, offrant aux yeux de tous sa beauté et sa grâce. Elle m'avait juré qu'elle ne donnait plus son corps à d'autres que moi. Cependant, l'idée même de regards concupiscents sur ses formes délicieuses, ses seins ronds soulignés par la brassière, l'émouvante chute de ses reins, le galbe de ses jambes dessiné par les mousselines indiscrètes de son pantalon, ses lèvres à l'incarnat d'une grenade fraîche, me mettait hors de moi. Je répétais à la manière d'un mantra *son nom en attendant son retour. Je mourais dévoré par le feu en son absence, je renaissais dans ses bras dorés et m'embrasais de plus belle.*

Je négligeais Gorgin Khan qui, lui, ne s'en formalisait guère. Quand il me parlait et se rendait compte de mon inattention, il m'affirmait avec malice qu'il lui semblait moins dangereux pour un homme d'avoir dix femmes au lieu d'une seule.

— J'espère au moins que tu nourris ton inspiration, monsieur le poète, et que tu me déclameras bientôt de nouveaux vers ! ajoutait-il.

Ce matin-là, il parut toutefois contrarié de mon retard à le rejoindre. Il avait rassemblé son armée dans un camp à l'extérieur de la ville, où j'avais passé la nuit auprès de Padma. Fourrageant des deux mains dans son épaisse chevelure noire, il arpentait sa chambre à enjambées nerveuses. Quand il me vit, il me désigna une boule de papier froissé à terre.

— Mon frère, mon frère aîné Agha Petros. A-t-il perdu l'esprit ? Il sait pourtant que nous ne nous accorderons jamais sur ce point. J'ai décidé de servir le nawab *du Bengale et de lutter contre l'autorité britannique. Jamais je ne trahirai ma parole, jamais je ne violerai mon engagement. S'il préfère se faire le valet des Anglais, au prétexte qu'ils sont chrétiens comme nous et qu'ils établiront l'ordre et la prospérité dans les Indes, à sa guise ! Mais pourquoi cette lettre ?*

— Que vous dit-il, général Sahib ? l'interrogeai-je.

— Il me prie instamment de renier ma parole, ma parole d'Arménien, de jeter le nawab *en prison et de mettre mes troupes au service de l'*East India Company. *Pour quelle raison offrirais-je les clés du Bengale aux Anglais, eux qui n'ont d'autre ambition que de s'approprier ses richesses et de réduire en esclavage les Indiens ? J'aime ce pays, j'aime ce peuple.*

— Brûlez cette lettre et oubliez-la ! Votre frère a peut-être cru bien faire.

Gorgin Khan croisa les bras et ricana.

— Jean, tu es tellement naïf parfois ! À l'heure qu'il est, Mir Qasim en détient probablement une copie. Monghyr, comme toutes les cours des princes indiens, est un nid de scorpions. Ma position suscite bien des jalousies et nombreux sont ceux qui aspirent à ma chute. À l'évidence, il s'agit d'un piège ! J'espère seulement que mon frère n'en est que le complice involontaire.

— Un piège si grossier que Mir Qasim ne saurait y tomber. Il n'ignore point combien il vous doit dans la reconquête du Bengale.

— La méfiance de notre seigneur l'emporte sur l'intelligence, et la trahison est une arme qu'il n'a jamais hésité à employer. Je m'en vais de ce pas renouveler mon serment de fidélité au nawab *en priant qu'il soit convaincu de ma sincérité. Et toi, Jean, prie aussi !*

— Encore une fois, je suis certain que cette malheureuse épître n'ébranlera en rien l'estime que vous porte Mir Qasim. Je reste confiant.

Quoi que j'eusse dit ou fait en cet instant, cela n'aurait guère changé le cours des choses. Pourtant, je regrette amèrement ma désinvolture, mon inconscience. Toutes mes pensées, tous mes sens, tout mon être étaient tournés vers Padma. Je ne m'appartenais plus, je lui appartenais à elle. Tandis que Gorgin Khan allait se jeter aux pieds de Mir Qasim, je courus la retrouver.

Chapitre XI

Cette journée pourrait ressembler à la précédente. Les heures chargées de chaleur, la pluie en fin de matinée, une nouvelle défaite de ma reine. Pourtant, une tension de plus en plus perceptible monte parmi les hommes d'équipage, visiblement épouvantés. Haydar Sahib entretient de longs conciliabules avec Dharam Singh et Sunesh.

Deux fois, ils descendent à terre, armés jusqu'aux dents. Le jeune bohémien et le sikh se postent à tour de rôle à la poupe du *bazara* et scrutent la rivière en amont.

Je m'enquiers de la situation auprès d'Haydar Sahib qui force son sourire.

— Rappelez-vous, nous ne voyageons point pour l'agrément. Il convient d'être prudent.

— Avez-vous vu quelque chose à redouter ?

— Si j'avais vu, nous n'aurions rien à redouter. C'est de l'invisible que l'on doit se garder.

Je n'obtiens pas un mot de plus de l'Indien. Il interroge à plusieurs reprises nos *denris*, donne des ordres auxquels je ne comprends rien.

Le ciel vire au mauve, puis au noir d'encre. La lune nouvelle ne daigne pas nous accorder l'aumône de la moindre lueur et les étoiles trop lointaines clignotent en vain.

Après le souper, Haydar Sahib me propose une partie d'échecs. Sa distraction contribue à rendre sa victoire un peu moins rapide que les fois précédentes. Lorsque vient le moment de regagner ma cabine, il me tend un gros pistolet et un sabre.

— Certes vous possédez votre joli jouet, mais prenez ces deux instruments qui offrent le mérite d'être plus dissuasifs. Si vous deviez vous servir du pistolet, tenez-le fort, à deux mains, et visez droit devant vous. N'hésitez pas à tirer en cas de danger.

— Sur qui ?

— Lady Ann, me rétorque-t-il avec une gravité inhabituelle, je ne veux pas vous inquiéter inutilement. Selon toute probabilité, rien de fâcheux ne se produira. Promettez-moi toutefois d'être vigilante.

Alarmée par ces propos contradictoires, je commence à avoir peur et l'expression terrifiée d'Amrita ne contribue pas à me rassurer.

— As-tu saisi quelque chose ?

Elle dodeline affirmativement de la tête.

— Les *Dacoits*, Maîtresse, comme ceux qui ont tenté d'attaquer le *Victorious*. Ils rôdent près de nous.

Je me jette tout habillée sur le lit, les armes à portée de main sur ma table de chevet. Les chacals se taisent. À peine puis-je percevoir l'écho d'un aboiement du fin fond de la forêt. En dépit de la chaleur, je grelotte.

*

La petite Indienne et moi somnolons d'un œil quand retentissent des cris sauvages et des coups de feu. La porte de la cabine bat à toute volée sur Haydar Sahib, torse nu, un sabre à la main.

— Les *Dacoits* ! Barricadez-vous et surtout n'ouvrez sous aucun prétexte !

Unissant nos forces, nous tirons derrière lui l'épaisse barre de bois et poussons le coffre de palissandre contre la porte. Tremblante, je charge dans l'obscurité les deux pistolets. Des vociférations, des coups de feu encore, des cavalcades, des jurons. On lutte dehors, sur la berge et aussi sur le pont du *bazara*. Ma petite servante s'est emparée du sabre et le brandit devant elle, prête à nous défendre. Je ne sais combien de temps cela dure. Cette attente impuissante m'insupporte. J'hésite à sortir. Je préférerais me battre plutôt que de rester piégée comme un animal dans cette cabine.

Enfin, le silence revient. On heurte la porte.

— Haydar ! Nous avons chassé ces maudits brigands.

Tout juste tranquillisées, nous ôtons la barre. À la lueur de la lampe rallumée, je distingue des traces brunes sur le torse et les avant-bras de l'Indien. Une longue estafilade barre son épaule.

— Vous êtes blessé ?

Il ne répond pas.

— Montrez-moi, c'est peut-être profond. Amrita, va chercher de l'eau !

Il ajoute quelques mots en tamoul à l'intention de la jeune fille qui s'éloigne sans protester. Je pose la lumière sur le chevet et répète.

— Montrez-moi.

Il s'assied sur le bord du lit. Je saisis un linge, en frotte la plaie. Haydar Sahib grimace légèrement. Il a perdu son turban. Ses cheveux tombent en boucles épaisses jusqu'au bas de son cou.

— Les *Dacoits* nous guettaient depuis plusieurs jours, débite-t-il. Je les avais repérés. J'avais ordonné aux matelots de renforcer la garde. Ces imbéciles se sont assoupis. Mais Dharam Singh et moi avons appris à toujours nous méfier. Si nous n'avions veillé, à cette heure, nous dormirions du sommeil éternel, un large sourire sanglant d'une oreille à l'autre. Quant à vous…

— Comment vont nos hommes ?

— Ils en sont quittes pour une grosse frayeur et quelques plaies. En ce qui concerne nos agresseurs, nous en avons abattu deux et les autres ont fui comme des rats. Ils ne reviendront pas de sitôt. Nous avons prouvé à ces lâches que nous étions les plus forts. Et vous, comment vous portez-vous ? Avez-vous eu peur, Lady Ann ?

— Pas vraiment.

— Vous mentez, vous frémissez encore.

— Alors pourquoi me posez-vous la question ?

Où est passée Amrita ? Qu'est-ce qui la retient si longtemps ? Haydar Sahib m'attrape par la nuque ; nos fronts se touchent.

— Parce que j'aime quand vous feignez d'être invulnérable.

Je tente de le repousser.

— Je ne feins rien du tout.

Il me serre un peu plus fort, ses lèvres effleurent les miennes.

— J'ai peur maintenant, si cela vous chante ! Alors, allez-vous-en ou bien…

Son baiser me clôt la bouche. Je me débats.

— Ou bien ? Que craignez-vous, Lady Ann ?

— Vous.

La pression de sa main sur ma nuque ne se relâche pas. Elle se module en différents points, de sa paume et du bout de ses doigts. Puis soudain, quelque chose cède au plus profond de moi, comme un sanglot retenu depuis longtemps. Les larmes jaillissent. Il les cueille de son index.

— *Dont' cry*, murmure-t-il.

J'ignore pour quelle raison il me parle anglais. J'ignore tout autant pourquoi je me trouve privée de volonté. J'ai pourtant un mouvement de recul quand il saisit le couteau abandonné. Mais il m'immobilise aussitôt contre lui dans un nouveau baiser.

— *Sorry*, s'excuse-t-il bizarrement en sectionnant les lacets de mon corset et de mes jupons, ces vêtements européens sont impossibles.

La pointe froide de la lame fait courir des frissons sur ma peau. Libérée de ma prison de dentelles, de rubans et de baleines, je roule contre lui dans le creux du lit. Je me rappelle les avertissements de Vartouhi Aratounian à l'égard de cet homme. Un séducteur, m'avait-elle alertée. Il est trop tard désormais pour revenir en arrière. À quel moment ai-je cédé ? À l'instant, quand il m'a embrassée ? Juste avant, lorsque j'ai envoyé Amrita chercher de l'eau ? Ou bien dès le premier regard, dès notre première rencontre ? Il n'offrira pas d'échappatoire, pas plus que je n'ai le moyen de lui résister. Alors, peu importe, puisque l'issue est déjà décidée. La reine accepte sa défaite sans protester.

Mes mains se perdent dans ses cheveux pendant qu'il baise mes seins et mon ventre. Des images fugaces me reviennent de ce jour où je me suis donnée pour la première fois à Christy de la Pallière, puis ses assauts rares et brutaux les premières semaines de notre traversée, qui me désolaient tant. Pourquoi est-ce aujourd'hui si différent avec cet Indien ? Mon corps, timidement, répond au sien, s'accorde à cette danse mystérieuse où mon cœur fond tout entier.

À l'aube, nue dans ses bras, j'ai oublié toute pudeur, je n'éprouve aucun regret. Il m'a sentie bouger et s'est réveillé. Il me sourit et je me laisse guider.

*

J'apprends que les amants sont seuls au monde, naufragés heureux sur une île où rien d'autre n'existe qu'eux. J'oublie que tous sur le bateau savent désormais ce qui se passe dans la cabine close sur un homme et une femme.

On toque discrètement à la porte. Amrita entre, chargée d'un plateau, les yeux baissés, feignant d'ignorer le lit en champ de bataille, l'odeur d'une nuit de joutes enflammées, celui qui s'est éclipsé dans la pièce d'à côté.

— Désires-tu quelque chose, Maîtresse ?

Je n'ai rien à demander. Après le départ de la jeune fille, Haydar se jette sur les victuailles, affamé.

— Mange, me dit-il.

Rien ne me désaltère que ses baisers, rien ne me rassasie que ses caresses. Les fruits, les sauces épaisses saturées d'épices, les feuilles ciselées de menthe ou de coriandre deviennent prétexte à de nouveaux jeux, auxquels je me montre bien plus habile qu'aux échecs. Haydar égrène du riz sur mon flanc.

— Le mélange des grains de sésame et de riz, le mélange du lait et de l'eau, quand la passion soude deux corps si fort que chacun semble vouloir pénétrer celui de l'autre. Les Indiens ont compté soixante-quatre façons de jouir l'un de l'autre et chacune a un nom. Veux-tu que je te les enseigne ?

Sans répondre, je presse une mangue sur son ventre, goûte la saveur de sa pulpe juteuse mêlée à celle de sa peau.

— Sais-tu ce que signifie la mangue, ma tendre Lady Ann ? murmure Haydar en effleurant ma joue.

Comme je secoue la tête négativement, il poursuit.

— Jadis, dans les temps immémoriaux, la belle Parvati, lassée de voir son époux Shiva occupé sans relâche à créer, préserver et détruire l'univers, lui ferma les yeux par surprise. Le monde fut plongé dans l'obscurité et Shiva, furieux, exila sa facétieuse compagne sur terre afin qu'elle expie sa faute. Seule au pied d'un manguier, elle fabriqua un *lingam* de sable et l'honora de ses prières, de ses pleurs et de ses caresses. Shiva, afin de l'éprouver plus encore, laissa tomber son chignon d'où naquit une impétueuse rivière. Mais Parvati étreignit de toutes ses forces le *lingam*, jusqu'à y imprimer la marque de ses seins, pour le préserver. Shiva, ému par tant de vénération, lui pardonna et tous deux s'épousèrent à nouveau sous le manguier.

Je pose mes mains sur les paupières d'Haydar.

— Et moi, si je te ferme les yeux ?

— Je continuerai à te voir, à te sentir, à te chérir. Crois-moi, Lady Ann, tu n'auras jamais rien à te faire pardonner. Moi, j'aurai sans doute des fautes à expier.

— Quelles fautes ?

Le silence. Soudain un voile de tristesse nous sépare. Haydar m'enlace.

— Ne pensons qu'à cet instant, à cette mangue, au pouvoir de la femme d'offrir l'amour sans compter, au mariage divin sous le manguier où se tient perché le perroquet aux mille couleurs de Kama. Kama, le plus beau des dieux, le dieu de l'amour qui guette ses victimes, armé de son arc en canne à sucre et de ses cinq flèches aux pointes en fleurs, au milieu d'un essaim d'abeilles bourdonnantes. Je suis criblé de fleurs et la forme de tes seins est gravée dans mon cœur.

*

Je ne suis plus que fièvre et frissons, flux et reflux de cette marée de désir qui m'emporte, me laisse vidée, haletante et me prend à nouveau, tempête d'émotions. Nos yeux se cherchent, nos mains se frôlent, nos corps s'appellent à tout instant, replis précipités dans la moiteur de la cabine, où attaques et contre-attaques, nous nous rendons coup pour coup et baiser pour baiser. Aux pattes de paon tracées en courbe par mes ongles sur sa poitrine, il me réplique par la griffe du tigre sur le haut de mes seins, à l'empreinte du saut du lièvre, par la subtile lacération de la feuille de lotus. Ses épaules arborent la morsure du nuage brisé, ma gorge le collier de perles rosées. J'apprends tout un bestiaire amoureux, la voluptueuse étreinte du chat, l'ardente charge du tigre, le fougueux assaut du cheval ou l'écrasement sans merci de l'éléphant.

J'ai perdu la tête, toute à mes sens brutalement éveillés d'un si long sommeil. Je ne m'appartiens plus, j'appartiens à cet homme, à cette terre.

*

La jungle se fait moins dense et, dans les trouées de sa végétation exubérante, surgissent des villages. Marchands ambulants, artisans de toutes corporations nous hèlent à plein gosier depuis la rive, parfois s'avancent dans l'eau jusqu'à la taille. Inlassablement, ils vantent la qualité de leurs produits ou de leur savoir-faire. Lors d'une escale, un tailleur monte à bord, déploie des rouleaux chatoyants de soie et de coton de couleur. Je ne veux plus de ces baleines dures, de ces robes compliquées, oripeaux d'une autre vie. Secondé par Amrita, il prend mes mesures. Le lendemain, dès l'aube, les yeux rougis, il se présente avec son ouvrage achevé. J'enfile le *chulidar* d'étoffe pourpre brodée de fleurs aux jambes étroites. J'ajuste par ses deux cordons noués derrière le dos le *cholî*, la brassière qui épouse très exactement la gorge sans la gêner, avec son devant composé de deux hémisphères d'osier souple revêtu d'un épais coton piqué. Par-dessus encore, je passe la robe de fine mousseline reprenant le même motif floral et la noue sur mes hanches. Amrita applaudit, même si elle aurait préféré me voir drapée dans un pagne à la façon des femmes hindoues. Moi je respire, les mouvements libres, la taille dégagée de ces lacets qui l'ont si longtemps étranglée. Haydar, la tête passée dans l'embrasure de la fenêtre, me souffle, complice :

— Cette tenue vous sied à ravir, *milady*. Plus besoin de couteau pour vous approcher.

Je lui envoie un baiser du bout des doigts en guise de réponse. Je ne suis plus moi, ou bien est-ce mon véritable visage que je découvre ?

Amrita enduit mes cheveux d'huile de coco et les peigne.

— Maîtresse, veux-tu que je dise l'histoire de la déesse Satî ? me propose-t-elle, avec un à-propos confondant.

Je n'ai pas acquiescé qu'elle poursuit déjà, tout en continuant à me coiffer.

— Satî épousa Shiva, contre l'avis de son père, le roi Daksha. Pour se venger, celui-ci invita tous les dieux à l'exception de son gendre à un sacrifice dédié à Vishnou. Après avoir accablé son père de dures remontrances, afin de laver l'affront fait à son mari, Satî s'assit, drapée dans une robe couleur d'or, le visage tourné vers le nord. Elle ferma les yeux, cessa de respirer, ralentit peu à peu les battements de son cœur jusqu'à les arrêter. De son nombril, elle fit monter en elle le souffle vital, qui emplit son ventre, sa poitrine et atteignit ce point entre les deux sourcils, à la position du troisième œil de Shiva, le sixième chakra, source de la force spirituelle. Et elle ne fut plus que le souffle sacré de la contemplation, de l'amour total pour le dieu créateur. Son corps, purifié de tout péché, s'embrasa et la déesse mérita pleinement son nom, car Satî signifie vérité.

— Elle sacrifia sa vie !

— Satî sacrifia sa vie, confirme la jeune Indienne, mais elle renaquit plus tard sous les traits de Pârvatî pour épouser Shiva une deuxième fois.

— Et Daksha ?

— Shiva, fou de douleur et de colère, se précipita à son palais, tua les invités et décapita le roi. Puis il remplaça sa tête par une tête de bouc.

— Quel horrible châtiment !

— Au contraire, Daksha fit amende honorable et fut ainsi à son tour purifié de ses fautes. Sache, Maîtresse, que les démons ont figure humaine, alors que nos dieux, tels Hanuman ou Ganesh, arborent des têtes d'animaux. L'homme se livre au péché alors que les animaux ne s'écartent jamais de la voie indiquée par les dieux.

Je m'abîme dans une longue rêverie, à tourner et retourner la signification profonde de la légende de Satî. Dans un écho lointain, les paroles de mère Saint-Yves, la supérieure du couvent des ursulines de Dinan, me reviennent en mémoire. Que savent les hommes de l'amour ? Si loin de mon pays natal, à la lumière des croyances d'un autre peuple, je m'interroge sur le sens de ma quête à la recherche de mon frère, sur cette passion qui m'a embrasée et m'égare peut-être, sur cette part animale en moi qui est aussi ma vérité. Dois-je mourir, ici aux Indes, pour renaître ? *Non mudera*. Cela veut-il dire l'attachement à des principes, à une ligne immuable, ou bien la recherche de ma conscience ?

Amrita pique des fleurs d'hibiscus dans ma chevelure tressée en une épaisse natte. Elle ressemble à nouveau à une petite fille ignorante et enjouée.

*

Haydar a remplacé l'échiquier par un jeu de petits chevaux, appelé *caupat* ici. Comme les échecs, ce jeu est né en ces contrées. L'on voit souvent Shiva et Parvati s'y adonner sur les bas-reliefs des temples. Mon amant cligne de l'œil.

— Qui poursuit qui ? Qui mange qui ? Au hasard des dés jetés, toi, puis moi, puis toi. La chance est de notre côté !

Au dîner, on nous apporte un plat de riz aux oignons relevé d'ail, de coriandre et de gingembre, avec des raisins et des boulettes d'agneau haché. Dharam Singh le repousse avec dégoût, jamais de viande, et trempe des morceaux de *chapati* dans un épais brouet de légumes et d'herbes. Je devine une réprobation à notre encontre. Il est mauvais, dans sa religion, de manifester trop d'attachement, de se laisser gouverner par ses sentiments. Haydar me caresse la cheville par-dessous la table et un délicieux frisson parcourt mon dos.

La chaleur augmente sans cesse ; plus un souffle de vent ne gonfle nos voiles. Les *denris* descendent à terre. Ils s'harnachent à des cordes de chaque côté de la berge pour remorquer le *bazara*. Leurs ahanements alternent avec nos soupirs, le bateau glisse et moi je chavire.

Au crépuscule, la réverbération a tant brûlé leurs prunelles qu'ils titubent, aveuglés, comme ivres.

Les yeux mi-clos, le corps luisant de sueur, Haydar m'annonce la suite de notre voyage.

— Dans deux jours, nous quitterons le bateau. Nous atteignons les limites du Bengale et la rivière devient trop basse pour la navigation.

— Adieu alors, belle contrée !

— Belle contrée, tu as raison, renchérit mon amant. Les richesses des Indes sont infinies et le Bengale compte parmi ses provinces les plus prospères. À la douceur de son climat, le teck pousse en abondance dans les bois des Sundarbans, tous les fruits et les légumes y viennent fort bien, mais aussi le tabac, le gingembre, le piment long. On y cultive le coton, dont on tire aux alentours de Surate ces belles mousselines aux fines rayures que l'on ne brode nulle part ailleurs avec tant de délicatesse. As-tu admiré les soieries de Cassimbazar ? Entendu parler des propriétés remarquables de la poudre de corne de rhinocéros ? Oui, terre bénie que les Français ont été trop sots pour conquérir. Ton roi et ses ministres sont fous d'avoir trahi Dupleix, abandonné Mahé de La Bourdonnais, Bussy-Castelnau, d'avoir refusé de les écouter. Bientôt, je te l'affirme, les Indes entières rejoindront la couronne britannique qui dominera le monde.

Ce soudain enthousiasme me heurte.

— On dirait que cela te satisfait. Aurais-tu fait allégeance aux Anglais ?

— Je ne veux servir d'autre maîtresse que la fortune… et toi !

Il poursuit en fredonnant.

— *God save my Lady Ann,*
Long live my Lady Ann,
God save you, my queen !
Send you victorious,
Happy and glorious ;
Long to reign over me,
Sweet queen of my heart !

— Cet hymne serait d'origine française, composé pour le rétablissement de notre grand roi Louis XIV ! conclus-je en déposant un baiser aux commissures de ses lèvres. N'accorde pas trop vite la victoire aux Anglais !

*

Le navire achève donc son voyage avant d'échouer sur une grève de sable. Amrita jauge non sans appréhension les *poonis* que Dharam Singh s'est procurés. Je me dois de manifester plus d'assurance, même si je n'en mène pas large. Petits et ronds, courts de tête, une jolie robe mouchetée et une longue crinière noire, nos montures à l'œil espiègle semblent concocter quelque plaisanterie à leur façon.

— Je vous avais prévenue que vous regretteriez le confort du *bazara*, me moque Haydar.

Hormis les lourds chevaux de labour des paysans de La Richardais ou le maigre alezan de mon père qu'il nous autorisait parfois, Jean et moi, à monter, je n'ai guère eu l'occasion de confirmer mes talents de cavalière.

Me félicitant d'avoir opté pour une tenue moghole avec un pantalon, je me hisse à califourchon comme un homme sur l'animal qui m'a été dévolu. Amrita résiste, insiste pour aller à pied. En vain. La route est longue. En dépit des aptitudes des Indiens à la marche, elle ralentirait notre allure. Sunesh la convainc de monter en croupe avec lui. Elle passe ses bras autour de sa taille mince. Depuis plusieurs jours, j'observe la complicité qui se noue entre les deux adolescents. Leur capacité à s'amuser d'un rien, à jouir en toute spontanéité de l'instant, leur curieuse sagesse ne peuvent que les rapprocher.

Les premières heures me mettent au supplice, même avec de fréquentes haltes. Appliquée à ne point choir, cherchant à adopter la bonne position et une assiette à peu près stable, sur les conseils d'Haydar et de Dharam Singh, je ne remarque pas tout de suite la demi-douzaine de cavaliers qui avancent sur nos traces. Au fur et à mesure de leur progression, je distingue leurs mines farouches sous leurs turbans, les mousquets attachés à leurs selles, les *cataris*, mi-sabres, mi-poignards, battant leurs flancs.

— Haydar, derrière nous !

Il jette un regard distrait par-dessus son épaule.

— Oui ?

— Ces hommes, ne présentent-ils pas un danger ?

— Si, me réplique-t-il, désinvolte. Ce sont des combattants aguerris. Voilà pourquoi je les ai recrutés. Notre escorte jusqu'à Hyderabad.

Il se penche alors vers moi, saisit le pan du voile qui flotte à mon cou et l'ajuste devant mon visage.

— Désormais, tu es ma femme.

Décontenancée, irritée aussi, je le repousse.

— Tu n'as pas le droit !

— C'est pour te protéger.

— Je ne ressemble en rien à une Indienne.

— Certes, mais avec tes yeux bleus, à une belle esclave circassienne, à la favorite de mon harem ! À moins que je ne décide de t'offrir au *nizam* d'Hyderabad ? J'obtiendrais assurément une généreuse récompense.

Furieuse, je donne un coup de talon dans le flanc de ma monture pour m'éloigner.

À la fin du jour, je suis moulue, percluse de courbatures comme une vieille femme. Nous mettons pied à terre en un lieu désolé, devant un relais de poste, un *dak bungalow* en ruine où rien ni personne ne nous attend. Les cavaliers nous ont rattrapés.

Sans un mot échangé, le campement s'organise. Les uns taillent les broussailles, les autres réunissent du bois pour le feu. Sunesh s'assure qu'aucun serpent ne se niche dans la pièce à moitié écroulée où je passerai la nuit.

Puis tous ces hommes, dans un bel ensemble, se dirigent vers le minuscule étang envahi par les nénuphars et procèdent à leurs ablutions. Dharam Singh s'est retiré dans l'obscurité naissante avec son livre de prières. Les cavaliers posent au sol les tapis roulés derrière leurs selles, la pointe du motif en cintre qui les orne tournée vers l'ouest. À ma grande stupéfaction, Haydar s'est joint à eux et avec eux psalmodie et se prosterne, le front jusqu'à terre.

Je n'ignore point sa religion. Pourtant, il m'apparaît soudain tel un inconnu, membre d'un monde auquel je n'appartiens pas. Et moi, qu'ai-je fait de ma foi en le Christ ? Je sors mon chapelet, égrène *Pater* et *Ave* en alternance. Mon Dieu, Vierge Marie, pardonnez-moi mes péchés !

Amrita et moi soupons à l'écart. Repas frugal, un *cari* composé de riz assaisonné de piment, d'ail et de *ghee,* du lait de noix de coco que Sunesh, au risque de se rompre le cou, est allé cueillir en haut d'un palmier. La figure sombre, Dharam Singh ne s'est pas mêlé aux autres.

Lorsque la nuit nous a tout à fait enveloppés de son manteau d'encre, que nos compagnons s'assoupissent autour du feu, Haydar se glisse à côté de moi. Je boude toujours, mais ses baisers et ses caresses ont vite raison de ma mauvaise humeur. Je m'enquiers alors de l'attitude ombrageuse du sikh.

— As-tu observé nos hommes d'armes, leur petite taille, leurs yeux en amande, leur teint plus clair ? Des Indiens d'origine moghole, des musulmans. Selon eux, les sikhs sont des hérétiques dangereux pour la révélation du Prophète. Ils les ont persécutés, massacrés sans pitié à de nombreuses reprises. Dharam Singh les abhorre, même si sa religion lui interdit la haine envers tout être humain et lui recommande de respecter les autres religions.

— Toi, n'es-tu pas son ami ?

— Je ne suis pas moghol, et notre histoire à tous deux est différente.

— M'en diras-tu plus un jour ? Après tout, j'ignore tout de toi.

— Quelle importance ? Tu connais l'essentiel. Le reste ne revêt aucun intérêt. Comment te sens-tu ?

— Heureuse d'être descendue de ce forban de *pooni* !

— Dis-moi où tu as mal.

— Partout, partout, gémis-je.

Il pose sa paume sur mon corps et le parcourt comme s'il suivait un itinéraire mystérieux, tantôt appuyant avec fermeté, tantôt palpant avec douceur, ou encore il trace des cercles concentriques du bout des doigts. Je reconnais la science des masseuses de Calcutta, le doigt du *sâdhu.*

Je perds peu à peu la notion du temps, mes douleurs s'apaisent.

— Imagine en toi des sources de lumière qui te communiquent la force vitale, me chuchote Haydar. Ce sont les *chakras*, soleils rayonnants que tu ne voies pas, mais qui sont là, bien réels. Souffrance du corps ou de l'âme, il faut réveiller les *chakras* afin de guérir, de retrouver l'harmonie de son être, sa place dans l'univers. Voilà l'enseignement des maîtres Yogis.

Je me pelotonne dans ses bras, dans la quiétude d'un tout petit enfant.

— *Good night,* Lady Ann.

*

Nous longeons à présent les contreforts humides des monts Vindhya, traversons des villages aux cabanes rondes de clayonnage surmontées d'un toit de chaume. Ici habitent des Chenchus, un peuple à demi sauvage qui ne connaît que ses propres lois. Des hommes armés d'un arc et d'une hache rudimentaire nous ignorent autant que nous les ignorons. Ces gens vivent de chasse et de cueillette dans les montagnes.

— Nous n'avons rien à redouter d'eux, me rassure Haydar à sa façon. Nous pourrions tomber sur des Gonds aux mœurs moins pacifiques. Pour plaire à leurs dieux, ils pratiquent des sacrifices humains.

Quelle distance nous reste-t-il à parcourir ? Deux cents, trois cents *cosses* ? Quelles contrées surprenantes ou dangereuses allons-nous encore découvrir ? Haydar demeure évasif.

Les champs fertiles et la jungle du Bengale sont désormais un lointain souvenir. Ils ont cédé la place à des étendues arides à perte de vue. Dans cette steppe de pierres survolée par les corbeaux aux tristes croassements ne poussent que des herbes jaunies, quelques arbres tourmentés par le vent. Nous parcourons le vaste plateau du Deccan.

Je me suis accoutumée à mon *pooni*, à son amble régulier. Nous avons passé un pacte implicite. Je n'use pas de ma badine ni ne le talonne avec trop de vigueur, en échange de quoi, il m'évite écarts et chamailleries avec ses congénères. Parfois même, j'éprouve du plaisir à le lancer au galop. Haydar et moi nous coursons à perdre haleine, les yeux fixés à l'horizon.

Carnet de Jean de Montfort

Oublieux de Gorgin Khan, parti affronter son destin, sans songer que le mien lui était lié, j'étais abandonné à la suavité des parfums de Padma, à la subtilité de ses caresses, au murmure de sa voix quand on tambourina violemment à la porte.

— Montfort ! Pour l'amour de Dieu, si vous êtes là, ouvrez-moi !

Je m'exécutai aussitôt. Le colonel Gentil déboula dans la pièce, cramoisi, hirsute, ignorant la jeune femme qui se blottissait à la hâte sous les courtepointes pour préserver sa pudeur.

— Que se passe-t-il ?

— Il est mort ! Gorgin Khan est mort, assassiné !

— Impossible ! Hier encore…

— Ce matin, m'interrompit Gentil. Trois officiers indiens sont venus le voir alors qu'il inspectait les troupes, expliquant qu'une partie des soldes n'avait pas été versée. Vous savez quelle attention prête, ou plutôt prêtait le général Sahib à ce sujet. Jamais il n'a manqué de s'acquitter du moindre ana *dû à ses soldats. Il a invité ces hommes sous sa tente. Pourquoi était-il seul à ce moment ? Comment ont procédé les autres pour écarter ses propres gardes ? Pourquoi ne s'est-il pas méfié, alors qu'il se savait menacé ? Il a été retrouvé peu après, la gorge ouverte, la poitrine percée de dizaines de coups. Ses visiteurs avaient disparu. Fuyez, Jean, tout de suite !*

— Non, je veux le voir ! Si je n'ai su protéger sa vie, si je l'ai laissé seul face à la mort, je dois au moins l'accompagner dans ses funérailles, m'écriai-je, bouleversé.

— Trop tard pour les regrets ! Votre propre trépas ne lui servira à rien.

— Et vous ?

— Le nawab *a besoin des officiers français pour conduire ses armées. Vous, vous étiez l'ami de Gorgin Khan. Au nom du Ciel, je vous en conjure, partez sans tarder. J'ai fait seller des chevaux. Ils vous attendent dehors.*

— Donnez-moi une minute…

Gentil sortit de la chambre. Le monde s'écroulait une fois de plus. Que faire ? Où aller ? Des bras se nouèrent autour de ma taille.

— Je m'en vais avec toi.

Padma souriait, déterminée, plus forte que moi. En un instant elle s'apprêta, serra ses effets, ses bijoux dans deux baluchons. Je la suivis, éperdu de chagrin pour mon ami défunt, mais avec elle.

Chapitre XII

Même en ses territoires les plus désertiques, les Indes sont habitées. Nos hommes d'armes s'agitent et Sunesh se montre en proie à une soudaine excitation. Il rit, gesticule.

— Banjaras ! Banjaras !

— Ce soir, Lady Ann, tu dormiras sous la tente, m'annonce Haydar.

J'ai pris l'habitude de ne point l'interroger trop loin, de laisser arriver d'elles-mêmes les réponses. Bientôt, je perçois le tintement de cloches, des bribes de chansons. Dans le lointain se précise une troupe nombreuse, hommes et femmes allant à pied pour la plupart, certains à cheval ou en équilibre sur le chargement d'un bœuf. Sunesh pique des deux son *pooni* et s'envole au grand galop dans leur direction, au risque de précipiter à terre Amrita qui jette de hauts cris.

Les deux adolescents reviennent vers nous au bout d'un moment.

— Les Banjaras nous convient à nous joindre à eux ! lance Sunesh, tout réjoui.

— Soit, allons-y, approuve Haydar.

Un peu plus tard, nous nous retrouvons au milieu de ces gens joyeux qui nous pressent de mille questions. Sunesh traduit aussi rapidement que possible en me fournissant des explications.

— Lady Ann, Banjara, cela signifie « celui qui vient des terres arides ». J'appartiens à ce peuple de nomades issus du désert du Thar, au nord, dans le pays des Rajpoutes. *Gypsies*, le mot en anglais. Avec leur musique et portés par le vent, ils ont voyagé jusqu'ici. On raconte que d'autres, aux temps jadis, ont marché longtemps, très longtemps, franchi des contrées inconnues, des montagnes, de vastes plaines, qu'ils sont parvenus de l'autre côté du monde. Les femmes désirent savoir si tu as rencontré leurs frères et leurs sœurs, s'ils vivent heureux dans ton pays.

J'ai déjà vu des bohémiens en Bretagne, lors des foires, montreurs d'ours, danseurs, diseuses de bonne aventure. Je me garde d'avouer à nos nouveaux compagnons la suspicion et les vilains bruits entourant leurs lointains cousins.

À la fin du jour, des tentes de couleur sont dressées et nous partageons nos modestes victuailles autour du feu. Quelques oiseaux d'une espèce inconnue abattus pendant la journée améliorent l'ordinaire. Quand les estomacs sont calés par ce festin frugal, un large espace est dégagé au centre. Des femmes reparaissent, vêtues de robes cousues de sequins, les oreilles, la poitrine et les poignets chargés de lourdes parures d'argent. Dans leurs mains, de petites planchettes de bois claquent en cadence tandis que leurs épaules, leurs hanches et leurs jambes s'animent. Des musiciens entonnent un air entraînant. Sunesh me nomme leurs instruments.

— Là, avec ses deux tambours, le *tabla*, puis le *sarangui* dont on frotte les cordes et la *satâra*, la double flûte.

Je reconnais le fifre des charmeurs de serpent, le *pungi*, une sorte de vielle à caisse ronde, la *kamaicha* et puis le *morchang*, cette guimbarde d'où sortent des sons surnaturels. Les danseuses tournoient de plus en plus vite sur elles-mêmes. Les sequins de leur costume, en autant de minuscules miroirs, réfléchissent la lumière des flammes. On dirait qu'elles ne touchent même plus terre, dans leurs pirouettes prodigieuses enchaînées à un rythme effréné. Lorsqu'elles s'arrêtent, je suis étourdie, essoufflée comme si j'avais moi-même dansé. Une vieille femme me prend la main.

— Elle veut te dire ton avenir, me souffle Sunesh.

Je n'ai aucune envie d'entendre des balivernes, mais la Banjara ne lâche pas prise et le jeune bohémien s'applique à me restituer ses propos.

— Tu as déjà fait un long voyage…

Je hausse les épaules, voilà qui n'est guère difficile à deviner.

— … Tu as fait un long voyage, fille de roi, et tu es loin d'avoir atteint ta destination. Tu as la force pour surmonter les épreuves qui t'attendent encore. Ne te laisse pas trahir par tes passions, écoute ton cœur, écoute la voix de ton sang. Il a besoin de toi…

Gagnée par l'émotion, je suis désormais tout ouïe.

— Par le sang versé, de son corps son sang renaîtra, même si tu pleures, fille de roi. Même si tu pleures, Kali la Noire veille sur toi.

Haydar s'est accroupi à côté de moi. L'aïeule échange un regard avec lui, pousse un cri et se couvre la tête de son voile. Mon amant entoure mes épaules de son bras.

— Ces sorcières me donnent la chair de poule avec leurs contes. Allons dormir à présent.

Nous cheminons deux jours encore aux côtés des Banjaras, avant que nos routes se séparent. Sunesh les regarde s'éloigner avec un brin de nostalgie au fond de ses prunelles sombres.

— Pourquoi ne les suis-tu pas ? Ce sont les tiens !

— Non, me rétorque-t-il, voilà les miens, Haydar Sahib, Dharam Singh et maintenant Amrita et toi, Lady Ann.

*

Parfois, nous longeons, aux abords des cours d'eau, des cultures, des champs de coton, des rizières où les paysans pétrissent la terre inondée de leurs orteils nus avant d'y repiquer les jeunes plants. La plupart du temps, nous poursuivons à travers les steppes brûlées de soleil que la mousson ne reverdit jamais. Même en ces lieux désolés, il se passe peu de temps sans que nous rencontrions âme qui vive, pèlerins, voyageurs, petits groupes de soldats indiens ou anglais.

Un jour, surgi de nulle part, comme s'il avait soudainement poussé là, se présente un homme aux longues jambes grêles et aux épaules osseuses. Après d'obséquieuses courbettes, il nous emboîte le pas jusqu'à ce que nous fassions halte. J'interroge Amrita.

— Un barbier, me dit-elle.

Je pense avoir compris de travers. Que ferait un barbier à errer ainsi au hasard, les bras ballants sans rasoir ni autre outil ? Curieuse, je m'installe de façon à observer sa façon de procéder.

L'un après l'autre, tous les hommes, à l'exception de Sunesh encore imberbe et de Dharam Singh pour lequel ce serait pécher de toucher à sa longue barbe, s'accroupissent en face du barbier. Ce dernier extirpe des replis de son pagne un miroir d'acier d'à peine deux pouces de large, un petit vase de plomb et une série de hachettes à manche de bois. Il trempe ses deux doigts dans le vase, puis masse longuement la barbe avant d'y passer avec habileté la hachette.

L'art du barbier ne s'arrête pas là. Il arrache les vilains poils du nez et des oreilles et emploie aussi un ciseau miniature semblable à ceux des menuisiers pour tailler ongles des mains et des pieds avant de les polir. Puis je le vois plonger dans les oreilles de ses patients un fin cylindre de métal qu'il tourne à vive allure.

Quand Haydar en a fini, il me rejoint, caressant d'un air satisfait sa barbe impeccable.

— Cela n'a l'air de rien, et pardonne-moi de t'entretenir d'un sujet aussi trivial, mais le curage des oreilles exige un grand savoir-faire. Si le barbier connaît son métier, il fait vibrer son ustensile de sorte que celui-ci produise un frémissement délicieux dans tout le corps.

Encore une fois, je m'émerveille de ce soin qu'apportent les Indiens, quelles que soient leur religion ou leurs origines, à l'entretien méticuleux de leur personne, en alliant sensualité et spiritualité.

Au gré de notre route, nous dormons à la belle étoile, à l'abri d'une chauderie, d'un *bungalow* ou dans les villages dont chacun est la réplique presque exacte du précédent, avec ses pagodes et leurs bassins, ses places dégagées, ses maisons sans étage où nous sommes toujours reçus avec la plus touchante hospitalité. Des familles de dix à vingt personnes logent dans une même chambre qu'elles nous cèdent volontiers le temps de notre séjour. Ces gens n'ont rien, mais ce rien ne signifie pas la misère, il leur suffit à vivre bien. Quelques coffres transmis de génération en génération, des nattes pour dormir, un ou deux vases pour boire, des plats de cuivre pour préparer le *cari*, le pot où l'on conserve le *sorou*, le riz déjà cuit et voilà tout. Ni tables, ni sièges, on s'assied et on mange par terre, simplement.

Je songe aux pauvres chaumières du fin fond de la campagne bretonne, encombrées et empuanties, aux mines méfiantes de leurs occupants qu'il faut apprivoiser. Aux Indes, tout au rebours, on a à cœur d'aider les voyageurs.

Dans chaque village, trois hommes payés par la communauté ont pour fonction de leur rendre service. Le premier, d'une caste assez élevée pour que les hindous puissent consommer les mets qu'il cuisine, leur prépare les repas. Le deuxième, le *veshkar*, chef de la plus basse caste, se doit de fournir le nombre de *coolies* nécessaires pour porter les bagages. S'il n'en trouve pas assez au sein de sa caste, il a pouvoir de réquisitionner jusqu'au chef du village. Il va sans dire que nous offusquons les *veshkars* des villages où nous demandons asile, à nous passer de *coolies*. Enfin, un *Bhîl* s'offre à nous guider. Les *Bhîls*, une de ces tribus presque sauvages du Deccan, ne se déplacent qu'armés d'arcs et de flèches et se livrent d'ordinaire à la rapine et au pillage. Pour une cause mystérieuse et incompréhensible, ils ne s'attaquent jamais à un Européen. Je pourrais traverser leurs territoires sans qu'il ne m'arrive le moindre mal.

Partout nous attendent une identique bienveillance, ces larges sourires, même si ma présence intrigue. Les chiens nous accueillent la queue frétillante, dans de grands bonds joyeux. Parmi ces humains si peu attachés à la propriété, ils n'ont aucune autre préoccupation que de dormir ou jouer avec les enfants.

Plus nous avançons, plus je me sens appartenir à ce peuple, dont j'adopte peu à peu la façon de vivre, les vêtements, la nourriture, l'usage du bain. J'ai appris à apprécier la chique de bétel, le *pâan* à l'amertume poivrée, qui allège l'haleine, facilite la digestion, évite les sueurs trop abondantes et préserve de la migraine. Je sais même la préparer, la feuille sur laquelle on dispose de la noix d'arecque coupée finement, un peu de chaux, de la cardamome et du cachou, avant de la rouler serrée en un petit cornet. Haydar s'amuse de mes lèvres et de ma bouche rougies.

— Tu as mangé mon cœur tout cru, Lady Ann !

Nous retrouver tous les deux devient un défi, un jeu permanent qui attise nos élans, rendez-vous secrets dans les recoins d'un étang, où nous plongeons ensemble, cachés par un bouquet d'ajoncs, escapades discrètes à l'heure de la sieste, étreintes fulgurantes à la tombée du jour ou juste avant le lever du soleil.

De temps à autre, nous avons la chance de disposer d'une pièce pour la nuit et nous jouissons de ce présent merveilleux de dormir l'un contre l'autre, après l'apprentissage sans cesse renouvelé du plaisir reçu et donné, sous soixante-quatre variantes et peut-être plus encore, je n'ai pas compté.

Il y a cette fois où de pauvres gens nous offrent volontiers leur cabane. Ils paraissent même reconnaissants que nous acceptions d'être hébergés sous leur toit. La femme, dans son pagne rapiécé, s'incline à plusieurs reprises jusqu'au sol devant moi, les yeux mouillés de larmes. Je ne saisis guère la source d'un tel émoi. Amrita, avec une moue de dégoût, tente de me dissuader d'approcher.

— Tu ne dois pas, Maîtresse, ce sont des *parias.*

— *Parias* ? Cela signifie-t-il qu'ils sont frappés par la lèpre ou quelque autre maladie effroyable ?

— Pire encore, Maîtresse ! *Paria*, c'est pire que la peste ou la mort. Ils sont maudits. Ils n'ont même pas le droit de te regarder.

Le couple poursuit ses saluts qui ressemblent à des suppliques. Haydar me rejoint et ordonne d'un geste du doigt à ma servante de s'écarter.

— Je jugeais cette enfant moins stupide, mais elle est aussi pétrie de convictions ridicules que les siens. Les *parias*, les intouchables, sont considérés comme le rebut de la société, moins que des animaux et ce, sans qu'ils aient commis aucun crime, parce que leurs parents, grands-parents et leurs aïeux étaient intouchables. Ils sont cantonnés aux tâches les plus infâmes ou réputées impures, s'occuper des morts, ramasser les ordures, équarrir les animaux ou tanner les peaux. Ils vivent à l'écart des autres, n'ont le droit d'adresser la parole ni même de jeter un coup d'œil à quelqu'un d'une caste supérieure, sous peine d'être exécutés sans jugement. Ils ne sont pas autorisés à entrer dans les pagodes, ni à participer aux processions. Si Amrita acceptait seulement de pénétrer sous le toit de ces malheureux ou de goûter à leur nourriture, elle se croirait souillée à jamais. Voilà pourquoi ceux-là s'estiment honorés de nous héberger. Ils ont choisi de vivre éloignés du monde afin de ne pas subir d'humiliations constantes. Dans leur grande solitude, se voir traités comme des êtres humains représente un privilège inestimable.

Défiant le courroux d'Amrita, je joins les mains sur ma poitrine et m'incline à mon tour devant les *parias*. Dharam Singh, pour la première fois depuis longtemps, m'adresse un hochement de tête approbateur. Les sikhs croient en l'égalité des êtres humains et condamnent le système des castes.

À l'exception de la jeune Indienne, qui préfère se sustenter de quelques *chapatis* de nos provisions, nous nous régalons du *cari* au tamarin et aux herbes sauvages préparé par le couple.

J'éprouve au début une certaine réticence à occuper leur masure aux murs de boue mêlée de paille et sans nulle autre ouverture que la porte étroite. Cependant, l'intérieur est d'une parfaite propreté avec son sol décoré de jolis motifs géométriques. Pour lui donner l'aspect du plus riche des parquets, à en croire Haydar, la femme le frotte à la main chaque matin avec de la fiente de vache délayée dans un peu d'eau. Installée sur une natte de fibre de coco, dans la tiédeur à l'odeur diffuse d'étable et de fruits mûrs, je sommeille en attendant mon amant.

*

Un mois s'est-il déjà écoulé ? Sans doute plus, j'ai perdu le fil des jours. Encore un village ? Il se prolonge d'un autre, encore d'un autre. Un faubourg, le faubourg d'une ville.

— Tu ne dis rien ? me lance Haydar.

— Que devrais-je dire ?

— Nous arrivons à Hyderabad, enfin ! Regarde cette colline de granit à notre gauche, haute de plus de quatre cents pieds, ces vestiges de remparts, ces fortins écroulés sur leurs pitons rocheux, voici la mythique Golconde, ou plutôt ce qu'il en reste. Ferme les yeux, ouvre les portes du temps et retourne un siècle en arrière. Golconde, la magnifique, riche de ses diamants. Les Indiens pensent qu'ils poussent dans le sol comme des légumes. C'est pourquoi ils ont adopté le carat, le poids d'une graine de caroubier, pour en estimer la valeur. On raconte qu'il suffisait jadis de gratter le sol en superficie ou de plonger les mains dans les rivières pour en ramener de pleines poignées, à condition de supporter la chaleur, la terrible chaleur qui terrasse les plus solides. Imagine cette sage dynastie de sultans qui aimait les arts, cultivait la beauté sous toutes ses formes, veillait au bonheur de ses sujets musulmans ou hindous. À l'intérieur de la forteresse, entre les palais et les jardins, les mosquées côtoyaient les pagodes et nul ne s'offusquait que le chant des *brahmanes* répondît à l'appel du muezzin.

— Que s'est-il passé ?

— Là-haut, au sommet, était édifié un délicat pavillon d'où les bons souverains de Golconde admiraient leur royaume et mesuraient l'étendue de leur puissance. Fut-ce de là qu'ils virent les premiers les armées du redoutable Aurangzeb déferler sur leurs terres ? Le Grand Moghol avait pris ombrage de leur opulence, de leur refus de se soumettre à son autorité. Il les accusait de ne pas imposer avec assez de sévérité la loi du Prophète. Mais le sultan n'avait pas peur dans sa formidable forteresse, défendue par une valeureuse armée, protégée par une double enceinte, dont les portails aux pointes de fer pouvaient contenir une charge d'éléphants caparaçonnés. Huit longs mois, la citadelle résista. Les *tanks*, les citernes, pourvoyaient ses habitants en eau, les vergers offraient leurs fruits et l'herbe suffisait à nourrir le bétail. Huit mois, et Golconde aurait pu résister encore si le sultan n'avait eu ce point faible.

Captivée par le récit, j'en ai oublié notre destination toute proche.

— Quel point faible ?

— L'homme, la bassesse de l'âme humaine. L'un des princes, contre la promesse de monts et merveilles de la part d'Aurangzeb, trahit son souverain. Une nuit, il ouvrit les portes aux armées mogholes et leur indiqua comment déjouer le plus astucieux des dispositifs pour protéger Golconde des intrusions, un système de tuyau en terre qui renvoyait le bruit à travers la forteresse. Un simple claquement de doigts au grand portail, le *Bala Hisar*, était ainsi entendu depuis la crête de la colline. Et Golconde tomba, en dépit de la vaillance des soldats, des Abyssins de la garde personnelle du sultan, qui moururent jusqu'au dernier. Les femmes du harem furent enlevées, les biens pillés, les défenses abattues et le malheureux sultan acheva son existence dans les geôles du Grand Moghol.

— Triste fin pour Golconde, conclus-je.

— Les royaumes et les empires vont des sommets de la gloire à l'oubli ! Aurangzeb fut un extraordinaire conquérant et le dernier Grand Moghol, puisque ses successeurs perdirent ce qualificatif de « Grand ». Son descendant, Shah Alam, est un pantin impuissant entre les mains des Anglais.

*

Flairant les étrangers, des marchands ambulants nous harcèlent, pendus en grappe aux harnais de nos *poonis*.

Nos hommes d'armes les chassent à coups de pied, du plat de leurs sabres. J'avais oublié le monde, la cohue des villes indiennes. Je colle ma monture au flanc de celle d'Haydar, effrayée soudain par tous ces visages, ces interpellations, tandis que nous allons à travers ruelles et bazars.

Hyderabad ne ressemble en rien à Calcutta. En dépit de la crasse et de la misère de ses venelles, le long desquelles des masures s'appuient aux murs élevés de palais ou de jardins de dignitaires, un certain ordre règne. Nous débouchons soudain devant une porte monumentale, formée de quatre colonnes reliées par des arches et supportant chacune un minaret.

— Le Charminar, qui marque le centre d'Hyderabad, m'expose Haydar. Avant les armées mogholes, Golconde était menacée par le manque d'eau. Son sultan d'alors décida d'édifier une ville sur la rive sud de la Musi. Elle fut baptisée initialement Bhaganagar, selon le nom de l'épouse bien-aimée du souverain, Bhagmati, et devint Hyderabad quand celle-ci se convertit à l'islam sous le nom de Hyder Mahal. Le Charminar dont les arches se prolongent par ces quatre avenues, chacune allant vers l'un des points cardinaux, a été bâti à la suite d'épidémies dévastatrices de peste et de mort-de-chien. Voilà pourquoi, avec sa mosquée, il est la réplique des tombeaux des martyrs de la foi, Imam Hussein et Imam Hassan, petits-fils du Prophète, à Kerbala. Autrefois, des palais jouxtaient le Charminar, mais Aurangzeb les a impitoyablement détruits. D'autres les remplacent, dont celui de Chowmahalla, résidence du *nizam*. De l'époque glorieuse des sultans de Golconde ne subsiste aujourd'hui que le Charminar et la grande mosquée, la Mecca Masjid, dans laquelle plus de dix mille croyants peuvent prier en même temps. Certaines de ses briques ont été confectionnées avec la terre de La Mecque et l'une d'elles renferme un cheveu du Prophète.

Je compare l'infime relique aux proportions gigantesques de l'édifice, songe à toutes ces églises où l'on trouve la dent ou le fragment d'os d'un saint, une écharde de la Vraie Croix. Pourquoi les fidèles de toutes religions ont-ils tant besoin de ces bribes pour conforter leur foi ?

Nos cavaliers ont disparu. Derrière la mosquée, nous nous engageons dans une rue au calme relatif, nous arrêtons devant la porte d'une maison à la façade percée d'ouvertures à claustras en forme d'étoiles. Haydar pousse à trois reprises le heurtoir, jusqu'à ce qu'une vieille femme édentée nous ouvre. Elle s'incline à moult reprises devant mon amant, multipliant les *salams*, sans m'accorder un regard.

Au milieu de la courette coule une fontaine, sous un palmier chargé de dattes. Nous montons à l'étage où la servante nous précède dans trois pièces en enfilade, dont le mobilier, quoique limité, me paraît luxueux.

— Votre chambre, Lady Ann, m'annonce cérémonieusement Haydar dans la dernière.

Un sofa, aussi long que large, garni d'une multitude de coussins de soie, en occupe la plus grande partie. Un imposant lustre de cristal est suspendu au plafond aux moulures en rosaces. D'épais tapis persans couvrent le sol et les murs. Dans le faible jour découpé en parcelles par le claustra, je me sens soudain prisonnière.

— Maintenant je dois chercher Jean !

— N'oublie pas, belle Lady, qu'aux Indes trop de hâte conduit à perdre son temps ! me tempère Haydar. Et Hyderabad n'est pas soumise à la loi des Européens, comme Madras ou Calcutta. Tu ne peux t'y aventurer à ta guise. D'ailleurs, même si tu resplendis, que diraient tes compatriotes de voir se présenter devant eux une femme vêtue comme une Indienne, au visage bruni par des jours de chevauchée et poudrée de la poussière des routes ?

*

Mais moi, je refuse de rester enfermée, oisive. Haydar s'en est allé avec Sunesh et Dharam Singh. Passant outre à ses consignes, accompagnée d'Amrita, je décide de sortir dès le lendemain matin. Le Charminar, les résidences des notables et palais avoisinant, si des officiers français vivent à Hyderabad, je devrais les trouver à proximité. La petite Indienne et moi nous perdons pourtant vingt fois, revenons sur nos pas, marchons longtemps.

J'aperçois au détour d'une rue des uniformes britanniques, mais les Anglais ne me seront ici d'aucun secours. Je me rappelle la recommandation de Khodja Sinan, d'Agha Petros et d'Agha Shamir. Comment savoir où résident les Arméniens ? Amrita ne parle pas la langue d'ici. Puis la chance me sourit. Deux hommes, deux Européens, traversent devant moi. Je tressaille, ils parlent français. Faisant fi des convenances, je me jette en travers de leur chemin.

— Messieurs !

Ils me détaillent des pieds à la tête avant que le plus âgé des deux me réponde, un léger sourire aux lèvres, sans se découvrir.

— Madame, que pouvons-nous pour vous ?

Haydar avait raison. Je dois offrir une apparence insolite dans mon accoutrement. Je me redresse de toute ma hauteur.

— Je m'appelle Anne de Montfort. Je suis à la recherche de mon frère Jean, officier dans les armées du roi.

Les deux Français ôtent précipitamment leur chapeau et s'inclinent.

— Pardonnez-nous, Madame, nous ignorions votre condition, reprend le même. Je suis le colonel d'Obsonville et voici le lieutenant de Coignières.

Pour qui m'ont-ils prise ? Préférant ne pas conjecturer plus avant, je leur résume mon histoire.

— Madame, vous nous en voyez fort marris, compatit le colonel, mais si le nom de Montfort nous est familier, nous ne connaissons nul gentilhomme à Hyderabad qui le porte. Je reçois chaque soir quelques amis. Puis-je vous convier à vous joindre à nous ? L'un d'eux aura peut-être rencontré monsieur votre frère.

J'accepte aussitôt l'invitation, un espoir ténu renaissant malgré tout en moi.

*

Il me reste une seule robe, la bleu ciel, ma tenue de veuve. Je me débats longtemps, sous les yeux d'une Amrita dépassée, afin de l'ajuster. Quelles coquettes dépourvues de jugeote, quels tailleurs à l'esprit tortueux ont inventé tant de complications pour tourmenter les femmes, les rendre folles au prétexte de les embellir ? J'arrange mes cheveux sous la dormeuse bordée de dentelle, renonce à me poudrer en raison de la chaleur, mais rehausse mes pommettes et mes lèvres d'un soupçon de rouge. Quand Haydar me découvre occupée à m'apprêter de la sorte, son visage affiche le temps d'un éclair une vive contrariété. Il se recompose aussitôt un air détaché.

— Puis-je t'accompagner ? me demande-t-il dès que je l'ai informé de mes intentions.

Je me jette à son cou.

— Toujours !

Au-dessus de la ville dorée par le soir, au flanc des collines et depuis les étages des maisons, d'étranges volatiles de couleur, des oiseaux à la queue démesurée, des poissons fantastiques, des dragons planent doucement.

— Les *patangs*, les cerfs-volants, sont une affaire d'importance ici, me raconte Haydar. Tu ne peux te figurer combien de temps est consacré à assembler ces fragiles machines sur leurs arceaux, les paris lancés à celle qui volera le plus haut. Si l'on s'approchait, tu verrais des notables et même des puissants seigneurs y jouer avec le plus grand sérieux, se chamailler comme des enfants.

Comme mues par leur propre volonté, les créatures aériennes, leurs ficelles effacées par le crépuscule, se déroulent, s'agitent et frémissent dans des sifflements stridents qui déchirent le murmure continu du vent. Haydar garde ma main dans la sienne, chargée de bagues et de bracelets. Il porte un splendide habit de soie brochée, rehaussé par une écharpe brodée d'or. Des diamants brillent à l'aigrette de son turban et à ses oreilles. Je ne sais pour quelle raison il souhaite paraître aussi richement habillé et ma pauvre robe doit sembler encore plus misérable en comparaison. Aux lumières mystérieuses du jour tombant, avec ce ciel habité de chimères, je suis une Cendrillon au côté d'un prince échappé d'un conte d'Orient.

S'il est surpris par la présence de mon compagnon, le colonel d'Obsonville ne m'en accueille pas moins fort aimablement dans l'agréable maison où il réside. Une douzaine d'officiers français conversent au salon, rescapés de nos batailles perdues contre les Anglais, idéalistes croyant encore en l'avenir de la France aux Indes ou aventuriers, au service de notre roi ou à celui de leur propre fortune. Je n'ai guère le loisir d'explorer les circonstances dans lesquelles ils se sont engagés au service du *nizam*, car je deviens aussitôt le centre de toutes les attentions. Le capitaine de Coignières se montre particulièrement empressé. À un moment, j'entrevois par la porte entrebâillée une jeune femme indienne qui nous écoute. Son attitude, bien qu'elle demeure cachée, le raffinement de son pagne et sa parure ne sont pas ceux d'une servante. Serait-elle la maîtresse, la *bibi*, ou l'épouse de notre hôte ?

Le souper se compose de mets indiens, dont un savoureux *biryani* d'agneau, relevé d'ail, de coriandre, de menthe, de gingembre et servi avec du yoghourt.

— Montfort ? lance soudain l'un des convives, le capitaine de Prémont, un homme courtaud à la chevelure grise ondulée. Cela remonte à loin, à ces détestables souvenirs de Pondichéry. Un fort bon gentilhomme, d'une grande réserve. Nous ne servions pas dans le même régiment, aussi l'ai-je peu côtoyé. Mais l'expédition sur Gingy a marqué nos mémoires. Quelques camarades et moi-même avons tenu à saluer ces courageux volontaires avant leur départ. À vrai dire, notre situation était tellement désespérée que nous n'aurions su prédire lesquels, de ceux qui partaient ou de ceux qui restaient, auraient le plus de chances de s'en sortir.

— Encore aujourd'hui, intervient le colonel d'Obsonville, je m'interroge. Comment le général de Lally-Tollendal a-t-il pu à ce point cumuler la malchance, les initiatives malheureuses et les impairs dramatiques, tant vis-à-vis de nos compatriotes que des Indiens ?

— Malchance, incompétence ou corruption, il aura à en répondre, puisque le voilà embastillé depuis quelques mois, ajoute le capitaine de Prémont.

— Quels que furent ses torts, on ne saurait l'accuser de trahison, rétorque le colonel d'Obsonville. Il a de sa propre initiative obtenu des autorités britanniques sa libération afin de rentrer en France pour défendre son honneur. En tout état de cause, il paiera cher ses fautes, comme nous les payons. La position des Français à Hyderabad en constitue une malheureuse illustration. Mais peut-être, Madame de Montfort, devrais-je vous en récapituler l'histoire ? En 1751, à l'issue de guerres fratricides, Salabat

Jang, troisième fils de Nizam ul-Mulk, qui fit de son nom le titre de sa dynastie, monta sur le trône grâce à l'aide du marquis de Bussy. Celui-ci resta à ses côtés jusqu'en 1758, lorsque, à son corps défendant, il lui fallut rejoindre Pondichéry pour se conformer aux ordres de Lally-Tollendal. Salabat Jang avait été un allié fidèle, mais le mépris avec lequel le traita notre général, ainsi que les défaites répétées des Français le conduisirent à reconsidérer sa position. Après avoir adopté une prudente neutralité, il se rangea du côté des Anglais. Rien n'est plus fragile que le pouvoir aux Indes ! L'année dernière, Salabat Jang a été déposé à son tour par son frère cadet et croupit désormais dans un cachot.

— Plus maintenant ! l'interrompt à nouveau M. de Prémont. Une récente rumeur circule dans Hyderabad selon laquelle il serait mort, assassiné.

— Ces familles princières manifestent une fâcheuse tendance à s'entretuer, reprend le colonel d'Obsonville. Les épouses du souverain ne poursuivent d'autre but que d'éliminer les fils de leurs rivales pour faire régner leur propre progéniture. D'ailleurs, la mère de l'actuel *nizam*, Asaf Jâh II, aurait déjà à son compte l'empoisonnement de l'un de ses frères aînés. Pour en revenir au sujet principal de mon propos, Asaf Jâh cherche, comme il se doit, à conforter son pouvoir. Mes amis ici présents et moi-même estimons qu'une intéressante opportunité s'offre à nous d'évincer les Anglais et de rétablir notre influence sur le sultanat du Deccan. D'ailleurs, plusieurs hauts personnages de la cour nous sont extrêmement favorables, dont…

À cet instant, je surprends le capitaine de Prémont à donner un léger coup de coude dans les côtes de M. d'Obsonville avec un regard en biais vers Haydar. Celui-ci conserve un silence glacial depuis le début du souper, supportant la condescendance des autres invités, et feint de n'avoir rien vu. Le colonel toussote et poursuit, plus évasif.

— Situation délicate, sachant que le *nizam* est en conflit avec les souverains de Mysore que les nôtres soutiennent.

Bien que fort instructive, la conversation ne m'enseigne rien. Sans y croire, je tente encore une fois.

— Aucun d'entre vous ne sait quelque chose à propos de mon frère, Jean de Montfort ?

— Hélas, non, Madame ! s'excuse le lieutenant de Coignières. Pour ma part, je me trouve dans le Deccan depuis bientôt trois ans et jamais je n'ai entendu parler de lui. Comme vous pouvez le constater, il en est de même pour nos amis ici présents. J'ai également pris la liberté d'interroger d'autres Français de la ville. Eux non plus n'ont su m'éclairer. Mais si vous demeurez encore parmi nous, je me ferai un plaisir de vous introduire auprès de nos connaissances.

Ma déception mal contenue, la lèvre tremblante, je parviens à bredouiller.

— Je vous en saurai gré, Monsieur.

Tandis que nous prenons congé, le capitaine de Prémont me chuchote en aparté.

— Pardonnez-moi, Madame, cet homme qui vous accompagne, le connaissez-vous bien ?

— Je le pense, réponds-je sur la défensive.

— Je ne voudrais vous inquiéter ni me mêler d'affaires qui ne me concernent point. Mais depuis la chute de Chandernagor où je servais, j'ai beaucoup parcouru les Indes. Son visage m'est familier. Mes souvenirs sont vagues et je ne saurais restituer où et comment nous nous sommes rencontrés. Voilà, je crois savoir qu'il est un espion à la solde des Anglais.

— Impossible, vous vous méprenez, Monsieur !

— Je le voudrais. Dans le doute, je me devais toutefois de vous avertir.

Sur le chemin du retour, Cendrillon débonde en larmes sur l'épaule du prince d'Orient qui ne trouve pas les mots pour la consoler. Non, je ne suis pas Cendrillon et Haydar n'est pas un prince. Je suis une insensée poursuivant une chimère, comme ces Indiens courant après leurs cerfs-volants. La nuit les a engloutis et, avec eux, mes derniers espoirs. Nulle trace de Jean à Hyderabad et plus aucune piste ne se dessine devant moi. Les allusions du capitaine de Prémont, insidieuses, me taraudent. Haydar, un espion ?

Carnet de Jean de Montfort

Un officier perdu de la France et une bayadère soustraite au service des dieux. Attendus nulle part, ni amis ni relations dont escompter le secours. Des proscrits !

Nous fuîmes Monghyr sans regarder derrière nous et sans savoir ce qu'il y aurait devant nous. S'en remettre au hasard, à la Providence, dans l'unique projet de rester ensemble.

Ma chère Anne, jamais je n'ai été aussi heureux que pendant ces premiers mois d'errance à travers les Indes. Chaque jour écoulé était un miracle. Miracle de trouver à mon réveil Padma blottie contre moi, confiante, après une nuit passée à l'abri d'une chauderie, dans la cabane d'un paysan ou à la belle étoile. Miracle de tant d'amour reçu auprès de cette femme splendide et courageuse. Elle avait à perdre dans cette équipée bien plus que moi et pourtant elle me souriait toujours, même à bout de force. Miracle d'être encore en vie, quand tant de dangers nous guettaient, qu'à chaque instant nous pouvions être dépouillés et occis par des voleurs de grand chemin, arrêtés par des soldats anglais en patrouille, attaqués par des bêtes féroces. Les fièvres me laissaient un répit et je reprenais courage, si incertain que se présentât notre avenir.

Padma, mon accomplissement. Padma, le lotus, fleur sacrée entre toutes, lotus rose poussé du nombril de Vishnou et sur lequel est assis Brahma, lotus bleu de Shiva, lotus blanc, pureté absolue, dans les mains de la sage Sarasvatî. Fleur née des profondeurs obscures, de l'eau originelle, et qui s'épanouit à la lumière. Oui, Padma était mon accomplissement, elle qui me rendait si vivant.

Notre amour infini ne nous dispensait pas de notre condition d'êtres humains. Enfants d'Adam et d'Ève, chassés du Paradis terrestre, il nous fallait nous nourrir, disposer d'un toit. Nous ne pouvions aller nus comme des sâdhus, *ne subsister que d'aumônes et de prières. Gorgin Khan s'était montré un ami généreux et, par chance, j'avais confié à Padma l'or et les joyaux dont il m'avait gratifié. Elle avait, elle, emporté ses bijoux. De quoi vivrions-nous quand nous aurions épuisé notre trésor ?*

Je chassais de mon esprit ces considérations triviales et la couvrais de baisers, comme si je pouvais ainsi la protéger de tout. Elle me retournait mes caresses au centuple, perpétuant l'illusion que rien n'entraverait notre amour, notre liberté. Elle taisait son secret afin de ne point m'inquiéter, m'aidant à peindre de teintes radieuses nos lendemains. Sage Padma, avec sa science si profonde de la vie, qui savait déjà, mais qui jugeait inutile de pleurer avant la venue des jours tristes. Et moi qui ne voulais rien voir ! Le remords me ronge parfois, autant que le chagrin. Anne, j'ai goûté à l'éternité et je l'ai payé cher.

Chapitre XIII

Toute la nuit, je suis restée assise, rencognée entre les coussins, retenant mes pleurs pour ne point réveiller Haydar, plongée dans le doute. Haydar, sur quel chemin m'as-tu entraînée ? Le capitaine de Prémont s'est sans doute trompé. N'a-t-il pas souligné lui-même l'imprécision de ses souvenirs ? Jean, Jean, donne-moi un signe de toi !

Vers l'aube, je me suis assoupie. Une caresse sur épaule m'éveille.

— Lady Ann, tu dois te reposer, t'accorder un répit. Ce périple depuis Calcutta t'a harassée. Donne-toi le temps de recouvrer tes esprits pour y voir clair. Habille-toi et viens.

Docile, je lui obéis. Nous partons seuls, sous les voiles du palanquin qui tangue à travers des rues inconnues. Même si la misère côtoie la splendeur, la ville offre un ensemble harmonieux. Elle a été conçue par des architectes persans, sur le modèle d'Ispahan, me dit mon amant. Le sultan qui l'a fondée s'est lui-même penché sur les plans, a choisi l'emplacement des fontaines et des jardins, des bazars et des quartiers de commerce, a dessiné les palais, dans un rêve de perfection.

Nous nous arrêtons devant une porte aux clous de cuivre découpée dans un mur lépreux. Haydar frappe.

Bientôt, une femme en pagne jaune vif l'entrebâille, puis nous ouvre tout à fait.

Nous nous retrouvons dans un jardin, un *chahar bagh* à la façon moghole, divisé en quatre parties par des canaux, avec au centre un bassin de mosaïque. Citronniers et orangers dispensent une ombre légère. Entre les massifs de roses, des paons blancs arpentent les allées de sable fin. Au fond se dressent quatre bâtiments en quinconce, un plus grand et trois similaires, tous enduits d'un mastic rose et coiffés d'une coupole à la base percée de minuscules fenêtres.

Nous sommes invités à nous asseoir sur un banc au bord de l'eau. On apporte du thé. Haydar échange quelques mots avec l'Indienne. Je devine l'esquisse d'un sourire sur son visage mat. Elle me prend doucement par le coude.

— Où m'emmène-t-elle ?

— Ce sont les plus beaux bains d'Hyderabad. Tu seras bien ici.

— Et toi ?

— Je viendrai te chercher plus tard. Je suis attendu. Peut-être l'un de mes amis saura-t-il quelque chose à propos de ton frère.

*

La femme et moi nous dirigeons vers les arcades précédant le premier bâtiment. Après une petite antichambre avec pour seul ornement un tapis aux subtils entrelacs et une console de marbre sur laquelle se consument des bâtonnets d'encens, nous pénétrons dans une pièce à peine plus vaste meublée d'un sofa, d'une table basse incrustée de nacre et d'une armoire aux battants ajourés. L'Indienne dénoue mon châle. Je comprends qu'il me faut me déshabiller. J'ai appris à ne plus en éprouver de gêne. J'accepte son aide pour enrouler sur mes hanches le drap de coton blanc.

Nous entrons ensuite dans une salle entièrement revêtue de carreaux de faïence aux motifs bleus. De l'eau ruisselle dans des vasques de tailles diverses. L'Indienne m'asperge avant de m'entraîner dans une étuve dont elle referme la porte derrière nous. Le sol est si chaud que je marche sur la pointe des pieds. Des robinets ouvragés ponctuant les murs jaillissent de l'eau et de la vapeur. À travers les yeux percés dans les carreaux de couleurs de la voûte filtre une lumière diffuse. En un instant, ma peau se couvre de fines gouttelettes de sueur. Nous quittons ensuite l'endroit pour nous retrouver dans une chambre étroite occupée en son centre par une longue table en bois de cèdre à la forme épurée d'un corps étendu, pareille à celle que j'ai vue chez les Aratounian.

Dans un coin, j'aperçois un brasero et une tablette chargée de fioles. La femme m'aide à m'allonger. Je ferme les yeux quand elle verse l'huile tiède sur le sommet de mon crâne. Je n'éprouve plus aucune réticence à livrer mon corps. C'est la condition pour remettre en accord son esprit et ses sens, rétablir l'harmonie en soi et mieux discerner son chemin. Sous les mains expertes, chacune de mes jointures craque, mes muscles s'étirent et se détendent. L'Indienne me frotte ensuite vigoureusement à l'aide un gant de crin, ponce la peau de mes pieds, de mes genoux et de mes coudes. Puis elle recommence à me masser doucement avec une nouvelle huile aux arômes de cardamome, d'oranger et de rose. Un demi-sommeil m'engourdit peu à peu. Le temps, le lieu n'ont plus d'importance.

Les mains qui me parcourent me connaissent mieux que moi-même. J'ai la sensation curieuse qu'elles me guident dans la découverte de mon propre corps. Chaque geste me conduit plus loin dans l'abandon.

Des pieds à la racine des cheveux, les pressions sont précises et puissantes, plus que celles auxquelles je suis habituée, un alliage subtil de force et de douceur. Le parfum des essences me grise, un filet tiède est versé au creux de mon nombril. Je fonds sous la caresse des cercles tracés sur mon ventre, des arabesques dessinées sur mes flancs et mes hanches et qui remontent peu à peu jusqu'à mes seins. Je tressaille quand je comprends que ce sont plus des mains qui me touchent, mais des lèvres. J'ouvre brusquement les yeux.

Un baiser sur ma bouche étouffe mon cri. Haydar est penché au-dessus de moi.

— Que fais-tu là ?

— Préfères-tu que je m'en aille ?

Comment mentir lorsqu'on est nue ? Comment dire non quand on a déjà accepté ? Haydar n'attend d'ailleurs pas que je me prononce pour baiser à nouveau mes lèvres et ma gorge. Puis il se débarrasse de son vêtement et se hisse sur la table. J'ai bientôt huit bras pour l'enlacer et au moins autant de jambes à nouer autour de ses reins pour m'ouvrir à sa danse, toujours plus loin, toujours plus loin.

Jamais Haydar n'a été aussi tendre et aussi fougueux à la fois. De la table glissante où nos corps se heurtent au bois dur, nous avons roulé sur le tapis. Par une gymnastique inexplicable, nous nous retrouvons au milieu de coussins dans un petit salon. Sur un plateau posé à même le sol, du thé exhale ses notes épicées dans des verres à côté de sorbets qui se liquéfient doucement dans leurs coupelles. Un *hookah* est prêt. Haydar porte l'embout à ma bouche. La première bouffée me monte à la tête. Je m'affale dans ses bras et nous fumons tous les deux un moment sans rien dire, jusqu'à ce que notre ardeur renaisse. Quand nous sommes rassasiés, il fait presque noir.

— Il faut rentrer.

— Rien ne presse, murmure mon amant, nous pouvons rester ici toute la nuit. Personne ne nous dérangera.

Comme je m'en étonne, il me montre les petites fenêtres à la base de la coupole au-dessus de nous.

— Les bains sont complices de tous les secrets. Regarde là-haut. Avant le mariage, il n'est pas rare que le fiancé, en échange de quelques pièces, obtienne du maître du bain la permission de se poster sur le toit afin de vérifier si sa promise est bien faite.

— Et si elle est vilaine ?

— Tout dépend de sa dot. Selon son importance, il épousera la demoiselle et prendra une seconde femme. Ou bien il rompra les fiançailles, la rumeur courra que la jeune fille est laide et elle ne trouvera pas d'autre mari.

— C'est odieux ! Tu n'agirais pas de la sorte ?

Haydar couvre mon cou de baisers.

— Ma bien-aimée a la beauté d'un lever de soleil, la douceur d'un pétale de rose et l'impétuosité d'une pouliche sauvage. Je serais pourtant tenté de grimper là-haut afin de vérifier si tu es aussi belle de loin que de près.

— Cesse de te gausser ! Je ne sais jamais si tu es sérieux ou si tu plaisantes. Au fond, je ne sais rien de toi.

D'un coup, il se rembrunit et cherche à m'échapper.

— Qu'as-tu besoin d'apprendre de plus ?

Je lui assène dans une intuition soudaine :

— Tu n'es pas indien.

Dans le noir, résonne un rire sans gaieté et sa voix se métamorphose, plus grave.

— Je ne suis pas le fils d'un dignitaire de Constantinople, je ne suis pas né dans un palais de Jaïpur, d'une courtisane et d'un rajah, pas plus que je n'ai eu un lord pour père. Non, je ne suis rien de tout cela.

— T'ai-je caché quelque chose ? Alors, dis-moi, s'il te plaît.

— Je me rappelle à peine, cela fait si longtemps, chuchote-t-il, tout juste audible. Les ruelles humides de Liverpool, la brume glacée qui noie le ciel de gris. Ma mère était fille d'auberge et j'ignore tout de mon père. Un marin, un commis en voyage, l'aubergiste lui-même ? Elle ne le savait sans doute pas plus, elle qui offrait son corps avec une chopine de bière aux hommes de passage pour un meilleur pourboire, pour rien peut-être. J'avais des frères et des sœurs, poussés eux aussi sur le pavé, petits gueux au ventre creux, mendiant ou volant leur pain, des coups pour toute éducation. À quinze ans, j'ai été ramassé par les recruteurs de l'*East India Company*. Il fallait des hommes, toujours plus, pour renforcer ses armées. Orphelins, vagabonds, repris de justice, du moment où l'on tenait sur ses deux jambes, on était bon pour le service, avec ou sans notre consentement. Pendant des semaines, nous avons été entassés comme des bestiaux dans des hangars près du port en attendant le départ des vaisseaux. Enfermés, les uns sur les autres si bien qu'on devait dormir à tour de rôle, rongés de vermine, nous disputant une pitance immonde, nous n'avions plus rien d'humain quand nous avons enfin été embarqués. À notre arrivée à Madras, il en restait moins de la moitié. Et les survivants se comptaient sur les doigts de la main un an plus tard. Les combats, les maladies. Moi, j'ai eu de la chance et puis ce don.

— Les langues…

— Je parlais le mauvais anglais des bas-fonds. Quand je suis arrivé aux Indes, ce fut une explosion de sons, de sens. Je découvrais ces contrées, non au travers de leurs paysages, des coutumes de leurs habitants, mais de leurs langues. J'ai commencé par celle de la diplomatie et du commerce, le persan. J'ai appris aussi celle des prêtres, le sanscrit, avant d'aborder les autres. Le bengali parlé dans le nord et sur les bords du Gange, le canara au couchant, le marathe vers le midi, le télougou dans le Deccan et jusqu'au pied des Ghâts orientaux, le malabar dans le sud-ouest, aux royaumes de Cranganor, de Travancor et du

Tanjaour, le tamoul sur les côtes de Coromandel et de l'Orissa. Leurs musiques secrètes me hantaient jour et nuit jusqu'à ce que j'en décryptasse le code et les nuances. Je les ai acquises sans difficulté, même si l'on prétend que ce n'est pas là chose aisée en raison de la proximité des phonèmes, des différences trop subtiles pour des oreilles européennes. Je n'ai aucune explication à cette singulière aptitude à laquelle rien ne m'avait prédisposé. Les officiers s'en sont aperçus et ont voulu utiliser ce talent allié à une mémoire infaillible. J'ai porté des messages, traduit des conversations. La couleur de mes cheveux et de mes yeux me permettait de passer pour un Indien. Je suis devenu l'un des leurs et je n'ai plus vu l'intérêt de rester un obscur serviteur de l'*East India Company*. Alors j'ai disparu et me voilà Haydar Sahib, depuis tant d'années que j'ai enterré celui que j'étais jadis.

— Quel est ton nom, ton vrai nom ?

Il hausse les épaules.

— Quelle importance ? Heathcliff, Heathcliff Tyler, bâtard enfanté par la misère à Liverpool, voilà le grand seigneur que tu t'es choisi pour amant.

— Moi je suis Anne de Montfort, l'interromps-je, et je me suis donnée à toi car tel est mon bon plaisir !

Ai-je une fois de plus parlé trop vite ? Il me semble, l'espace d'un instant, qu'Haydar voulait ajouter quelque chose.

Comme par magie, une pierre à l'éclat bleuté surgit entre ses doigts.

— Lady Ann, tu m'as reproché un jour de préférer les diamants aux êtres humains. C'est faux, depuis peu, je l'avoue. C'est faux, depuis que je t'ai rencontrée.

Il loge la pierre précieuse au creux de mon nombril.

— Anne, voilà le centre du monde, de mon monde. Si tu acceptais de devenir ma femme, je ferais monter ce diamant en bague et le passerais à ton doigt.

La stupéfaction me pétrifie. Je me suis adonnée à cette passion sans regarder plus loin que le bonheur immédiat, que l'instant.

— Mon unique projet est de retrouver mon frère, répartis-je sans ménagement.

— Et si tu échouais, si Jean était mort ou à jamais disparu ? Ta quête ne saurait suffire à donner un sens à ta vie !

— La crois-tu vaine pour t'exprimer en ces termes ?

Il cherche à m'embrasser. Comme je me détourne, il soupire.

— Les diamants sont éternels et celui-ci attendra ta réponse. Mais ne te trompe pas, Lady Ann.

*

De retour en notre résidence, Haydar a retrouvé son attitude ordinaire, plein de sollicitude, avec cette ironie tendre. Je perçois pourtant sa déception. La conviction qu'il a voulu se confier avant de se raviser me poursuit. Je me demande ce qui m'a échappé. Qu'a-t-il eu réellement l'intention de signifier par cette mise en scène au bain, cette brusque demande en mariage ? Pourquoi ? Pour me consoler ? Il ne parlera plus, ou du moins pas avant longtemps. Que tait-il ? Pourquoi les hommes peinent-ils tant à exprimer leurs pensées intimes, les doutes qui les habitent ? Désormais notre liaison porte en elle une fêlure, à cause de mon refus, d'un avenir que nous n'envisageons pas tous les deux de la même manière, d'autre chose peut-être.

Deux jours durant, d'ailleurs, je le vois à peine. Il vaque à ses affaires, prétend s'informer à propos de Jean. Qu'en penser ? L'incertitude me ronge. Vers où, vers qui me tourner ?

Puis l'orage éclate, un soir.

— Que vas-tu faire à présent ? m'interpelle à brûle-pourpoint mon amant.

— Je l'ignore.

— Retourner te flétrir dans ton couvent breton, demander asile à Agha Shamir à Madras dans l'attente d'hypothétiques nouvelles, te pendre au cou de ce charmant lieutenant qui te courtisait chez le colonel d'Obsonville ou de n'importe quel homme assez stupide pour s'émouvoir devant tes jolis yeux et ta détresse ?

— Haydar, pourquoi user de ce ton envers moi ?

— Qui le fera, autrement ? Jusqu'où iras-tu ? Vas-tu consacrer ton existence à errer comme une âme en peine à travers les Indes ?

— Pourquoi pas ?

— Alors épouse-moi, Ann ! Reste dans ce pays, puisque dans le tien il ne te reste rien. Qui sait, au cours de mes voyages, peut-être découvrirai-je quelque chose ?

— Je ne peux pas ! N'exige pas de moi de renoncer ! Il faut encore attendre.

Il m'étreint à m'en étouffer. La gorge pleine de sanglots, je suffoque tandis qu'il me jette avec colère :

— Attendre ? Qui, quoi ? Pourquoi me repousses-tu ? Parce que tu estimes ne plus avoir besoin de moi ? Ou alors Lady Ann ne veut-elle pas d'un petit vaurien d'Anglais sorti du ruisseau ou d'un Indien mahométan pour époux ?

Cette fois-ci, je pleure tout à fait, éperdue.

— Tu sais bien qu'il ne s'agit pas de cela !

Haydar se radoucit, mais je le devine toujours en colère, contre moi, contre lui, autant que moi je le suis. Nos caresses ont un goût de fin du monde.

Il me croit endormie et s'est levé. Il fume à la fenêtre. À travers les ouvertures du claustra, la lune esquisse son corps en traits discontinus de lumière. On dirait un être surnaturel, un fantôme hésitant entre le monde des morts et celui des vivants. J'ai peur soudain, pour lui.

— Haydar !

Il revient vers moi. Je l'enlace de toutes mes forces. Retrouver sa chaleur, sentir l'odeur poivrée de sa peau et celle du tabac.

— Heathcliff.

Il rit tout bas.

— Lady Ann, votre prononciation de l'anglais est épouvantable. *Awful.*

*

Je ne l'ai pas entendu se lever ce matin. Il est parti avant l'aube. Une invitation du lieutenant de Coignières à une promenade en calèche au bord de la Musi m'a été remise. J'ai décliné. Je suis sortie, plutôt la touffeur des rues que cette chambre peuplée d'ombres tristes.

Amrita trotte sur mes talons, son sourire radieux effacé par les relents de ma peine. Nous vagabondons au hasard jusqu'à une place envahie par un attroupement. Deux hommes en culottes bariolées ont descellé quelques pavés au centre. Après avoir bêché la terre, l'un d'eux enfouit un noyau de mangue et l'autre arrose. Puis trois femmes surgies de l'assistance plantent quatre bâtons et tendent une toile tout autour. Les cinq personnages se livrent alors à une danse endiablée en psalmodiant des incantations. Je reconnais des Banjaras, même si les visages de ceux-ci ne me sont pas familiers. Sans cesser leurs cabrioles, ils ôtent la toile. Miracle, une petite tige verte avec ses bourgeons a germé ! L'un des spectateurs est invité à arroser encore avant que la toile soit replacée. Nouvelles danses et prières et, cette fois-ci, l'arbrisseau a poussé d'un bon pied, ses branches formées et couvertes de feuilles tendres. Les acrobaties redoublent d'audace. Les badauds reprennent en chœur les chansons, battent la mesure de leurs pieds et de leurs mains. Quatre, cinq, six fois, la toile dévoile un manguier toujours plus haut, puis chargé de fruits mûrs à point. L'un des baladins m'en offre un. Je dépose dans sa paume une poignée de *roupies*. La mangue, délicieuse, fond dans ma bouche et je ne m'explique pas les secrets de ce tour. *Mâyâ*, l'illusion cosmique. L'arbre n'a pu croître en si peu de temps, mais la mangue est bien réelle, comme ces bohémiens et la joie des spectateurs. Et moi, je suis là, au bout du monde, sur la foi d'un rêve.

*

Haydar m'attend en fumant le *hookah* en compagnie d'un Indien au teint très sombre, dont la barbe s'étale sur toute la poitrine.

— Puis-je te présenter un ami, Antwerruddin Kumar Sahib, négociant de son état ? Il est l'un des fournisseurs attitré d'Haydar Ali Khan, Premier ministre et commandant en chef des armées du rajah de Mysore. Il le pourvoit en mobilier, étoffes et pièces d'orfèvrerie pour son palais à Srirangapatham. Comme l'a évoqué le colonel d'Obsonville, là-bas se sont réfugiés de nombreux Français. Antweruddin Sahib pense avoir croisé ton frère.

Je m'enflamme sur-le-champ.

— Monsieur, quand était-ce ? Pouvez-vous m'en dire plus ?

— Il ne parle ni le français ni l'anglais, il faudra te contenter de ma traduction, coupe mon amant. D'après ce qu'il m'a rapporté, cela remonte à deux mois environ. Un jeune homme mince, très blond, d'une vingtaine d'années. Il lui a semblé entendre le nom de Montfort.

— Monn-forr ! Monn-forr ! insiste l'Indien.

— C'est tout ?

— C'est tout. Qu'en penses-tu ?

— Si c'est là notre dernière piste, qu'avons-nous à perdre à la suivre ?

— Et après ?

— Je n'y ai guère songé, Haydar.

— Alors nous partirons dès demain, avec le convoi de cet homme. Il nous faudra environ un mois pour parcourir les quelque trois cents *cosses* jusqu'à Mysore.

*

Avant l'aurore, nous rejoignons une longue file de chameaux et de bœufs à la sortie d'Hyderabad. De nouveau, à perte de vue, le plateau du Deccan, les champs emblavés de tabac, les plantations de coton, quelques rizières et puis ces terres stériles balayées par le vent et la poussière. Au milieu de la caravane, Dharam Singh, disparu pendant notre séjour à Hyderabad, Sunesh, Amrita, Haydar et moi avons recomposé notre étrange tribu, si disparate et pourtant si intimement liée.

Après nos récentes disputes, les nuages semblent s'être dissipés entre Haydar et moi. L'ardeur embrase à nouveau nos sens à chaque fois que nous pouvons nous dérober aux regards de nos compagnons. Il ne me parle plus de mariage, ne m'interroge plus sur mes projets. D'ailleurs, il me parle peu, ou bien de sujets anodins. Dès que j'envisage de le questionner, il esquive par mille attentions délicieuses et caresses subtiles.

Cependant, la frénésie qui m'a portée sur la route depuis Calcutta m'abandonne. Une immense lassitude s'empare peu à peu de moi. Sont-ce les doutes sur l'issue de ce nouveau voyage, la dureté du climat, ce morne paysage ? Les journées de chevauchée sur le dos de mon *pooni* n'en finissent pas. Il m'arrive de fermer les yeux, de m'endormir, jusqu'au moment où un léger écart me déséquilibre et me sort brutalement de ma léthargie.

Amrita me nourrit de quantité de *cange*, du bouillon de riz, censé délasser et restaurer les forces, qu'elle assaisonne de feuilles de curry, de gingembre, de noix de cajou et de poivre. Rien n'y fait, la fatigue prend le dessus sur ma volonté.

Une semaine environ après notre départ d'Hyderabad, je chois lourdement de ma monture. Je me relève avec plusieurs contusions et un poignet enflé. Haydar, inquiet, me prend en selle avec lui jusqu'à notre arrivée à Alampur. Dans la maison où nous trouvons asile, je dors deux jours entiers d'un sommeil de plomb. Au matin suivant, je me sens revigorée. Toute réjouie, Amrita m'assure que c'est grâce à la Tungabhadra, affluent de la Krishna, l'un des sept fleuves sacrés des Indes, qui baigne Alampur. Elle m'a préparé des infusions d'herbe avec son eau et m'en a aspergée. Par la fenêtre, j'entraperçois les sommets aux lignes incurvées de dizaines de pagodes. Combien ? Aucune ville dans le royaume de France ne compte autant d'églises.

Faisant fi de mes protestations, Haydar insiste pour que je poursuive le voyage en palanquin. Nous avons parcouru à peine le quart du chemin.

Une douzaine de jours encore et nous atteignons Bangalore, la seconde ville du royaume de Mysore, au curieux nom de « Haricot ». Selon une antique tradition, un roi affamé l'aurait baptisée ainsi pour un plat de haricots offert par une vieille femme compatissante. À l'extrémité est du plateau du Deccan, au sein d'une nature plus généreuse, l'air est enfin respirable, léger. J'abandonne le palanquin pour mon *pooni*, me lance même avec plaisir dans une cavalcade à bride abattue, sans écouter les mises en garde d'Haydar.

— Ménage-toi, Lady Ann ! Les Indes ne font pas miséricorde à ceux qui ne sont pas nés sous leurs cieux.

Il a perdu sa nonchalance habituelle et je ne crois pas que sa préoccupation pour ma santé en soit l'unique raison.

Sunesh et Amrita, en revanche, jacassent sans arrêt et s'amusent de plaisanteries qu'eux seuls comprennent. Leur insouciance est un réconfort, deux anges bienveillants à la peau brune qui nous dispensent leur gaieté intarissable. Une fois pourtant, le jeune bohémien s'assombrit. Il montre quelque chose sur notre droite à Amrita et tous deux engagent un vif échange. Je regarde à mon tour. Une nuée de milans, de corbeaux et autres rapaces tournoie au-dessus d'une haute tour ronde. Régulièrement, certains rompent leur vol concentrique pour piquer sur le sommet de la construction, puis se posent, non sans force claquements de becs et battements d'ailes furieux, afin d'écarter leurs congénères.

— Une tour du silence, me commente Haydar, dernière demeure des défunts Parsis. Ces gens adorent le feu sacré et ne sauraient le souiller en y brûlant leurs morts, pas plus qu'ils ne peuvent offenser la terre en les y enterrant. Alors ils offrent les dépouilles aux charognards.

— C'est répugnant !

— Pourquoi ? Quand on a rendu son dernier souffle, qu'importe de se consumer dans les flammes, de nourrir les vers ou bien les oiseaux ? Cette ultime façon de disparaître permet aussi d'être une ultime fois utile à la terre qui nous a nourris, de rendre à la nature un peu de ce qu'on lui a pris. Que l'on aspire au Paradis et à la vie éternelle, à la libération du cycle des renaissances du *sâmsara* ou que l'on pense retourner au néant, cela ne change rien à nos peurs, à nos erreurs, nos bonheurs fugaces, à être là, ici et maintenant, avec la pluie, le soleil et le vent, les arbres et les animaux. Les Parsis révèrent les charognards, les hindous vouent un culte aux vaches sacrées, aux cobras, aux éléphants et aux langurs. As-tu entendu parler des Jaïns, qui ne mangent que des fruits et des légumes, pour lesquels écraser une fourmi est un crime et qui n'allument jamais de lampe à la nuit tombée afin d'éviter qu'un moustique s'y brûle ? Les Indiens, quelle que soit leur religion, respectent les animaux autant que leurs semblables, car les animaux n'ont nul besoin de mentir ou de tricher avec la vie. Lady Ann, méfie-toi des illusions. Lady Ann, un jour tout s'achève.

— Dieu m'a donné la foi et l'espérance.

En dépit de mes dernières paroles, j'ai le pressentiment que quelque chose va se terminer bientôt, d'une façon ou d'une autre, à Mysore. Je me demande qui, d'Haydar ou de moi, ment le plus à lui-même ou à l'autre.

*

Mysore, enfin ! La colline de Chamundi la surplombe de ses trois cent cinquante pieds, sommée du *gopuram* à sept étages du temple de Sri Chamunderswari. De larges avenues aux carrefours desquelles jaillissent des fontaines longent des édifices bien bâtis. Nous nous arrêtons dans une maison un peu en retrait, l'une des propriétés d'Antweruddin Kumar Sahib. À peine sommes-nous installés que j'insiste pour l'accompagner à Srirangapatnam, résidence d'Haydar Ali Khan, à sept *cosses* de Mysore, où sont basés les officiers français à son service. Mon amant ne propose pas de me suivre.

— Mieux vaut que j'entreprenne des recherches de mon côté. Nous multiplierons ainsi nos chances, avance-t-il.

Quelle idée a-t-il en tête ? Souhaite-t-il éviter de croiser à nouveau mes compatriotes ? Dispose-t-il d'une piste ? Que me dissimule-t-il ? Quoi qu'il en soit, je préfère effectuer seule cette visite.

En fait de ville, Srirangapatnam est une île, entourée par la Cauvery, autre rivière sacrée. De tout le sud des Indes, des fidèles viennent y répandre les cendres de leurs morts et prier pour eux Vishnou, dans l'un des nombreux temples alignés sur ses rives, dont celui de Ranganathaswamy avec sa salle aux mille piliers. On y honore Vishnou Ranganatha, la représentation du dieu assoupi entre deux créations du monde sur Ananta, le serpent de l'éternité qui repose sur les eaux de l'Océan primordial.

Si Srirangapatnam est un lieu voué à l'éternel divin depuis des siècles, le chef des armées du Mysore en a fait une forteresse pour asseoir son pouvoir temporel. Plusieurs bastions fortement armés défendent les remparts qui ceinturent l'île. Quatre batteries de canons protègent l'accès à la forteresse par l'unique pont. Mon guide doit parlementer longtemps auprès des postes de garde successifs afin d'obtenir l'entrée.

Je n'ai guère le loisir d'admirer en détail le palais composé de multiples édifices surmontés de tourelles, aux façades et aux ouvertures embellies de marbre exquisément sculpté, de pavillons et de kiosques coiffés de coupoles. Antweruddin Sahib me confie à deux hommes d'armes qui me conduisent à un corps de logis plus éloigné. En haut des marches, apparaît un jeune Européen en redingote et perruque. Il transforme aussitôt son mouvement de surprise en une courtoise révérence.

— Madame, si je m'attendais... Lieutenant Frémont, pour vous servir.

Il m'invite à entrer et m'offre une limonade tandis que je relate pour la millième fois au moins le motif de ma présence.

— Montfort ? Je regrette, ce nom n'éveille aucun souvenir. Mais je suis arrivé récemment et si vous le voulez bien, je vais faire quérir notre commandant, le colonel de Rohan.

Rohan, un patronyme breton qui sonne de bon augure à mes oreilles. Peu de temps après survient un personnage aussi haut que large, au visage barré d'un bandeau de soie noire, tout aussi abasourdi par ma présence que son lieutenant.

— Sainte Vierge, qui croirait une telle histoire ! tonne-t-il de sa grosse voix après m'avoir saluée. Il n'y a qu'une

Bretonne pour se lancer dans pareille aventure ! J'ai connu jadis, en mes jeunes années, un Geoffroy de Montfort, dans des circonstances qu'il m'est impossible de me remémorer. Serait-il de votre proche parenté ?

— Mon père, Monsieur, parviens-je à bredouiller, émue par cette évocation.

— Et comment se porte-t-il ? Ah, pardon, suis-je sot ! Quel père digne de ce nom, s'il était en vie, autoriserait sa fille à traverser la moitié du monde ! Acceptez toutes mes excuses, Madame, pour ce regrettable impair.

J'essuie discrètement mes yeux.

— Je vous en prie.

— Jean de Montfort, en revanche, cela ne me dit rien, en tout cas pas ici à Mysore. Mais sait-on jamais. J'ordonne sur-le-champ de consulter nos registres et d'interroger mes hommes. En attendant, ce sera un plaisir pour moi de parler avec vous de notre belle Bretagne. Je donnerais dix ans de ma vie pour une bolée de cidre ! Allons marcher dehors, les parterres sont superbes.

De fait, le volubile colonel entretient à lui tout seul la conversation, tandis que nous parcourons les allées d'un jardin en effet magnifique. Tulipes, anémones, œillets, hibiscus rivalisent dans leur exubérante floraison. Les rosiers, déclinés en une incroyable variété, mêlent leur parfum à celui du jasmin. Quand il a achevé de s'épancher sur notre terre natale, M. de Rohan m'en dit plus long sur la situation du royaume de Mysore.

— Haydar Ali a embrassé le métier des armes comme son père et son frère. Après s'être fait remarquer pour sa bravoure par le rajah de Mysore, il se vit confier un commandement. Il réorganisa ses troupes selon le modèle de nos armées européennes, en créant un corps d'artillerie solide. Conseillé dans cette entreprise par des Français, il devint notre allié le plus fidèle. Il noua des liens étroits avec Joseph Dupleix, et jamais son soutien ne nous fit défaut contre les Anglais, ni d'ailleurs le nôtre contre ses propres ennemis. Le Mysore fut attaqué en 1757 par les Naïrs de Malabar. Étrange population que ces Naïrs ! Les femmes des castes élevées jouissent du privilège d'avoir autant de maris qu'elles le souhaitent. Les hommes vivent regroupés dans une même maison et se contentent de rendre visite à leur épouse quand elle le veut bien. Enfin, Haydar Ali sortit victorieux et devint *jaghir* – gouverneur – de Bangalore. Court répit puisque ce fut au tour des Marathes de lancer une offensive. Notre ami repoussa l'ennemi avec succès et accéda au rang de commandant en chef de toutes les armées du Mysore, puis de Premier ministre avec le titre de Fatah Haydar Bahadur ou de *nawab* Haydar Ali Khan, il y a deux ans. Le trésor royal ruiné par ces guerres, il s'ensuivit une période de troubles à la cour qu'Haydar Ali mit à profit pour devenir le véritable homme fort du Mysore, face à un souverain fantoche. Voilà donc cet homme, petit-fils d'un *fakir* du Penjab et prétendu descendant du Prophète Mahomet, illettré mais d'une intelligence hors du commun, le champion des intérêts de la France aux Indes.

— J'ai rencontré à Hyderabad des officiers français qui fondent de grands espoirs sur le nouveau *nizam*.

— Hélas ! je n'y crois guère. Mysore et Hyderabad sont en conflit et nous ne saurions supporter les deux partis à la fois. De plus, les Anglais ont si bien avancé leurs pions à la cour d'Hyderabad que la cause me semble perdue pour nous. Quel effroyable gâchis ! J'ai servi sous Dupleix à Pondichéry. Époque bénie et un avenir si prometteur, même si cela m'a coûté mon œil droit, souvenir d'une escarmouche ! J'ai passé ensuite plusieurs années à Mahé. Paix à l'âme de notre valeureux Bertrand de La Bourdonnais ! Qu'avons-nous fait de ce que ces hommes ont bâti !

La longue diatribe du colonel a donné le temps à ses subalternes d'exécuter ses ordres. Le lieutenant Frémont avance vers nous, la mine dépitée. Je devine déjà ce qu'il va annoncer. Toujours cette triste intuition qui me poursuit.

— Vous m'en voyez désolé, Madame, confirme le jeune homme, selon toute vraisemblance, aucun Jean de Montfort n'est jamais venu à Mysore, du moins n'a jamais figuré dans la troupe française.

— Me voilà désormais dans une impasse, répartis-je la voix tremblante.

— Madame, avance alors M. de Rohan, mon expérience de soldat m'a enseigné à ne jamais perdre courage. Tant que nous sommes en vie, il existe toujours un moyen de se sortir d'affaire. Permettez-moi de vous parler en père, puisque le vôtre nous a quittés. Il est hors de question que nous vous laissions vous exposer plus longtemps à tant de périls. Vos amis naviguent sans doute déjà loin des côtes des Indes. Alors, demeurez céans. Nous comptons nombre d'officiers célibataires et de bonne naissance parmi lesquels vous trouverez très vite un excellent mari. Certes, je ne saurais vous promettre la vie paisible de nos campagnes en quelque vénérable manoir, comme il siérait à votre rang. Mais une existence un brin plus aventureuse ne rebuterait certainement pas une hardie Bretonne.

Sous le coup de mon immense déception, déconcertée par les vues matrimoniales saugrenues du colonel et imaginant sa mine s'il découvrait ma liaison avec Haydar, je réprime un fou rire nerveux pour articuler avec peine :

— Monsieur, vous me voyez fort touchée par tant d'attention de votre part. Cependant, une telle décision demande à être pesée. Accordez-moi le temps de la réflexion.

Le colonel de Rohan semble un peu déçu par mon esquive. Il m'arrache la promesse de revenir le visiter et me fait escorter par une demi-douzaine de ses soldats jusqu'à Mysore.

Carnet de Jean de Montfort

Si vastes que soient les Indes, elles nous étaient en maintes places interdites. Il nous fallait écarter le Bihar, le Bengale et l'Orissa, sous domination anglaise. René Madec m'avait confié un temps son projet de passer au service du rajah d'Aoudh. Y avait-il donné suite ? Devions-nous le rejoindre ? Tenter plutôt notre chance au Pendjab ou à l'Ouest, dans l'empire marathe ?

Un homme traqué cherche toujours à se rapprocher des siens. Où étaient les miens ?

De nombreux Français servaient le nizam *d'Hyderabad ou le roi de Mysore. Mais ma santé trop précaire m'interdisait de reprendre le métier des armes. Qui voudrait d'un officier susceptible de défaillir avant même d'avoir tiré son épée du fourreau ? Existait-il ailleurs aux Indes un général Sahib amateur de poésie ? Je ne disposais d'aucun talent pour le commerce, d'aucun goût pour l'intrigue. En quoi ma belle écriture et les poètes de la Pléiade m'aideraient-ils ?*

Selon le Traité de Paris mettant fin à la guerre, la Grande-Bretagne nous restituait nos comptoirs de Chandernagor, Mahé, Yanaon, Karikal et Pondichéry. Pondichéry, je n'y retournerais point, trop de souvenirs douloureux, l'impuissance si cuisante face au désastre imminent. Je me refusais à cultiver mon amour sur un champ du malheur, parmi les spectres.

L'amour est une folie, car il nous fait croire en l'impossible et nous permet parfois de le réaliser. Parfois…

Je décrivais à Padma la Bretagne, notre domaine de La Motte-aux-Montfortins, la chapelle des Croisés, la tour écroulée, le trésor des Montfort, nos jeux dans les douves. Je lui parlais de toi, Anne. Elle me disait qu'elle n'avait jamais rencontré ses sœurs et qu'elle aimerait te connaître. Je n'oubliais pas nos parents, notre Soizic et ces bonnes gens de La Richardais. Elle riait, incrédule, quand je lui racontais qu'en notre pays, la mer se retire si loin qu'on se demande si elle n'a pas fui à l'autre bout de la terre. D'ailleurs, elle n'avait jamais vu la mer. J'évoquais le goût du cidre qui pique la langue de ses bulles, le temps des moissons, les forêts à l'automne. Je lui fredonnais les airs de notre campagne, ceux qui ont bercé mon enfance, notre enfance, petite sœur. Tout cela n'était qu'un joli conte pour faire naître des fossettes à ses joues si douces, des sourires sur ses lèvres tendres. Que serait devenue ma belle bayadère dans la froidure de nos hivers, dans ce pays où il lui aurait fallu porter des chaussures, où l'on mange vaches et cochons, où les dieux ne dansent pas et où l'on ne danse pas pour eux ?

Nous partagions tout, la chaleur de nos corps, les couleurs de nos rêves. Qu'avais-je d'autre à lui offrir ?

Trouver une issue, un havre tranquille, une maison. Padma gardait intacte sa détermination, mais je ne pouvais ignorer son état, ni la fièvre intermittente qui m'affaiblissait au fil des jours. À cette période-là, je recommençai à rêver de toi, ma chère Anne. Notre bonne Soizic me gratifiait de ce nom d'ange, mais tu mérites tellement plus ce qualificatif, toi, mon véritable ange gardien, que rien ni personne ne fait reculer ! Tu souriais dans mes songes, tu me parlais aussi. Hélas ! je ne comprenais rien à tes propos. Quand je pensais enfin en saisir le sens, je me réveillais brutalement sans le moindre souvenir.

Peu à peu, une idée se forma en moi. Délire de poète ou de malade ? Je m'en ouvris à Padma. Elle acquiesça, m'affirma que les dieux nous envoient ainsi des messages par-delà notre conscience, notre étroite vision de la réalité.

Chapitre XIV

Excès de fatigue, de chagrin provoqué par l'incertitude du sort de mon frère, je suis prise de malaise dès mon arrivée en notre hébergement de Mysore. Une douleur lancinante brûle mon ventre, une forte migraine cogne à mes tempes. Je ne supporte plus ce climat, je ne supporte plus d'être ballottée sur le dos d'un cheval jour après jour, les toits de fortune et les *caris* trop épicés. Haydar n'est pas là. Où est-il parti ? Quand reviendra-t-il ? Je n'en sais rien, non je ne sais plus rien, ni où je vais, ni même qui je suis.

Au moment où je m'apprête à m'allonger dans ma chambre, une nausée monte et je vomis, pliée en deux, à grands spasmes, au bord de la pâmoison.

— Maîtresse ! Maîtresse ! répète Amrita, affolée.

Quand la crise est passée, elle m'aide à me déshabiller. Soudain, elle s'interrompt et me scrute. Je lui lance avec une rudesse dont je ne suis guère coutumière :

— Pourquoi me regardes-tu ainsi ?

— Tu as changé, Maîtresse, ton corps a changé.

Je hausse les épaules. Des mois de cette vie errante, comment en serait-il autrement ? Cependant, sa remarque me tracasse, trouve écho au plus profond de moi. J'ai beaucoup maigri, mes joues se sont creusées, mais je prête enfin attention à renflement au-dessous du nombril, à ma poitrine, plus ronde, à ces signes que j'ai refusé de voir. La vérité s'impose, impitoyable. Même si ma science en la matière est limitée, je ne peux plus l'ignorer. Mon Dieu, me voilà punie pour mon inconscience ! Engrossée comme une fille de ferme ! Je porte le fruit d'amours interdites, de l'amour oui, de cette passion éperdue pour Haydar ou Heathcliff, peu m'importe son nom. Je devrais me réjouir. N'est-ce pas l'accomplissement de toute femme ? Non, pas maintenant, pas dans ces circonstances. Pas maintenant, alors que j'ai perdu toute trace de Jean.

D'ailleurs, comment est-ce possible ? Mon défunt mari, Jean-Baptiste Christy de la Pallière est mort du mal de Naples*. M. Lhôtellier, le chirurgien de l'*Anne de Bretagne*, m'avait avertie que selon toute vraisemblance, je ne serais jamais mère.

Je me jette sur le lit et crie ma détresse. Je repousse Amrita qui cherche maladroitement à m'apaiser. Je pleure longtemps, jusqu'au retour d'Haydar. J'interdis à la petite Indienne de lui ouvrir ma porte.

— Dis-lui que je suis indisposée, que je ne peux le voir.

Plus tard dans la soirée, mon amant se présente à nouveau. Je me sens incapable de lui avouer mon état et même de croiser son regard. Amrita est chargée de lui annoncer que je dors. Je les entends parlementer à voix basse sur le seuil. Dans un bref élan, je suis tentée de me jeter dans les bras d'Haydar, d'y chercher le réconfort dont j'éprouve tant le besoin. Non, je ne le puis, ni ne le veux. Je devine le discours qu'il me tiendra. Il insistera pour que j'accepte sa demande en mariage, me proposera de nous établir à Mysore. Je délaisserai ma quête pour une fausse quiétude, hantée par le remords d'avoir abandonné Jean, d'avoir trahi mon vœu. Des pas s'éloignent dans le corridor.

* Voir *De tempête et d'espoir, Saint-Malo*.

Amrita revient, son front brun encore plissé par la détermination.

— Haydar Sahib a tant insisté pour entrer ! Mais moi, j'ai répondu que ma maîtresse était si épuisée, qu'il lui ferait du mal s'il la réveillait, débite-t-elle à toute allure. J'ai cru qu'il allait se fâcher contre moi.

— Amrita, j'ai besoin d'être seule à présent. Tout à fait seule.

*

Dans la pénombre, je m'assieds en tailleur, à même le sol, les mains posées sur les genoux, paumes vers le ciel, comme j'ai vu les *sadhûs* le faire. Je dois réfléchir. Ma posture m'aidera-t-elle à clarifier mes pensées ? Le bourdonnement d'un moustique me distrait, puis la discussion animée de passants, là-bas, dans la rue. Je n'ai pas assez pratiqué la méditation pour en maîtriser les secrets. Un flot désordonné d'images, de bribes de conversations, de sensations, se déverse dans mon esprit. Une soif soudaine me tourmente. Je vide d'un trait une cruche d'eau tiède. Je récapitule mon périple depuis mon arrivée à Porto-Novo.

Le témoignage de frère Guénolé, à Pondichéry, confirmé par le colonel Kirkpatrick à Madras, puis par le colonel d'Obsonville à Hyderabad. Jean a participé à l'expédition de Gingy, est demeuré captif à Madras, avant d'être envoyé à Calcutta. Pour quelles raisons le colonel Kirkpatrick et Lord Hastings m'auraient-ils abusée ? Et après Calcutta ? Je revois ma deuxième rencontre avec Haydar, chez Mrs. Hancock, quand il a affirmé avoir croisé mon frère sur la route de Monghyr, évoqué son dessein de gagner Hyderabad. Je songe au providentiel Antwerrudin Kumar Sahib, certain de la présence de Jean à Mysore. Si je récapitule, depuis Calcutta, mon parcours est guidé uniquement par les assertions d'Haydar. A-t-il réellement parlé à Jean ? Mon frère a-t-il tenté de rejoindre Hyderabad ou Mysore ? Ou bien Haydar me dérobe-t-il la vérité, pour me protéger… ou pour une autre raison ? Mon Dieu, que déduire ?

À bout de forces, je réprime la nausée qui me gagne à nouveau. Je m'endors ou bien perds conscience, d'un cauchemar à l'autre. Je me débats dans une mer en furie, mon frère englouti, nos mains qui ne peuvent se rejoindre, le rire dément de Jean-Baptiste Christy de la Pallière, des coups de feu, ma mère en pleurs au bord d'une tombe, le trois-mâts qui s'éloigne à l'horizon, m'abandonne sur une grève grise sans nom. Et une voix intérieure répète inlassablement : « Il t'a menti ! Il s'est joué de toi ! »

— Ann, Ann ! Réveille-toi !

Haydar me soulève par les épaules. Son visage renversé au-dessus de moi est blême. Je me dégage de son étreinte.

— Tu m'as menti ! Depuis quand ? Pourquoi ?

— Ann, c'est moi ! Reprends tes esprits.

Je m'écarte à l'autre bout de la chambre.

— Où étais-tu ?

— J'ai visité mes relations, posé des questions à propos de Jean.

— Ne prononce pas son nom. Je sais que tu me mens, depuis le début. Tu ne sais rien, n'as jamais rien su au sujet de mon frère.

Haydar, le visage décomposé, me rejoint, saisit mes poignets.

— À qui as-tu parlé ? Que t'a-t-on raconté ?

— Peu importe. Je sais que tu mens, voilà tout ! repartis-je en me débattant. S'il te reste un peu de courage, si tu éprouves un peu de respect pour moi, alors explique-toi !

— Je ne savais pas que j'allais tomber dans l'amour avec toi, Ann, se défend-il, la voix tremblante, mélangeant soudain l'anglais et le français. *Believe me.*

— Comment te croire ? Quel est ce nouveau mensonge que tu inventes ?

— Ann, *my* Lady Ann, *I didn't know*, *I couldn't imagine*. Lorsque je t'ai rencontrée la première fois chez les Aratounian à Calcutta, que je t'ai entendue parler de ton frère, je l'ai aussitôt rapporté à Lord Hastings. Nous savions tous les deux comment exploiter cette information. Après le Bengale et la côte de Coromandel, l'*East India Company* poursuit sa conquête des Indes. Hyderabad est sa prochaine cible. Il fallait te convaincre d'aller là-bas. Ta candeur, ton désespoir, aucun officier français dans l'entourage du *nizam* d'Hyderabad ne se méfierait de toi. J'avais pour ordre de t'accompagner afin de les approcher, de connaître le nom de leurs appuis, d'évaluer les moyens de les évincer. Lord Hastings a organisé cette entrevue chez Philadelphia Hancock, où je devais, comme par hasard, te relater ma rencontre avec ton frère.

Ma vue se brouille. Est-ce moi qui parle ?

— Jean, as-tu au moins vu Jean ?

— Comment aurais-je inventé sa beauté, sa blondeur ? Oui, je l'ai vu à Monghyr, quand j'ai porté la lettre à Gorgin Khan, lettre que j'avais pris soin auparavant de montrer à un proche du *nawab*. Encore un habile complot manigancé par Warren Hastings.

— Tu es donc responsable de la mort du frère d'Agha Petros ! Et tu as osé te présenter sous son toit, lui jouer la comédie de la compassion ! Tu es immonde, tu es un monstre.

— Gorgin Khan était condamné, proteste encore Haydar. Mir Qasim prenait ombrage de son pouvoir et s'en serait débarrassé. S'il avait écouté les avertissements, s'il avait déposé le *nawab*, il serait aujourd'hui en vie. Je suis anglais, Ann. Je te l'ai dit. Même si j'ai changé de nom, revêtu ces habits, j'ai toujours servi fidèlement l'Angleterre. Est-ce un péché que de ne point renier son peuple ?

— Et de mentir, de trahir ? Le colonel d'Obsonville avait donc deviné juste à ton sujet ! Moi qui ai refusé d'ajouter foi à ses propos !

— Oui, j'ai menti, à moi-même tout d'abord. Dès que je t'ai vue, j'ai voulu te conquérir. Si je n'avais pas imaginé cette histoire à propos de Jean, je t'aurais perdue. Ce voyage à Hyderabad était ma seule chance. Sur le *bazara*, j'ai décidé de renoncer à ma mission, je n'ai songé qu'à toi. Lorsque je t'ai suppliée de m'épouser, je voulais aussi tout te révéler. Tu ne m'en as pas laissé le temps.

— Qu'en est-il de Jean ?

— Je l'ignore, Ann. À ce que j'ai compris, il avait noué des liens étroits avec Gorgin Khan. Il a peut-être été exécuté après son meurtre ou bien il a fui. Hyderabad ou Mysore restent les destinations les plus vraisemblables pour un officier français privé de commandement. Sache toutefois ceci, ton frère paraissait malade. Je regrette de te le dire, mais je reconnais les symptômes de ces maux qui frappent les Européens aux Indes. Est-il mort depuis ? A-t-il trouvé un nouveau prince à servir ? Rien ne sert de forcer le cours des événements ici. *Dharma*. Il faut s'en remettre au destin.

Je siffle entre mes dents, ravagée de fureur et de peine.

— Vais-je me contenter de ces maigres justifications, à ton avis ?

— *Forgive me*, Lady Ann ! Je ne veux pas te perdre. Encore une fois, je t'en implore du fond du cœur, sois ma femme. Retournons vivre à Calcutta, ou ailleurs. J'irai où tu voudras avec toi, je ferai ce que tu me demanderas.

Un grand froid m'a envahie. Avec une force surhumaine, je repousse Haydar vers la porte.

— Tu veux que je devienne ta femme ? Comment oses-tu, après avoir piétiné ce que j'ai de plus sacré, de plus précieux, ce qui donne un sens à ma vie ? Alors, oui, je te demande une dernière chose. Disparais à jamais de ma vue, de ma vie ! Va-t'en ! Je ne veux plus jamais entendre parler de toi.

— Où penses-tu aller à présent ? résiste-t-il. Tu ne peux pas poursuivre seule. C'est trop dangereux.

Mon rire est atroce, celui d'une folle.

— Dangereux ? Rien de pire ne pouvait m'arriver que d'être trahie ! J'avais confiance en toi et moi je t'aimais, vraiment. Je poursuivrai, je trouverai mon frère. Je n'ai rien à perdre. Pas même ma vie. Pars ! Tout est fini, définitivement fini !

Haydar recule, marmonnant des paroles incompréhensibles.

J'ai pleuré à en assécher toutes mes larmes, à m'en briser la voix. Seule, enceinte d'un homme que j'ai chassé, sans le moindre indice pour me mettre sur la trace de Jean. Je veux vraiment mourir et mon ventre me fait si mal.

*

L'aube est sinistre. Que faire à présent ? Je me sens incapable de réfléchir entre quatre murs suintant encore la colère et le chagrin.

Le visage d'Amrita est tout froissé, je la soupçonne d'avoir passé la nuit à me veiller.

— Sortons !

Nous nous dirigeons vers la colline de Chamundi, son sommet baigné de brume. Une volée de marches trace un sillon sinueux sur son flanc. Déjà, des dizaines de pèlerins ont entrepris l'ascension. Je jette mes souliers au vieil homme chargé de les garder et m'élance. Je compte pour vider mon esprit, vingt, cinquante, quatre-vingt-huit, deux cents…

Vers la cinq centième marche est érigé un taureau colossal taillé dans un bloc de granit. Nandi, le seigneur de la joie, le véhicule de Shiva. Un homme mince s'est hissé sur le piédestal pour passer un collier de fleurs à son cou et murmure sa prière à son oreille de pierre. Que lui demande-t-il ? Que demander au placide quadrupède, agenouillé au milieu de la colline pour l'éternité ? De la joie ? Je n'y crois plus.

Mes jambes me portent à peine quand nous franchissons la millième marche, si je n'ai pas commis d'erreur. Dans la pagode de Sri Chamunderswari, on honore, ainsi que son nom l'indique, l'invincible déesse guerrière Châmunda aux yeux féroces, vêtue d'un pagne rouge sang et dont chacun des dix bras brandit une arme redoutable offerte par les autres divinités, tels le disque de Vishnou, la lance de Kumara, la hache de Chandra, le trident de Shiva ou l'arc de Surya. Un lion, symbole de son courage, l'accompagne. Devant le temple se dresse une représentation gigantesque du démon-buffle Mahishasura qu'elle a vaincu. Châmunda, la tueuse de démons, est aussi Durgâ, déesse de la guerre, qui se manifeste lorsque les forces du mal menacent l'existence des dieux. Et Durgâ est elle-même Devî, la déesse-mère, Satî qui s'est immolée par le feu pour son mari, Pârvati qui a honoré sous le manguier le *lingam* sacré, ou encore la terrible Kali. Déesse aux multiples *avatars*, symbole de l'unité des forces divines, épouse dévouée jusqu'à la mort, puissance dévastatrice et puissance protectrice, mort et délivrance, cycle du temps, compagne éternelle de Shiva, le danseur cosmique.

Si notre Seigneur a créé l'homme à son image, les hindous représentent en leurs dieux toutes les facettes de l'homme et de la femme. Cette déesse résonne en mon âme, où l'amour côtoie la colère, le pouvoir de protéger et de donner la vie, celui de détruire, avec cette force qui si souvent me dépasse. Et aujourd'hui, je me sens tellement démunie. Jean ! Jean ! Où te chercher désormais ? Un signe, Mon Dieu, je vous en supplie, guidez-moi !

*

Nous redescendons la colline. La petite maison est vide. Nulle trace d'Haydar. Je m'écroule, recluse de fatigue. Parfois, le Ciel entend nos prières… à moins que je l'aie voulu tellement fort ! De très loin, à peine distinct, flou comme si je regardais un reflet au fond d'un puits, le visage de Jean se dessine. Un murmure, un frisson : « Anne… Anne… » Je me réveille en sursaut. La jeune Indienne me masse les tempes avec une huile de girofle.

— Amrita, si tu étais égarée, si tu ne savais plus où aller, que ferais-tu ?

— Je retournerais chez moi.

Chez moi ? À Saint-Malo ? Non, tant que Jean m'appelle, je ne quitterai pas les Indes. Mais lui, en est-il parti ? Il n'est pas à Calcutta, ni à Monghyr, ni à Hyderabad, ni à Mysore. Il n'a pu retourner sur la côte de Coromandel où les Anglais l'auraient capturé et renvoyé en prison. Les Indes se composent de dizaines de royaumes, d'une infinité de peuples ! Où Jean a-t-il choisi de porter ses pas ? S'il se manifeste dans mes rêves, c'est bien la preuve que je dois le rejoindre quelque part. Chez moi, chez nous ? Une soudaine intuition traverse mon esprit. Chez nous, aux Indes ? Saint-Malo, quel endroit dans ce pays évoque notre terre natale ? Quel endroit où mon frère serait protégé des Anglais et m'attendrait ? Saint-Malo, la mer. Une côte ? Ni celle de Coromandel, ni celle de l'Orissa. À l'ouest, la côte de Malabar. La mer, Saint-Malo… Mahé ! Bertrand Mahé de La Bourdonnais, un Malouin, dont ce petit comptoir porte le nom. Le brave colonel de Rohan me l'a mentionné pas plus tard qu'avant-hier. Coïncidence ? Il n'y a pas de coïncidences. Mahé, pourquoi n'y ai-je point songé plus tôt ?

— Amrita, nous partons pour Mahé !

La petite servante écarquille les yeux, se demandant sans doute si cette brusque lubie est un effet de mon affliction.

— Jean, mon frère, est à Mahé. Je le sais. Un signe. Tu crois aux signes des dieux, n'est-ce pas ? Il nous faut recruter des *coolies* et des soldats.

Elle approuve avec gravité. Derrière elle, apparaît alors Sunesh.

— Tu n'es pas avec les autres ?

Je suis incapable de prononcer le nom d'Haydar.

Les deux adolescents me lancent des regards suppliants.

— Haydar Sahib et Dharam Singh ont quitté Mysore, m'affirme le jeune bohémien. J'ai refusé de les suivre. Haydar Sahib a tempêté que je n'étais qu'un vaurien, un ingrat et que les démons pouvaient m'emporter. Cela m'est égal, je préfère rester avec Lady Ann et Amrita.

Haydar est donc parti. Trahie, puis abandonnée. C'est pourtant bien moi qui lui ai ordonné de s'en aller. L'amertume et la colère ne m'en submergent pas moins. Comment peut-on passer de l'amour éperdu à la haine ? Comment deux êtres qui s'étaient donnés l'un à l'autre peuvent-ils se séparer aussi brutalement ? Un trait tiré, une page tournée. Un homme qui était mon présent, mon avenir peut-être, renvoyé définitivement au passé. Je suis tentée un instant de chasser Sunesh. Il me rappelle par trop l'absent. Mais cela n'adoucira guère ma fureur, ni ne fera disparaître ce poids en mon ventre.

Pourquoi chagriner Amrita et le jeune bohémien ? Autant l'avouer, sa présence est une chance. Ni ma petite servante ni moi ne parlons la langue de ce pays et ne saurions procéder aux arrangements d'une expédition. Il me semble illusoire de recourir aux bons offices du colonel de Rohan, qui ne considérerait guère d'un bon œil mon dessein.

— Aide Amrita, nous allons à Mahé.

La jeune fille chuchote à Sunesh quelques mots à voix basse et tous deux quittent la pièce.

*

En fait d'escorte, quatre *coolies* faméliques et six gardes armés de lances et de gourdins à la mine plutôt inquiétante nous attendent à côté des *poonis.* Sunesh lève les bras au ciel.

— Je n'ai trouvé personne d'autre, Lady Ann. Même pour beaucoup d'argent, les hommes refusent de servir une femme et puis ils ont peur de traverser les Ghâts, à cause des mauvais esprits.

— Soit, nous nous contenterons de ceux-ci, les plus courageux certainement s'ils osent affronter ces périls.

Au regard des distances parcourues depuis mon arrivée à Porto-Novo, celle qui nous sépare de Mahé ne paraît rien. Une cinquantaine de lieues tout au plus. Ironie du sort ! Si j'avais envisagé dès le départ de rejoindre le petit comptoir de la côte de Malabar, j'y serais déjà. Avec Jean ?

Malgré le chagrin qui me ronge le cœur, je quitte Mysore avec un sursaut d'espoir. J'évite de songer à cette vie qui frémit en moi. Mon frère, seul mon frère m'importe. Maintenant que j'ai déterminé la source de mes indispositions, je me sais capable de composer avec. Combien de femmes ai-je vu à La Richardais se consacrer aux rudes travaux des champs, le ventre énorme, sans sourciller, accouchant parfois derrière une charrue ou à l'ombre d'un pommier ?

*

Jusqu'au pied des montagnes, nous avançons à une allure rapide. Je n'ai guère confiance en les inconnus qui nous accompagnent. Aussi Amrita, Sunesh et moi dormons à tour de rôle. Je prends les veilles les plus longues. Après ces accès de terrible fatigue, je peine de nouveau à trouver le sommeil, les nerfs à vif, en alerte constante.

Nous nous enfonçons dans la jungle. Au-dessus de nos têtes, les branches enchevêtrées des arbres, tressées encore de lianes, forment comme le ciel d'un lit à baldaquin, à travers lequel le soleil filtre à peine. Il faut souvent dégager le sentier à coups de hachette. Le passage suffit juste à un seul homme. Nous devons marcher, luttant pour faire avancer les *poonis* rétifs. Dans cette humidité constante, allumer un feu relève d'une prouesse, dont le résultat se résume à un maigre filet de fumée insuffisant à sécher nos vêtements ou à cuire nos repas. Tout au plus réfrénons-nous ainsi les offensives incessantes des moustiques. Ceux-ci ne sont encore qu'un moindre mal. À tout instant, il faut veiller où l'on porte ses pas, pose sa main, prendre garde aux scorpions, araignées ou autres insectes à la piqûre fatale dissimulés sous une feuille, sans compter les serpents. La forêt bruisse, siffle, craque, claque et crisse, sans que l'on sache d'où cela provient exactement, s'il s'agit d'un animal ou d'une plante. Les hommes de notre escorte roulent des yeux effrayés et marmonnent sans cesse.

— Ils invoquent la protection des dieux, me dit Sunesh, avec sa bonne humeur inaltérable.

Je me demande où il puise cette force. Il gambade d'un pas alerte, disparaît parfois un instant pour nous rapporter un fruit à la forme biscornue, un hibiscus ou une autre fleur qu'il offre à Amrita ou à moi.

Nous dirigeons-nous seulement dans la bonne direction ? Impossible de voir plus de dix pas en avant. Derrière nous, la végétation avale le sentier au fur et à mesure de notre avancée.

À l'aube du troisième ou du quatrième jour d'une marche harassante, un grognement sourd jaillit de nulle part, suivi d'un instant de silence absolu. Une agitation fébrile s'empare alors de nos *coolies* et de nos gardes. Nous levons le camp en un instant. J'interroge le jeune bohémien.

— Le seigneur tigre chasse, mais il est loin. Ne crains rien, Lady Ann, me répond-il, son regard assombri démentant ses dernières paroles.

Nul *bazara* pour nous protéger et ces couards pour toute défense ! Je prie pour que le fauve trouve ailleurs son repas.

*

— Maîtresse, les hommes sont partis ! crie Amrita affolée en me secouant par l'épaule.

Malgré nos inquiétudes, nous nous sommes endormis. Le feu s'est éteint. Sunesh, les traits tendus, crache pourtant avec dégoût.

— Créatures stupides ! Lâches ! Le tigre n'est pas fou, le tigre attaque seulement lorsqu'on est isolé ! Ils vont mourir comme les porcs qu'ils sont !

Je n'objecte pas que notre petit nombre nous rend infiniment plus vulnérables, d'autant plus que les dix fuyards ont pris avec eux leurs armes et deux des *poonis*.

Nul autre choix pour nous que d'avancer malgré tout. Sunesh arrime ma vieille malle dédaignée par les misérables déserteurs sur le dos du dernier petit cheval, avec le peu de riz et de provisions qu'ils ont consenti à nous laisser. Sans moyen de tailler dans la végétation, nous nous faufilons à grand-peine, trébuchant dans les lianes et les branches basses, le visage et les bras griffés au sang, l'estomac noué par la peur. L'impression persistante d'une présence toute proche me tenaille. On nous observe, on nous suit. Je n'ose m'ouvrir de ce sentiment à mes jeunes compagnons, afin de ne point accroître encore leur anxiété. Admirables de courage, ils ne se plaignent pas, me prodiguent même des paroles de réconfort. Nous nous essayons à chanter pour nous donner du cœur. Ils parviennent à rire quand je tente de leur enseigner

An Arlac'h. La journée s'achève, puis une nuit d'insomnie. Nous reprenons notre marche. Seul l'instinct du jeune bohémien dicte notre trajectoire. La jungle a des yeux, j'en suis certaine, et nous scrute avidement.

À l'aube, un feulement lointain rompt brutalement notre fragile assoupissement. Sunesh rassemble à la hâte des brindilles, frotte comme un fou deux bouts de bois entre ses mains. Amrita et moi l'aidons de notre mieux. Nos efforts réunis provoquent une étincelle sur laquelle nous soufflons avec mille précautions. Mais aucune flamme ne s'allume sous la pluie fine. Que nous reste-t-il pour nous défendre ? Mon ridicule pistolet et un coutelas émoussé, armes dérisoires contre un félin affamé.

Une branche craque derrière moi. Je pousse un hurlement. Haydar et Dharam Singh apparaissent dans la clairière, munis de mousquets et de sabres.

— Puisque rien ne nous retenait plus à Mysore, mon ami et moi avons décidé d'aller sur la côte de Malabar, lâche Haydar pour toute explication.

Le saisissement me rend muette. Suis-je furieuse qu'il m'ait suivie ? Me réjouis-je de le voir malgré tout ? Lorsqu'il tend ses bras pour m'enlacer, je recule. Notre séparation brutale, ma rancune pour ses mensonges me retiennent de me précipiter vers lui. Au moins suis-je soulagée de voir augmenter nos chances de survie dans ce monde hostile. Nous reprenons notre route en silence. Malgré mes efforts pour l'éviter, mon regard croise fugacement celui d'Haydar. J'y déchiffre du remords et une prière. Non, je ne puis pardonner.

*

Vers le milieu de la journée, nous nous accordons une halte dans une clairière. J'aide Amrita à préparer une sorte de bouillie de riz mélangée à de la noix de coco et à de la papaye. Elle la relève de force piment et d'épices miraculeusement préservés pour atténuer notre faim. À ce moment, un nouveau feulement retentit. Puis des froissements, des grognements dans les fourrés, de plus en plus proches. Le seul *pooni* qu'il nous reste tire sur sa longe à s'en briser l'encolure. Quelle échappatoire ?

— *Sher*, le tigre, murmure Dharam Singh. Nous en avons abattu un avant-hier, dans des combes un peu plus loin. Il y en a un second, ou plutôt une seconde ! Maudites tigresses qui chassent à deux !

— Grimpons à un arbre !

Sunesh hausse les épaules à ma suggestion.

— Le tigre sait aussi grimper aux arbres. Et s'il ne parvient pas à nous atteindre, il attendra que la faim ou la fatigue nous poussent à redescendre.

— Alors, Amrita et toi, hissez-vous le plus haut possible !

La petite Indienne relève la tête avec courage.

— Ensemble, nous serons plus forts.

Sunesh a un regard plein de tendresse pour elle et lui étreint furtivement la main. Seigneur, épargnez la vie de ces enfants ! Moi seule mérite de mourir pour les avoir entraînés dans cette folie ! Sainte Vierge, protégez-les, même s'ils vénèrent des idoles et ne sont point baptisés. Ils sont aussi fille et fils d'Adam et Ève.

Haydar effleure ma joue du bout des doigts.

— Jamais je n'accepterai de vous voir finir dans l'estomac d'un gros chat, Lady Ann ! Ne traînons pas.

Nous rassemblons nos effets à la hâte. Haydar et Dharam Singh chargent leurs mousquets lorsqu'un rugissement encore plus puissant retentit. Le félin surgit des taillis, énorme, les yeux d'un vert intense.

— Qu'aucun d'entre vous ne bouge, ordonne Haydar entre ses dents.

Quand bien même j'en aurais eu l'intention, mes jambes se dérobent sous moi. La tigresse grogne, désemparée un instant par ces proies qui ne fuient pas. Ses longues moustaches blanches frémissent. Dans un mouvement synchrone, les deux hommes ajustent leurs mousquets et tirent. J'ai l'impression que le temps s'est suspendu. Une tache rouge fleurit la cuisse rayée de l'animal qui émet un grondement sauvage. Le délai est trop bref pour recharger. Haydar fixe la baïonnette au canon de son arme et se jette au-devant du fauve. Des milliers d'oiseaux s'envolent à tire d'ailes à travers les feuillages. Un autre cri, inhumain, et une nouvelle détonation. Le tigre roule sur lui-même dans un grognement enroué.

Haydar gît à terre. Je me précipite auprès de lui. Il esquisse un pauvre sourire auquel je m'accroche de toutes mes forces. Le sang, tant de sang ruisselle de son ventre ouvert ! Je soulève doucement la tête de mon amant, la pose sur mes genoux. Il gémit à présent. Toute colère, toute rancœur évanouies, de chaque parcelle de mon corps, je partage sa douleur et tremble face à l'inéluctable.

Dharam Singh, Amrita et Sunesh font cercle autour de nous en silence. Le sikh s'agenouille à côté de moi. Il observe la plaie béante et soupire. Puis il prend mon pistolet, le charge.

— Aide-le ! me chuchote-t-il à l'oreille.

Je ne veux pas encore comprendre.

— Aide-le, répète-t-il. On ne peut le soigner. Il va agoniser pendant des heures, dans des souffrances effroyables. Il faut qu'il parte, maintenant ! Aide-le ou bien je m'en chargerai moi-même.

— Haydar, Heathcliff…

Mon amant ouvre les yeux. Son regard est voilé, son teint est devenu cireux.

— Fais ce qu'il te dit… halète-t-il. C'est fini pour moi…

Sunesh et Amrita viennent s'incliner devant lui, en larmes. Dharam Singh lui touche l'épaule.

— Adieu, mon frère !

Tous trois reculent. Je porte la main d'Haydar à mon ventre.

— Je t'aurais dit oui, je serais devenue ta femme. Là, ton enfant, notre enfant.

Il parvient à sourire.

— *Love thee,* Ann, *love this child I will never know. Promise that thou will not forget me… Forgive me…*

La pluie tombe plus dru. Des perroquets claquent du bec au-dessus de nous. Je m'allonge contre mon amant, tout contre lui, caresse son front. Je resserre le poing autour de la crosse du pistolet, le coude calé sur ma hanche.

— Haydar.

— *So long,* Ann. *Don't cry.*

Pour la dernière fois nos lèvres se sont rencontrées, nos bouches se sont unies. Pour la dernière fois. Et j'ai tiré. Son corps a eu un ultime soubresaut avant de retomber, inerte. J'ai fermé ses paupières sur ses yeux ouverts vers le ciel, comme j'ai fermé celles de Jean-Baptiste Christy de la Pallière. Mon Dieu, pardonnez-moi ! Mon Dieu, pourquoi faites-vous mourir tous ces hommes autour de moi ? Je me suis redressée, les mains pleines de sang, la robe pleine de sang.

— Kali ! s'écrie Amrita en me dévisageant.

Kali la Noire, déesse du temps, de la mort et de la délivrance. Kali, mère créatrice et puissance destructrice. Un spasme atroce me tord le ventre. Je perds conscience avec cette dernière pensée, je ne serai pas mère, pas cette fois-ci.

*

Dharam Singh et Sunesh ont creusé une fosse profonde dans la terre grasse et y ont enterré la dépouille de mon amant. Soutenue par Amrita, je récite le *Pater Noster* et l'*Ave Maria*. En quoi ou en qui Haydar croyait-il ? À sa naissance, sans doute a-t-il été baptisé. S'était-il converti par conviction à l'islam, ou bien était-ce seulement un attribut du personnage qu'il s'était inventé ? S'était-il d'ailleurs réellement converti ? Je l'ai vu se prosterner vers La Mecque, je l'ai entendu réciter des versets du Coran. Simulation ou manifestation de sa foi ? Je prie pour lui le seul dieu que je connaisse, Jésus-Christ, Notre Sauveur, dans la seule religion que je professe, même si je me suis montrée depuis des mois fort mauvaise chrétienne. Mon amour, puissent les anges t'emmener au Ciel, Notre Seigneur de miséricorde te pardonner tes péchés. Puisse-t-Il me pardonner aussi pour celui que je viens de commettre.

Mes compagnons, chacun dans sa croyance, chacun dans sa langue, murmurent leur prière au défunt. En guise de condoléances, Dharam Singh traduit pour moi une des phrases de Guru Nanak qu'il a prononcée : « Seul l'homme courageux périt d'une mort digne, car il est accepté par le Seigneur après sa mort. » Lui ne verse aucune larme. Les sikhs pleurent parfois la mort d'un bon cheval, jamais celle d'un guerrier qui a perdu la vie dans l'honneur.

Repose en paix, Heathcliff-Haydar, repose en paix, mon amour perdu. Non, je ne t'oublierai pas, petit gueux mal-aimé des faubourgs de Liverpool, espion indien au service de l'*East India Company*, amant fougueux. Amrita avait dit qu'en toi habitaient beaucoup d'ombre et un peu de lumière. Je ne retiendrai de toi que la lumière, nos caresses et nos baisers. Mon ventre saigne et saigne encore.

Je me rappelle la prédiction de la vieille Banjara, là-bas, si loin, il y a si longtemps, quelque part sur le plateau du Deccan : « Par le sang versé, de son corps son sang renaîtra, même si tu pleures, fille de roi. Même si tu pleures, Kali la Noire veille sur toi. » Non, tout cela n'a aucun sens, pas plus que les paroles du *sâdhu*. J'entends encore le sifflement du cobra au-dessus de ma tête. Qui veille sur moi ? Ma vie est encore une fois sauvée et la mort frappe l'un de mes proches. Quel est ce prix que je dois payer ? Pour qui ? Pour quoi ?

Carnet de Jean de Montfort

Était-ce un délire, conséquence de ma fièvre ? Était-ce d'être deux, si intimement liés, qui nous fit présumer que nous pouvions nous passer du reste de l'humanité ?

Pourquoi avais-je choisi la voie la plus dangereuse ? Quelles chances avions-nous de parvenir à notre but ?

Je croyais Padma plus solide que moi. J'ai surestimé ses forces, ou bien le pouvoir de notre amour. L'amour ne peut rien contre la faim, le manque de sommeil, la violence de la nature. Nous a-t-il au moins permis de résister plus longtemps ? Serions-nous morts au bout de quelques jours si cette volonté farouche ne nous avait portés ? Quand l'un trébuchait, l'autre le retenait, quand l'un renonçait, l'autre l'encourageait à continuer.

Une fois, nous avons failli abandonner. Nous nous sommes affalés au pied d'un manguier sauvage. J'ai enlacé Padma dans l'attente de la fin, espérant que la sienne surviendrait avant la mienne, pour la rassurer jusqu'à son dernier soupir, lui répéter combien je l'aimais, pour ne pas la laisser seule. Je lui demandais pardon et je priais. Elle priait elle aussi ses dieux, m'affirmait qu'elle n'avait rien à me pardonner, que tel était son destin et qu'elle ne regrettait rien. Son visage avait perdu sa jolie teinte cuivrée et ses yeux ne brillaient plus du même éclat. Mais elle était toujours aussi belle, même dans la douleur, même dans le désespoir.

Au matin, un bruissement d'ailes dans les branches au-dessus de nos têtes nous réveilla. Splendides dans leur habit vert, le bec rouge et la queue d'un jaune tendre, le mâle se distinguant de sa compagne par un mince collier de plumes noires, un couple de perroquets s'envola après avoir décrit un lent cercle devant nous. Une mangue mûre tomba à nos pieds ; Padma la croqua et m'en tendit la moitié.

— Un présent de Kâma, le dieu de l'amour, qu'il nous envoie par son vâhana. *Nous devons poursuivre. Il ne s'agit plus seulement de nous. Nous n'avons pas le droit de nous résigner.*

Elle croyait avoir vu un augure favorable de ses dieux. Je l'aidai à se relever. Elle était si légère, un oiseau. Parviendrions-nous à franchir les Ghâts ?

Quelle idée insensée avait germé dans mon esprit désorienté ! La nostalgie de notre Bretagne, de Saint-Malo que j'avais si peu de chances de revoir un jour. Le nom de Bertrand Mahé de La Bourdonnais m'était revenu en mémoire. Mahé, le comptoir qu'il avait jadis conquis, ce lieu serait notre salut. Follement, j'ai songé que tu aurais la même idée, Anne. Te souviens-tu de ce jeu, quand nous étions enfants ? Chacun de nous s'amusait à deviner ce que l'autre pensait ou allait dire ?

Chapitre XV

Nous abandonnons la clairière, la tombe fraîche, la dépouille du tigre. Je ne veux pas me reposer. Même si j'ai mal, je préfère marcher, courbée en deux par la douleur. Amrita et Sunesh se consultent pour cueillir les herbes qui me soulageront et arrêteront l'hémorragie, unissant la sagesse ancestrale qu'ils ont reçue en héritage.

Parfois, quand il sent que les forces m'abandonnent, Dharam Singh m'offre l'appui de son bras. Il me raconte comment Haydar a ordonné à Sunesh de demeurer avec moi, pendant que tous deux suivraient nos pas. Ils ont veillé à rester assez loin en arrière afin de ne pas alerter notre escorte. Il admet qu'il a protesté. Tout cela ne conduirait à rien de bon. Un homme ne suit pas une femme comme un chien ; il faut l'enlever ou bien l'oublier.

Ils ont découvert trop tard qu'il y avait non pas un mais deux tigres sur nos traces. Ils nous pensaient hors de danger quand ils ont tué le premier. Ils se sont trompés. Dharam Singh n'aime pas se tromper et encore moins perdre un compagnon, même s'il meurt héroïquement, quoiqu'il en dise.

Nous marchons encore des jours, nous arrêtons un court moment la nuit. Nous n'avons plus de riz. Sunesh cueille des fruits sauvages et des noix de coco, se hissant avec l'agilité d'un singe le long des troncs. Parfois, il parvient d'une flèche à abattre un oiseau dont nous nous partageons la chair à peine rôtie à la fumée de nos misérables brasiers.

Enfin, nous croisons une route, ou plutôt une piste qui semble redescendre vers la côte. Encore une fois, Sunesh grimpe au sommet de l'arbre le plus élevé. Si je n'étais si épuisée, si hébétée par le chagrin, je songerais au Petit Poucet des contes de Perrault, cherchant depuis les cimes la lumière d'une habitation. Où sont tes cailloux blancs, Sunesh ? L'ogre, nous l'avons déjà rencontré et il a dévoré mon cœur.

Le jeune bohémien escalade toujours, se moquant des branches qui cassent sous ses pieds, du faîte ployant sous son poids. Il nous crie de tout là-haut, si haut que nous l'apercevons à peine :

— Là-bas, la mer !

— À quelle distance ? l'interroge Dharam Singh.

— Loin encore, dix *cosses*, peut-être plus !

Est-ce le terme de nos peines ? Je me prends à rêver de bleu, d'un lointain où l'œil se perd. Échapper à tout prix à cette prison sans barreaux qui réplique à l'infini le même piège. Nous évoluons toujours sur la piste. Bientôt, nous traversons ce qui pourrait être une plantation d'épices. J'identifie les girofliers élancés à leurs fleurs blanches à sépales roses, les feuilles vernissées et les fruits jaunâtres des muscadiers, les maigres canneliers, les santals aux troncs blancs et rouges. Plus loin, nous franchissons une sorte de marécage. Les troncs des gros arbres sont envahis d'un vilain lierre aux baies pourpres, du poivre qui vaut son pesant d'or. Soudain un Indien nous barre le chemin, brandissant son gourdin. Il a peur jusqu'au moment où il me voit, peau blanche d'Européenne, dans mon haillon de robe ensanglantée. Il abaisse son bâton et nous invite à le suivre jusqu'à sa cabane devant laquelle jouent deux garçonnets nus. Ils courent vers nous dans de grands rires, nous effleurent de leurs menottes vives. Ils ne ressentent aucune crainte, eux qui ne savent rien du mal. La femme apparaît à son tour. Nous nous inclinons les mains jointes et elle nous répond de même. Sur un regard échangé avec son mari, elle nous fait asseoir sur une souche, nous apporte des *naans* brûlants et du thé au lait de bufflonne. Générosité de petites gens qui ne disent jamais non à ceux qui ont encore moins ! À grand renfort de gestes, mes compagnons expliquent à l'homme où nous voulons nous rendre. Il scrute le ciel qui s'obscurcit. Aujourd'hui, il est trop tard. Demain, il nous guidera. Pour la première fois depuis des semaines, nous dormons sous un toit, un modeste toit de feuilles et de branchages, mais un vrai toit, tous entassés dans la pièce unique sans fenêtres.

*

En contrebas de la hutte coule une rivière. Nous longeons sa berge jusqu'à un hameau. Dharam Singh présente les rênes du *pooni* à notre guide. Son regard signifie qu'il a compris le troc. Il discute vivement avec le petit attroupement de villageois qui s'est constitué autour de nous. Bientôt, on nous sert un *cari* de poisson avec du riz, de la bouillie de graines de jacquier et des *achars* piquants. Sunesh et Amrita, les yeux brillants, commencent à déguster le festin en mâchant longuement chaque bouchée. Puis, appétit si longtemps retenu, avec cette belle voracité de presque enfants trop vite grandis, ils se servent dans le plat à pleines poignées.

Moi, je ne peux rien avaler. Et si je m'étais fourvoyée ? Si toute cette souffrance avait été vaine, si là-haut, un homme, un homme que j'ai aimé, était mort pour rien ?

— Maîtresse, à présent il faut te préparer.

Amrita me présente sur son avant-bras des pièces de coton pliées avec soin. Derrière un bosquet, elle m'aide à me laver dans la rivière. Elle tresse mes cheveux et noue le pagne propre autour de ma taille. Je suis indienne, j'ai donné de mon sang et de ma chair à cette terre.

Quand nous revenons vers nos deux compagnons, Dharam Singh me montre du doigt une barque noire effilée, à la proue et à la poupe recourbées comme la pointe d'une babouche.

— Nous nous trouvons à une trentaine de *cosses* au nord de Mahé. Un de ces villageois va nous y conduire en barque. Ici, il y a plus de canaux et de rivières que de routes.

Eau salée ou eau douce, à avoir tant navigué, un jour finirai-je peut-être ondine ou poisson. Notre nautonier, à la peau aussi noire que sa barbe, nous attend appuyé sur une longue pagaie. Nous nous entassons à cinq dans l'espace étriqué, sans compter ma malle aux coutures crevées, moisie en dessous, et les provisions qu'il a jugé bon d'emporter. Le mince esquif fend la surface avec un infime bruit d'étoffe froissée, y laissant pour seule trace le pli léger de son sillage.

La Bretagne, en comparaison de ce pays, ressemble à un désert. Vert des palmiers, des bananiers aux feuilles géantes, ployés par leur régime, des jacquiers aux énormes fruits boursouflés, vert des rizières au bord desquelles paressent des buffles noirs aux flancs luisants. Du vert dans toutes ses tonalités jusqu'à l'ivresse, jusqu'à la nausée, fondu sous la pluie intense et tiède de la mousson qui s'attarde. Si je n'avais l'esprit agité de tant de pensées, le corps douloureux de tant de misère, le cœur si lourd, je m'amuserais sans doute des martins-pêcheurs au dos bleu et au ventre doré perchés sur les branches, guettant un poisson avant de plonger à la vitesse de l'éclair. Je m'émerveillerais des hérons gracieux sur leurs longues pattes grêles, du vol des hirondelles à queue rouge, des boulbouls au mélodieux ramage, couronnés de leur huppe incarnate, de ce milan qui plane au-dessus de nos têtes.

Nous traversons un lac, paysage liquide aux nuances douces, qui se déroule jusqu'à un horizon flou, paradis des oiseaux dont les ailes blanches cisaillent le ciel qui, selon la lumière, vire du bronze clair au mauve ou au gris bleuté. Les timides nénuphars roses, semés en îlots mouvants, quand on les frôle de trop près, se referment en boutons et s'enfoncent sous la surface.

Puis les canaux succèdent de nouveau aux rivières, labyrinthe aquatique dans lequel je me perds en conjectures. Et si je m'étais leurrée ? Rien ne semble troubler notre guide et la vie d'ici suit son cours immuable. La pluie a cessé. Le soleil règne sans partage dans un ciel maintenant incroyablement pur. Ce pays est si beau et ce pays me tue.

*

Les embarcations de plus en plus nombreuses, convoyant depuis l'intérieur des terres riz, poivre, cardamome, gingembre, cannelle ou santal, annoncent que nous approchons de notre destination.

Enfin la mer et soudain je respire. L'air remplit mes poumons comme le vent regonflerait une voile. Nous débarquons. L'Indien repart, silhouette mince sur son canot noir, comme il y en a ici des dizaines.

Sur le rivage, des carrelets plongent et remontent, hissés par un palan, et immobilisés ensuite à l'aide de grosses pierres pendant que les pêcheurs libèrent leurs prises des mailles du filet. Barracudas, bonites, pageots et autres espèces inconnues de poissons, gambas, langoustes, cigales de mer, crabes bleus ou roses s'amoncellent à leurs pieds.

Mes trois compagnons m'interrogent du regard. Où faut-il aller maintenant ? Dois-je leur avouer que je n'en ai pas la moindre idée ? Nous errons un moment dans le port. Mahé a souffert de la guerre. Je le devine aux bateaux assoupis, aux quais presque déserts, aux factoreries où l'on ne se presse guère. Le comptoir vient tout juste de revenir à la France. Retrouvera-t-il sa prospérité entre Cochin, Mangalore et Goa ? Outre les épices et le bois, on fait ici commerce des perles de la côte de la Pêcherie, des pierres précieuses, des ailerons de requins envoyés en Chine et de grosses toiles de coton fort demandées à Bassorah. Comme nul ne se préoccupe de nous, nous nous engageons dans la petite ville, délimitée par trois forts si peu menaçants que les Anglais n'ont pas estimé utile de les détruire.

Je pénètre au hasard dans une solide demeure aux murs chaulés de blanc et aux fenêtres à meneaux. Sous les voûtes basses s'entassent des caisses de thé. Un Européen de haute stature vient à ma rencontre. Il ressemble tant à M. Houtmann que je reconnais aussitôt en lui un Hollandais. Son fort accent me le confirme. Même si mon accoutrement et mes propos décousus le déconcertent, il accepte de me loger, avec d'autant plus d'ardeur que je lui demande aussi où présenter mes lettres de change. Une femme qui pourrait être la cousine d'Elsie Houtmann me mène à une chambre austère au parquet d'épaisses lattes de teck polies à l'huile de coco. J'ai le sentiment de revivre mon arrivée à Porto-Novo, six mois auparavant, d'être revenue à mon point de départ. J'ai cru retrouver Jean, j'ai aimé follement un homme, je l'ai perdu et je me suis perdue.

Immobile, les mains croisées sur son pagne, Amrita m'observe. Elle a compris. *Dharma*… murmure-t-elle à mi-voix. La roue du destin qui nous fait tourner en rond et repasser sur nos pas jusqu'à ce que nous comprenions sa leçon, si un jour nous la comprenons.

*

Dès le lendemain, je questionne mes nouveaux logeurs. Ils ne savent rien, mais consentent à m'indiquer où résident les autres Européens et en particulier les rares Français qui ont recommencé à vivre ici.

Hormis l'étrange émotion d'entendre à nouveau parler la langue de mon pays, mes compatriotes ne m'ont guère plus renseignée.

Encore un jour s'achève. Sur la placette, devant la maison de négoce de thé, les crapauds invisibles ont entonné leur concert. En passant sous l'arbre géant qui en occupe le centre, je suis trempée de l'eau retenue par son feuillage dense depuis l'averse de l'après-midi. Les Indiens nomment cette essence arbre à pluie ou bien vieille mère, car il défie les siècles. Assurément, à son tronc énorme et rugueux, celui-ci en a connu plusieurs. Qu'a-t-il vu ? Que sait-il ? Quels secrets recèlent ses racines plongeant dans les entrailles de la terre, ses branches tendues vers le ciel comme une supplique, une prière.

Amrita, Sunesh et Dharam Singh entreprennent leurs propres investigations. Le soir, ils ont collecté bien plus d'informations que moi, évidemment. Informations contradictoires à la façon indienne, où il est impossible de démêler le vrai du faux, si grand est le désir de ne pas décevoir, de ne point paraître ignorant, qu'il justifie de travestir la vérité. Je retrouve ainsi un malheureux matelot breton qui a à moitié perdu la tête, un officier anglais confit d'*arack* répondant au nom de Bedford, un jeune séminariste tout frais débarqué. Mes compagnons m'accablent d'arguments pour me convaincre que l'un d'eux est certainement mon frère, tant ils ont à cœur de me voir aboutir, tant il compte à leurs yeux de trouver un sens à notre équipée. Ce voyage lui-même revêt une importance supérieure à son but. Mais c'est Jean, Jean que je veux, et je les repousse avec colère, les priant de demeurer à l'écart, de partir s'ils le souhaitent.

Honteuse de ma réaction, alors qu'ils m'ont toujours témoigné leur indéfectible loyauté, je m'enfuis jusqu'au bord de la mer. Je m'affale sur la plage de sable grossier, pleure mon remords, mon échec, maudis mon obstination fatale.

Haydar m'a-t-il réellement trahie ou permis de me bercer un peu plus longtemps d'illusions ? Sans ses mensonges, jamais je n'aurais vécu ces mois de passion ardente. Si j'avais su dominer ma fureur, accepter la réalité, alors il serait encore en vie. Nous vivrions ensemble, à Calcutta ou ailleurs, à attendre la naissance de notre enfant. Il me paraît tellement présent sur la plage déserte ! En fermant les paupières, je devine sa silhouette mince, la *khurta* blanche et l'écharpe de soie dont il choisissait la couleur au gré de ses humeurs, son éternelle *chiroute*. Il marche vers moi de son allure nonchalante au-dessus des flots. L'écho de son rire me broie le cœur, le souvenir de ses caresses me brûlera à jamais. Suis-je condamnée à une existence jonchée de cadavres, que j'en sois ou non responsable ? Dois-je détruire ou faire souffrir ceux qui ont le malheur de m'approcher ? Loin, très loin, à des milliers de lieues, il y a Saint-Malo, mes cousins de Chateaubriand, Nicolas Auguste Magon de la Lande et puis en face, de l'autre côté de l'estuaire, La Richardais, les Aubrée, les Olivier, et ces visages de mon enfance, puis, en remontant la Rance, Dinan, le petit Jean-Baptiste, mère Saint-Yves, ma bonne Soizic qui attendent mon retour. Soizic, j'ai failli à ma promesse. Je reviens sans mon frère et jamais tu ne chanteras de berceuses à nos enfants, à ceux qu'il n'a pas eus, à celui que j'ai perdu. Que vous dirai-je, à vous tous ? Quelle sera ma prière sur la tombe de mon père et de ma mère ? Retourner au couvent, si mère Saint-Yves m'y admet encore, expier mes fautes jusqu'à mon dernier jour ? Expier mes fautes, prier pour le repos des défunts, voilà ma seule issue, à moins que, pendant la traversée, l'océan compatissant m'engloutisse avec mes remords dans ses abîmes.

*

Des cloches sonnent. Des cloches bien réelles, non le souvenir de celles du couvent ou de notre vieille chapelle de La Motte-aux-Montfortins. Il y a si longtemps que je n'en ai entendu, si longtemps que je n'ai prié dans une église. Où est celle-ci ? J'obéis à l'appel insistant. Les maisons s'espacent, je m'éloigne du rivage. Je longe une haute grille de fer qui enclôt un cimetière aux tombes pareilles à des vaisseaux immobiles dans une mer de verdure. Un sanglot m'étrangle. Il me faut m'arrêter pour respirer, autrement je vais m'effondrer. Le branle a cessé. Une église émerge en blanc d'une intense forêt de cocotiers, de tecks et de jacquiers. Sa façade blanche, alliant inspiration française et portugaise, est rehaussée de bandeaux gris. Au-dessus du porche, soutenu par deux colonnes, une niche abrite la statue d'une sainte. Je me déchausse avant de pénétrer à l'intérieur. Il n'y a personne. Je m'agenouille et joins mes mains comme je ne l'ai fait depuis des mois, depuis le couvent, quand la prière emplissait ma vie. Ai-je oublié Notre Seigneur ? Je revois les temples hindous, les mosquées, les tours du silence des Parsis, toutes les façons dont on adore Dieu dans ce pays. Non, ma foi n'a pas faibli, elle s'est éclairée d'autres lumières, s'est forgée sans bruit à travers les épreuves. Mes erreurs, mes péchés me rendent-ils encore digne de recevoir cette grâce ?

Le murmure d'une voix féminine me fait soudain sursauter.

— Madame, puis-je vous aider ? Je suis *freira* Maria Madalena.

Une nonne en noir se dresse devant moi.

— Où suis-je ?

— En l'église Sainte-Thérèse d'Avila.

— *Ayez pitié, Créateur, de vos pauvres créatures. Considérez que nous ne nous comprenons pas, que nous ne savons pas ce que nous désirons, ni ne parvenons à trouver ce que nous demandons. Donnez-nous, Seigneur, la lumière.*

La religieuse hausse les sourcils.

— Vous connaissez les écrits de notre sainte protectrice ?

— Je pensais les avoir oubliés. Je les ai étudiés jadis, chez les ursulines de Dinan, en Bretagne.

— En Bretagne, dites-vous ? s'étonne-t-elle en s'agenouillant à côté de moi.

— Pardonnez-moi, ma sœur, j'ai omis de me présenter. Je m'appelle Anne de Montfort et viens en effet de Bretagne. Voilà de longs mois que je parcours les Indes pour retrouver mon frère Jean. Je l'ai cherché depuis les ruines de Pondichéry jusqu'à Madras, de Calcutta à Hyderabad, Mysore et enfin Mahé. Est-il vivant ou mort ? Je n'en sais rien et je n'ai rien de plus que l'espoir fou de le revoir un jour.

— L'espoir et la foi en Notre Seigneur ?

— J'étais destinée à entrer dans les ordres. Mais j'ai entendu en moi la voix suppliante de Jean. J'ai abandonné le couvent pour lui. Peut-être aussi Dieu ne m'a-t-il pas appelée ou ma foi a-t-elle vacillé.

Freira Maria Madalena trace un grand signe de croix de son front à sa poitrine et ajoute ces paroles de Thérèse d'Avila :

— *Que rien ne te trouble*
Que rien ne t'épouvante
Tout passe
Dieu ne change pas…

Elle me fait signe de la suivre. Nous sortons de l'église, passons un portique. J'ai déjà deviné dans le fond de mon cœur, même si ma raison s'y refuse. Dans le cimetière, elle me guide vers une tombe que la mousse et les herbes folles n'ont pas encore envahie. Dessus est gravée cette inscription : *Jean de Montfort – décembre 1738-mars 1764.*

Le ciel se couvre et une pluie abondante commence à tomber, comme si je n'avais pas assez de larmes à verser, recroquevillée dans la boue au pied de la sépulture. Un instant auparavant, je m'interrogeais sur cette folie qui m'avait entraînée à Mahé. D'autres questions maintenant me tourmentent. Pourquoi tous ces efforts, ces peines, cette lutte forcenée pour me heurter à cette pierre muette ? Jean est mort, depuis deux mois, deux mois seulement, deux mois déjà, mort et jamais je ne le reverrai en ce monde. Si Haydar ne m'avait pas menti, si j'avais écouté plus tôt mon instinct, si Dieu l'avait voulu, j'aurais pu l'embrasser encore une fois. Dois-je maudire mon sort ? Pourquoi ? Haydar-Heathcliff, toi qui m'as aimée, pourquoi as-tu été l'instrument du plus violent de mes chagrins, de la plus irréparable de mes pertes ? À défaut de retrouver mon frère, aurais-je pu au moins éviter ta mort ? *Dharma*, tel était sans doute notre destin.

La nonne effleure mon épaule. Elle n'a pas bougé d'un pouce sous l'averse. Son visage ruisselle, son habit moule son corps menu.

— Madame, votre frère n'est pas venu seul.

Je ne comprends pas, cède à son bras passé autour de ma taille. Elle m'emmène jusqu'au logis jouxtant la chapelle, où réside leur modeste congrégation. Une religieuse y remue le contenu d'un chaudron aux effluves épicés, une autre plie du linge. Elles me saluent en silence. L'une d'elle m'apporte du thé, tandis que *freira* Maria Madalena s'éloigne.

Bouleversée, j'y prête à peine attention. Elle reparaît, s'assied à côté de moi. Dans son giron remue un poupon coiffé d'une houppe blonde, ses yeux bruns grands ouverts. Encore une fois, avant mon esprit, mon cœur sait.

— Il se prénomme Geoffroy. C'est le fils de votre frère, votre neveu, Madame.

À travers les langes, les petites jambes s'agitent. Deux menottes potelées se tendent vers moi et la bouche humide se fend en un sourire. Dans les plis de son cou, j'aperçois la médaille de baptême de Jean. Quel âge a-t-il ? Pas plus de trois mois. Et il a compris ce lien qui nous unit. Je le presse contre mon sein mouillé, couvre de baisers son crâne duveteux, ses joues rondes. Je cherche les traits de Jean, ses expressions sur le visage en devenir. Geoffroy ressemble à son père, mais il n'est pas mon frère. Petit être inconnu et si proche qui ne suppléera pas à l'absence, même s'il m'ouvre un nouveau chemin. Soudain il rougit, se crispe et se met à vagir. Désarçonnée, je me tourne vers la religieuse.

— Il a faim, m'éclaire-t-elle. Je vais chercher son lait, du lait de chèvre.

Geoffroy pleure de plus en plus fort. Il se tortille dans mes bras, sourd à mes maladroites paroles d'apaisement. Où *freira* Maria Madalena est-elle donc passée ? Quand elle reparaît enfin, je glisse prestement l'embout de paille tressée entre les lèvres du nourrisson. Il tète goulûment, s'étrangle, recommence.

— Il jouit d'une excellente santé, commente la nonne. Un vrai miracle, quand on sait comment il est arrivé chez nous. Votre frère et celle qui était sa femme ont tenté de rejoindre Mahé en traversant les Ghâts. D'après le récit de Monsieur de Montfort, alors qu'ils étaient tous deux à bout de force, la Providence a placé sur leur chemin une tribu de nomades montagnards qui les a recueillis. La mère de ce petit ange a succombé en le mettant au monde. Les nomades ont pris soin du père et de l'enfant et les ont conduits ici. Je me souviendrai jusqu'à mon dernier jour de ce jeune homme si beau, malgré sa maigreur et son teint livide, son fils sur un bras et tirant à sa suite une chèvre, présent de ces sauvages touchés dans leur âme simple par la charité du Christ. Il titubait et répétait son nom comme s'il craignait de l'oublier, Jean de Montfort, Jean de Montfort. Il m'a tendu le petit, a murmuré « Geoffroy » et s'est écroulé sur le parvis de l'église. Nous sommes aussitôt allés quérir le *padre*, afin qu'il baptise l'enfant. Je suis sa marraine.

Sa mère, qui était-elle ? Et ce voyage ? Je ne sais rien, seulement qu'il m'appartient désormais de veiller sur ce petit garçon, de subvenir à ses besoins, tâche immense dont je mesure à peine l'ampleur. Jean, mon frère, tu ne m'as pas appelée pour toi, mais pour lui, ton fils.

Je n'accepte pas la vision de cette tombe, là-bas, dans le cimetière, de ton nom gravé sur la pierre, comme j'ai vu celui de notre père et de notre mère. Depuis si longtemps je n'ai vécu que dans l'idée de te retrouver. J'ai échoué, de si peu. Je me remémore le *sâdhu* et la vieille Banjara. Enfin leurs paroles obscures prennent leur sens. Je n'obtiendrai pas ce que je suis venue chercher, mais je recevrai ce qui va me combler. Non, je n'ai pas obtenu ce que je suis venue chercher. Est-ce cet enfant qui me comblera, trait d'union entre nos vies, par-delà notre séparation ?

— Votre arrivée ici relève aussi du miracle, poursuit *freira* Maria Madalena. Votre frère ne cessait de répéter que vous viendriez chercher l'enfant. Avant de perdre conscience, il m'a fait jurer de prendre soin de lui en vous attendant. J'ai promis, sans croire à ses affirmations, que je tenais pour un délire de malade. Il était si faible, dévoré par la fièvre, qui le reprenait quinte, tierce et puis permanente. Il a expiré dans mes bras. Quel malheur, un si jeune homme ! Il a laissé autre chose pour vous. Des lettres, je crois. Au début de son séjour parmi nous, il paraissait se rétablir et je l'ai souvent vu écrire.

Elle me tend un mince paquet étroitement enveloppé de feuilles de bananier. Geoffroy toujours contre moi, je le dénoue d'une main. Une sorte de livre apparaît. Deux planchettes de bambou percées aux extrémités latérales et assujetties par des chevilles de bois maintiennent une liasse d'*olles*, ces feuilles de palmier latanier employées ici en lieu de papier. Je m'empresse de tirer sur la cordelette permettant l'ouverture. En dépit de la maladresse du tracé au poinçon, parfois à peine lisible sur les pages vertes, je reconnais à ses majuscules élégantes, à ses accents marqués, l'écriture de Jean.

Carnet de Jean de Montfort

Selon mon vœu, Padma est partie la première. Son dernier acte fut un acte amour, donner la vie à Geoffroy. Si tu l'avais vue sourire, quand il a poussé son premier cri. Le sourire des anges ; déjà, elle n'appartenait plus au monde des vivants. Notre fils se souviendra-t-il au moins dans les tréfonds de son âme de cet instant si bref où je l'ai posé sur la poitrine de sa mère, où pour lui son cœur a battu une ultime fois ?

Elle est partie et j'ai maudit le Ciel, oui je l'ai maudit, tandis que je creusais sa tombe, que je la déposais sur sa dernière couche et baisais une dernière fois son front si pur et désormais froid. Oui, j'ai maudit le Ciel ! Puisse le Seigneur me pardonner !

J'ai longtemps tassé la terre sur le tumulus, du plat des deux mains, je l'ai battue pour la punir de m'avoir pris ma bien-aimée.

Je ne pouvais même pas lui offrir des funérailles dignes d'elle, selon les commandements de sa religion. Dans l'humidité de la jungle, impossible d'allumer un bûcher. J'ai dessiné un kolam *avec des pétales de fleurs et des brindilles. J'ai brûlé en son centre une poignée d'étoupe. Je me suis brûlé la main et me serais immolé tout entier si je l'avais pu. J'ai maudit le ciel, j'ai battu la terre et j'aurais voulu mourir, sur la tombe de Padma. Je n'étais déjà qu'un mort en sursis, autant en finir et demeurer là avec elle à jamais.*

Mais le nouveau-né commença à pleurer. Les femmes l'avaient frotté avec des feuilles, enveloppé d'un linge. L'une d'elles le mit à son sein. Il s'accrochait au téton brun avec un tel appétit, un tel appétit de vivre ! Je me suis rappelé que c'était pour lui que nous avions décidé de poursuivre notre route, de rejoindre Mahé coûte que coûte. Alors, je me relevai. À l'eau recueillie au tronc d'un arbre creux, je le baptisai des noms de Geoffroy, comme notre père et notre aïeul, Jean, Marie, selon la tradition bretonne, Ganesh, en souvenir de sa mère. Ganesh, le dieu à tête d'éléphant, dieu de la prospérité et du savoir.

Je partis sans me retourner, mon fils, notre fils dans les bras. Surmontant ma faiblesse, j'ai marché des jours entiers. Geoffroy, ses yeux déjà largement ouverts, me communiquait sa force et je retrouvais sur son visage certains des traits de sa mère.

En lui coule le sang des Montfort et aussi celui de Padma. Tu lui parleras un jour de nos parents, de son père. Tout ce qu'il y a à dire sur moi, tu le sais déjà, quoique je te soupçonne d'avoir de moi une idée plus haute que la réalité. Comment résumer en quelques lignes qui était sa mère, l'intensité de l'amour qui nous a poussés l'un vers l'autre ?

Raconte-lui qu'elle dansait pour les dieux. N'est-ce pas une belle manière de les honorer ? Ces heures consacrées à maîtriser son corps au-delà de la souffrance pour grandir dans son art ne valent-elles pas mieux que le jeûne et les pénitences stériles ? Ne crois pas que je blasphème. Selon moi, les bayadères sont comparables aux bâtisseurs de cathédrales, même si leur œuvre s'inscrit dans l'éphémère. Après tout, notre vie sur terre l'est aussi.

Je revois notre première rencontre, ce tourbillon chatoyant de soie et de broderies d'or, les bayadères évoluant au rythme des tambourins et des clochettes tintant à leurs chevilles ambrées. Lourdes chevelures de jais domptées en tresses épaisses, yeux insondables et bouches vermeilles, toutes magnifiques. Et pourtant, dès le premier instant, je l'ai remarquée, elle, ou plutôt je l'ai ressentie dans tout mon être, comme un appel, comme une lumière. Ma vérité, je l'ai trouvée dans les yeux de Padma. Elle était offerte aux regards de cette assemblée et pourtant c'est moi qui me suis senti nu jusqu'au fond de l'âme.

Jusqu'à Padma, je ne connaissais de l'amour que les vers de nos poètes, les élans du cœur perdus dans le silence, la chair meurtrie par la solitude. Pour moi, elle a renoncé à tout et moi je ne saurais vivre sans elle.

La fièvre et le chagrin auront bientôt raison de moi, mais je dois vivre jusqu'à ce que Geoffroy soit sauvé. Je dois vivre jusqu'à ce que je l'aie confié à la seule personne capable de l'élever, de l'entourer de tout l'amour nécessaire, à toi, Anne. À toi, ma petite sœur. C'est pour cela que je t'appelle si ardemment du plus profond de mon âme et c'est ma dernière prière à Notre Seigneur. Viens chercher mon fils, Anne. Viens !

Chapitre XVI

La joie indescriptible de mes compagnons quand je leur ai présenté Geoffroy m'a touchée au plus profond de l'âme. Moitié indien, moitié breton, il tisse entre nous, au travers des épreuves partagées, des liens de sang. Dieu, leurs dieux, les cieux nous ont guidés, nous ont fait marcher ensemble vers lui. Dharam Singh, Sunesh et Amrita, sans avoir vu d'étoile, héritiers des Rois mages, m'ont aidée sur cette route dont aucun de nous n'imaginait l'issue.

Les religieuses proposent de m'héberger, afin que j'entre doucement dans la vie de Geoffroy, sans trop bouleverser ses habitudes. Les trois Indiens, pleins de tact, se font discrets, mais ne manquent pas de me visiter chaque jour, de s'émerveiller encore et encore du miracle de ces retrouvailles.

Environ une semaine plus tard, Dharam Singh vient me trouver seul, alors que je berce Geoffroy en relisant le carnet de mon frère, assise à l'ombre d'un jeune banian dans le petit cimetière. Il n'a qu'un seul tronc et ses branches retombent en un court rideau. Arbre d'éternité et symbole de renouveau, l'enfant dans le creux de mon bras et, en face de nous, la tombe de son père, la tombe de Jean.

— Maintenant, que vas-tu faire, Lady Ann ?

Sa question rencontre mes propres interrogations. Ici, dans ce modeste couvent portugais de Mahé, s'achève ma quête. Rien ne me retient désormais aux Indes, si ce n'est la sépulture de mon frère.

— Et toi ?

— J'ai juré à Haydar sur le *Guru Granth Sahib*, le Livre sacré, que je veillerai sur toi s'il lui arrivait malheur.

— Moi, je dois veiller sur le fils de mon frère.

Tel est désormais mon devoir et mon chemin. Où se dessine l'avenir de Geoffroy ? Il est né ici, de Padma la bayadère, sans famille connue, morte en l'enfantant. Il est le fils de Jean de Montfort, gentilhomme breton, porte son nom et celui de notre lignée. Il a le teint cuivré, comme les petits paysans de La Richardais toujours au grand air. De sa mère, il a reçu ses cils épais, ses prunelles sombres. Et ce Ganesh accolé à son prénom. Je me rappelle mon arrivée à Porto-Novo, ma frayeur devant le temple dédié au dieu à tête d'éléphant, le premier temple hindou qu'il m'était donné de voir. Un premier signe. Geoffroy-Ganesh, un jour je te dirai d'où tu viens, l'amour de tes parents, du moins ce que j'en ai compris.

Comme s'il avait suivi le fil de ma pensée, le sikh poursuit.

— Alors, tu dois l'emmener dans le pays de son père, dans ton pays.

Il a raison. Geoffroy, fruit de deux peuples, souhaitera peut-être un jour connaître les Indes. Mais c'est en Bretagne qu'il me faut l'élever. Jean l'a voulu ainsi.

— Et toi, Dharam Singh, vas-tu retourner dans le tien ?

Il plisse son front, son regard noir s'échappe.

— Il y a si longtemps, murmure-t-il. Assez longtemps…

Jamais il ne me confessera la faute qui l'a contraint à partir loin des siens, l'exil pour châtiment. Sunesh et Amrita apparaissent à leur tour. Leurs mains se frôlent, à peine. Leurs yeux se sourient. Nul n'est besoin d'une grande science pour deviner cet attachement profond entre eux. Que vont-ils devenir ? Je ne peux les prendre avec moi, ni les livrer seuls à leur sort. Si jeunes, tout juste sortis de l'enfance, un bohémien et une fille de caste inférieure. Ils seront des bannis au sein même de leur peuple, des hors castes, moins que des Intouchables.

— Dharam Singh, je n'ai plus besoin que tu me protèges. Seules tes prières compteront désormais pour moi. Prie pour moi le Dieu unique, comme je le prierai pour toi. Mais eux, ne les abandonne pas. Veille sur eux comme s'ils étaient tes propres enfants. Haydar Sahib aurait aimé qu'il en soit ainsi.

Le grand sikh incline la tête avec gravité.

— Sunesh n'était qu'un misérable, un petit voleur. Il a prouvé son courage. Nous, les sikhs, n'accordons aucune importance à l'origine, à la religion, à la caste. Seules les qualités du cœur comptent. S'il le veut, un jour il sera digne de porter le *kirpan*, pour défendre le *Dharma* et la volonté de Dieu. Il deviendra un véritable *Singh*, un lion, comme toi, Lady Ann, tu pourrais être une *Kaur*, une lionne, dont tu as la force, même si tu n'as pas adopté nos usages.

Jamais Dharam Singh ne s'est exprimé aussi longuement. J'hésite sur les termes à choisir pour lui signifier ma gratitude. Je me lève, lui tends Geoffroy. Les mains jointes devant ma poitrine, je m'incline très bas.

— Le Dieu unique te bénisse, Dharam Singh.

À deux pas, Sunesh et Amrita n'osent plus approcher. Ils pressentent que leur destinée a emprunté un nouveau cours. Le sikh se tourne vers eux.

— Lady Ann va s'en aller dans son pays.

Les yeux de ma jeune servante se mouillent de larmes.

— Tu veux bien m'emmener avec toi, Maîtresse, de l'autre côté des mers ?

Une séparation s'annonce, mais elle ignore encore à qui elle devra renoncer. Je devine son âme généreuse déchirée. Dharam Singh la toise sévèrement.

— Jeune impie ! On n'abandonne jamais la terre de ses ancêtres ! Lady Ann va regagner celle des siens. Quant à toi, tu resteras aux Indes, auprès de moi et avec Sunesh.

— Le Pendjab, Amritsar, la ville qui porte ton nom, celui du nectar d'éternité. Tu vivras heureuse là-bas, à moins que tu ne préfères retourner à Porto-Novo.

Amrita balance entre rire et pleurer. Elle se jette à genoux, balbutie, les bras croisés contre sa poitrine.

— Maîtresse Anne, Dharam Singh Sahib…

Le visage de Sunesh rayonne comme s'il avait avalé le soleil. Le sikh grommelle dans sa barbe. N'est-il pas en train de s'abandonner au *Moha*, à un attachement excessif, émotion néfaste ? Pourtant, il a accompli son devoir de charité et d'assistance envers les faibles. Je le soupçonne de réciter en secret un *Gurbani* de circonstance.

*

Freira Maria Madalena lève les bras au ciel à l'annonce de ma décision.

— Par la très Sainte Vierge, sainte Thérèse et tous les saints du Paradis ! Entreprendre un voyage aussi périlleux avec un nourrisson ! L'affliction vous égarerait-elle ? Tant que vous demeurerez ici, l'enfant et vous serez en sécurité.

— Le périple ne sera pas moins périlleux quand Geoffroy aura grandi. Par ailleurs, vous l'avez affirmé vous-même, il bénéficie d'une robustesse hors du commun. Il a survécu aux premiers jours de sa vie dans les Ghâts, à la mort de sa mère, puis à celle de son père.

La religieuse cherche des arguments pour me dissuader. Je repense soudain à mère Saint-Yves, ma marraine. Elle aussi avait voulu m'interdire de prendre la mer et s'était heurtée à mon obstination. J'avais eu l'audace de lui tenir tête, hors de toute raison. À présent, je me sens de nouveau déterminée comme jamais. *Freira* Maria Madalena ne dispose pas de la force de caractère de la supérieure du couvent des ursulines de Dinan pour me résister. N'a-t-elle pas affirmé elle-même que ma venue à Mahé tenait du prodige ? En quoi mon retour en Bretagne serait-il plus improbable ? Elle se résigne d'un hochement de tête. Justement, cette victoire trop facile sème un brusque doute en moi. Et si je péchais par orgueil, à imposer ainsi ma volonté à tous contre vents et marées ?

— Ma sœur, voilà des mois que je ne me suis confessée.

— Le *padre* Jeronimo est ici. Je m'en vais le prévenir si vous le souhaitez. Je garderai Geoffroy en vous attendant, s'empresse la nonne, l'œil attendri, prête à cajoler mon neveu.

Encore une grande âme ! Elle aura dispensé sans compter son amour et ses bons soins à cet enfant qui n'en conservera guère le souvenir.

Le *padre* Jeronimo est un homme minuscule, tout en rondeur. Mais derrière la grille du confessionnal, je me sens rapetisser au fur et à mesure que je lui livre les secrets de mon cœur. Environ trois ans se sont écoulés depuis les funérailles de ma mère, ce jour où j'apprenais aussi la disparition de mon frère, et deux depuis que j'ai quitté Saint-Malo. Il y a tant à raconter, les images et les mots se brouillent. Le couvent, mon mariage, l'expédition à bord de l'*Anne de Bretagne*, la fin de Christy de la Pallière, la quête à travers les Indes, ma passion pour Haydar, les Ghâts, sa mort, mon doigt sur la détente du pistolet, je l'ai tué, même s'il était condamné, je l'ai tué. Luxure, orgueil, ces vies que j'ai inconsidérément exposées. *Confiteor Deo omnipotenti, quia peccavi nimis cogitatione, verbo, opere et omissione : mea culpa, mea culpa, mea maxima culpa*. Je confesse à Dieu tout-puissant, que j'ai péché, en pensée, en parole, par action et par omission. Oui, j'ai vraiment péché. Le prêtre me pose d'innombrables questions, me demande de répéter encore et encore, à tel point que je me demande si cela fait partie de ma pénitence. Je comprends enfin qu'il s'efforce seulement de démêler mes propos confus, alors qu'il maîtrise mal le français. Ma confession dure tellement longtemps que je suis épuisée, à bout de force, quand je me tais. Il approche sa bouche tout près de la grille et chuchote.

— Ma fille, vous avez cédé quelque peu à la légère à la tentation de la chair et, plus que d'orgueil, je parlerais d'imprudence. Votre foi a certes été ébranlée. Quel chrétien ne vit pas cette épreuve, surtout dans ce pays où nos croyances sont mises à mal par les mœurs des idolâtres. Cependant, la foi vous habite toujours, tout comme vous habitent les grandes vertus que sont l'espérance, la charité et le courage. Dieu vous a confié cet enfant. Telle est la preuve de Son amour infini pour vous. Priez ma fille, élevez le fils de votre frère dans la voie du Seigneur Jésus-Christ et allez en paix.

Cet homme a dû voir bien des misères humaines pour que mes fautes et mes tourments lui paraissent si bénins ! Il m'accorde l'absolution pendant que je sanglote. Mes blessures mettront du temps à cicatriser, mais il me faudra bien guérir. La patience des Indiens face au destin s'impose à moi dans sa grande sagesse. Je prends la mesure de ce présent merveilleux que j'ai reçu, Geoffroy.

Regagner la Bretagne. Comment ? Même si la guerre est finie, le trafic maritime vers l'Europe n'a pas repris. Les seuls bateaux à appareiller depuis Mahé ou à y jeter l'ancre sont destinés au trafic côtier. Les ballots de poivre, de soie et de thé s'en vont rejoindre d'autres ports, d'où ils sont expédiés plus loin en Asie ou dans la mer d'Arabie.

On me conseille de me rendre à Goa, où les Portugais ont su maintenir leur commerce. Là-bas j'aurai plus de chance de trouver un navire en partance pour le Portugal ou l'Espagne. Vues d'ici, Porto, Lisbonne, Cadix, Nantes ou Saint-Malo sont voisines.

*

Le ciel est à peine blanchi par l'aube quand je me recueille une dernière fois sur la tombe de Jean, avec Geoffroy. Sait-il que son père repose sous cette pierre humide couverte de fleurs ? J'ignore ce qu'un être à peine éclos ressent. Le trépas de ses parents, le départ de la terre où il est né, ma douleur et le bonheur de l'avoir retrouvé ? Je l'aime déjà de tout mon cœur, comme s'il avait depuis toujours fait partie de ma vie. Il papillote des paupières, une bulle se forme au coin de sa bouche minuscule. Il niche sa tête dans mon cou, se laisse bercer au rythme de mes sanglots. Singulières destinées en parallèle que celles de Jean et la mienne ! Aux Indes, nous aurons l'un et l'autre connu une grande passion à la fin tragique dans les Ghâts, lui est mort et a eu un fils, moi j'ai perdu un enfant et je suis bien en vie pour prendre soin du sien. Nous retournons donc en Bretagne, à Saint-Malo. Dans combien de temps ? Quels obstacles faudra-t-il encore franchir avant que se profilent la ligne nette du cap Fréhel s'enfonçant dans la mer, Cézembre, Fort Harbour ou Fort Royal, avant d'entendre le branle de la Noguette à la nuit tombée, de retrouver notre paisible village de La Richardais sur les bords de Rance ? Toi, Jean, mon frère, tu ne les reverras jamais. Je chante une dernière fois pour toi et la première pour Geoffroy :

Un alarc'h, un alarc'h tra mor
War lein tour moal kastell Arvor

Dinn, dinn, daon, d'an emgann, d'an emgann, o !
Dinn, dinn, daon, d'an emgann ez an

*

Dharam Singh, Amrita et Sunesh patientent à l'entrée du cimetière pour m'accompagner jusqu'au port. Une tonne, l'une de ces pirogues d'une seule pièce de bois que l'on utilise sur la côte de Malabar, m'y attend.

Amrita sourit pour ne pas pleurer, elle qui, dès le premier jour, m'a accordé sa confiance et son affection. Sa foi inébranlable, ses intuitions, sa joie de vivre, je cueille à son sourire des provisions de soleil pour les jours gris. Je prononce le seul mot que je connaisse dans sa langue :

— *Nandri.*

Merci, plus encore, gratitude, reconnaissance. Dans un même élan, nous nous étreignons, comme deux amies, comme deux sœurs.

Sunesh s'incline à son tour devant moi. Le petit bohémien orphelin aura finalement trouvé une famille dans notre aventure. Je ne sais s'il se fera sikh, mais il a montré l'homme valeureux en train de naître de l'adolescent malicieux. Même si Amrita et lui n'ont pas encore mis de nom sur leurs sentiments, je leur prédis un avenir heureux ensemble.

Et enfin Dharam Singh, le grand sikh impassible, à l'âme trempée et franche comme la lame de son *kirpan*. Il me présente une petite poche de soie.

— Les diamants d'Haydar Sahib, les diamants de Golconde, ils t'appartiennent désormais, Lady Ann.

Je repousse sa main.

— Je n'en ai nul besoin. Garde-les pour toi et pour ces deux enfants. Tu en auras un meilleur usage.

Dharam Singh hésite avant de verser le contenu du sachet dans sa paume. Les pierres précieuses captent aussitôt la lumière et rayonnent de tous leurs feux. Au milieu, le diamant bleu taillé en forme de rose. Le sikh le dépose dans ma main, ainsi que cinq autres de taille plus modeste.

— Celui-ci, à l'eau si pure, tu le conserveras en souvenir d'Haydar Sahib. Quant aux petits, tu en auras besoin pour ton voyage. Et puisque tel est ton souhait, je partagerai le reste entre Amrita, Sunesh et le Temple d'Or d'Amritsar.

Je reçois ce symbole d'éternité, fiançailles scellées depuis l'au-delà avec Haydar.

— Guru Arjan a dit : « Comme les rayons du soleil s'unissent encore au soleil et la goutte se mêle à l'océan, ainsi la lumière de l'homme se confond dans la lumière de Dieu, et l'homme est comblé », ajoute encore Dharam Singh. La paix soit sur toi, *Kaur*, lionne.

Au moment où j'embarque, une grosse nuée noire masque le soleil. Mahé se noie sous l'averse. Cependant, mes trois compagnons, mes trois amis, agitent leurs mains jusqu'à devenir sur le quai de minces traits brouillés par la pluie. Faibles sont les chances de nous revoir en ce monde, même si nos âmes sont liées à jamais.

*

Cases de palme et demeures blanches à colonnades disparaissent bientôt derrière les mangroves ; seuls les *kakas* noirs défient la pluie. L'eau ruisselle sur les dos bruns des matelots, leurs pagnes pendent sur leurs hanches étroites. À l'abri contre des sacs de riz, j'écoute le ronflement léger de Geoffroy assoupi. Un jésuite est monté avec nous. Son expression sévère, presque accusatrice, la raideur de son maintien me font conjecturer qu'il n'a rien en commun avec le père Cœurdoux aux vues si larges. Il hésite à m'adresser la parole. Une femme seule n'est-elle pas quelque créature égarée, fuyant l'opprobre avec le fruit de son péché ? Il se décide à rompre le silence, jugeant sans doute que notre sang européen nous rapproche malgré tout. Il s'appelle João De Albuquerque. Né à Porto, il se prétend apparenté à Afonso De Albuquerque, qui a enlevé Goa au sultan de Bijapur en 1510. Il retourne à la mission de Velha Goa. Lorsque je lui précise que Geoffroy est mon neveu et non mon fils, il devient soudain affable. Pourtant, il ne s'est guère trompé dans ses préventions initiales. Que dirait-il si je lui avouais que je me suis donnée à un mahométan, que le fruit du péché, je l'ai porté en moi et perdu. Ma poitrine encore gonflée et mon ventre douloureux me le rappellent à chaque instant.

Le *padre* De Albuquerque répète une question à laquelle je n'ai pas prêté attention. Me voyant si peu attentive à notre conversation, il se plonge dans son bréviaire. Geoffroy s'est réveillé et réclame son lait.

La pluie a cessé, mais le ciel reste gris et la mer bougonne. Un fort clapotage agite notre chaloupe. La navigation est laborieuse, nous avançons lentement. Nous faisons escale à la moitié du jour et chaque soir dans les villages côtiers, où les habitants nous ouvrent leurs cases pour la nuit. Nous dormons sur des nattes à même la terre battue, partageons avec eux du riz noyé de *ghee* et du poisson, des bananes, des ananas. Je suis émue par l'accueil chaleureux des femmes, qui se bousculent autour de Geoffroy, le palpent, lui sourient, s'extasient de la robustesse de ses membres et de son appétit. En dépit de ses cheveux blonds, elles devinent, à son teint et à ses prunelles, ses origines, son sang mêlé. À la maladresse de mes gestes, elles comprennent probablement que je ne suis pas sa mère. Comme les nomades des Ghâts, celles qui ont un enfant en bas âge lui donnent le sein, le nourrissent de cette terre, de ce peuple auquel il sera bientôt enlevé, afin qu'il en garde peut-être la mémoire au plus intime de son être. Elles frottent ses gencives gonflées d'un onguent à base de girofle, me montrent comment le masser avec de l'huile de coco. Tout nu, il gigote de plaisir. Elles piquent du jasmin dans sa houppe duveteuse, nouent des cordons rouges à ses poignets, passent à son cou des amulettes. João De Albuquerque marque sa réprobation en me demandant si l'enfant est baptisé. Je lui réponds par l'affirmative. Geoffroy a été baptisé deux fois, l'une par son père, à sa naissance, au milieu de la jungle, et l'autre chez les religieuses de Mahé. Le prêtre hausse les épaules. Loin est le temps où le roi du Portugal, sitôt Goa et Diu rattachées à sa couronne, recevait du pape le *padroado real* lui donnant mission exclusive d'évangéliser l'Asie. Deux siècles et demi déjà que saint Ignace de Loyola, fondateur de la Compagnie de Jésus, et saint François-Xavier, demandaient après leur arrivée à Goa la mise en place du tribunal de l'Inquisition. Désormais, on entre pieds nus dans les églises comme dans les temples, les mêmes guirlandes de fleurs sont offertes aux saints ou aux dieux. Moi, je reste fidèle à ma foi et murmure cependant tout bas aux villageoises le nom indien de mon neveu, Ganesh. Elles sourient de toutes leurs dents rougies de bétel et répètent : « Ganesh, Ganesh. »

De Mahé à Goa, la côte forme une longue parabole de plus de cent lieues. Trouant les épaisses forêts de cocotiers dont les palmes mobiles jouent du moindre souffle, se succèdent villages de pêcheurs et rizières. J'ai appris à distinguer toutes sortes de palmiers, les palmiers royaux aux troncs en forme de bouteille et à l'extrémité lisse, les palmiers dorés aux noix ocre jaune et rougeâtres, les cocotiers qui oscillent au vent. Comment s'étonner de cette profusion de variétés, quand cet arbre est ici source de vie ? De ses feuilles on tresse les toits des cases, de ses fibres on tisse les plus solides des cordages. Son tronc sert à construire des embarcations, ses fruits nourrissent et désaltèrent, soignent plaies et brûlures.

Il nous faut près de deux semaines avant que le jésuite m'annonce notre arrivée en vue de Goa. Nous pénétrons dans l'anse dominée par deux montagnes qui forme le port. Soudain disert, le *padre* De Albuquerque m'indique le nom des forts qui le défendent, le Fort Nostra Signora di Capo et le Fort Gaspar Dias au sud puis, au nord-ouest, le Fort d'Aguada avec ses deux cents canons et ses gigantesques citernes. Il me rappelle que la route maritime des Indes orientales fut ouverte près de trois siècles auparavant, en 1498, par son illustre compatriote le navigateur Vasco de Gama.

Un commerce florissant se développa aussitôt. De Malacca arrivaient les épices, les soieries et les porcelaines de Chine et d'Extrême-Orient, d'Ormuz les pur-sang arabes que les princes indiens, jusqu'au Grand Moghol, s'arrachaient à prix d'or. Du Mozambique, contre des grosses toiles et des vivres de toutes espèces, venaient l'ivoire, l'or et des Cafres destinés au service des grandes maisons portugaises. Pauvres nègres réduits en esclavage emportés malgré eux partout dans le monde, aux Amériques comme aux Indes ! Je songe avec compassion à l'ombrageuse Céleste, servante et maîtresse de mon défunt époux Christy de la Pallière, ainsi qu'aux scènes terribles entraperçues lors de notre escale à Gorée*. Est-ce par le trafic d'êtres humains que nous comptons répandre la parole de Jésus-Christ ? Imperturbable, le *padre* De Albuquerque me détaille, le regard brillant, ces miracles que Goa a connus, tels le corps crucifié nimbé de lumière apparu sur la croix de teck plantée au sommet de la colline de Bovista, le Christ en croix du couvent Santa Monica dont les plaies saignèrent, ou encore la dépouille de saint François-Xavier, conservée en l'église Bom Jesus, qui exhala un parfum suave longtemps après son décès. Je songe au saint apôtre Thomas,

---

* Voir *De tempête et d'espoir, Saint-Malo.*

enseveli à Madras. Les Indes, terres mystiques et mystérieuses, où les cultes les plus divers et les plus étranges côtoient les messagers de Notre Seigneur. Et toi, mon neveu, Geoffroy-Ganesh, avec la médaille de baptême de ton père à ton cou et toutes ces amulettes, sauras-tu trouver la vérité ?

Au fond du port, notre embarcation pénètre la Mandovi, qui se dédouble et varie en un lacis de canaux sur près de trois lieues jusqu'à la ville. La rivière, qui naît dans les Ghâts, a assez d'eau à son embouchure pour accueillir des vaisseaux de soixante pièces de canons déchargés.

À droite, sur la langue de terre séparée par un ruisseau de celle où se trouve le Fort Gaspar Dias, s'élève le palais du primat. Puis, du même côté, l'ecclésiastique m'indique les maisons des jésuites de Goa et du Japon et ensuite le palais de Panaji, la nouvelle ville. Nous allons plus loin, à Velha Goa, l'ancienne Goa, délaissée peu à peu en raison de son insalubrité. Tandis que nous longeons une rive plantée de belles demeures, mon compagnon me traduit le vieux proverbe selon lequel celui qui avait vu Goa n'avait pas besoin de voir Lisbonne. Mais avec l'essor du négoce sur la côte de Coromandel et au Bengale, Goa a peu à peu décliné. Goa, le plus beau et le plus pauvre établissement des Indes, coûterait encore par an plus de trois cent mille piastres au roi du Portugal, et seul l'orgueil lui interdit de s'en défaire.

Le *padre* De Albuquerque rédige à la hâte une recommandation pour les sœurs de Santa Monica. Il débarque en effet le premier pour rejoindre Betim, la maison des jésuites de la côte malabare. Il n'omet pas de nous bénir, Geoffroy et moi, avant que nos chemins ne se séparent.

*

La religieuse qui m'ouvre la porte du couvent affiche une mine soupçonneuse. Après ce voyage inconfortable à bord de la tonne, avec mon maigre bagage et Geoffroy niché dans mon giron, je dois ressembler à une gueuse. Mais j'ai appris combien l'assurance produit d'effet. Très droite, je lui présente non sans un brin de cette morgue propre aux grandes familles de la péninsule ibérique le billet du jésuite. La nonne change aussitôt d'attitude et me conduit avec célérité auprès de la supérieure. Cette dernière ne ressemble en rien à mère Saint-Yves. Courtaude et volubile à l'excès, elle pérore en mauvais français à grand renfort de gesticulations. Elle ne me paraît cependant pas une mauvaise femme et, quand elle consent enfin à me laisser la parole, je lui livre une version de mon histoire propre à l'attendrir, mon éducation chez les ursulines, mon récent veuvage, la quête de mon frère disparu et cet enfant que je dois désormais élever. Le récit de mon périple l'impressionne assez pour lui imposer un bref instant de silence.

— Par la Sainte Mère de Dieu, conclut-elle, il est regrettable que vous ne fussiez pas née homme. On aurait fait de vous un excellent missionnaire.

Décontenancée par cette réplique saugrenue, j'ajoute à mon tour :

— Notre Seigneur a daigné me confier une autre mission, celle de sauver mon neveu et de le reconduire en la terre de ses ancêtres.

Madre Elena, c'est son nom, retrouve sa loquacité et, l'air de rien, m'interroge. Grâce à Dieu, ou plutôt à l'exigence de ma marraine, mes connaissances théologiques sont solides et je peux aisément donner la preuve d'un catholicisme irréprochable. L'abbesse, rassurée, consent à m'offrir l'hospitalité et m'invite à visiter son couvent, premier monastère de femmes à Goa. Devant le Christ de l'église, j'ai droit au récit exalté du miracle qui s'est produit un siècle et demi auparavant, évoqué par le *padre* De Albuquerque. La nonne me montre ensuite le reliquaire où reposent les restes de sainte Marguerite d'Antioche. Une soudaine et sincère émotion m'étreint. Je me jette à genoux pour prier. Marguerite, le prénom de ma grand-mère paternelle ; moi-même je m'appelle Anne, Mathilde, Marguerite, Marie de Montfort.

Satisfaite de cette manifestation de piété, *Madre* Elena m'entraîne à la fabrique de pastilles de cachondé. Cet astringent réputé, composé de plusieurs sortes d'acacias, constitue un négoce fort lucratif pour les nonnes. Commerce et religion vont de pair à Goa. Enfin, nous gagnons une cellule assez propre. À côté du lit de toile, une nacelle de palme tressée attend déjà Geoffroy. Il me reste encore à trouver le moyen d'embarquer pour la Bretagne. Je ne connais personne à Goa et ne dispose pour m'ouvrir des portes que de noms, ceux de Khodja Sinan, Agha Shamir et Agha Petros.

*

Réprimant mes réticences, je confie mon neveu à la garde des nonnes pour me rendre dans le quartier des négociants. À proximité de Santa Monica, en passant devant l'église Bom Jesus, à la façade bâtie à la manière d'un retable et dont le fronton s'orne du monogramme de la Compagnie de Jésus, je me promets de me recueillir avant mon départ sur le tombeau de saint François-Xavier.

Mon palanquin oblique ensuite vers le nord-ouest et rejoint le Leilão, la grande avenue dans le prolongement de l'arc monumental des vice-rois qui marque l'entrée de la ville au bord de la Mandovi. De chaque côté s'élèvent des demeures cossues aux façades roses, jaunes ou bleues. Je frappe à chaque porte et mentionne mes amis arméniens. De nombreux Portugais, quelques Hollandais, des Juifs, me répondent tour à tour par la négative. Enfin, un Français revêche qui a fui Pondichéry cinq ans auparavant me désigne à contrecœur un groupe de maisons en contrebas.

— Les Arméniens résident là-bas, ils sauront sûrement vous renseigner.

Déconfite par cette curieuse façon de témoigner sa solidarité à une compatriote, je me dirige vers l'endroit indiqué. Dans la première des boutiques, un homme vêtu d'un caftan, le front barré d'un unique sourcil noir, se frotte la barbe. Comme je ne saisis rien de ses explications dispensées dans un étrange créole, il me pousse d'autorité vers la maison voisine. Bientôt, un attroupement se constitue dans la rue autour de moi. Je ne parviens pas à démêler qui s'adresse à moi, si l'on m'interroge ou si l'on me fournit des réponses. Soudain, un personnage râblé fend la foule et s'incline avec courtoisie devant moi.

— Je suis Khodja Sarkis Shirinian. Ai-je bien entendu le nom de mon cher ami Khodja Sinan ?

— En effet, Monsieur. J'espère que ma venue impromptue ne vous importune point.

— En aucune manière. Permettez-moi de vous offrir une tasse de thé. Nous serons plus à l'aise pour parler à l'intérieur.

*

Je traverse à la suite de Khodja Shirinian une échoppe encombrée de tapis persans, de rouleaux de soieries, de belles pièces d'orfèvrerie. Nous montons à l'étage, dans un salon où bientôt une très jeune femme aux nattes brunes nous apporte thé et *halwa*.

— Ma fille Aroussiag, me la présente le négociant. Je suis veuf et le soin de cette maison lui revient.

La timide Arménienne, empourprée, s'assied avec nous.

— Cher, cher Khodja Sinan ! reprend Sarkis Shirinian. Hélas ! nous ne nous sommes vus depuis des années, même si nos liens d'amitié résistent à l'épreuve du temps. Nous traversons une époque difficile. Le déclin de Goa a pour principale conséquence une effroyable corruption. Je ne parle pas seulement des douaniers, mais aussi des plus hauts dignitaires, les chefs de la *fazende* – les impôts –, les capitaines *mar y guerre*, les officiers. Impossible de s'éloigner de Goa sans risquer de se faire dépouiller en son absence ! Il n'y a plus aucune morale. En voulez-vous un exemple ? Figurez-vous que le chancelier, le lieutenant civil, le lieutenant criminel et le procureur du roi sont tenus au célibat dans l'exercice de leurs fonctions. Or, ils entretiennent chacun un nombre incalculable de concubines, de véritables harems chez de bons chrétiens ! Même l'habit ecclésiastique n'est plus respecté. Les moines mendiants, franciscains et autres, ne sont soufferts dans cette ville qu'à la condition de prendre le mousquet et de faire office de soldats en cas d'attaque. Voilà à quoi Goa en est réduite, après des décennies de splendeur. Mais laissons là ces tristes considérations. J'ai reçu il y a quelques mois une lettre de Khodja Sinan. Je me suis aussitôt renseigné, sans succès, sur la possible présence d'un Jean de Montfort ici. Et je ne m'attendais guère à avoir le plaisir de votre visite ! Dites-moi en quoi je puis vous être utile.

Caressant sa barbe grisonnante, Sarkis Shirinian m'écoute avec la plus grande attention. Quand j'ai terminé, il hoche la tête.

— Tout d'abord, vous me voyez navré d'apprendre la disparition de votre frère et émerveillé des circonstances dans lesquelles vous avez retrouvé votre neveu. Les anges veillent sur lui ! Je comprends fort bien votre désir de regagner votre pays. Nous autres, Arméniens, ne vivons-nous pas dans la perpétuelle nostalgie de notre patrie perdue ? Je suppose que vous mesurez les risques d'une aussi longue traversée pour un nouveau-né. Sachez toutefois que si vous changiez d'avis, vous pouvez rester ici ou bien rejoindre

Khodja Sinan. Les Indes ne sont pas un exil trop désagréable et l'on peut y bâtir son existence.

Je lui tiens le même discours qu'à *freira* Maria Madalena.

— Maintenant ou plus tard, les dangers d'une expédition vers l'Europe demeureront les mêmes. La Bretagne m'appelle.

— Dans ce cas, revenez demain à cette heure-ci. Je convoquerai le capitaine d'un navire en partance pour le Portugal dans lequel j'ai quelques intérêts.

*

Quand je rejoins l'Arménien le lendemain, il est seul. Nous patientons en devisant avant que surviennent deux hommes, l'un petit et brun de poil comme de peau, l'autre plutôt de haute taille et le regard bleu pâle.

— Tiburcio De Almeida, capitaine du *Santa Lucia*, se présente le premier dans un profond salut, la main sur le cœur. Voici mon second, Michel Le Guyadec.

Je sursaute en entendant la consonance bretonne de ce nom, mais ne prononce mot.

— Messieurs, je vous remercie d'avoir accepté mon invitation. Pour discuter de notre affaire avec Madame de la Pallière, il me paraissait plus opportun de nous rencontrer ici.

Tandis que l'Arménien expose ma requête, le Portugais se rembrunit.

— *Madre de Dios*, grommelle-t-il, mon navire est déjà fort chargé et je n'avais guère prévu de passager.

Est-ce la vérité ou bien cette crainte des marins de la présence d'une femme à bord ?

— Madame de la Pallière est rompue aux voyages en mer, affirme Sarkis Shirinian, qui a compris comme moi les réticences de Tiburcio De Almeida. Par ailleurs, son défunt mari était marin comme vous, un capitaine malouin de la meilleure réputation.

— Je me disais aussi que votre nom ne m'était pas inconnu ! s'exclame Michel Le Guyadec, ouvrant la bouche pour la première fois. Je suis de Douarnenez. Si je n'ai pas eu l'honneur de rencontrer le capitaine de la Pallière, j'en ai ouï le plus grand bien.

Le Portugais ne paraît pas convaincu pour autant. Khodja Shirinian pose devant lui une bourse de cuir tirée de je ne sais où. Le visiteur l'ouvre et en déverse sans façon le contenu sur la table. Il compte, recompte.

— Il faut une cabine entière, car une dame ne saurait partager la sienne, continue-t-il à maugréer. Et puis pas question de lui servir du biscuit ou nos brouets de matelots, une dame a l'estomac délicat.

— Et toi, qu'as-tu à me raconter sur ton estomac ? s'écrie l'Arménien, passant soudain au tutoiement. Ne pécherais-tu pas par excès de gourmandise ?

Le capitaine du *Santa Lucia* ne se déride pas.

— Il s'agit d'un long voyage !

Une deuxième bourse surgit.

— Il y a là de quoi nourrir deux bouches délicates d'ici à Lisbonne et même d'effectuer le trajet du retour, dit l'Arménien.

— Deux bouches ? interroge le marin, dont les prunelles reflètent l'éclat des pièces d'or.

Je prends la parole à mon tour.

— La seconde est toute petite, il s'agit d'un enfançon de quelques mois. Il lui faudra du lait, deux chèvres.

Le Portugais repousse précipitamment le tas de pièces.

— Un enfant ? Hors de question ! Jamais, moi vivant ! Comment accepter la responsabilité d'une vie si précaire ? Et mes hommes, s'ils l'entendent vagir, ne songeront-ils pas à leur propre famille ? *Saudade*, la nostalgie ne vaut rien à un équipage ! Elle ôte le courage d'affronter la mer et je commanderais un tas de bons à rien ! Pas de femme, pas d'enfant à bord. N'essayez pas de me fléchir !

La colère monte au creux de mon estomac.

— Monsieur, j'ai navigué depuis Saint-Malo pour parvenir aux Indes, je les ai parcourues du sud au nord et de l'ouest à l'est, j'ai franchi les Ghâts, rejoint Mahé et suis arrivée ici. J'ai affronté les tempêtes sans faiblir, je n'ai pas succombé aux fièvres, j'ai résisté à la perfidie des Anglais, aux bandits de grand chemin, aux serpents, aux scorpions et même aux dents du tigre. Alors je n'entends pas renoncer maintenant. Je ne suis pas lâche et ne peux imaginer qu'un capitaine de navire le soit ! Je ramènerai cet enfant au pays de ses ancêtres, avec la bénédiction de la Sainte Vierge.

Tiburcio De Almeida rougit sous l'insulte insinuée, les veines gonflent à ses tempes. Un soutien inattendu se manifeste à ce moment. Michel Le Guyadec se lève.

— Madame, bon sang breton ne saurait mentir ! Si cet enfant est d'origine malouine, alors il est marin avant même d'avoir vu la mer ! Je n'ai pour ma part aucune objection à sa présence à bord et pense au contraire qu'elle réjouira le cœur de nos matelots.

Le capitaine foudroie du regard son second qui le désavoue. Puis il essuie son front en sueur et rajuste avec dignité sa redingote chamarrée.

— Soit, j'accepte que vous embarquiez, l'enfant et vous. Vous vous présenterez dans une semaine, jour pour jour, au lever du soleil. Si vous tardez, je ne vous attendrai pas pour appareiller. Et je ne vous conduirai pas au-delà de l'île de France.

L'île de France est déjà un coin de France. Soit j'aurais convaincu d'ici là Tiburcio De Almeida de nous garder à son bord, soit je trouverai là-bas un autre navire. Le négociant nous sert à tous les quatre un verre de vieux porto pour sceller l'accord. L'or a déjà disparu dans les poches insondables du Portugais. Ce dernier entame alors avec emphase le récit de son dernier voyage. Il vient de conclure une bonne affaire.

Après son départ et celui de son second, je m'inquiète de la somme versée. Khodja Shirinian m'offre un sourire indéchiffrable.

— Le capitaine De Almeida peut s'estimer heureux. D'ordinaire, je ne me montre pas si accommodant. Mais j'ai senti qu'il serait cruel de jouer plus longtemps avec vos nerfs et vos finances ne s'en ressentiront guère.

— Monsieur, j'ai eu à contenir de plus vives impatiences. Quant aux avoirs de feu mon époux aux Indes, ils me paraissent étrangement inépuisables.

— Certains connaissent mieux que d'autres la valeur des choses. Il vous reste largement de quoi acquitter vos frais de séjour à Port-Louis et votre voyage jusqu'à Saint-Malo, et même de revenir nous visiter si un jour vous en aviez envie.

Je ne saurai jamais si cette fortune dont je me trouve bénéficiaire est le produit des placements de Jean-Baptiste Christy de la Pallière ou de la générosité sans borne de Khodja Sinan. J'ai bien une opinion sur la question et remercie avec effusion Sarkis Shirinian.

— N'oubliez pas, Madame, qu'ici vous avez des amis.

— Je n'imaginais pas en arrivant dans ce pays que j'en partirais avec regret.

*

La semaine est vite écoulée. Khodja Shirinian et sa fille Aroussiag sont venus me faire leurs adieux. L'Arménien insiste pour me conduire lui-même à ma cabine. Il a veillé à ce qu'elle soit aménagée pour nous assurer le plus grand confort, à Geoffroy et à moi. Un *panka* a été fixé au plafond. À côté du lit recouvert de coussins de soie oscille un berceau muni d'une collection de hochets. Un tapis du Cachemire couvre le sol. Un coffre de santal renferme une profusion de linge et dans le petit cabinet de toilette attenant s'alignent des fioles étiquetées pour soigner tous les maux dont nous pourrions souffrir. Aucun détail n'a été oublié, ni les brûle-parfum, ni les coupelles de pétales de roses.

— Ma fille a tout choisi pour vous, m'annonce avec fierté l'Arménien.

Encore une fois, les mots me manquent pour remercier ces inconnus à la mesure de leur générosité. Ce soir encore, je prierai pour le repos de l'âme de Jean-Baptiste Christy de la Pallière qui, à sa façon toujours inattendue, n'a jamais cessé de veiller sur moi depuis les cieux.

Carnet de Jean de Montfort

Mon corps s'épuise. Je combats cette fièvre depuis si longtemps ! Je n'en sortirai pas vainqueur. Jour après jour je lutte pour mon fils, en attendant ta venue. Puisses-tu avoir entendu mon appel ! Puisse Notre Seigneur avoir répondu à ma dernière prière !

Geoffroy. Quand il serre ses petits poings, plisse son front d'un air réfléchi de vieux sage, quand il exige à cris impérieux son repas, il me fait tant songer à toi ! Dès les premières heures, si tragiques, de son existence, il a manifesté cette force, cette détermination en lesquelles j'ai reconnu ton caractère. Tu l'élèveras, tu feras de lui un homme et veilleras sur lui, comme il veillera sur toi. Je vous imagine déjà tous deux jouant sur les bords de la Rance ou courant le long de la plage de Dinard, sa menotte dans ta main. Tu chercheras avec lui le trésor de Geoffroy et d'Olivier de Montfort, tu lui montreras les traces du vieux souterrain à La Motte-aux-Montfortins.

Geoffroy, miracle inattendu jailli de tant de malheurs, miracle d'un amour si fort, Anne, que je te souhaite de tout cœur d'en vivre un semblable. Si tu le rencontres, promets-moi de ne point y renoncer.

Je quitterai ce monde sans regret. J'en ai vu les horreurs, j'ai connu le plus grand des bonheurs avec Padma. Sans elle, je suis perdu ici-bas. J'ai vécu tout ce qu'il y avait à vivre. J'aurais voulu voir mon fils grandir, j'aurais voulu t'embrasser encore une fois, dire aux nôtres combien ils ont été chers à mon cœur. Je vois défiler ces visages familiers, notre père et notre mère, notre bonne Soizic, nos braves gens de La Richardais, mon ami Corentin Aubrée, et puis aussi ceux que j'ai rencontrés depuis mon départ, Pierre-Emmanuel de La Flotte, René Madec, Gorgin Khan… Notre vieille chapelle, le soleil qui poudre d'or la mer, la grève de Cézembre, le Grand Bé, les remparts de Saint-Malo. Tant de lumière éblouit mes yeux. Nos jeux d'enfants. Padma… Geoffroy, Geoffroy, mon fils. Anne, ne l'abandonne pas.

Chapitre XVII

En portugais comme en français, les ordres à l'équipage résonnent de semblable manière. Nous levons l'ancre. Les poulies crissent et les chaînes cliquettent. Depuis le bastingage, je salue Khodja Shirinian et sa fille qui agitent leurs mouchoirs. Le *Santa Lucia* glisse le long de la Mandovi, les palmiers formant haie d'honneur à son passage. Il double le Fort Aguada et nous nous éloignons vers le large, cap sud-sud-est. Je montre à Geoffroy les Indes qui disparaissent peu à peu.

— C'est ton pays natal, là où reposent ton père et ta mère.

Indifférent à mon propos, il scrute avec fascination le spectacle nouveau des voiles faseyant au vent au-dessus de nos têtes. Flamme de vie obstinée dans ce petit être qui a déjà subi tant d'épreuves ! Et c'est à Geoffroy, à ce cœur neuf qui bat contre le mien, que je me raccroche de toutes mes forces. Je me mords les lèvres, mais les larmes jaillissent de mes yeux. Je laisse là-bas une partie de mon cœur à moi, tant d'espoir, tant de combats, mon frère chéri à jamais perdu, l'enfant qui ne naîtra pas, le souvenir de ces amours passionnées déchiquetées sous les griffes du tigre. Heathcliff-Haydar, qui étais-tu ? Même quand je t'ai haï, j'ai continué à t'aimer. La silhouette maigre du *sadhû* traverse mon esprit, le cobra, capuche déployée, sifflant au-dessus de ma tête. Les Indes m'auront appris à mettre mon âme à nu.

Servi par un joli frais, le *Santa Lucia* noie la terre par bâbord, les hauts palmiers ont fondu dans le lointain.

*

J'apprends au fil des jours à être mère, éblouie par les progrès de Geoffroy, ses gestes qui se précisent, ses gazouillis, son premier rire. Démentant les craintes du capitaine De Almeida, les matelots en ont fait leur porte-bonheur. Parfois, je descends sur le pont pour le leur montrer. Leurs trognes rudes se fendent de sourires quand ils le contemplent et certains surmontent leur timidité pour demander la permission de le tenir dans leurs bras. L'un d'eux a taillé pour lui dans des chutes de bois un cheval, une barque, une mouette aux ailes déployées. Le soir, ils remplacent parfois leurs rengaines à boire par des berceuses en portugais. La discipline est beaucoup moins sévère qu'à bord de l'*Anne de Bretagne*. Or, dans les eaux de la mer d'Arabie sévissent de nombreux pirates. Si l'on en croit leur sinistre réputation, rien n'égale leur cruauté. Ils tuent et torturent pour le plaisir, tranchent nez, oreilles et doigts au gré de leurs caprices, vendent leurs prisonniers comme esclaves. Mais Tiburcio De Almeida qui redoutait tant la présence d'une femme et d'un enfant sur son bateau ne semble pas les craindre. Le capitaine portugais fait confiance à ses soixante lourds canons, à ses mousquets par dizaines, aux réserves de poudre et de munitions et à son bateau. Le *Santa Lucia* est un vieux roulier des océans qui a sans doute connu bien des tempêtes, comme en témoignent ses bois usés, sa ligne de flottaison basse, sa forme massive. Il est lent à la manœuvre, craque tel un vieillard arthritique qu'on malmène. On le sent cependant solide, prêt à affronter l'imprévu, en ronchonnant et sans fléchir. Voilà du moins ce que je me figure et je n'ai pas peur moi non plus. Depuis que je veille sur Geoffroy, un sentiment nouveau d'invulnérabilité m'emplit. Est-ce ce tout petit enfant qui me communique sa force ou est-ce moi que le devoir de le protéger a changée ? Je pourrais défier en combat singulier tous les pirates des mers sans trembler.

Notre route n'en rencontre aucun et nous faisons relâche aux îles Maldives. Laquelle d'entre elles au juste ? Impossible de le déterminer. Elles sont aussi nombreuses à la pointe de la péninsule indienne que les grains de blé semés derrière la traîne d'une mariée. Les brises marines rendent la chaleur douce. Le *Santa Lucia* s'approvisionne en cauris, petits coquillages au blanc nacré qui font en Asie office de menue monnaie. Ils sont aussi fort prisés pour la traite sur les côtes africaines. Jolis et innocents coquillages ramassés dans ces lagons à l'eau si transparente et au sable blanc, une poignée pour acheter la vie d'un homme. En Prusse, ils servent à orner les brides et équipages des chevaux des hussards.

Nous repartons au bout de quelques jours pour parcourir les deux tiers restant du voyage.

*

Les six semaines déjà ont passé depuis que nous avons quitté les Maldives. Le temps file vite au rythme d'un nourrisson, le nourrir, le langer, le bercer, jouer avec lui. Geoffroy donne l'impression de grandir et forcir à vue d'œil.

Ce soir, le soleil se couche auréolé d'une légère brume rouge à laquelle nul ne prête attention. Ce sont nos dernières heures en mer avant d'atteindre l'île de France. Le capitaine De Almeida a fait monter sur le pont trois tonneaux de vieux rhum. Les havresacs entassés à l'entrepont attendent l'épaule impatiente qui les emportera à terre. Un rat gris trottine sur la coursive sans craindre d'être pourchassé. Port-Louis et ses joyeuses tavernes, Port-Louis et ses accueillantes Créoles. Je me rappelle combien les marins apprécient cette escale.

Geoffroy s'endort dans mes bras, tétant son pouce pour soulager sa gencive. Une deuxième dent perce. Son front soyeux me semble plus chaud que d'ordinaire. J'aimerais tant retrouver ma vieille Soizic quand nous rejoindrons la Bretagne. Elle aura le cœur brisé d'apprendre le trépas de Jean, mais elle saura en réparer les morceaux pour donner encore plus d'amour à son fils et m'enseigner comment l'élever, elle qui nous a élevés mon frère et moi.

Juste avant la tombée de la nuit, une paire de paille-en-culs, ces oiseaux désignés ainsi en raison des deux longues plumes formant leur queue, rasent le pont et disparaissent à travers les voiles amollies. La terre n'est pas loin, je sens son odeur mêlée à celle du vent. Je dépose mon neveu dans son berceau et me couche à mon tour. Aux chants et à la musique des matelots, je m'assoupis.

*

Soudain, je suis jetée à bas de mon lit. Des cris affolés retentissent au-dehors. Une violente rafale de pluie et de vent ouvre la porte de la cabine. Geoffroy, réveillé en sursaut, hurle. En dépit de la gîte du bateau, je parviens à ramper jusqu'à la nacelle et à l'attraper. Je m'agrippe tant bien que mal à son pied scellé, pendant que le *Santa Lucia* tangue violemment d'un bord à l'autre. Des gerbes d'éclairs illuminent le ciel. Quelle heure est-il ? On se croirait en plein jour alors que le soleil n'est pas encore levé.

Tout à coup, le navire plonge en avant, se couche sur bâbord, presque à la verticale. Il se redresse avec peine, quand une nouvelle vague le frappe. Un craquement sinistre déchire alors mes tympans.

Un instant plus tard, Michel Le Guyadec, décomposé, se découpe dans l'encadrement de la porte.

— Madame, il faut quitter le vaisseau. Tout de suite ! Donnez-moi l'enfant !

— Non !

Je saisis une robe à la hâte.

— Ne vous habillez pas ! éructe le jeune second, la voix enrouée d'avoir trop vociféré. Si vous devez nager, vos vêtements vous encombreront.

L'esprit emballé, j'ai à peine conscience de mes gestes. Je m'empare d'un pagne et attache Geoffroy contre moi.

— Donnez-moi cet enfant, Madame ! Je vous promets d'y faire attention comme s'il était mon fils. Vous ne vous en sortirez pas avec lui !

— Il m'est plus précieux que mon fils ! Et croyez-moi, j'aurai la force de nous sauver tous les deux.

Nous n'avons pas le temps de discuter. L'officier me remorque à sa suite. D'énormes paquets de mer coiffent le *Santa Lucia* dont la proue a disparu. Les matelots paniqués mettent les chaloupes à l'eau. Une chaîne de mains se forme pour me pousser au fond de l'une d'elles. Je me blottis contre un banc, pendant que les hommes se démènent comme des forcenés avec les avirons. Devant nous, j'aperçois des lumières, les lignes d'édifices. La côte est toute proche. Mais l'océan en colère refuse de nous laisser lui échapper. Une lame énorme nous soulève, puis nous précipite dans un gouffre sans fin. Une autre nous recouvre. La chaloupe émerge, nous voguons toujours. Geoffroy ne pleure plus. Je le secoue contre moi. Il respire, ruisselant d'eau, ses paupières battent à toute allure. Je prie, je prie.

— Mon Dieu, Notre Très Sainte Mère, épargnez la vie de cet innocent ! Pardonnez mes péchés, épargnez cet enfant !

Sur la rive, des silhouettes s'agitent. Franchir les derniers brisants crêtés de blanc et nous serons sauvés. Encore un effort ! Hardis matelots, souquez ferme ! s'égosille le timonier.

Une autre vague se dresse. Juste après, une autre encore, traîtresse, nous surprend par le côté. La chaloupe verse. Je me débats, cherchant désespérément la surface. Mes bras et mes jambes s'agitent avec frénésie. De l'air ! Je remplis mes poumons avant d'être à nouveau engloutie. Geoffroy ! Geoffroy ! Seigneur Dieu, sauvez-le ! Des barques s'avancent depuis le rivage, bravent la tempête. Elles sont encore loin, si loin ! Je suis épuisée. Encore ! Encore ! Ne pas abandonner. Non !

*

J'ai froid, tellement froid sur le sable humide.

— Geoffroy !

À mon cri étranglé un sanglot répond, aussi ténu au début qu'un pépiement d'oisillon, puis de plus en plus fort. Merci mon Dieu ! Il est en vie. On me soulève la tête. Une odeur, une sensation familière, une voix que je connais depuis toujours.

— Annick ! Annick ! Est-ce possible ?

Je n'ai pas recouvré les sens. Un effet de mon imagination ? Je me trompe sans doute. Je répète une nouvelle fois :

— Geoffroy.

— Ton fils va bien, mon Annick. Il est sauvé et toi aussi !

Tout se mélange dans ma tête.

— Sommes-nous à Saint-Malo ?

Ai-je rêvé que j'ai prononcé ces mots ou ai-je parlé tout haut ?

— Non, mon Annick, à Port-Louis, en île de France, répartit la même voix. Mais moi, je suis bel et bien là, et toi aussi ! Merci, Sainte Vierge ! Jamais je n'aurais osé espérer…

Je frotte mes paupières gonflées de sable et de sel, ouvre enfin les yeux. Son visage au-dessus du mien, Corentin pleure comme un enfant.

— Annick, j'ai tant prié le Ciel, parcouru tant de chemin pour te retrouver !

Il nous hisse Geoffroy et moi contre sa poitrine, nous couvre de sa vareuse. Sous la pluie tiède, j'écoute battre son cœur et pleure moi aussi. Les derniers rescapés sont remontés sur la grève tandis que le *Santa Lucia* agonise.

— Il te ressemble, murmure mon ami d'enfance en caressant la tête du nourrisson.

— Geoffroy est le fils de Jean.

Corentin passe sa main sur ma nuque, il a compris qu'il ne reverrait jamais Jean.

*

Les survivants du naufrage, clopinant ou portés sur des civières de fortune, sont conduits à une auberge toute proche. Un feu de braises chauffe la salle basse. Je reconnais Michel Le Guyadec, blafard, qui m'adresse un faible sourire.

Une femme, les cheveux noués dans un foulard aux rayures rouges et jaunes, m'offre un visage réconfortant :

— Madame, il y a une chambre prête là-haut. Vous y serez plus tranquille, dit-elle. Je vais vous apporter le nécessaire.

Soutenue par Corentin, je monte à l'étage. Peu après, l'aubergiste arrive, les bras chargés de linge. Sur ses talons, une servante tient un plateau et deux hommes portent un grand baquet de bois fumant d'eau chaude.

Corentin m'aide à baigner et à frictionner Geoffroy.

— À toi maintenant, m'invite-t-il quand nous avons fini. Rappelle-toi, je me suis occupé de mes cadettes, les jumelles Solenn et Servane. Je saurai m'y prendre avec le petit.

Comme s'il l'avait fait toute sa vie, il cale Geoffroy dans le creux de son coude et lui donne du lait. L'enfant, emmailloté de frais, paraît fragile soudain. Timides, les questions éclosent à nos lèvres.

— Je te croyais au Brésil…

Mon ami d'enfance rit doucement.

— La terre est ronde. D'une façon ou d'une autre, on en fait le tour.

— Comment es-tu arrivé à Port-Louis ?

— J'étais fou de jalousie et de douleur quand j'ai appris tes fiançailles avec Christy de la Pallière. Alors j'ai embarqué sur le premier navire, croyant bien à tort que je t'oublierai. Plus je m'éloignais de Saint-Malo, plus je pensais à toi. En même temps que ma colère s'apaisait, le remords croissait en moi. Comment avais-je pu te laisser partir ? Comment avais-je pu vous abandonner, Jean et toi ? Jamais ton frère ne m'aurait trahi. Sitôt de retour, j'ai cherché un bateau en partance pour les Indes. Depuis l'expédition de l'*Anne de Bretagne*, il n'y en avait plus, ni à Saint-Malo, ni à Brest, ni à L'Orient ou à Nantes. J'ai fini par trouver à m'enrôler comme enseigne sur l'*Espoir*, à destination de l'île de France. Nous avons débarqué il y a bientôt trois semaines et je me suis mis en quête d'un nouveau navire pour les Indes. J'ai appris peu après mon arrivée que l'*Anne de Bretagne*, le *Saint-Gilles* et l'*Esprit des Lois* avaient relâché à Port-Louis quelques mois auparavant. J'ai su que le capitaine de la Pallière était mort. Mais nul n'avait vu de femme à bord. Imagine mon inquiétude, ma fureur contre ces hommes qui avaient fait si peu de cas de toi.

— Il ne faut pas leur en tenir rancune. Ils m'ont laissée aux Indes à leur corps défendant ! répartis-je en reprenant Geoffroy.

Je le dépose dans le coffre où on lui a installé un couchage douillet.

— À toi, Annick, de me raconter !

Pour toute réponse, j'étouffe un bâillement. Écrasée par une immense fatigue et un immense soulagement, je tombe sur le lit.

Corentin s'approche, me baise au front.

— Repose-toi. Je reviendrai tout à l'heure.

Dehors, le soleil s'est levé. Il jette à travers la fenêtre des reflets roses sur les murs chaulés de blanc, nimbe de lumière mon ami.

Mon ami ? Au rouet du destin, le fil du temps se rembobine à toute allure jusqu'à nos premiers rires partagés, nos jeux d'enfants. Corentin dégringole d'un pommier où il a cueilli pour moi une pomme trop verte, que je croque avec une grimace pour ne pas le décevoir. Nos confidences, nos parties de cache-cache avec Jean, le jour où j'ai échappé de peu à la noyade dans le ruisseau alors que je cherchais à impressionner les deux garçons. Plus tard, notre premier baiser au Pardon de La Richardais, ceux qui suivirent à Saint-Malo, la puissance de notre désir naissant, la douleur de devoir renoncer l'un à l'autre, cette rixe pour défendre mon honneur*. Petit garçon aux cheveux en bataille, adolescent espiègle, marin courageux, Corentin a toujours été là. Jamais il ne m'a fait défaut et il a traversé la moitié du monde pour moi. Si Dieu a voulu que les bras salvateurs lors du naufrage soient ceux de Corentin, s'il nous a permis de nous revoir, alors rien ne doit désormais plus nous séparer.

Je noue mes mains autour de son cou.

— Non, je ne veux pas que tu t'en ailles. Viens…

Son sourire efface tout, mon chagrin, mes doutes, ce poids qui pèse depuis trop longtemps sur moi.

*

Quelques jours plus tard, on m'a rapporté mes effets, presque intacts. Que valent de simples objets au regard d'une vie ? Pourtant, j'ai été heureuse de recouvrer le cahier de Jean, mon seul souvenir de lui pour son fils, et l'échiquier de Christy de la Pallière.

---

* Voir *De tempête et d'espoir*, *Saint-Malo*.

Après l'orage, le *Santa Lucia* est resté la proue enfoncée dans le sable, la poupe relevée. Une grande partie de la cargaison a pu être récupérée avant qu'il coule. Presque tout l'équipage a été sauvé, un véritable prodige. Peu de marins savent nager. Les rescapés ont prétendu que l'enfant leur avait porté chance. L'avis du capitaine De Almeida différerait sans doute, mais il compte au nombre des disparus. Il a quitté le dernier son navire et sa chaloupe a chaviré. Selon les clabaudages, le drame aurait pu être évité s'il ne s'était montré aussi désinvolte le dernier soir, en ignorant les signes avant-coureurs de la tempête tropicale. Paix à l'âme du malheureux et que chacun respecte sa mémoire. Lorsque les vents en furie se sont abattus sur nous, il a voulu les prendre de vitesse et rejoindre au plus vite le port. Il a échoué de peu. Ses derniers ordres ont peut-être épargné de nombreuses existences.

ÉPILOGUE

Corentin ne veut pas renoncer à naviguer, vivre dans l'oisiveté à mes côtés. Il s'enrôle pour des expéditions de deux à trois mois dans l'océan Indien. Je devrai m'habituer à mon rôle d'épouse de marin. L'aumônier de son navire nous a unis. Je suis fière de porter son nom, celui du meilleur des hommes, du meilleur des époux dont une femme puisse rêver. Je l'ai demandé en mariage. Après Jean-Baptiste Christy de la Pallière et Haydar, j'ai estimé d'augure plus favorable de prendre moi-même les devants avec le troisième homme à partager ma vie, le premier que j'ai aimé. De stupéfaction, Corentin en a cassé sa pipe. J'ai gardé en souvenir les débris et il a cessé de fumer à dater de ce jour.

J'ai mis au monde notre premier enfant, une fille. Nous l'avons baptisée Marguerite-Amrita. Son petit visage s'illumine en permanence d'adorables sourires. Geoffroy pousse, plein de vigueur, et court désormais partout. J'ai fort à faire pour m'occuper d'eux dans la maison que nous avons louée à Port-Louis, non loin de la rade. Je veux être la première à voir Corentin débarquer. Nous avons décidé d'attendre que les enfants aient un peu grandi pour entreprendre le long voyage qui nous reconduira à Saint-Malo.

À mes lettres, j'ai reçu en réponse d'heureuses nouvelles. Soizic, qui n'a jamais appris à écrire, m'assure par la main de mère Saint-Yves que, malgré ses douleurs aux articulations et sa vue basse, elle n'a nulle intention de monter sur le chariot de l'*Ankou* avant d'avoir bercé les deux petits anges.

Le capitaine Thierry Billard m'informe dans son style concis que l'*Anne de Bretagne*, le *Saint-Gilles* et l'*Esprit des Lois* ont regagné sans dommage leur port. Mieux encore, en dépit du décès de Jean-Baptiste Christy de la Pallière, l'expédition s'est avérée fructueuse et a rapporté un profit conséquent. Il me communique aussi les dernières volontés de mon défunt mari. L'essentiel de ses biens revient à son fils cadet et il me lègue La Motte-aux-Montfortins. À sa lettre est jointe une missive à mon nom. Je tremble en reconnaissant l'écriture grossière. Derrière les lignes maculées de taches d'encre et de ratures qui dansent devant mes yeux, je discerne une voix de l'au-delà.

Ma chère Anne,

Si vous lisez ces mots, c'est que j'ai tiré ma révérence à ce bas monde. C'est aussi que vous avez su vous montrer assez bonne et loyale épouse pour que je n'aie pas envie de changer mes dispositions.

Sachez toutefois que je n'ai jamais douté de vous. Quand bien même vous eussiez pris un jeune amant, je n'en aurais guère eu ombrage, ou si peu. Des formes avantageuses comme les vôtres doivent être à leur juste mérite célébrées. Je regrette toutefois de n'avoir jamais lu le plaisir dans vos yeux, de ne jamais avoir pu éveiller votre ardeur. J'en suis même fort marri car, croyez-le ou non, de nombreuses femmes se sont pâmées pour moi. Il y a longtemps il est vrai, quand j'avais le teint frais, qu'aucune bedaine ne m'empêchait de voir mes pieds et que ma marchandise était prête à toute heure à l'emploi. Pardon, vous détestez que je parle ainsi. Mais je ne sais résister. J'adore vous voir à la fureur. Et puis on ne se renie pas, surtout à mon âge. Quel autre Paradis espérer que la compagnie d'une accorte ribaude et d'une bouteille de vieux rhum ? J'en ai eu mon compte ici-bas et si on ne peut boire et embourrer là-haut, je préfère encore renoncer à l'éternité.

Vous avez supporté mes humeurs de vieux brigand des mers, vous avez égayé des jours trop mornes, vous avez été là. Vous avez été mon épouse, même si ce n'était pas le choix de votre cœur. Je veux vous en remercier et que vous ne conserviez pas un trop mauvais souvenir de moi.

*Cette aïeule malmenée par un de vos parents**, *vous l'aviez deviné, était un conte pour vous faire enrager. J'ai acquis la demeure de vos ancêtres simplement parce que j'ai aimé ce lieu. J'ai fait bâtir ce manoir pour moi, et puis pour vous. Je veux qu'il soit à vous désormais.*

Promettez-moi seulement de ne pas vous dessécher dans vos habits de veuve et de ne pas laisser votre joli biribi en jachère. Vivez, Anne ! Aimez !

Priez de temps en temps pour moi, même si je ne puis me targuer d'avoir été bon chrétien. Qui sait, peut-être cela m'empêchera-t-il de rôtir trop fort pour mes nombreux péchés ?

À vous pour l'éternité.

Jean-Baptiste Christy de la Pallière

Voilà bien le goût pour la manipulation de mon défunt mari, son dessein d'éveiller à la fois mon irritation, ma reconnaissance et mon remords. Retors jusqu'au bout même dans sa plus grande générosité, il me fait payer à sa façon de ne pas l'avoir aimé tout en me prouvant par-delà sa mort

---

* Voir *De tempête et d'espoir, Saint-Malo.*

son profond attachement. Je ne l'oublierai pas, lui non plus.

Chaque soir, dans mes prières, je convoque les vivants et les morts, ceux qui partagent ma vie et ceux qui sont au loin, mes amis, ma famille, par les liens du cœur ou ceux du sang. Geoffroy et Marguerite, Corentin, ses parents, ses sœurs Euphrosyne, Solenn et Servane, qui sont maintenant les miens, mes cousins René Auguste et Apolline de Chateaubriand, mère Saint-Yves, ma marraine, Soizic, Nicolas-Auguste Magon de la Lande, le capitaine Billard, le lieutenant Gesril, les Sinan, Agha Shamir et Anna Soultanian, Vartouhi et Petros Aratounian, Sunesh, Amrita, Dharam Singh, mes parents, Jean, dont les appels ne me hantent plus et qui repose désormais en paix, Padma, cette sœur que je ne connaîtrai jamais et dont j'élève l'enfant, Jean-Baptiste Christy de la Pallière, son fils, le petit Jean-Baptiste, et puis Haydar. Parfois, son souvenir surgit en moi comme une brûlure. Certains soirs, quand les deux petits dorment à poing fermé et que mon regard se perd dans l'obscurité, il me semble discerner sa silhouette mince, la fumée de sa *chiroute*. Jusqu'où nous aurait conduits notre folle passion s'il avait vécu ? J'ai appris qu'il existe différentes façons d'aimer. J'ai conservé le diamant de nos fiançailles qui ne seront jamais célébrées. Je ne le vendrai pas. Un jour, je le donnerai à Geoffroy, pour la femme qu'il aura choisi d'épouser. Sans le savoir, c'est pour lui qu'Haydar s'est sacrifié.

Je me revois en pleurs sur la tombe de ma mère. Je me croyais abandonnée, si seule. Mais seule, je ne le suis plus, je ne le serai plus jamais. Les vivants et les morts m'accompagnent, nos destins tissés ensemble dessinent ma vie, mon chemin. La nuit est douce et j'en aspire à pleins poumons les parfums.

Corentin glisse ses bras autour de ma taille.

— Annick, tu rêves si loin ! À quoi, me le diras-tu ?

— À ceux qui veillent sur nous depuis les cieux, à ceux qui pensent à nous par-delà l'océan. Jean-Baptiste Christy de la Pallière m'a légué le manoir de La Motte-aux-Montfortins.

— Tu veux ainsi que je vive avec toi au château ? me lance-t-il, nommant La Motte comme le font les villageois des alentours.

Sans l'avouer, il partage la même inquiétude que moi. Comment serons-nous accueillis, une descendante des rois de Bretagne mariée à un fils de paysans, un orphelin blond au teint cuivré, moitié breton, moitié indien ? Du Poudouvre au Clos-Poulet, on n'en finira pas de jaser. Serons-nous reçus dans les belles malouinières ? Mon cousin de Chateaubriand admettra-t-il à sa table un Corentin Aubrée ? Après tout ce que j'ai déjà vu, je pressens combien notre monde change, que notre siècle nous réserve encore bien des transformations. Mais il nous faudra lutter, Corentin et moi, pour faire accepter nos choix. Je lui prends la main.

— Peu me chaut où nous vivrons, je ne veux rien de plus qu'être avec toi. Le château appartiendra un jour à Geoffroy, à Marguerite, ta fille, à nos autres enfants à naître.

Il presse mes doigts dans sa large paume, suit du regard Geoffroy qui s'amuse avec quelques bouts de bois. Geoffroy de Montfort, l'héritier de notre nom, de notre lignée. Il me faudra en faire un gentilhomme, à La Motte-aux-Montfortins ou ailleurs, avec Corentin à mes côtés. Jean serait heureux de nous savoir ensemble. Ses deux derniers vœux sont accomplis.

Je songe encore à la prophétie du *sadhû* : « Ce que tu cherches, tu ne le trouveras pas, mais ce que tu trouveras te comblera. » Dieu est Un par-delà les océans.

Note de l'auteur

Selon la définition du dictionnaire, un roman est un récit de fiction qui présente comme réels des personnages dont il décrit les aventures.

Mais l'Histoire, les événements et les figures illustres ou plus obscures qui l'ont faite, les récits des témoins de l'époque sont si passionnants qu'il serait dommage de ne pas les mettre en lumière.

Les aventures d'Anne de Monfort ont ainsi demandé un important travail de documentation, en Bretagne, en Inde ou en plongeant dans des livres oubliés, et s'inscrivent dans un contexte authentique. Les Arméniens évoqués dans ce livre ont bel et bien existé : Khodja Sinan, Agha Shamir, Petros Aratounian et son flamboyant frère au destin tragique, Gorgin Khan. Sur le parvis de la petite église Notre-Dame-de l'Espérance, au sommet du mont Saint-Thomas à Madras (aujourd'hui Chennaï), on peut voir la tombe d'Anna Soultanian, à côté de celle de sa fille, Perinas.

N'oublions pas René Madec, le père Cœurdoux, Claude Martin, le colonel Gentil, le colonel Kirkpatrick, le célèbre Warren Hastings ou encore Philadelphia Hancock, tante de la romancière anglaise Jane Austen.

Quelques lectures

La bibliographie exhaustive utilisée pour écrire *De tempête et d'espoir* serait interminable.

Une sélection pour ceux qui souhaiteraient aller plus loin, par le biais d'autres romans ou d'ouvrages scientifiques :

Le Voyage en Inde, Anthologie des voyageurs français (1750-1820), Guy Deleury, Coll. « Bouquins », Robert Laffont, 2003.

Le Nabab, Irène Frain, Le Livre de Poche, 1982.

Le Moghol blanc, William Dalrymple, Petite Bibliothèque Payot, 2008.

Ces Messieurs de Saint-Malo, Bernard Simiot, Le Livre de Poche, 1987.

Chateaubriand, lequel ?, Geoffroy de La Tour du Pin, La Table Ronde, 1973.

Sans oublier bien sûr :

Mémoires d'outre-tombe, Chateaubriand, Le Livre de Poche, 2001.

Sur la Compagnie des Indes, les ouvrages de Philippe Haudrère.

Sur l'Inde, les ouvrages de Guy Deleury et d'Alain Daniélou.

Lexique

Aldée : Village. Du portugais *aldea*.

Amrita : Élixir d'immortalité obtenu par les dieux en barattant l'Océan de Lait.

Ana : Subdivision de la roupie.

Appam : Crêpe faite avec de la farine et du lait de coco. Réservée au petit déjeuner.

Arack : Eau-de-vie de palme.

Arati : Cérémonie faisant partie du culte du soir qui consiste à offrir la lumière à la représentation de la divinité et à chasser le mauvais œil.

Avatar : Descente ou incarnation sur terre d'une divinité.

Âyurveda : Veda de longue vie, médecine traditionnelle indienne qui aurait été dictée et codifiée par Dhanvantari, le médecin des dieux.

Batik : Terme désignant à la fois le tissu peint orné de dessins et le procédé particulier d'application.

Bibi : Épouse ou maîtresse indienne.

Biryani : Spécialité d'Hyderabad, plat mijoté à base de riz et de viande.

Bouée : Porteur de palanquin.

Brahmane : Membre de la plus haute caste des quatre castes principales de l'Inde, composée de prêtres et de savants.

Chahar bagh : Jardin moghol divisé en quatre parties par des canaux et des fontaines dessinant une croix.

Chakra : Roue, disque, symbolisant le pouvoir royal. Roue du *dharma*, l'un des attributs de Vishnou, qu'il lance parfois comme arme. Également point de jonction des énergies dans le corps humain.

Chapati : Pain sans levain.

Charpai : Lit de toile fait de sangles tendues sur un cadre de bois supporté par quatre pieds.

Cholî : Chemisier ajusté à manches courtes, porté sous le sari en complément du jupon.

Chulidar : Pantalon aux jambes étroites dont le haut caché par la tunique s'évase pour donner de l'aisance.

Cipaye : Du persan *sipahî* qui a donné en français spahi. Soldat indien dans les armées françaises et anglaises.

Catimaron : L'ancêtre du catamaran !

Coolie : Porteur de bagage.

Cosse : Unité de mesure équivalant à une lieue environ.

Dak bungalow : Relais de porteurs tenant lieu de poste.

Devadasi : Bayadère, danseuse des grands temples hindous, à l'occasion courtisane, consacrée à la divinité dès le plus jeune âge.

Dharma : Ordre du monde.

Dobachi : Intendant indien d'un Européen.
Douli : Palanquin porté par deux ou quatre hommes.
Dosa : Crêpe au riz et à la farine de lentilles.
Fakir : Derviche ou ascète errant musulman.
Firengui : Étranger.
Ghee : Beurre clarifié employé pour la cuisine et les offrandes.
Gopuram : Tour surmontant la porte d'un temple au sud de l'Inde.
Halwa : Gâteau de semoule très sucré.
Hookah : Pipe à eau proche du narghilé.
Jalebi : Gâteau au sucre et au sirop.
Khurta : Tunique longue portée par les hommes.
Kolam : Motif dessiné à l'entrée de la maison avec de la farine de riz au sud de l'Inde.
Lascar : Matelot indien.
Lingam : Pierre d'apparence phallique représentant l'univers et la nature fondamentale.
Lungi : Pagne long indien porté par les hommes.
Mali : Jardinier.
Mantra : Formule sacrée.
Massala : Mélange d'épices.
Naan : Pain sans levain cuit au four tandoor.
Nâmaste : Geste de salut, mains jointes à hauteur du front ou du cœur.
Nawab : Titre donné par les empereurs moghols à leurs gouverneurs et à leurs vice-rois.
Nizam : Titre tiré du nom du premier souverain musulman du Deccan, fondateur des *nizams* d'Hyderabad.

Pagode : Le mot *pagoda* – temple –, a donné « pagode » en français.

Pallu : Partie du *sari* (à l'époque, on emploie le mot « pagne », c'est donc celui qui a été retenu dans le texte) qui passe sur l'épaule.

Pion : Garde.

Pooja : Actes de dévotions quotidiens, prière, rituel ou offrande.

Panka : Ventilateur.

Rabadi : Dessert au lait.

Râga : Combinaison musicale destinée à provoquer diverses émotions, toujours différentes selon les moments du jour et les occasions.

Rangoli : Motif dessiné à l'entrée de la maison avec des poudres de couleur au nord de l'Inde.

Rasoul : Beignet farci.

Sâdhu : Ascète errant hindou.

Sambar : Mets aux légumes et aux lentilles.

Schampoo : Les Indiens sont les inventeurs du schampooing !

Serpiche : Aigrette de pierreries ornant un turban.

Sindhoor : Trait rouge sur la raie des cheveux indiquant qu'une femme est mariée.

Tank : Citerne.

Thali : Assiette, grande variété de légumes cuisinés présentés avec leur accompagnement sur un plateau compartimenté. Spécialité du sud de l'Inde.

Tika : Point de couleur ou bijou ornant le front d'une Indienne.

Vedas : Les plus anciens textes de l'Inde, considérés comme la Révélation et le fondement de la civilisation indienne.

A travers les Indes
Gange
Monghyr
Calcutta
PLATEAU
DU DECCAN
GHÂTS ORIENTAUX
Bombay
Godavary
Hyderabad
Krishna
GHÂTS OCCIDENTAUX
Goa
Alampur
GOLFE DU BENGALE
Madras
Mysore
Pondichery
Porto-Novo
Mahe
Cochin
Cauvery
MER D'ARABIE
OCEAN INDIEN

Remerciements

À Thierry Billard, mon éditeur, mon capitaine, qui me permet de tenir le cap sans faiblir,

À l'équipage de Flammarion, toujours paré pour conduire un livre à bon port,

À Mum & Dad, mes infaillibles boussoles,

À mes bonnes étoiles, Gaya, Anne-Frédérique et Aurélie,

À tous ceux qui ont embarqué avec moi pour ce voyage, mes amis, ma tribu, mes lecteurs, mes rencontres d'une escale.

À Cyprien, mon courageux moussaillon.

TABLE DES MATIÈRES

Composition et mise en page

NORD COMPO
multimédia

Achevé d'imprimer par Dupli-Print (95)
en septembre 2014

N° d'édition : L.01ELIN00312.N001
Dépôt légal : septembre 2013
N° d'impression : 2014090281

Imprimé en France